취사병, 전설이 되다

취사병, 전설이 되다 3

지은이 오종필(제이로빈)

초판 1쇄 발행일 2025년 10월 20일

발행인 오종필
책임 편집 위크래프트
디자인 김경희
발행처 제이알매니지먼트
주소 경기도 부천시 원미구 길주로17, 803호 (상동, 웹툰융합센터)

ⓒ 제이로빈, 2025
ISBN 979-11-94274-28-5 04810

- 이 책은 저작권법에 따라 보호받는 저작물이므로 무단 전재와 복제를 금합니다.
- 이 책의 전부 혹은 일부를 이용하려면 저작권자와 출판사의 동의를 받아야 합니다.
- 잘못된 책은 구입하신 곳에서 바꿔드립니다.
- 책 모서리에 찍히거나 책장에 베이지 않게 조심하세요.

취사병, 전설이 되다

제이로빈 현대 판타지 소설

3

제이알매니지먼트

작가의 말

안녕하세요. 제이로빈입니다.

2008년부터 2015년까지 7년간 장교로 군복무를 하며, 정말 좋은 인연들을 많이 만났습니다. 국가를 위해 일하는 동안 힘든 점도 많았지만, 결과적으로 보면 저에게는 최고의 경험을 선사한 곳이었습니다.

군 제대 후, 웹소설 작가로 입문하게 되었습니다. 군 복무시절에 대한 즐거운 기억들을 여러분과 함께 하고 싶은 마음에 기억에 남는 에피소드를 바탕으로 제가 좋아하던 부하들과 상관, 그리고 동료들의 모습을 재구성해 '취사병, 전설이 되다' 라는 작품을 집필할 수 있었습니다.

과분하게도 여러분의 많은 사랑을 받아 웹소설이 나오고, 웹툰으로도 연재되고, 이번에는 종이책으로도 만들어질 수 있었는데요.

이 책이 군 생활을 마친 예비역 분들이나, 이제 막 복무를 해야 하는 예비군인 여러분, 그리고 군인 가족들께 많은 도움이 되었으면 좋겠습니다.

마지막으로 지금 현재도 군 복무를 열심히 하고 계신 군인 여러분, 힘내세요!

예비역의 한 사람으로서 응원합니다. 당신들이 있기에 현재의 대한민국 국민들이 안전할 수 있습니다. 대한민국 현역 군인 및 예비역 여러분, 파이팅입니다.

2021년 8월
제이로빈

취사병, 전설이 되다
3권 등장 인물

강성재 일병
요리사의 길 시스템에 따라 간부식당 조리병이 된 대한민국 육군 장병. 요리의 길에 매진하며 선임과 상관들의 신뢰를 받는다. 한식 조리기능사 자격증 취득을 위해 개인정비 시간을 투자하며 공부하는 중.

서호석 상병
간부식당 조리병 선임. 중화요리, 그중에서도 수타면의 대가이다. 성재에게 중화요리를 알려주며 빠르게 성장하는 성재에게 감탄한다.

오민호 일병
성재의 동기. 성격도 좋고 몸도 건장하지만 요리는 못한다. 중대 주임원사의 꼬임이 넘어가 부사관 시험에 응시하지만 필기 시험에서 번번히 탈락해서 고생하는 중.

성재의 4중대 선임. 성재의 뒤를 이어 요리 실력이 평범해서 중대 동료들의 욕을 먹고 있다. 성재의 레시피를 받아 열심히 노력하는 중.

강희철
상병

성재의 후임으로 들어온 조리병. 호텔에서 근무한 경험이 있어 자존심이 강하고 개인주의 성향이 강해 충돌을 빚는다.

장정민
이등병

김진욱
셰프

예비군 동원훈련에서 만난 힐튼 호텔 주방장. 성재의 재능을 알아본다.

배원영
대령

성재의 상관이자 60연대장. 성재를 아끼고 신뢰하며 이끌어주는 참 군인.

배윤아
고등학생

배원영 대령의 딸이자 초보 요리사 지망생. 성재에게 호감을 가지고 있어서 성재가 곤란해 하는 중.

연대장과 사귀는 중년 여성. 행복한 가정을 꾸리기 위해 윤아와 사이좋게 지내고 싶어한다.

윤미옥
민간인

3권 차례

099	둘의 시선이 마주할 때	10
100	MD 500 디펜더	18
101	군단장님은 상당한 미식가	26
102	두 눈에 박힌 하트(♥♥)	34
103	급식지원업체 선정	41
104	○○○가 필요한 것 같습니다	47
105	HACCP에 대해 정말 많이 아시나 봐요	54
106	공정관리 마스터리	61
107	또 강성재야?	68
108	민지야! 오빠가 맛있는 거 만들어줄게	76
109	집 앞에서 소주 한잔 할까?	84
110	A지역에서는 앞으로 장사하실 수 없습니다	92
111	아버지의 친구는 4,631명!	100
112	소통, 대화, 상생	107
113	오리훈제 좋아하지?	114
114	후임병인데 뭐!	121
115	사실대로 말씀드려도 되겠습니까?	129
116	제가 잘못한 건 없는 것 같습니다	137
117	죄송했습니다	145
118	동원훈련 말씀이십니까?	152
119	군대 진짜 변했나 봐요	159
120	셰프와의 만남	166
121	형은 한 입으로 두 번 말 안 한다	174
122	요리사라면 이 기분 알죠?	181
123	너도 오고 싶어?	189

124	취사병에게 포상 휴가증을 주셨으면 좋겠습니다	196
125	다음 주에 너랑 나랑 파견 잡혔다	204
126	서효석 상병님은 요리대회 그냥 나가시면 됩니다	212
127	얘는 원래 좀 심했네?	221
128	그동안 실력을 감추고 계셨네	229
129	외국인 시선에서 이 요리는 어때요?	237
130	이번 3등은 이변이네요. 그 팀은 과연 누구일까요?	244
131	수신용 핸드폰 있잖아	252
132	행복하세요. 연대장님, 권사님	260
133	야! 조용히 해라? 어?!	268
134	호국미식회 (1)	276
135	호국미식회 (2)	284
136	너무 많이 알아도 실수하는 법	291
137	나도 알아낼 방법 있어	298
138	미군들을 만났습니다	305
139	그들이 말합니다. Oh~My God!	313
140	오늘은 한 방 먹었군	320
141	총장은 한 번 기억한 이름은 안 잊어버려	328
142	불길한 결혼 (1)	337
143	불길한 결혼 (2)	344
144	행복한 결혼식 (1)	352
145	행복한 결혼식 (2)	359
146	조리병 교육대 (1)	367
147	조리병 교육대 (2)	376

099
둘의 시선이 마주할 때

윤미옥 권사는 꺼내 든 반찬통을 냉장고에 차곡차곡 넣었다.
그러고 보니 그녀가 만든 밑반찬은 전부 ★★(2성) 이하였다.
'연대장님은 그냥 먹어줄지 몰라도, 윤아는 힘들겠는데?'
하긴 이제 윤아는 요리 학원에 다니니까, 맛있는 음식에 대해 잘 알 것이다. 거기서 자신의 요리실력에 대한 자괴감도 들고, 자신감도 잃었었겠지.
그리고 중요한 건?
윤미옥 권사님이 만든 요리가 어느 정도 수준인지 정확히 알 거라는 것.
오늘 아침 식사 때, 그녀가 만든 밑반찬은 하나도 먹지 않은 것이 그 반증이다.
그녀가 말을 걸었다.

"저기 이름이 성재라고 했죠?"
"네. 맞습니다."
"출출한데 점심 같이 먹을까요?"
성재는 잠시 고민하다 정중히 거절했다.
"식사한 지 별로 안 됐습니다. 괜찮습니다."
보통 음식을 먹으면 기분이 좋아져야 하는데, 그녀가 만든 음식은 아니라는 것을 잘 알고 있었다. 맛없는 음식을 배부른 상태에서 일부러 먹는 건 바보짓이다.

그녀는 성재의 거절의사를 듣고, 홀로 주방에 들어갔다. 연대장님이 드실 반찬을 만들기 위해서였다.

성재는 한숨을 내쉬면서도 어쩔 수 없이 그녀 곁에 붙었다.

"도와드리겠습니다."

"아니에요. 옆에서 말동무나 해주면 전 그걸로 족해요."

이렇게 거절하면 그도 어쩔 도리가 없다.

"네. 알겠습니다."

성재는 식탁에 앉은 채, 그녀가 조리하는 모습을 지켜보았다.

조신하면서도 불필요한 말을 하지 않고, 40대로서의 품위와 기품을 고루 갖춘 여성. 요리만 빼면 첫인상은 다 괜찮은 것 같다.

그녀는 도마 위에서 채소를 썰며 입을 열었다.

"제가 어떤 사람인지는 대충 눈치 챘죠?"

성재는 솔직하게 다가오는 그녀의 말에 순간 당황했다. 이렇게 여과 없이 훅 치고 들어오는 아줌마에게 무슨 말을 할까?

"네. 연대장님과 미래를 꿈꾸시는 것 같다고 윤성민 일병에게 들었습니다."

"맞아요. 사실 요즘 들어 집사님과 진전이 있는 것도 사실이고요."

"아…."

하긴 그랬다. 주둔지 안에 있는 관사에 마음대로 드나들기 위해서는 지휘관의 허락이 있어야 한다. 즉, 그녀는 고정출입자로서 연대장님이 승인한 사람.

'재혼까지 생각하고 계신 건가?'

성재는 아버지가 생각났다.

'아버지도 얼른 좋아지셔서 좋은 사람 만나셨으면 좋을 텐데….'

그때, 갑자기 성재의 시스템창에 반응이 나타났다.

 재혼에 대해 알게 되었습니다

'New!'라고 울리는 퀘스트창.

> 달성조건 7을 알게 되었습니다

'뭐지? 전직 퀘스트 달성조건?'

성재는 곧바로 전직 퀘스트를 열람했다.

> **전직 퀘스트** 사단 회관 조리병 / Magic Class
> 연대장(대령 배원영)에게 모든 분야를 인정받아야 획득할 수 있는 직업입니다
> **달성조건 7** 연대장의 재혼 (대상자 윤미옥)

달성조건 7이 연대장의 재혼이었다니, 성재는 충격을 먹었다.

더 깊게 생각할 시간도 없이, 그녀는 자신의 마음속 고민을 털어놓았다.

"사실 윤아는 아직 고등학생이니까 사춘기잖아요."

"네. 그렇죠."

"그래서 절 잘 안 받아들이려는 것 같아요. 자꾸 밀어내고요. 지금 그 나잇대에서 가정의 변화는 받아들이기 힘든 걸까요?"

"……."

성재가 답변할 수 없는 내용. 당사자들끼리 풀어야 하는 일이다.

그러나 일방적인 오해일 수도 있다. 성재는 조심스럽게 물었다.

"어떤 것 때문에 그렇게 생각하세요?"

"집사님이 바쁘시잖아요. 그래서 제가 대신 혼자 있는 윤아랑 친해지려고 정말 많이 노력했어요. 삼척에는 백화점이나 멀티플렉스 영화관이 없으니까, 강릉까지 같이 다니면서 불편하지 않도록 정말 신경 많이 썼거든요."

"많이 친해지셨겠네요."

"맞아요. 많이 친해졌죠. 윤아는 속이 참 깊은 아이예요. 그래서 더 속상해요. 제 앞에서는 웃음을 지으면서도… 가끔 티가 날 때가 있어요."

"티가 난다니요?"

"같이 밥을 안 먹으려고 해요."

성재는 계속 진지했던 분위기 속에서 밥 이야기가 나오자 웃음이 터져 나올 뻔했다.

'당연하죠. 윤아는 미식등급이 3성 반인데, 권사님은 2성 미만 요리를 내놓으니, 당연히 싫어하겠죠.'
하지만 곧 표정을 감추며, 그녀의 말에 대답했다.
"같이 밥을 안 먹나요?"
"그렇다니까요. 제 정성도 몰라주고, 저는 온종일 윤아랑 친해지려고 얼마나 노력하는데…. 아직 어려서 모르겠지만, 나중에 나처럼 40대 되어보면 알 거예요. 마음 맞는 사람이 있어도, 같이 있고 싶어도 자식들 눈치 봐야된다는 거. 그래서 전 윤아한테 더욱더 잘 보이고 싶어요. 집사님하고 새 인생을 살아보고 싶거든요."
하긴 그건 맞는 말이다. 그녀의 말에 성재는 어느새 납득하고 있었다.
'만약 나하고 민지가 없었다면 아버지는 좀 더 편한 삶을 살 수 있지 않았을까? 저런 말들으니 마음이 아프네.'
성재는 그녀에게 말로 설득당하고, 잠시 후 요리로 또 한 번 설득당했다.

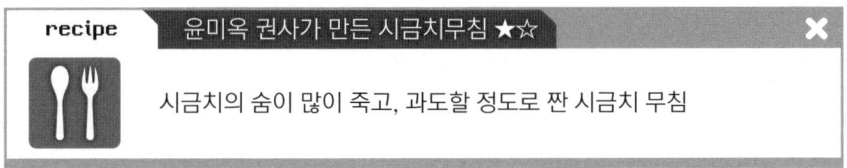

"잠깐 맛 좀 봐줄래요?"
성재는 어쩔 수 없이 그녀가 비닐장갑을 끼고 들어올린 시금치 무침을 입안에 넣었다.
'아… 진짜 짜다.'
모르고 먹었다면, 그냥저냥 넘길 수 있었겠지만, 알면서도 먹는 게 얼마나 힘든지 그제야 깨달았다. 성재는 더 이상 참지 못하고 물을 벌컥벌컥 들이켰다.
냉수로 짠맛이 가시고 나서야 공관병 녀석의 행동을 짐작할 수 있었다.
'이 멍청한 놈! 끝까지 예의 엄청 차렸겠지. '권사님! 진짜 맛있어요. 윤아도 좋아하겠네요.'이렇게 말하면서 사태를 악화시킨 게 틀림없어. 그게 아니면 설명이 안 돼.'
성재는 자신의 생각을 확인하기 위해 그녀의 미식등급을 확인했다.
그리곤 역시나 충격.

윤미옥 권사의 미식등급은 ★!
이제까지 이렇게 낮은 미식등급을 본 적은 없기에….

'극 상극이네. 이 분은 자신의 요리 정도면 무조건 맛있다고 생각하는 거야.'

윤아는 요리를 못 하지만 미식등급은 높았고.
이 여성은 요리도 못 하면서, 미식등급도 낮다.
그러니, 2성짜리 요리만 만들어도 자신은 맛있다며, 별로라고 하는 사람들에게 식성이 특이하다며 의아하게 생각했겠지. 그렇게 살아왔을 거고.
성재가 물을 벌컥벌컥 들이켜는 행동에 그녀가 놀란 듯 말했다.
"간 딱 맞는데? 정말 이상했어요?"
역시 성재의 생각이 맞았다. 이 여자. 요리에 있어서는 매우 심각하다.
"이상하다기보다는 그냥… 전 시금치가 잘 안 맞는 것 같습니다."
성재는 둘러서 말해주었다.
그러자 윤 여사는 시금치무침을 랩에 싸서 냉장고에 넣으며 오히려 당당하게 말했다.
"편식하면 안 돼요. 윤아도 편식 때문에 얼마나 제가 뭐라고 하는데요. 인스턴트 음식은 잘도 먹으면서, 제가 만든 건강식은 왜 안 먹는지…."
그는 어이가 없었다.
'이건 편식이 아니라, 권사님 입맛이 이상한 건데요?'
그때, 떠오르는 또 다른 시스템창.

 편식에 대해 알게 되었습니다
달성조건 4를 알게 되었습니다
달성조건 4 윤미옥 권사의 조리실력 향상

'달성조건 7에 이어 4까지?!'
성재는 놀라움을 감추지 못한 채, 그녀가 차린 밥상에 쳐다보았다.
정말 끔찍했다. 평균 1성 반의 요리들. 그리고 이어지는 폭력적인 말.
"식사 같이해요."
이제는 더 이상 참을 수 없다.
남의 가정 건드리는 건 아니라고 들었지만, 이건 아니지. 암 아니야! 퀘스트도 퀘스트지만, 진짜 퀘스트 때문에 그녀의 인생에 참견한 건 아니었다.

성재는 본인이 직접 만든 시금치 무침(★★★)을 그녀에게 건넸다.
"어때요? 권사님 시금치하고 제 시금치하고?"
"어? 진짜 다르네요."
"일단 권사님이 만드신 시금치는 숨이 너무 죽었어요. 너무 많이 익힌 거예요. 소금도 너무 많이 넣으셨고요."
다음은 콩자반(★★★)이었다.
"이것도 비교해서 드셔 보실래요?"
성재의 말에 또 한 번 놀라는 윤미옥 권사.
"같은 재료일 텐데… 어떻게 이런 맛을 낸 건가요?"
"권사님! 이제 제가 윤아씨 마음 잡는 법 가르쳐 드릴게요."
"?!"
"이대로 한번 해보시고, 안되시면 다시 말씀해주세요."

그날 오후. 윤미옥 권사가 떠나고 성재는 결심했다.
'마주치지 말자. 같이 한 곳에 있는 것은 더더욱 안 되고.'
하지만 마음대로 되지 않았다. 윤아가 학교에서 끝나고 집으로 곧장 온다는 것이다. 오늘 학원에서 실습할 채소튀김을 성재에게 배우기 위해서였다.
성재는 올 것이 왔다면서 마음을 가다듬었다. 문자 메시지를 통해 그녀가 통보식으로 말했기에, 성재는 도망칠 수 없었다.
- 오빠, 아빠가 오늘도 회식이라고 한 거 들었죠? 내려가지 말고 기다려요. 오늘 제가 채소튀김할 거니까 옆에서 도와주세요.
성재는 채소튀김을 위한 모든 준비를 마치고, 집에 들어온 그녀에게 말했다.
"준비 다 했습니다. 레시피도 여기 따로 적어두었습니다. 아마 도움이 되실 겁니다."
어디까지나 난 여기까지만 하겠다라는 암묵적 표현. 그녀도 성재의 의도를 어느 정도 알아차린 듯 고개를 끄덕였다.
쐐기를 박는 남자의 말.

"이제 내려가 봐도 되겠습니까?"
"저기요. 성재 오빠, 제 요리 먹진 않더라도 도와주기라도 하면 안 될까요?"
여자가 아쉬운 듯 부탁조로 말했다. 자신의 요리가 어떤 수준인지 정확히 알고 있는 그녀.
그러기에 성재는 무너지지 않겠다던 결심이 깨지고 말았다.
"…알겠습니다."
성재는 사무적인 말투로 일관했다. 호감도 오르는 속도가 심상치 않았기 때문이었다.
"저기 오빠, 깻잎은 어떻게 해야 돼요?"
"물에 담가 두시면 됩니다. 호박은 안에 씨 제거하시고….”
"알았어요."
성재는 해야 될 말만 했다.
위험해지지 않도록.
친해지지 않도록.

성재는 옆에서 그녀가 반죽물을 만드는 것을 보았다.
"더 저어주셔야 합니다. 반죽이 완전히 풀어질 때까지 한 방향으로 저으셔야 합니다."
"저 잘하고 있는 것 맞죠?"
"네. 잘하고 계십니다. 깻잎 튀기기 전에 물기 제거하고 튀기셔야 되고, 초간장은 잣가루를 뿌리셔야 됩니다. 잊지 않으셨죠?"
성재는 그녀가 만든 채소튀김을 확인했다.
처음부터 끝까지 성재가 달라붙어 도와준 채소튀김.

 recipe 강성재와 배윤아가 함께 만든 채소튀김 ★★★☆
기름기를 쪽 뺀 채소튀김. 튀김옷의 적정 농도를 맞추어 적정 온도에서 튀겨내었다. 타거나 설익은 부분 없이 완벽하게 만들었다
간부식당 조리병 직업 보너스에 의해 ☆등급만큼 향상되었다

"오빠, 진짜 맛있어요. 드셔 보세요."
윤아의 말을 무시할 수 없었던 성재는 젓가락으로 호박튀김을 집어 입에 넣었다.
'달콤하면서도 괜찮네.'
그다음은 깻잎 튀김.

바삭바삭하면서도 깻잎의 감칠맛은 소스를 찍지 않아도 될 만큼 탁월한 선택이었다.
성재는 일단 안심했다. 오늘은 함께 음식을 만들었는데도 더 이상의 호감도 상승은 없었다. 사무적인 말투가 통한 건가? 성재는 빈 그릇을 보며 윤아에게 말했다.
"치우겠습니다."
"네. 같이 치워요."
"아닙니다. 학원 가실 준비 하셔야죠. 제가 혼자 치우겠습니다."
"괜찮아요. 시간 많아요. 같이 치워요."
혼자 치워도 되는데 그녀는 계속 같이하겠다고 한다. 성재는 고개를 끄덕이며 그녀의 호의를 받아들였다.
접시를 들어 싱크대에 올려놓고 설거지를 하는 성재. 빈 접시를 하나하나 건네주는 윤아. 그녀가 마지막 빈 접시를 들어 성재에게 건네주고, 성재는 그녀가 건네준 접시를 받는데, 그녀의 손과 성재의 손이 부딪히며 접시가 땅바닥에 떨어지고 말았다.

쨍그랑!
접시가 깨지고, 윤아가 놀라 주저앉았다.
"앗! 괜찮습니까? 다친 데 없습니까?"
성재가 놀라서 윤아에게 다가갔다. 윤아의 손가락이 유리 파편에 베여 피가 난다.
성재는 그녀의 손을 만지며, 안에 유리조각이 들어가 있는지 확인해보았다.
그리곤 안심했다.
"다행인 것 같습니다. 안에 파편은 없어 보입니다. 일단 소독은 하셔야 될 것 같습니다. 바르는 약 어디 있습니까?"
그런데… 윤아가 대답하질 않는다.
그리고 떠오르는 시스템창.

> 사용자 강성재에 대한 배윤아의 호감도가 360 올랐습니다

성재는 깜짝 놀라며, 윤아를 쳐다보았다.
윤아 또한 성재를 쳐다보고 있었다.

MD 500 디펜더

성재는 그녀의 눈빛을 애써 외면하며, 구급상자에서 거즈를 꺼내 들었다. 과산화수소로 소독을 하고, 거즈로 감싼 후, 밴드로 고정시켰다. 그녀의 얼굴에 홍조가 피어오른다. 호감도 상승은 거기에서 멈추지 않았다.

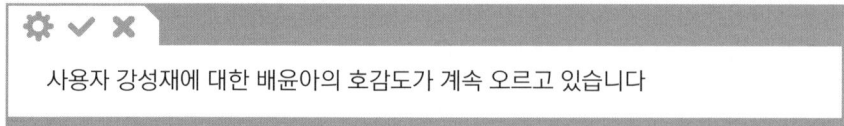

사용자 강성재에 대한 배윤아의 호감도가 계속 오르고 있습니다

더구나 이제는 표시하지 않았던 그녀의 주변에 '+1'이라고 쓰인 시스템창이 여기저기 터져 나온다.

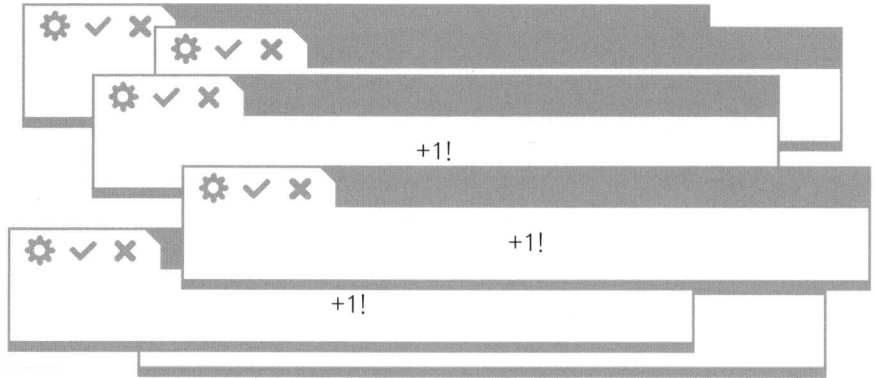

그는 직감했다. 여기 더 있으면 안 될 것 같다고.
직감은 적중했다. 그에 따른 새로운 퀘스트!

> **전직 퀘스트** 이루어지면 안 될 사랑
> 사용자 강성재에 대한 배윤아의 호감도가 위험 수위에 도달하려 한다
> 호감도가 1,000이상으로 상승하여, 애정도로 바뀌기 전에 자리를 이탈하라
>
> **성공 시 보상** EXP 5,000
> **실패 시** 연대장(배원영)의 호감도 3,000 하락, 전직 퀘스트 실패(사단회관 조리병), 군내 인지도 대폭 하락, 연애 시뮬레이션 모드 개방

"일단 응급조치는 했으니, 큰 문제는 없을 것 같습니다. 전 그럼 가보겠습니다."
성재는 재빨리 밖으로 나갔다. 그녀가 계속 보고 있는 것 같아 뒤통수가 따가웠다.
그래서 동작이 더 빨랐는지 모른다. 하지만 이게 최선이기에, 후회는 없었다.

다음 날. 관사는 텅 비어 있었다. 성재는 가슴을 쓸어내렸다.
'연대장님이 오늘부터 휴가 가셔서 정말 다행이다. 권사님도 같이 내려가셨겠지?'
군용 휴대폰. 메시지가 도착해 있다. 윤아다.
- 성재 오빠! 어제는 고마웠어요. 덕분에 상처도 덧나지 않고 잘 아물고 있어요.
성재는 잠시 고민하다 사무적인 말투로 답장을 보냈다.
- 다행입니다.
그러자 다시 도착한 메시지.
- 성재 오빠, 고향 내려갔다가 3일 뒤에 올라올게요. 요리 또 알려 주실 거죠?
- 당분간은 어려울 것 같습니다. 3일 뒤면 윤성민 일병이 다시 공관병 임무 수행할 것 같습니다.
성재는 최대한 감정을 지운 채 메시지를 보냈다. 이 정도면 충분히 알아들었으리라 생각되었다. 역시나, 답장이 오지 않는다.
그는 안도의 한숨을 내쉬며, 다시 한번 고개를 저었다.
'앞으로 윤아는 어떻게든 피하자.'

그러자 눈앞에 메시지가 떠올랐다.

> ⚙ ✓ ✗
> 전직 퀘스트 이루어지면 안 될 사랑(달성)으로 경험치 5,000을 획득하였습니다
> 레벨이 18로 상승했습니다

공관병 윤성민 일병과 인수인계도 끝났고, 휴대폰도 건넸다.
족쇄가 사라진 셈, 윤미옥 권사도 성재의 조언을 받아들여 윤아랑 매일같이 함께하며 요리학원도 같이 다닐 거라 하니, 조금은 안심도 되었다.
'이제 대놓고 나한테 연락하고 그러진 않겠지. 시간이 해결해주지 않을까?'
이제 곧 명절인 설이었다. 몸은 편했지만 정신적으로는 피곤했던 공관병 임무를 끝내고 간부식당에 출근한 성재.
리모델링한 간부 식당은 화려하게 탈바꿈해 있었다. 천장에는 샹들리에가 달려 있고, 그 옆에는 화려한 커튼 장식과 이름 모를 화가들의 그림 작품들이 여럿 걸려 있다.
'돈 많이 들었나 보네.'
성재의 생각을 눈치챘는지, 옆에 있던 오민호가 그를 보며 말했다.
"BOQ, BEQ 숙소관리비 걷은 거로 집행한 거래. 그림들도 다 신인 작가들꺼라 얼마 안 들었고, 인사담당관님이 말씀하셨어."
성재도 오랜만에 본 민호에게 되물었다.
"그래? 너 이제 간부 입장에서 말한다?"
"그런 거 아닌데?"
"근데 언제 부사관학교 들어가?"
성재의 말에 서효석 상병이 웃으며 입을 열었다.
"성재야. 민호 불합격했어."
"네? 불합격 말씀이십니까? 불합격을 왜 합니까?"
"어. 필기시험 30점 만점에 8점 맞았단다. 커트라인이 12점이었는데…."

성재는 충격을 먹었다. 민호가 30점 만점에 8점을 맞았다는 데 충격을 먹고, 커트라인이

고작 12점이라는데 또 충격을 먹었다.
"어휴, 떨어질 게 없어서 그런 길 떨어지냐?"
"그만 말해. 쪽팔려. 공부를 해 본 적이 없는데 어떻게 하냐? 안 그래도 중대선임들한테 욕 뒈지게 먹었다."

민호는 머쓱한지, 조리실 청소를 시작했다. 그때 서효석 상병이 성재에게 책을 건넸다.
"이게 뭡니까?"
성재의 질문에 그가 담담하게 대답했다.
"내가 중화요리 배울 때 공부했던 책."
성재는 자신의 추억이 담긴 책을 넘기는 그를 놀란 눈으로 쳐다보았다.
"이거 무협으로 말하면 비급 아닙니까?"
그러자 서효석이 실소를 터트리며 말했다.
"그 정도까진 아니야. 오버하지마. 아, 오늘 메뉴는 짬뽕인 거 알지?"
"아… 짬뽕 말씀이십니까?"
"리모델링 후, 담당관님이 우리가 잘하는 메뉴로 바꿔줬어. 중화요리가 꽤 많을 거야."
그러고 보니, 식단표에 중화요리가 생각보다 많이 보인다. 짬뽕에 잡채밥, 볶음밥에 오므라이스, 거기에 탕수육, 군만두 등등.
서효석. 그는 분명 중화요리의 대가. 성재는 그의 빠른 손놀림을 보며, 그가 왜 이제까지 참고 살았는지 이해할 수 없었다. 실력도 충분한 사람이 왜 그렇게 움츠리고 살았는지.
서효석은 짬뽕에 들어갈 수타면을 준비하며 성재에게 말했다.
"설마 한번 딱 보고, 짬뽕 요리 하루 만에 마스터 하는 건 아니겠지?"
그러자 성재는 의미심장한 미소를 머금은 채, 그에게 대답했다.
"그럴 리가 있겠습니까? 보통 사람은 그렇게 못합니다."
"넌 보통 사람 아니잖아."
"저 보통 사람 맞습니다."

물론 성재는 하루 만에 배울 작정이었다.
옆에서 제대로 보고, 완벽히 익힐 생각이었다.
하지만 저번처럼 무식하게 3시간, 4시간 연습하며 배울 생각은 없었다. 남은 스킬 포인트를 투자한 뒤, 홀로그램 기능을 활용해 익힐 생각이었다. 그가 요리를 시작하자, 성재가 요리사의 눈으로 그의 동작을 확인했다. 그러자 시스템창에 메시지가 떠올랐다.

신뢰하는 동료 서효석이 새로운 요리를 시도 중입니다

예상 메뉴 수타면 짬뽕
정보를 확인할 수 없습니다
필요 레시피
한식 레시피 Rank : D 이상   중식 레시피 Rank : D 이상

성재는 시스템창을 통해 중화요리가 정통 중국요리가 아니란 것을 깨달았다. 한식과 중식의 퓨전. 어떻게 보면 중국음식을 한국화한 것. 그중에서 짜장면처럼 중국에는 없던 메뉴를 새로 개발한 것도 있다.

'어차피 투자할 거, 망설이지 말자.'

성재는 보너스 포인트를 투자하고 현재 보유 기술과 잔여 스킬 포인트를 확인했다.

보유 기술 (Active Skill)

1. 요리사의 눈 [Chef's Eye] (Rank : C)
   - 개안 1단계 : 너의 미식 등급이 보여!
2. 요리사의 신체 [Chef's Body] (Rank : E)
3. 군대 요리 레시피 [Military Food Recipe] (Rank : C)
   - 랭크 한계(Rank : C)까지 투자한 상태입니다
4. 한국 음식 레시피 [Korean Food Recipe] (Rank : D)

New! 랭크가 한 단계 올랐습니다
Bonus Skill Point : 2 를 사용하였습니다

> ⚙ ✓ ✗
>
> 5. 중국 음식 레시피 [Chinese food Recipe] (Rank : D)

> ⚙ ✓ ✗
>
> New! 새로운 레시피를 습득했습니다.
> Bonus Skill Point : 1 을 사용하였습니다
> New! 랭크가 한 단계 올랐습니다
> Bonus Skill Point : 2 를 사용하였습니다
> Bonus Skill Point 1

나머진 어디에 투자할까?

> **신규 습득 가능 기술 목록**   ✗
>
> 1. 요리사의 눈 [Chef's Eye] (Rank : B)
>   - 현재 직업에서는 더 이상 투자하실 수 없습니다
> 2. 요리사의 혀 [Chef's Tongue] (Rank : E)
> 3. 요리사의 코 [Chef's Nose] (Rank : E)
> 4. 요리사의 손 [Chef's Arm] (Rank : E)
> 5. 요리사의 신체 [Chef's Body] (Rank : D)
> 6. 한국 음식 레시피 [Korean Food Recipe] (Rank : C)
>   - 현재 직업에서는 더 이상 투자하실 수 없습니다
> 7. 중국 음식 레시피 [Chinese food Recipe] (Rank : C)
>   - 현재 직업에서는 더 이상 투자하실 수 없습니다
> 8. 일본 음식 레시피 [Japanese food Recipe] (Rank : E)
> 9. 프랑스 요리 레시피 (French Food Recipe) (Rank : E)

아직까진 필요한 스킬이 보이지 않는다. 성재는 다시 레시피를 쭉 훑어보았다.
한국 요리와 중국 요리 레시피를 Rank : D까지 투자하니, 변화된 사항이 확인된다.
그건 새로운 대분류 메뉴.

> ⚙ ✓ ✗
>
> 대분류 중화요리 레시피
> 중분류 ★★등급, ★★☆등급, ★★★등급
> 소분류 아직 중분류가 선택되지 않았습니다

성재는 일단 ★★ 짜리 중분류를 선택했다.

그러자 ★★의 중화요리 레시피가 쭉 나열되었다.

> ⚙ ✓ ✗
>
> 해당 레시피는 한국 요리 (Rank : E), 중국 요리 (Rank : E) 이상 투자하여야 배울 수 있는 레시피입니다
>
> 짬뽕 ★★ (숙련도 55%)   짜장면 ★★ (숙련도 44%)
> 울면 ★★ (숙련도 57%)

★★☆짜리와 ★★★는?

> ⚙ ✓ ✗
>
> 해당 레시피는 한국 요리 (Rank : D), 중국 요리 (Rank : D) 이상 투자하여야 배울 수 있는 레시피입니다
>
> 잡채밥 ★★☆ (숙련도 16%)   마파두부 ★★☆ (숙련도 31%)
> 쟁반짜장 ★★☆ (숙련도 09%)   탕수육 ★★★ (숙련도 78%)
> 유산슬 ★★★ (숙련도 16%)   팔보채 ★★★ (숙련도 31%)

성재는 수많은 중화요리 레시피를 보며 깨달았다.

레벨을 진짜 많이 올려야 된다고!

세상에는 수천, 수만 가지의 음식이 있다. 일식도 있고, 베트남 음식도 있고, 인도 음식도 있고, 영국, 프랑스, 정말 셀 수 없을 만큼 많은 음식이 있다.

'어휴, 다 언제 배우냐?'

그때, 서효석이 성재를 보며 말했다.

"성재야. 집중 좀 하자. 짬뽕 만드는 법, 가르쳐준다니까?"

"네. 보고 있습니다!"

"알았어. 잘 봐. 한 번만 해줄 거야."
"네! 알겠습니다."

같은 시각.
MD 500 디펜더라 불리는 군용 기동장비. 최고 속도 258km/h, 순항 속도 221km/h로 비행할 수 있는 헬리콥터가 동해안 섹터를 저공비행하고 있다.
작전지역 항공정찰을 실시하는 군 간부들.
그 중 헬기조종사 조남식 준위가 군단장을 향해 브리핑을 실시했다.

"군단장님! 바로 이곳까지가 8군단 섹터 중 최남단 지역이며, 이남지역부터는 2작사, 50사단이 담당하고 있습니다."
"그렇군. 그럼 여기가 현재 60연대가 맡고 있는 해안 섹터란 말인가?"
"그렇습니다. 현재 60연대 3대대가 해안경계를 맡고 있습니다."
"좋아. 그럼 60연대 1대대는 현재 어디에 있지?"
"60연대 본부랑 같은 주둔지를 사용하고 있습니다."
"그럼 그쪽에 현재 착륙할 수 있겠나?"
"60연대 주둔지 말씀이십니까?"
"그래."
"알겠습니다. 60연대 주둔지에는 별도의 헬기 착륙장이 없어서, 연병장에 내릴 수 있도록 지금 협조요청 넣어보겠습니다."
"도착까지 몇 분 정도 걸리지?"
"앞으로 15분 안에 도착합니다."
군단장은 헬기조종준사관과 대화를 끝낸 후, 얼굴에 미소를 띠웠다.
'누룽지 삼계탕이 60연대 1대대였었지?'

101
군단장님은 상당한 미식가

연대에는 갑자기 비상이 걸렸다. 지휘통제실에서 대기 중이던 작전과장은 화학장교로부터 군단장님이 오신다는 보고를 듣고 버럭! 화부터 내고 있었다.
"야! 무슨 소리야? 군단장님 시간계획에 여기 오시는 게 없는데!"
"조금 전에 999K로 통신 왔습니다."
"야! 너 눈이 있으면 똑바로 봐! 군단장님 시간계획! 지금 우리 사단섹터 항공정찰 하고 있을 시간인데, 여기를 왜 오냐?!"
그때… 엄청난 바람을 일으키며, 하늘에서 커다란 진공음이 들려왔다. 너무 시끄러워서 귀가 따가울 정도.
"연병장에 헬기 착륙하고 있습니다! 연대장님 모시고 연병장으로 나가셔야 합니다!"
작전과장은 처음 보는 광경에 미치고 팔딱 뛸 지경이었다. 그는 바로 연대장실로 달려가 상황을 보고했다. 그러나 연대장은 미리 알고 있었다는 듯 평온하게 말했다.
"어. 5분 전에 들었다. 나가자!"
"알겠습니다!"
이미 조종준사관에 의해 지휘계통으로는 군단장님 방문이 전달된 상황.
연대장과 연대 작전과장, 그리고 해안 대대장인 3대대장과 내륙 대대장인 1대대장도 연병장으로 이동하며 군단장을 도열할 준비를 마쳤다.

콰콰쾅쾅쾅쾅쾅!

흙먼지가 헬기 착륙 지점 사방으로 순식간에 날렸다. 반경 50m는 흙먼지로 인해 시야가 분산될 지경. 그럼에도 불구하고 헬기는 사뿐하게 연병장에 내려앉기 시작한다. 서서히 착륙하는 것을 봐서 조종사의 실력이 대단하단 것은 누구나 알 수 있었다.

헬리콥터가 시동을 멈추고, 프로펠러 날개가 서서히 멈추자 시끄러웠던 소음도 사라지고, 흙먼지도 점차 줄어들었다. 군단장은 바로 내리진 않았다. 그 또한 작전헬기를 수십 번도 더 타본 베테랑 중에 베테랑 지휘관이었기에 이런 상황에 익숙했다.

"충성! 작전간 이상 없습니다."

연대장이 평소에는 볼 수 없는 큰 목소리로 군단장에게 경례했다. 그러자 군단장은 미소를 띤 채, 연대장에게 말했다.

"연대 작전계획이나 들어볼까?"

"알겠습니다. 바로 준비하겠습니다."

같은 시각. 온 부대는 난리가 났다. 연병장에 헬기가 내려앉은 것은 난생처음 있는 일이라며 추운 날씨에도 연병장에 시선을 둔 장병이 대부분이었다.

그 앞에서 조종사복장을 한 준위 두 명은 선글라스를 쓴 채, 연병장에서 서로를 마주 보며 맞담배를 피웠다. 그러자 병사들이 그 두 명을 보며 엄지손가락을 내밀었다.

"와! 졸라 멋있다. 저게 조종준사관인가봐! 대박! 짱 멋있다."

"진짜 멋있습니다. 포스 쩝니다. 쩔어!"

"근데 저거 위험하지 않냐? 가끔 떨어지기도 하잖아."

"그렇다고 들었습니다. 그래서 위험수당 많이 준다고 합니다."

"어휴, 부럽긴 한데, 하고 싶진 않네. 목숨 걸고 하는 거잖아."

"그렇습니다. 멋있기만 합니다."

잡담은 오래가지 않았다. 군단장님이 오셨다는 소식을 듣고, 각 중대 행정보급관들이 소리를 질렀다.

"복도에 있는 놈들 누구야! 다들 생활관으로 안 들어가?! 동작 빨리빨리 못해?!"

장군이 부대에 오면 다들 생활관에 들어가 있는 게 최고다.

얼굴 마주쳐봐야, 병사들에게 좋은 일은 거의 없을 테니.

같은 시각. 성재는 헬기를 보며, 대략 무슨 상황인지 짐작했다.
"강희철 상병님, 군단장님 오신 것 같지 않습니까? 저 번에 한번 오신다고 하셨잖습니까!"
그러자 강희철이 고개를 저으며 성재에게 말했다.
"야! 설마, 헬기 타고 왔겠냐? 말도 안 돼! 그게 사실이면 이건 전설이다!"
"말이 안 되면 누가 헬기를 타고 연대로 옵니까? 헬기 탈 수 있는 사람이 사단장님하고 군단장님, 그리고 군사령관님하고 참모총장님밖에 더 있습니까?"
"그렇네. 그럼 사단장님 아니면 군단장님이겠네?"
"아마, 군단장님일 가능성이 큽니다. 그리고 식사하러 오신 것일 수도… 있습니다."
"에이! 미쳤냐? 군단장님이 식사하러 여기까지 온다고?"
반면 서효석은 말이 된다고 생각했다.
'누룽지 삼계탕을 드실 때 표정이 예사롭지 않았었어. 진짜 오실 줄은 몰랐네. 오늘도 식사를 하고 가실 거야. 그때 성재가 만들었던 것보다 맛있는 음식을 만들 수 있을까?'
서효석은 자신이 현재 할 수 있는 최상의 레시피를 떠올렸다. 이왕 여기까지 오셨는데, 실망시켜드릴 생각은 없었다. 더구나 오늘 식단은 자신에겐 전공이나 다름없는 중화요리. 오늘의 주인공은 자신이어야만 했다.
그때, 대대 인사담당관이 헐레벌떡 간부식당에 뛰어오며 서효석에게 말했다.
"오늘 메뉴 뭐야?"
"짬뽕입니다."
"아, 그걸로 될까? 다른 거 뭐 없어? 군단장님 드시고 가실 수 있는 거로!"
허란희 상사의 말에 서효석이 당당한 목소리로 말했다.
"이번 짬뽕, 괜찮습니다!"
"정말이야?! 믿어도 되는 거지?"
사제담당관의 말에 성재가 옆에서 같이 대답했다.
"저도 자신 있습니다!"

오전 11시 40분. 군단장은 미칠 것만 같았다.

'이 자식들, 밥은 언제 먹나? 왜 이렇게 브리핑을 오래 하는 거야?'
보고가 길어질수록 지루해지기만 하는 군단장. 반면, 연대장은 분위기 파악을 못 하고 계속해서 브리핑을 하고 있다.
"저희 60연대는 68사단 제 1경비대대를 모체부대로 1998년에 창설하여, 현재까지 20여 년간 삼척지역에서 임무수행 중에 있습니다. 저희 책임지역 내 주요 전투상황으로 1968년 삼척 도계 일대에 무장공비 120여 명이 침투한 사례가 있겠으며, 1996년 강릉 대잠 사건 때, 40여 일간 침투 및 국지도발 상황에 따라 매복 작전에 참여한 바가 있습니다. 다음으로는 편제입니다. 저희 연대는 상비사단의 상비연대이지만, 전시 편제 대비 약 60%로 운영되고 있습니다. 따라서 해안경계 투입 전 부대는 편제 대비 100%로 운영되지만, 예비대대는 약 40% 정도 병력밖에 충원되지 않습니다."
"그래? 그럼 나머지 60%는 어떻게 충원하나?"
"일부 병력은 상근 예비역을 활용하고, 대부분은 동원병력으로 충원할 예정입니다."
"동원?"
"그렇습니다. 저희는 상비사단임에도 불구하고, 전시에 향토나 동원사단만큼의 규모로 동원병력을 받게 됩니다. 마침 3주 후에 저희 1대대 동원훈련이 예정되어 있습니다."
"동원훈련이라…."
군단장은 슬슬 한계에 이르렀다.
자신이 알고 있어야 하며, 중요한 이야기임은 틀림없지만, 계속해서 저번에 먹었던 누룽지 삼계탕이 눈앞에 아른거렸다.

군단장은 8군단의 최고지휘관으로 오른 후 불만이 많았다.
식사 때문에.
군단장 부임 전, 3군 본부가 있는 계룡대에 있을 때까지만 해도 이런 불만은 없었다. 장성이 약 50여 명이나 되는 그곳의 음식은 늘 화려했고, 진귀했다.
하지만 야전은 그렇지 못했다. 신경을 써도, 자질이 좋은 병사들이 들어오질 않았다.
매일 밖에 나가서 밥을 먹을 수도 없고, 나간다고 해도, 강원도 오지 중의 오지인 양양군에 맛집이 있으면 몇 개나 있겠는가?
그렇다고 자신이 직접 병사들을 가르치는 것은 지휘관으로서 체면이 서질 않는다. 이런 건 부하들이 알아서 해야 하는데, 요즘 부하들은 이런 점이 약했다.

'20년 전만 해도 이 정도는 아니었는데….'

요리 못 하는 병사들을 가르친다 해서 한순간에 요리 실력이 늘어나는 것도 아니고. 그래서 숙련도 높은 조리병을 공관병이나 회관 조리병으로 뽑고 싶어 했다. 그러나 그의 눈에 들어오는 병사는 몇 없었다. 이제 막 20대 초반, 요리에 경험이 많은 병사가 최전방 야전에 있을 리가 없다. 군단장은 침을 삼키며 연대장이 브리핑하는 것을 끊었다.

"연대장!"

"네. 군단장님!"

"밥은 언제 먹나?!"

성재는 옆에서 홀로 분투하는 서효석 상병을 보며 안타까운 눈빛으로 바라보았다.

수타해물짬뽕 조리법을 알게 되었습니다

 서효석이 혼신을 담아 만든 수타해물짬뽕 ★★★★

멸치육수로 우려낸 국물에 본인이 직접 뽑아낸 수타면과 새우, 홍합, 모시조개를 넣어 풍미를 살렸다. 해물짬뽕의 핵심재료 오징어가 빠져 ☆만큼 등급이 하락하였다

성재는 서효석 상병이 만든 음식을 보며 생각했다.

'부족해! 저걸로는 군단장님을 만족시킬 수 없어.'

군단장님의 입맛을 사로잡지 못한다고 해도, 크게 걱정될 건 없었다. 그렇다고 불이익을 받는 건 아니니까. 그럼에도 요리사로서 인생을 건다고 생각했다면, 당연히 최고의 음식을 만들어내고 싶은 욕심이 생길 터.

지금이 그러했다.

서효석 또한 그러했고.

성재는 〈신뢰하는 동료〉 서효석에게 자신의 생각을 전했다.

"서효석 상병님, 이걸로는 안 될 것 같습니다."

"너도 그렇게 생각하지?"

"그렇습니다. 일단 해물짬뽕인데 오징어가 없는 게 큽니다."
"어쩌지?"
오늘 아침, 사제담당관과 장을 보러 갔었던 서효석은 크나큰 실수를 했다. 요즘 오징어가 없다며, 한 마리에 5,000원씩 팔고 있는데, 차마 살 수 없었던 것. 짬뽕에 오징어가 주재료인 것은 분명하나, 꼭 안 들어가도 어느 정도 퀄리티 있는 육수 맛은 낼 수 있었다.
문제는 식감. 오징어의 쫄깃쫄깃한 식감을 구현할 수 없는 게 현재 서효석이 만든 짬뽕에서 가장 큰 약점. 군대였기에, 겨우 1인당 4,000원이라는 낮은 식비로 만들어야 했기에 나올 수밖에 없었던 그 결정이 부메랑이 되어 돌아오고 있다.
'오징어, 쫄깃함, 매운 짬뽕과 어울릴 수 있는 식재료. 뭐가 있지? 생각해야 돼!'
이럴 때는 시스템도 도움이 되지 않는다. 요리사의 길 시스템에서 제공하는 레시피 목록에 창의력 따윈 들어가 있지 않다. 한 마디로 멍청한 시스템.
성재는 냉장고를 열었다. 문어도 없고, 쭈꾸미도 없다. 대체할 수 있는 맛있는 식재료를 찾아야 한다. 그때, 식당에 전화가 울렸다.
"통신보안, 간부식당 조리병 상병 강희철입니다."
- 나, 인사과장인데?
"충성!"
- 연대장님께서 군단장님 모시고 식사하러 10분 내로 갈 것 같다. 준비 다 됐나?
"아직… 덜 됐습니다."
- 빨리해! 당장!

군단장이 잠시 화장실에 다녀온다며 자리를 비웠다.
"뭐야? 메뉴가 짬뽕이야?"
"그렇습니다. 군단장님께 매운 음식은 아닌 것 같습니다."
인사과장은 확신했다. 지휘관에게 호불호가 갈리는 매운 음식이라니.
더구나 해물짬뽕이라고 들었다. 해물을 싫어하는 사람은 생각보다 꽤 많다.
"아닌 것 같습니다아? 아니면 진짜 아니야? 확실히 말해."
"확신합니다! 지금 간부 식당 가는 것은 군단장님께 찍히는 일입니다."
인사과장은 연대장을 설득하기 위해, 다시 한번 말을 꺼냈다. 확신에 찬 정보였다.

"연대장님, 군단장님은 상당한 미식가라고 합니다."
"뭐? 미식가?"
"그렇습니다. 사단 인사참모로부터 첩보 획득했습니다. 맛집을 정말 많이 다니신다고 합니다. 분명합니다."
"그럼 어디로 가야 되지?"
"삼척 하면 물회 아니겠습니까?"
"아 맞아! 바다물회였나? 거기 엄청 유명하잖아!"
"그렇습니다. 오늘 군단장님께 잘 보일 기회입니다. 그쪽으로 준비하겠습니다."
"그래. 바로 예약해!"

그 시각, 군단장은 지휘관용 화장실에서 용변을 마친 후, 손을 씻었다.
'맛있는 음식을 먹어두려면, 속을 비워둬야지.'
기분 좋은 얼굴로 나온 군단장을 향해 복도에서 연대장이 굽신거리며 입을 열었다.
"군단장님, 저희 삼척은 물회가 정말 유명합니다. 제가 잘 아는 집으로 모시겠습니다."
"물회?"
"그렇습니다. 그 집에서는 전복도 추가로 나오고, 감자전도 일품입니다."
"연대장! 너 무슨 생각이야?"
"……."
"내가 여기 온 건 말이야. 부대가 어떻고, 간부들, 병사들 눈빛은 어떤지 확인하러 온 거지. 내가 헬기 타고 여기 와서, 밖에 맛집 돌아다닌다고 생각해봐. 삼척 시민들이 어떻게 생각하겠어?"
"죄송합니다. 거기까진 생각을 못했습니다."
군단장의 말에 연대장이 고개를 푹 숙였다. 그러자 뒤에서 수행하던 인사과장의 얼굴이 순식간에 붉어졌다.
"연대장! 생각 잘못해도 한참 잘못 생각한 거야! 알았어?"
"알겠습니다. 고치겠습니다."
"항상 시민 입장에서! 밖에서 군대를 어떻게 보는지 생각하면서 지휘하는 거야. 알았나?"
"네. 명심하겠습니다."

간부식당. 군단장과 연대장, 그리고 연대 참모들과 헬기조종사들이 들어오기 시작했다.
"충성! 간부식당 운영 중!"
식사시간 통제간부인 1대대 인사담당관 허란희 상사가 힘찬 경례를 외치고, 군단장은 그녀에게 악수를 건넸다.
"상사 허란희!"
"여군인데, 불편한 점은 없나?"
"없습니다!"
"그래! 수고하게."
"감사합니다!"
군단장은 연대장이 원래 앉던 원형 탁자의 메인 자리에 앉아 주변을 바라보았다.
화사한 인테리어, 천장에 달린 샹들리에, 거기에 벽에 걸린 액자에 담긴 그림들까지.
"잘 꾸며두었군. 그나저나 아직 준비가 덜 되었나?"
"이제 곧 나올 것 같습니다."
군단장은 조리실을 바라보았다. 그가 아는 병사들이 보였다.
강성재, 강희철, 서효석. 군단장이 미소를 띠웠다.
'제대로 찾아왔군.'
강성재와 강희철, 서효석이 각자 쟁반을 들고 군단장 앞으로 걸어온다. 성재가 군단장을 보며 간단한 목례로 경례를 대신하고 입을 열었다.
"뜨겁습니다."
"그래. 메뉴는 짬뽕인가?"
"그렇습니다."
성재는 자신과 서효석이 함께 만든 음식을 탁자에 올려놓고는 회심의 미소를 지었다.

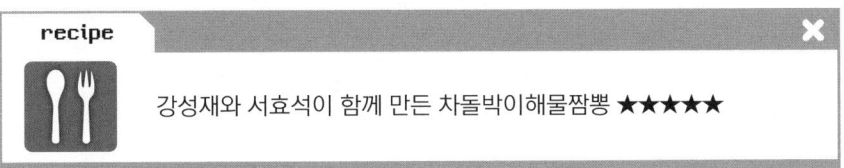

'이건 좋아하실 수밖에 없어.'

102

두 눈에 박힌 하트(♥♥)

군단장은 짬뽕 한 그릇을 앞에 두고 고민에 빠졌다.
'건더기부터 먹어야 될까? 아니면 면부터 먹어야 될까?'
그런 군단장의 망설임. 그건 부하들에게도 영향을 미쳤다. 잠시의 머뭇거림에도 긴장감은 극도로 커져만 갔다. 군단장은 짬뽕 위에 올려있는 해물을 보더니, 의아해했다.
"오징어가 없네?"
계급 중장의 말. 일순간 간부들은 멈칫. 모든 병사가 그 경직된 분위기에 경종을 울린다.
"네. 오징어는 안 들어가 있습니다."
성재의 한 마디에 간부들이 녀석을 노려보았다.
성재는 간부들의 째려보는 눈빛을 애써 무시하며 군단장만을 응시했다.
간부들이 무슨 말을 하려는 지 알고 있었다. 호감도가 높은 연대장과 1대대장은 아무 반응이 없었지만, 3대대장과 인사과장의 호감도 하락이 심상치 않았다.

> 사용자 강성재에 대한 3대대장의 호감도가 50 하락하였습니다
> 사용자 강성재에 대한 인사과장의 호감도가 50 하락하였습니다

그들이 무슨 생각을 하는지 성재는 알고 있었다. 눈빛만 봐도 감정을 읽을 정도로 뻔한 상

황이었으니까.

'이 멍청한 놈! 그런 말을 왜 해?'

'짬뽕에 오징어를 왜 안 넣어?! 저거 미친 거 아니야?'

그러나 군단장은 그렇게 생각하지 않았다. 오히려 호기심 어린 시선으로 짬뽕 국물 안을 젓가락으로 휘젓는다.

'양파, 호박, 당근에 양배추…, 괜찮군.'

미식가답게 먹기 전에 재료를 살핀다. 간부들이 식겁하며 군단장의 행동을 지켜보았다.

'벌레라도 들어간 거 아니야? 군단장님이 왜 그러시지?'

'하아, 망했다. 여기 1분만 더 있다간 심장이 터져버리고 말 거야.'

> 사용자 강성재에 대한 3대대장의 호감도가 60 하락하였습니다
> 사용자 강성재에 대한 인사과장의 호감도가 60 하락하였습니다

그런 부하들의 시선을 아랑곳하지 않는 군단장.

'그래도 기본적인 해물은 넣었네. 통새우에, 홍합, 조개….'

재료는 대충 파악했다. 이 정도면 일단 합격점. 그런데 밑에서 무언가가 걸렸다.

질경질경. 지지지직! 젓가락으로 찢겨질 정도로 얇은 무언가가….

일순간 장군의 얼굴에 피어나는 미소. 모래사장에서 진주를 찾았을 때의 표정.

젓가락에 걸린 채 짬뽕 국물 안에서 올라온 고기.

그건 바로 차돌박이!

군단장의 눈 안에 ♥♥(하트)가 박혔다?!

'찾았다! 예끼 요놈들이 숨겨놓은 게 이거였구나?!'

군단장은 강성재와 옆에 있는 서효석에게 시선을 돌렸다.

고작 20대 초반으로 보이는 젊은 병사. 그러나 숨겨진 내공은 가히 절정무림의 고수.

'뭐? '오징어는 안 들어가 있습니다?'라고? 네놈이 날 시험에 들이려는 거냐?'

무림의 고수는 절대 자신의 비법을 남에게 드러내지 않는다 했다.

여기 이 병사들도 마찬가지였다. 차돌박이 짬뽕입니다. 이 한마디만 했어도, 이렇게까지 젓가락으로 휘젓진 않았을 것이다. 하긴, 그랬다면 이런 기대감도 줄어들었겠지.

군단장은 자신의 앞에 있는 병사들이 마음에 들었다. 당당하게 자신을 쳐다보는 두 병사.

이제 그 둘의 숨겨진 실력을 볼 차례가 됐다. 군단장의 입에서 명령이 내려졌다.
"먹자!"
단 두 음절. 그 한 마디에 부하들의 긴장감이 순식간에 가라앉는다.
젓가락이 입을 향했다. 군단장은 첫 젓가락에 차돌박이를 입안에 넣었다.
그리고 곧…,
충격과 공포에 휩싸였다.

매운 짬뽕 맛을 가려주는 고기의 육질. 그리고 차돌박이 특유의 기름진 육즙이 입안에서 자신을 농락하고 있었다.
'매우면서도 맵지가 않아. 이게 무슨 조화지?'
그런데 거기서 끝이 아니었다. 뭐지? 이 일정치 못한 크기의 꼬들꼬들한 면은?
군단장이 결국 젓가락으로 면을 들어 올리며 병사에게 물었다.
"설마… 면을 직접 뽑은 건 아니겠지?"
그의 말에 옆에 있던 연대장이 긴장한 얼굴을 풀고 미소를 띠며 답했다.
"군단장님 생각이 맞습니다. 저희 조리병들은 면을 직접 뽑습니다."
배원영의 얼굴은 이미 활짝 펴진 상태였다. 3대대장과 인사과장 또한 마찬가지였다.

> ⚙ ✓ ✗
> 사용자 강성재에 대한 3대대장의 호감도가 200 상승했습니다
> 사용자 강성재에 대한 인사과장의 호감도가 200 상승했습니다

시스템은 거짓말을 하지 않는다. 성재와 효석을 향한 시선이 온화하게 변했다. 아니, 경이로운 시선으로 바라보고 있다. 군단장은 계급에 맞지 않게 감탄 어린 말투로 말했다.
"직접 뽑는다고?"
다른 사람이 말하는 것과 다르다. 수만 명의 부하를 담당하는 군단장의 입에서 저런 말이 나온다는 것이 얼마나 충격적이고 파격적인지 영관장교들은 충분히 알고 있었다.
"그렇습니다."
연대장은 지휘통제실에서 브리핑을 하다가 군단장에게 눌렸던 기세를 전환시켰다.
지금은 치고 나가야 할 때.
그리고 장기 말이 앞에 놓여 있다.

"서효석! 강성재!"

장기 말인 두 졸병을 그들의 왕이 불렀다.

"상병 서효석!"

"일병 강성재!"

왕의 부름에 두 졸병이 대답했다. 왕은 두 졸병을 보며 기특해 했다. 그리고 자랑스러워했다. 잘 훈련된 졸병을 자신보다 권세가 높은 왕에게 보여주길 원했다.

"면 뽑는 거 지금 가능한가?"

"그렇습니다!"

"시작해!"

"알겠습니다!"

기다란 이동식 아일랜드(조리대)가 원형 테이블 5m 앞에 놓였다. 두 명의 병사가 나란히 조리모와 조리복을 입고 대기했다. 그중 선임이 경례를 시작했다.

"충성!"

연대장이 손을 앞에서 흔들며, 병사들에게 경례한 손을 내리라는 제스처를 취했다.

왕이 명령을 내리고, 드디어 시작되었다.

완벽하게 훈련된 졸병들의 무술시범. 눈앞에서 펼쳐지는 장관.

조리대에서 한 명은 커다란 반죽을 밀대로 밀고, 한 명은 그 위에 밀가루를 뿌린다.

선임병은 밀대로 커다란 반죽을 밀고 완성된 반죽의 반을 후임병에게 건네준다.

후임병은 미소를 띠며 선임병에게 말한다.

"하나! 둘~셋!"

그러자 두 명의 동작이 어느새 똑같아졌다.

마치 난타 공연의 한 장면처럼 두 사람이 같은 동작으로 면을 뽑는다.

군단장은 놀라운 장면을 보며, 멍하니 둘을 바라보았다.

혼연일체(渾然一體).

생각, 행동, 의지가 하나가 된 두 사람.

'장관이군.'

면을 뽑은 두 명이 같은 동작으로 군단장과 부하들의 시선을 빼앗는다.

위에서 아래, 왼쪽에서 오른쪽, 오른쪽에서 왼쪽!

화려하게 움직이는 두 사람의 손이 멈추자, 그 앞에는 반죽 대신 면발이 놓여 있었다.

손에서 직접 뽑은 수타면은 완벽 그 자체.
서효석은 선임답게 모든 면을 뽑고 군단장에게 경례를 실시했다.
손에 묻은 밀가루 덕에 눈썹과 얼굴에 밀가루가 날렸지만, 군인정신을 발휘, 부동자세로 군단장을 응시한다.
군단장은 병사의 경례에 응답했다. 그리고 칭찬했다.
"대단해! 대단했다!"

연대장은 둘의 공연이 끝나자, 두 사람에게 가보라는 제스처를 취했다. 군단장은 흡족하게 남은 차돌박이해물짬뽕을 먹기 시작했다. 건더기 하나하나, 남김없이 먹는 그의 얼굴에는 미소가 걸려있었다. 그러나 의문점도 생겼다. 매운데 또 맑은 이 국물의 정체는?.
'멸치육수는 아니었어. 도대체 뭐야? 육수는 도대체 뭐로 만든 거야?'
군단장은 의문을 풀기 위해 주변을 바라보았다. 그런데 주변 부하들의 앞에 놓인 짬뽕은 어느새 전부 사라졌다. 빈 홍합과 조개껍데기만 수북이 쌓여있는 빈 그릇.
설마 하는 심정으로 자신의 그릇을 쳐다보았다.
'설마, 나도 모르는 새에 다 먹은 건가? 이번엔 아닌데? 신경 썼는데?'
군단장이 자신의 그릇을 쳐다보았다. 그런데 저번처럼 또 자신의 그릇이 비워져있다.
'뭐야? 내가 체면도 못 차릴 정도로 이렇게 먹었단 거야?'
그때, 짬뽕을 먹은 후에 반드시 먹어야 할 후식이 군단장이 앉은 원형 탁자에 깔렸다.
그건 바로 군만두. 서효석은 자신의 중화요리 경력을 살려 최고의 디저트를 내놓았다.

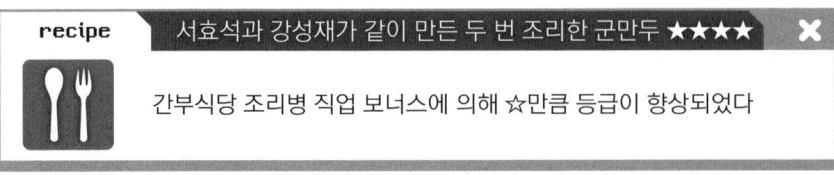

물론 4성짜리로 군단장을 만족시킬 수는 없었다. 하지만 성재에겐 특별 능력이 있다.
성재가 군만두를 원형 테이블에 놓자, 성재 주변으로 푸르스름한 오오라가 빙글빙글 돌며 각자의 발밑으로 펴졌다.

상관을 위한 요리 시 등급 보너스가 주어진다.
그들이 지금 느끼는 건 단순히 4성짜리 군만두가 아닐 터.
미식가인 군단장의 마음마저 녹일 수 있는 천상의 맛! 거기에 수타면을 뽑는 두 병사의 아름다운 하모니까지! 스토리, 맛, 퀄리티 모든 것을 다 잡은 최고의 음식!
군단장이 입안에 군만두를 넣었다.
앞니가 군만두의 단면을 자른다.

바삭?!
튀김 고유의 맛이 첫 입맛을 잡아주고!
물컹?!
내부에 수분을 가득 담은 찐만두의 촉촉함이 몰려온다.
바삭함과 촉촉함의 공존. 한 개의 요리에서 나오는 두 개의 재미. 두 개의 맛.
거기서 끝나면 아쉬울 법했지만, 또 한 번 반전을 일으키는 만두소.
볶은 돼지고기와 부추향. 그 모든 것이 조화를 이루며 마지막까지 여운을 남긴다.
퍼펙트! 판타스틱! 언빌리버블!
웬만한 맛집은 저리 가라.
군단장은 생각했다.
지금부터 이 메뉴만으로 장사를 해도 1년에 수억 원은 벌 거라 장담했다.
거하게 대접받은 군단장의 눈에 담긴 하트(♥♥)는 어느새 별(★★)이 되어버렸다.
반짝반짝!
군단장의 초롱초롱한 눈은 두 병사를 향해 있다.
'아직 내가 모르는 게 있어. 육수, 그 비밀은 과연 무엇일까?'
궁금증을 모른 체 떠날 순 없었다. 군단장의 부름에 다시 한번 원형 테이블에 선 두 사람.
"한 가지만 묻자. 차돌박이해물짬뽕. 그 핵심은 육수였어. 육수의 비밀, 알 수 있을까?"
성재는 군단장의 부름에 답하지 못했다. 분명 육수를 무엇으로 만든지는 알고 있지만 답할 수 없었다. 원조가 자신이 아닌 서효석 상병이었기 때문이었다.
서효석은 군단장에게 대답했다.
"죄송합니다. 그건 저의 고유 비법이라 알려드릴 수가 없습니다."
간부들의 얼굴이 창백해졌다. 그러나 군단장은 알았다. 자신의 질문이 터무니없었다는 것을. 요리사가 자신의 비법을 말하는 것은 군인이 작전계획을 넘기는 것과 같다는 것.
"그래. 그럼 할 수 없지. 아, 강성재?"
군단장이 갑자기 병사의 이름을 불렀다. 성재는 깜짝 놀라 대답했다.
"일병 강성재?"
그리고 옆에 있는 부하들도 놀랐다. 조리복에는 이름이 적혀있지 않다.
'설마, 연대장님이 아까 불렀을 때 이름을 기억해둔 건가?'
"그럼 넌 강희철?"
"아닙니다!"
'아니잖아. 강희철 이름이 갑자기 왜 나와?'
"그럼 효석이겠구나!"
"상병 서효석!"
그랬다. 군단장은 이미 두 병사의 이름을 알고 있었다.
간부들은 확신했다. 군단장이 여기 온 이유는 이 병사들이 만든 음식 때문이라는 것을.
"잘 먹었다! 연대장! 이 병사들 포상 휴가 가능한가?"
군단장의 말에 연대장이 대답했다. 그리고 되물었다.
"그렇습니다. 군단장님? 휴가 18일 이상 받은 병사가 있습니다. 장성급 이상 지휘관의 승인이 있어야 휴가를 보낼 수 있습니다."
"아, 그 휴가평등제 말하는 거군! 그럼 내가 조치하면 되는 건가?"
"그렇습니다! 군단장님이 조치해주시면, 휴가 내보낼 수 있습니다!"
"좋아. 기억해 두지!"

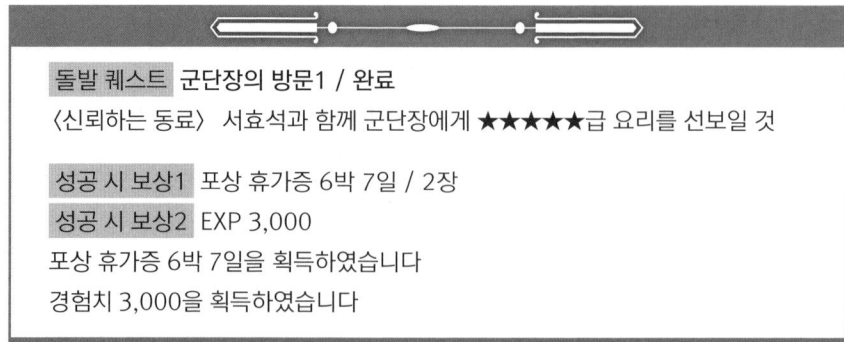

돌발 퀘스트 군단장의 방문1 / 완료
〈신뢰하는 동료〉 서효석과 함께 군단장에게 ★★★★★급 요리를 선보일 것

성공 시 보상1 포상 휴가증 6박 7일 / 2장
성공 시 보상2 EXP 3,000
포상 휴가증 6박 7일을 획득하였습니다
경험치 3,000을 획득하였습니다

급식지원업체 선정

군단장은 식사를 끝내고 헬기를 타기 전 연대장에게 물었다.
"연대장! 너희 병사 좀 데려가도 되냐?"
그러자 배원영 대령은 군단장의 농담에 재치있게 대답했다.
"대령 배원영! 그건 안 될 것 같습니다."
"뭐야? 너만 맛있는 거 먹겠단 거지?"
"저 병사들이 저희 부대에 있어야 군단장님이 절 좋아해 주시지 않을까, 생각합니다."
"하하하, 그래. 맞아. 그런 생각이 들 정도로 맛있는 음식이었다. 나중에 또 한 번 오지."
"감사합니다!"
헬기가 떠올랐다. MD 500 디펜더라 불리는 전투용 헬기가 떠오르는 모습을 밑에서 바라보는 연대장이 경례구호를 외쳤다.
"군단장님께 대한 경례!"
그러자 영관장교들이 다 같이 손을 올렸다. 한참을 내려가지 않는 손.
그날 오후. 군단에서 23사단에 공문이 하나 내려왔다.

〈제목 : 전술헬기장 추가 확보 지시〉
발신 : 8군단 작전처

수신 : 23사단장, 60연대장, 23사단 공병대대장

1. 관련근거

    가. 군단 작전계획 3043-7(수정 2호) (2017. 12. 31)

    나. 군단장 구두지시 (2018. 2. 13)

2. 위 관련근거에 의거 60연대 주둔지 일대에 전술헬기장 확보를 아래와 같이 지시합니다.

    가. 전술헬기장 확보 : 2. 28(수) 완료

    나. 헬기장 위치선정 : 60연대

    다. 헬기장 공사진행 : 23사단 공병대대

    라. 공사 완료 후 보고 : 23사단 작전처

    마. 세부계획 : 군단 작전계획 3043-7(수정 2호) 참고

설 연휴. 간부들도 병사들도 가장 휴가를 많이 나가는 시기. 보통 부대 병력의 15% 이내에서 휴가를 보내지만, 이때만큼은 30%까지 보내준다. 물론 설 연휴에는 휴가 희망자가 몰리기 때문에 원하는 날짜에 가기 힘들다. 그래서 어쩔 수 없이 남는 병력들이 있다. 그들을 위해 군대에선 설 연휴 프로그램을 여러 가지 계획한다.

   오전 : 중대 대항 축구 (예선)

   오후 : 중대 대항 족구 (예선)

   야간 : 영화상영 (인천상륙작전)

   오전 : 중대 대항 축구 (준결승)

   오후 : 중대 대항 족구 (준결승)

   야간 : 영화상영 (명량)

   오전 : 결의대회, 합동차례, 민속 윷놀이, 제기차기

   오후 : 중대대항 축구, 족구 (결승)

   야간 : 영화상영 (연평해전)

   ※ 설 연휴에는 간부식당을 운영하지 않습니다.

"성재야! 축구 안 하냐?"

그러나 심드렁한 성재.

"그걸 왜 해?"

오민호는 이해되지 않는다는 듯 성재를 향해 말했다.

"포상 휴가 타야지."

그러나 그에게는 타당한 이유가 있다.

"난 포상 휴가받아도 대대장님 휴가는 못 써."

"생각해보니 그러네. 포상 25일… 미친!"

남들이 욕을 해도 상관없었다. 포상 휴가는 전부 본인이 직접 획득한 것. 성재는 군대에서 남은 기간을 어떻게 하면 효율적으로 보낼지 고민했다. 그리고 3가지로 압축되었다.

1. 최대한 많은 휴가를 획득하자.

그렇게 되면 밖에 나가서 돈을 벌 수 있다. 그 돈만큼 가족들한테 보탬이 되고, 자신의 여윳돈으로도 쓸 수 있다.

2. 요리를 배우자.

스킬, 레시피, 레벨, 능력 등 모든 것을 활용하여, 최대한 빨리 최고의 경지에 오른다.

3. 상급부대로 간다.

이번에 알게 되었다. 대대장님과 연대장님은 더 이상 포상 휴가를 줄 수 없다. 그렇다면, 상급부대로 가서 장성급 이상 장교에게 잘 보여 포상 휴가를 받아야 한다.

그것뿐만이 아니다. 상급부대로 가면 갈수록 더욱더 실력이 좋은 요리사가 있을 것이다. 지금 간부식당에 같이 일하는 서효석이 그랬다. 중화요리에 한해서지만, 혼자 4성 반 수준의 요리를 만들 수 있는 그의 실력이 말해주고 있다.

'더 많은 분야에서 성공해야 돼. 일본, 프랑스, 이탈리아 내가 배울 수 있는 것은 무궁무진해. 어느 한 분야가 아니라 모든 분야에서 최고가 되는 거야!'

성재는 사이버지식 정보방에서 베스트 셰프 프로그램 우승자였던 강성훈이란 자에 대해 조사해보았다. 전국 호텔 셰프들 중 최고를 가리는 대회. 비록 10년 차 미만 셰프들만 참가했지만, 다들 최고의 실력을 보였다는 기사. 그중 우승자인 강성훈.

아버지를 여의고, 아픈 어머니와 여동생의 실질적 가장. 자신과 비슷한 처지.

삼류호텔에서 막내로 4년을 일한 그가 어떻게 우승까지 올랐을까?

노력이었을 것이다. 피나는 노력. 그는 그것을 쟁취했고, 성재는 그를 일단 자신의 롤모델로 삼았다. 그는 곧 세계 대회에 도전할 거라 밝혔다. 그는 겨우 견습 요리사임에도 불구하고 한식, 일식, 중식 등 모든 음식에 능통했다.

겨우 20대에 이룬 업적. 4년 만에 오른 경지. 성재는 생각했다.

'나도 할 수 있다! 나도 저런 경지에 오를 수 있다!'

처음 취사보조로 일하며 뜬 메시지.

> 이 튜토리얼은 세계 최고의 요리사가 되는 과정입니다
> 강성재 사용자는 정말 그 권리를 포기하겠습니까?

그때만 해도 암울하기만 했던 인생. 불과 4개월 전.

하지만 이제는 다르다. 세계 최고의 요리사가 단순한 꿈?

Never! Never!

이제 자신은 5성까지도 만들 수 있는 요리사.

'난 더 이상 망설이지 않아. 앞만 보고 달리는 거야.'

설 연휴 기간. 병력들은 둘로 나뉘었다. 축구와 족구 대회 등 각종 행사 참석을 통해 포상휴가를 도전하거나 또는 TV나 영화, 소설책 등을 보며 개인정비를 취하는 사람들.

성재는 공부에 매진했다. 지금 자신이 해야 될 것이 무엇인지 확실히 알고 있었다.

그는 한식조리기능사 필기 기출문제를 풀고 있었다.

홀로 밤늦게 연등까지 해가며 자격증을 획득하기 위해 노력했다.

평소에도 개인정비 시간을 이용해 풀었기 때문에 문제집이 이미 너덜너덜해져 있었지만, 성재는 끝까지 문제집을 놓지 않았다.

설 연휴가 지나고.

성재는 오민호가 결국 축구 경기에서 스트라이커로 활약하며 3중대를 우승으로 이끌었다는 것을 듣게 되었다. 그것뿐만이 아니었다. 족구도 오민호의 활약 덕분에 우승했다. 그의 공격을 받아낼 선수가 없었던 것.

나름 군대 족구 15년 경력의 2중대 행보관이 오민호의 공격을 수차례 막아냈지만, 그는 지능적으로 행보관 반대편을 공략하며 손쉽게 우승했다. 성재는 민호를 인정했다.

'넌 요리 말고, 진짜 군대… 말뚝 박아야겠다.'
오늘은 출근하지 않고 생활관에서 대기 중인 성재. 그를 보며 행정보급관이 말했다.
"공부 많이 했어?"
박재영 상사의 물음에 성재가 미소를 지었다.
"그렇습니다. 많이 준비했습니다."
"그럼 가자!"
한식조리기능사는 상시시험이다. 대대에서 혼자만 신청했기에, 행정보급관이 따로 인솔해서 시험을 치러 간다. 행정보급관은 예전과 달리 불만과 불평을 늘어놓진 않았다. 성재가 좋아서 그런 것도 있고. 평일이라 일과시간에 농땡이를 쳐서 그런 것도 있다. 그러나 가장 큰 이유는 그가 산 삼성전자 주식이 올라 돈을 많이 벌었기 때문이다.

도착한 시험장에는 다양한 연령층이 와 있었다. 다행히 군인은 성재밖에 없었다.
"어? 성재씨?"
하지만 아는 얼굴은 있었다.
"안녕하십니까? 윤미옥 권사님! 말씀 편하게 하셔도 됩니다."
윤미옥 권사. 연대장과 밝은 미래를 꿈꾸지만, 요리 때문에 윤아의 점수를 까먹고 있다.
"그럴까? 그래, 너도 시험 보러 온 거야?"
"그렇습니다. 권사님도 드디어 본격적으로 요리를 배우시기로 하신 건가 봅니다."
"그래. 네 말 듣고, 바로 윤아가 다니는 요리 학원 등록했지."
"권사님! 합격 기원하겠습니다."
"그래. 성재, 너도 꼭 합격해!"
감독관이 들어오고.
"시험 시간은 한 시간입니다. 다 푸신 분은 시험 시간 절반이 지난 30분 후부터 퇴장 가능합니다. 제출 버튼을 누르면 다시는 수정할 수 없으니, 신중을 기해주시기 바랍니다."
시험 시간은 한 시간. 하지만 30분이 지나자 성재는 바로 일어났다.
"제출하시겠습니까? 나가도 좋습니다. 바로 인터넷 접속해서 확인 가능할 겁니다."
성재가 밖으로 나오자, 차 안에 있던 행정보급관이 의아한 표정으로 쳐다보았다.
"벌써 끝났어? 합격했어?"
"잘 모르겠습니다. 사이버 지식 정보방 가서 확인해봐야 될 것 같습니다."

"됐어! 합격했겠지."
그날 사이버지식 정보방에서 합격여부를 확인한 성재. 물론 결과는 100% 합격이었다.

※ 이번 시험 최고 점수 획득자는 94점입니다.

'1등인가?'
성재는 담담한 표정으로 모니터를 바라보았다.
'이제는 실기 시험인가? 실기시험은 더 치열하게 준비해야겠지?'
실기시험은 필기와 다르다. 어떤 음식이 나올지 모른다.
그때 방송이 울렸다.
[당직사관이 전파한다! 강성재! 지휘통제실로!]
무슨 일인가 싶어 행정반으로 가서 당직사관에게 보고하고, 지휘통제실로 내려갔다.
"충성! 지휘통제실에 용무 있어 왔습니다."
"성재야. 너, 내일 군수담당관하고 군수동원 검수하러 가야돼."
"일병 강성재! 군수동원? 그게 무슨 말입니까?"
"아, 나도 확실히는 모르는데, 전시에 급식지원 해 줄 업체 가서 이 업체가 전쟁이 났을 때에도 제대로 음식을 만들어낼 수 있는지 확인하는 거라던데?"
"아직 잘 이해 못 했습니다."
"몰라. 아침에 가면 알겠지. 아침에 간부식당 출근하지 말고, 8시까지 군수과로 와라."
성재는 지휘통제실에 나선 후에야 군수동원이 무슨 말인지 알게 되었다.
떠오르는 시스템창.

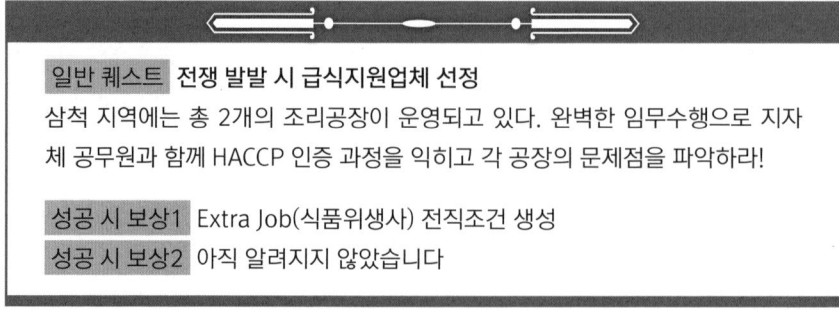

'급식지원업체라… 공장 견학이라고 봐도 되는 건가?'

104
○○○가 필요한 것 같습니다

군수담당관, 중사 김상훈. 그가 강성재를 뽑은 이유는 단 하나였다.
뭐든지 잘하니까.
처음에는 녀석에 대한 불만도 있었다. 그가 발견한 상한 닭은 자신에게 분명 위기였다. 하지만 성재는 기특하게도 연대장님께 건의를 했고. 자신이 받을 징계를 무마시키는 것은 물론, 군단장님의 표창까지 받게 만들었다.
자신을 울고 웃게 만든 녀석.
돌이켜 보면 성재가 잘못한 것은 하나도 없었다. 오히려 자신의 부족한 급양관리 업무만 드러났을 뿐. 그래서 녀석을 외부 업무에 데려가기로 결심한 것이다.
"강성재. 무슨 일 하는지 알지?"
당연히 몰라야 정상이다. 군수동원? 일반인은 물론 군인들도 쉽게 접할 수 없는 용어. 그냥 물어본 것. 하지만 이 녀석은 알고 있었다.
"일병 강성재! 어느 정도는 알고 있습니다."
"그래?"
"전쟁 발생하면, 군인들에게 식사 제공하는 공장 확인하는 과정이라고 들었습니다."
"그래. 잘 알고 있네."
군수담당관은 성재의 대답에 저절로 미소가 걸렸다.

삼척시 교동 시청 앞. 담당공무원을 만나기 전, 사단 군수동원장교와 만났다.
"충성!"
"아, 60연대 1대대?"
"그렇습니다. 군수담당관 김상훈 중사입니다."
"반갑습니다. 군수동원장교 김호영 대위입니다."
그 둘은 전화로만 업무를 했었고 실제로 만나는 건 처음이었다.
"군수담당관은 동원 업무에 대해 얼마나 알고 계시죠?"
"3년 정도 했습니다."
"든든하네요. 오늘 삼척 지역은 김 중사한테 맡겨도 되나요?"
"그렇습니다."
군수동원장교는 사단 동원참모처 소속으로 전시 군수동원 물자와 장비에 대한 소요를 파악하고, 그것을 확보하기 위한 임무를 수행한다.
SUV나 트럭 등을 보유하고 있는 사람들에게 가끔 교부서가 날아올 경우가 있다.
그건 군수동원장교가 해당지역의 전시차량동원소요를 지정했기 때문이었다.
각 시, 군, 구청 담당 공무원은 SUV나 상용트럭 등을 보유한 민간인에게 전시대비훈련이나 국지도발 상황에 차량을 동원할 수 있도록 교부서를 배부하며, 군 관계자와 긴밀한 협조를 하게 된다.
이번 임무 또한 그랬다. 다만 차량이 아닌, 식량이 전시 동원 대상이 되었을 뿐.

시청 입구 앞에는 담당 공무원이 나와 있었다. 그녀는 환한 미소로 군수동원장교 김호영 대위에게 인사를 나눴다.
"통화했었죠? 처음 뵙겠습니다. 23사단 군수동원장교 김호영 대위입니다."
"잘 부탁드리겠습니다. 충무계획담당관 김보영 주무관(9급 서기보)입니다."
김호영 대위는 고개를 저으며, 처음 보는 여성 공무원을 향해 입을 열었다.
"작년하고 담당자가 바뀌셨나봅니다?"
"아, 충무계획(전시계획) 담당하는 자리는 기피하는 자리라서 다들 맡기를 꺼려해요."
"어떤 것 때문에 그런가요?"

"일단 당장 전쟁이 일어나리란 법도 없고, 당장 중요하지 않아서 그렇지 않을까요? 업무도 생각보다 많더군요."

그녀는 작년에 임용된 9급 행정직 공무원. 업무에 있어선 초짜 중에서도 쌩초짜. 전시 비상계획이라 매우 중요한 업무임에도, 이 보직은 기피보직이어서 순환보직으로 이루어진다. 그래서 대외비나 1, 2, 3급 비밀로 다루는 이 업무담당자들은 군 간부들이 보기에 허술하기 짝이 없다.

특히 삼척 같이 인구 5만의 작은 소도시에서 일하는 공무원은 더욱 심했다.

김호영 대위는 그 사실을 너무나 잘 알고 있기에 공무원에게 큰 기대를 하진 않았다.

"그래도 저희 군에 협조해주셔야 합니다. 저희 군에서 실시하는 동원계획과 관(공공기관)에서 실시하는 충무계획은 나라의 존속이 걸린 비상계획이니까요."

"네. 그래야죠. 많이 가르쳐 주시면 열심히 배우겠습니다."

"아, 죄송하지만 오늘은 제가 같이 안 가고요. 여기 김상훈 중사가 함께할 겁니다."

"아, 그렇군요."

"전 동해, 강릉 담당자들도 만나러 가야 해서, 지금 동해시청으로 바로 출발해야 될 것 같습니다. 그럼 잘 부탁드리겠습니다."

군수동원장교가 떠나고, 김상훈 중사는 담당공무원을 보며 입을 열었다.

"그럼 어디부터 갈까요? 예성홈식품과 나인일레븐 도시락 조리공장 이렇게 있는데…."

"가까운 곳이 좋겠죠?"

"네. 예성홈식품 먼저 출발하겠습니다."

성재는 담당공무원과 군 간부들의 업무 협조를 신기하게 바라보았다.

'군인과 공무원, 이 조합 정말 신선하네. 처음 봐.'

민수용 차량인 카니발을 타고 도착한 곳은 앞서 말한 예성홈식품.

그중 한 명이 공장 앞에서 대기한 채, 공무원과 성재 일행을 향해 손짓했다.

"안녕하십니까? 추운데 들어가서 차부터 한잔하시죠."

서로 간단한 인사를 끝낸 그들은 처음부터 대표이사실로 들어갔다.

대표이사라고 해봐야 50대 초반의 젊은 사장. 그는 커피를 내오며 직접 입을 열었다.

"사실 저희 아버지는 재일 교포셨습니다. 그래서 일본에서 어묵 기술을 배워왔었죠. 돈은 별로 안 되지만, 그때는 다른 먹거리에 비해 값싼 가격이었기에 수요가 좀 많았습니다. 덕분에 선친의 뒤를 제가 맡게 되었죠."

"아… 그러신가요?"

"네. 예전에는 손으로 직접 반죽도 하고 그랬었는데, 요즘은 다 원동기에 벨트 달아서 하고 있습니다. 거의 기계가 만들죠."

대표이사의 말에 군수담당관은 고개를 끄덕이며, 입을 열었다.

"혹시 하루 생산량은 얼마나 됩니까?"

"음, 하루에 1톤 정도 생산하고 있습니다."

"굉장하네요. 그럼 한 1,000명분이라고 생각해도 되겠습니까?"

"아니, 한 2천 명이 먹어도 된다고 봐야죠."

"아… 그런데 1톤이면 어마어마한 것 같습니다. 삼척항에 그만큼 고기가 잡히나요?"

"최근에는 잡히는 고기로 하진 않고, 연육을 수입해서 쓰고 있습니다."

"그렇군요."

대표이사의 말에 군수담당관은 중점관리지정업체 지정 및 임무고지서에 기입했다.

> 업체명 : 예성홈식품
>
> 소재지 : 삼척시 교동 000번지
>
> 대표자 : 방진우
>
> 『비상대비자원 관리법』제 11조 및 같은 법 시행령 제 10조에 따라 같이 중점관리대상 업체로 지정하고 그 임무를 고지합니다.
>
> 임무고지내용 : 전시 동해, 삼척 지역 군 부대에 식량 지원
>
> 임무기간 : 2018. 01. 01 ~ 2018. 12. 31.
>
> ※ 생산량 : 1ton / 1일, 2천 명 분
>
> 서명 : [   ]

"마지막으로 공장 실제 가동 여부를 확인해야 되는데요. 가능하겠습니까?"

"네. 그럼요. 당연하죠. 저희 직원 붙여드리겠습니다."

직원의 안내에 성재는 군수담당관을 따라 이동했다. 담당 직원인 30대 남성은 공장 안쪽을 보여주며 자동화시설에 대해 말했다.

"공장의 30%는 완전자동화로 돌아가고, 40%는 반자동화, 나머지 30%는 수제작업을 하고 있습니다. HACCP 인증도 받은 안전식품입니다."

그의 말에 김보영 주무관이 환한 미소를 지으며 말했다.

"아, 그렇군요."

담당공무원과 다르다. 군수담당관은 주변을 둘러보며 의심을 감추지 않았다. 저번에 임무를 소홀히 하다가 지옥과 천당을 오간 경험 때문에 더욱 꼼꼼하게 살펴보았다.

"성재야. 이상 있으면 바로 말해야 된다."

"알겠습니다."

성재는 공장 주변을 둘러보았다.

사람들은 전부 흰색 작업복에 마스크까지 쓰며 위생을 철저히 지키고 있다. 공장 시설은 대부분 스테인리스 재질의 반자동식 기계, 그 위 구동벨트 위에서 쉴 새 없이 지나가는 반죽들. 아직까진 별문제가 보이지 않는다. 기름에 튀겨진 반죽들. 모양에 따라 각기 다른 포장지에 들어가는 조리된 어묵. 성재는 어묵을 따라 시선을 옮겼다.

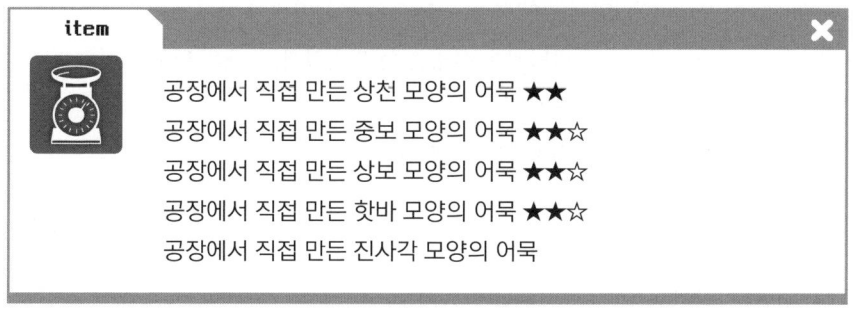

'왜 모양마다 등급이 다르지? 저 등급이 없는 건 또 뭐고?'

그래서 군수담당관에게 말했다.

"담당관님 반죽 조리과정을 보셔야 될 것 같습니다."

"그래? 왜?"

"저 사각모양… 좀 이상합니다."

"뭐가?"

"평소 보던 어묵하고 색깔이 좀 다른 것 같습니다."

"그래? 난 아직 모르겠는데?"

색깔이 다르진 않았다. 그러나 지금 육안으로 구분할 수 있는 것은 색깔뿐. 그 이유 말고 다른 이유를 대면 이상하게 생각할 게 뻔했다.
그 말을 무시할 군수담당관이 아니었다. 성재가 누군가? 상한 닭도 발견한 병사 아닌가.
그때, 여공무원이 미소를 지으며 김상훈 중사에게 말했다.
"조리과정은 다 본 것 같은데, 사인하고 다음 공장으로 이동하죠?"
그녀의 말에 담당 직원 또한 미소를 지었다.
"감사합니다. 이번에 중점관리업체로 지정되어 얼마나 기분 좋은지 모르겠습니다. 세금도 감면해주신다고 하고, 조달청 입찰에 가산점도 주신다니까, 저희 대표이사님도 정말 좋아하셨습니다."
"아, 그것 말고도 수의계약 혜택도 있습니다. 본래 2천만 원에서 3천만 원 한도까지 확대해서 수의계약 가능하세요. 보증료도 감면시켜드리고요. 이번에 지정하시면, 별 탈 없다면 계속 지정되실 거예요. 여기 서명 좀 부탁드릴게요."

서명란.
군 관계자와 시청 관계자, 업체 관계자 모두의 사인이 들어가야 한다.
하지만 둘의 사인 후에도 군수담당관은 서명을 하지 않았다. 성재의 말 때문이었다.
"반죽 조리과정을 봤으면 좋겠습니다."
하지만 업체 담당자는 군수담당관의 말을 끊었다.
"반죽 조리는 이미 오전 중에 다 끝났습니다. 오늘은 더 이상 반죽하진 않습니다."
난감해진 김상훈 중사가 성재를 바라보았다. 병사의 눈은 확신으로 가득 차 있었다.
그래서 믿었다. 믿어서 손해 볼 것은 없었으니.
"저희 병사가 어묵이 이상하다고 하네요."
"이상하다고 말씀하셨습니까?"
군수담당관의 말에 성재는 고개를 끄덕이며, 업체 직원에게 말했다.
"저 사각 모양의 어묵이 이상합니다."
"뭐가 이상하다는 건지 말해줄래요?"
업체직원은 황당한 표정을 지었지만 예의를 갖춰 말했다. 반면 성재는 망설임이 없었다.
"저 사각형 어묵은 먹지 못하는 음식입니다."
"그게 무슨 말이죠? 왜 못 먹는다고 확신하죠?"
성재는 다시 한번, '요리사의 눈'을 활용하여 문제의 제품을 확인했다.

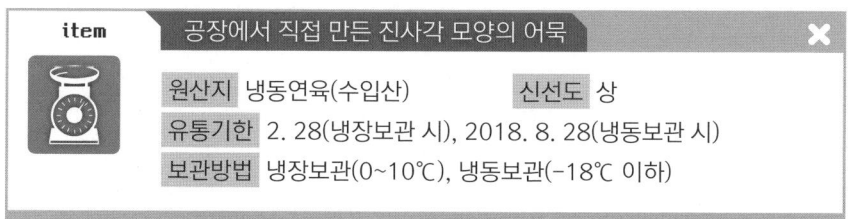

전혀 이상 없어 보이는 제품이지만, 제품 위에 있는 점의 색깔이 검은색이다. 검은색은 먹지 말아야 할 제품. 신선도는 상인데, 유통기한도 남았는데 왜 검은색일까? 아직 의문은 풀리지 않았다. 하지만 시스템은 확신한다. 검은색은… 절대 먹으면 안 되는 식품이다.
성재는 아직 풀리지 않는 정보를 알기 위해 업체 직원에게 자신의 의견을 말했다.
"원재료를 봐야 제대로 설명 가능할 것 같습니다."
직원이 황당해하며 군수담당관을 쳐다본다. 여성 공무원 또한 김상훈 중사에게 의심의 눈빛을 보내며, 병사를 만류하라고 재촉했다.
하지만 군수담당관은 성재의 감을 끝까지 믿었다.
"조리과정은 보지 못하더라도, 원재료는 볼 수 있죠? 그건 어렵지 않을 것 같은데?"
그러자 담당 직원은 한숨을 내쉬며, 고개를 끄덕였다. 냉동창고 안. 수많은 박스가 놓여있었다. 그 중 박스 하나를 꺼내고, 포장 안에 든 연육을 손으로 만지며, 입을 열었다.
"아까 말한 사각 어묵은 이 연육을 씁니다. 잡어와 갈치의 생선살을 섞어 쓰죠. 거기 청년, 이제 원인을 찾았나요? 저희는 이렇게 냉동 창고에서 철저하게 보관하고 있습니다. 의심이 풀렸으면 좋겠네요."
직원의 말에 성재는 그가 꺼낸 연육을 바라보았다. 그리고 회심의 미소를 지었다.
'저거였구나?! 어쩐지 육안으로도 알 수가 없었어!'

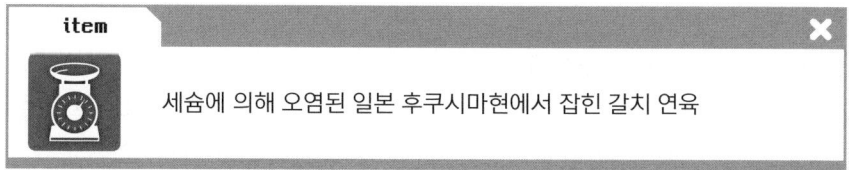

"군수담당관님?"
"어. 성재야."
"방사능 측정기가 필요할 것 같습니다."
성재의 말에 그 장소에 있던 사람들은 모두가 어리벙벙한 표정을 지었다.

HACCP에 대해 정말 많이 아시나 봐요

군수담당관은 성재의 말에 당황했다.
'성재야. 너 너무 나간 거 아니야?'
갑자기 방사능이라니, 어이가 없었다.
공무원도 마찬가지. 그녀는 어쩔 줄 몰라 지금까지 설명하던 직원의 표정을 관찰했다.
역시나…. 담당 직원은 당황해서, 대표이사에게 전화했다. 이건 직원이 감당할 문제가 아니었다. 책임 범위를 넘어선 사항.
전화를 받고 내려온 대표이사가 성재와 군수담당관의 앞으로 걸어왔다.
"저희는 2013년도에 한국식품안전관리인증원으로부터 HA(위해요소분석)과 CCP(중요관리점)을 모두 통과했습니다. 예방적 식품안전관리체계를 성실히 이행하고 있고요. 방사능 측정기라니, 당치도 않습니다."
그의 목소리는 담담했지만, 확실히 불만이 섞여 있었다. 하지만 성재는 물러서지 않았다. 지금 여기서 물러선다면, 저 방사능 식품은 전국으로 팔려 나갈 것이다.

성재는 군수담당관을 쳐다보았다. 전폭적인 지지를 하던 아까와는 달리 우려스러운 방향으로 기운 게 확실히 느껴진다.
'역시 판을 키울 수밖에 없나?'

성재의 예상대로 군수담당관은 정중하게 사과했다.
"죄송합니다. 우리 병사가 트라우마가 있나 봅니다. 실례를 저질렀군요."
그제야 대표이사는 불편한 기색을 지우며 대답했다.
"괜찮습니다. 사태를 키울 필요는 없지요. 저희는 서울지방식약청 산하 한국 식품안전관리인증원 강릉출장소에서 주기적으로 검사를 받고 있습니다. 준비단계부터 7원칙 12절차를 도입하여 완벽하게 관리되고 있고요. 불과 두 달 전까지만 해도 모든 제품에 대해 안전하다는 인증을 받았습니다."
성재는 대표이사의 말에 반박했다.
"네. 무슨 말씀이신지 잘 알았습니다. 하지만 저는 네 가지 근거가 있습니다. 여기에 해명부터 해주셔야 하겠습니다."
성재가 주장을 굽히지 않자, 대표이사가 다시 인상을 쓰기 시작했다. 불편한 감정을 도저히 참지 못하고 표정이 일그러진 것.
"그렇다면, 우리 회사에 납품하는 제품이 방사능 오염이라도 된 거라는 건가요?"
공무원은 난처한 얼굴로 군수담당관을 바라보았다. 마치 '이 사태를 어떻게 해야 할까요?'라고 묻는 표정이었다.
그러나 성재는 물 만난 고기를 만난 듯 대표이사의 질문에 대답했다.

"그럼 먼저 첫 번째부터 말씀드리겠습니다."
성재의 말에 대표 이사는 실소를 터트렸다.
"허허, 어이가 없네? 일단 말해보세요."
"그 전에 지금이라도 실토하시는 게 어떠십니까? 사태가 커지는 건 바라지 않습니다."
성재의 말에 대표이사도 배짱을 부렸다.
"한번 들어봅시다. 머리에 피도 안 마른 청년이 30년 경력의 나한테 어떤 말을 할지."
성재는 담담한 말투로 이어갔다.
"우선 통상적인 관점에서 말씀드리겠습니다. 방사능 검사를 해야 하는 첫 번째 이유는 가공과정에 대한 의문에서 시작했습니다."
"가공 과정?"
"그렇습니다. 어육에 잡고기 어육은 수입산을 쓴다면서, 갈치는 국내산을 쓰고 있다고 적혀있습니다."

"그게 어때서?! 질 좋은 어묵을 만들기 위해 당연한 거 아닌가요? 우리는 선친께서 보유한 노하우로 55년 동안 한 분야에서 일했다고 분명 말했습니다. 청년이 우리를 마치 가내수공업처럼 보는데, 우리는 이 분야에서 확실한 전문성을 보유하고 있는 강원도 내 1등 기업입니다."

성재는 쓴웃음을 지었다.

'안 되겠네. 이 사람.'

군수담당관과 여성 공무원은 이제까지 말이 없던 병사의 진지한 모습에 넋을 잃고, 그를 계속 응시하고 있었다.

"55년이나 기업을 운영하셨으면 갈치의 가격도 아시겠죠. 국내산을 쓰면 어묵 단가를 맞출 수 없을 거라는 걸 누구보다도 잘 아실 텐데 말입니다?"

그러자 예상했다는 질문에 대표이사가 반말로 말했다.

"우리는 대량으로 구입해서 맞출 수 있어."

"아니! 절대 맞출 수 없습니다. 앞서 이 공장의 하루 생산량은 1톤이라고 말씀하셨습니다. 고작 1톤이란 말입니다. 조그마한 고기잡이 어선도 바다에 나가면 2톤 이상의 고기를 잡아옵니다. 겨우 1톤으로 규모의 경제를 이루다뇨? 말이 안 됩니다. 제가 아는 부산 어묵 공장은 하루 생산량이 20톤입니다. 여기의 20배죠. 그런데도 그곳은 어육을 자체적으로 만들지 못합니다. 6개의 공장이 하나의 업체에 물량을 몰아줘서 하루 100톤의 어육을 만들고 나서야 수지타산이 된다고 알고 있습니다."

"아니, 네가 그걸 어떻게 알아?"

"저 이래 봬도 초등학교 때부터 시장에서 굴렀습니다. 어머니가 시장에서 일하셨기 때문에 이런 속사정은 아주 잘 알고 있습니다."

성재의 말에 갑자기 말문이 막힌 대표이사.

하지만 이것만으론 이유가 부족하다. 여기서 밀리면 밑도 끝도 없이 말리게 된다. 대표이사는 계속 고집을 부렸다.

"그래. 그렇다고 쳐. 근데 그건 부산 이야기지. 나는 아는 사람 통해서 직접 생선을 납품받기 때문에 문제없어!"

"네. 그렇게 말씀하실 줄 알았습니다. 그럼 두 번째! 왜 생선 어육을 냉동 보관 하고 있습니까?"

"그게 뭐? 어쨌다고?"
"아실 분이라서 말씀드린 겁니다. 냉동 보관하려면 보존제나 첨가제가 반드시 들어가야 합니다. 오히려 돈이 더 들게 되죠. 공장을 55년이나 운영하셨다면 이렇게 비경제적인 방법을 할 리가 없죠. 국내산이란 유통기간이 짧아도 되기 때문에 경제적인 이유로 이런 불필요한 과정이 생략됩니다. 굳이 얼릴 필요가 없는 겁니다. 그러므로 지금 냉동 창고에 있는 어육들은 전부 수입산입니다."
성재의 주장에 결국 대표이사는 한 발 물러섰다.
"그래. 청년이 똑똑한 건 이해해. 사실대로 말하자면, 국내산 100% 어묵을 만드는 곳은 대한민국에 단 한 곳도 없어. 대부분 수입육 70~80%에 밀가루 20~30%를 쓰지. 거기에 국내산 잡어 10~20%만 넣으면 국내산으로 인정해주니까, 그렇게 하고 있었던 거고. 설명엔 문제가 있었지만, 제품에는 문제없어. 그러니 오해는 말아줬으면 해. 다들 여기까지 하시죠."
그가 꼬리를 내린 것은 당연했다. 후쿠시마산 갈치를 들키기 싫었으니까.
그러나 군수담당관도 눈치를 챘다. 성재의 의도를….
그래서 같이 온 공무원에게 말했다.
"식약청에 조사 의뢰를 해야 될 것 같습니다."
"그거라면 제가 담당자 번호를 알고 있어요."
상황이 이상하게 돌아가자, 대표이사는 실실 웃으며 여성공무원에게 말했다.
"일 키우지 마시죠. 이거 애들 장난 받아주다가 큰일이라도 나겠습니다. 들어가서 차나 한잔하시면서 오해를 푸는 게 좋겠습니다."
하지만 성재는 아직 끝낼 생각이 없었다.

"애들 장난이라 말씀하셨습니까? 두 가지 이유가 더 있습니다. 셋째! HACCP입니다."
"뭐?"
"HACCP(해썹)에 대해 말씀하셨는데, 이렇게 허술하고 비위생적인 공장에 HACCP인증을 해줄 리가 없습니다. 식품공장이라면 당연히 있어야 할 격리실도 없고, 금속이물제어 공정도 없고, 당연히 걸려있어야 할 직원들의 HACCP 수료증도 못 찾겠습니다. 그리고 2013년도에 받으셨다고 하는데, HACCP인증은 3년마다 재 갱신해야 합니다. 왜 5년 전 기록을 말씀하시는 지, 전 도무지 이해할 수가 없습니다."

"네가 어떻게 알아? 네가 뭔데?"
"그걸 대답하기 전에 먼저 묻겠습니다. 사장님의 제품이 학교 급식에 납품이 됩니까? 백화점이나 마트에 납품이 됩니까?"
"아직 납품되지 않지만 판로는 찾고 있어. 너 우리 공장 작다고 무시하는 거야?"
"그런 게 아닙니다. 저는 HACCP 인증을 받아야만 학교 급식이나 대형마트, 백화점에 납품이 되는 거로 알고 있습니다. 그쪽에 납품하려면 하루 1톤으로는 생산량이 부족하실 것 같은데 아닙니까?"
"뭐야! 네가 뭔데? 네가 식약청 직원이야?! 어디서 병사 주제에!"
"그쪽 직원은 아닙니다."
"근데 뭘? 네가 어떻게 HACCP을 아는데? 전문지식도 없는 게 뭘 아는 척이야? 아는 척은? 네가 나보다 잘 알아?"
"한식 조리기능사 필기시험 공부 하면서 배웠습니다."
갑자기 자격증 시험공부를 언급하는 병사의 말에 대표이사는 복장이 터질 지경이었다.
"와… 미치겠네?! 뭐? 조리기능사? 이 잡것 새X가!"
"아직도 인정 안 하실 겁니까?"
"야! 야! 야!"
"알겠습니다. 이 방법까진 쓰긴 싫었지만…."
성재는 냉동창고 어육을 자신의 손으로 집어 들었다. 손가락 사이사이로 물컹한 어육반죽이 흘러내린다.

"마지막 넷째! 직원들이 쉬는 시간에 라면 먹는 장면을 목격했습니다. 그런데 유독 이 네모난 어묵만은 같이 먹지 않았습니다. 정상적인 제품이라면, 가장 잘 팔리는 이 사각 모양의 어묵부터 먹어야 정상일 텐데 말입니다. 사장님! 여기 이 자리에서 바로 제 손에 들린 반죽! 드실 수 있으십니까?"
성재의 돌발적인 행동에 흥분한 대표이사가 성재를 밀쳤다. 성재는 뒤로 살짝 점프하며 간단하게 피했다.
그리고는 자신의 손에 들린 어육을 홀홀 털며 말했다.
"고작 생선살인데, 왜 못 드시는지는 본인이 잘 알고 있을 거라 생각합니다."
그러자 얼굴이 새빨개진 대표이사가 소리 질렀다.

"…이 새X가! 자원관리업체인가 뭔가 안 할 거니까! 당장 나가! 우린 세금 감면 필요 없고, 가산점 혜택 필요 없으니까 당장 나가! 나가라니까?!"

대표이사의 말에 군수담당관이 고개를 저었다. 이미 상황파악은 끝났다. 성재의 주장에 100퍼센트 힘이 실렸다.

"사장님, 그건 안 됩니다. 저희는 국가의 명을 받고 온 겁니다. 이건 신청하고 말고가 아닙니다."

성재는 막무가내로 밀쳐내는 대표이사의 행동에 더 이상 대응하지 않았다. 그저 같이 현장에 나온 여공무원을 쳐다볼 뿐이었다.

이제 모든 건 그녀에게 달려있었다.

결국, 공장 밖으로 쫓겨나간 일행. 그들은 바로 담당기관에 전화를 걸었다.

"세슘 허용 기준치를 5배나 넘었습니다. 정확한 건 연구소에 보내 정밀분석해봐야 하겠지만, 확실한 건 기준치 이상으로 방사능이 검출되었다는 거네요."

"정말 방사능이라니, 깜짝 놀랄 일이네요."

"그렇습니다. 단가를 낮추기 위해 아마 일본산 갈치를 썼을 겁니다. 이런 경우가 종종 있죠. 일본에서 팔리지 않는 해산물들은 매우 싼 가격에 국내로 들어오니까요. 특히 이런 어육가공식품의 경우, 주변 식당에 납품도 잘 되고, 맛에도 큰 차이가 없어서 일부 상인들은 손님들에게 해가 될 것을 알면서도 양심을 속이고 많이 쓰곤 합니다. 그런데 정말 잘 찾아내셨습니다. 전수검사는 해봐야 알겠지만, 전체 어육의 15%정도만 쓴 것으로 보이는데…."

담당자의 말에 군수담당관은 환한 웃음을 보이며 말했다.

"그렇습니까?"

"네. 정말 대단하죠. 덕분에 저희도 성과 하나를 올렸네요."

성재는 모든 일이 잘 풀리자, 한숨을 내쉬었다.

식약청 검사 담당자는 성재를 보며 감사의 인사를 건넸다.

"정말 감사합니다. 청년 덕분에 많은 사람의 건강을 지킬 수 있었던 겁니다."

성재는 대답 없이 고개만 끄덕였다. 그리곤 아직 완성되지 않은 퀘스트를 바라보며 군수담당관에게 말을 꺼냈다.

"군수담당관님? 이제 도시락공장 가야 되지 않습니까?"

"맞네. 늦겠다. 빨리 가자."

성재는 민수용 카니발에 탑승했다. 그러자 식약청 검사담당자가 뛰어오며 물었다.

"그런데 진짜 방사능이란 건 어떻게 알 수 있었습니까? 무색무취라서 육안으로는 확인할 수 없었을 텐데요."

"만약에 갈치가 국내산이라고 적혀있지 않았다면, 저는 그렇게 강력하게 주장할 수 없었을 겁니다."

"아무리 통찰력이 좋아도 그것만으로는…."

"HACCP(해썹)의 위해요소 분석과 중요 관리점에 대한 내용을 조금 알고 있어서, 사장님의 주장이 실제 공정과 다른 것을 쉽게 알 수 있었습니다."

HACCP이라는 이야기가 나오자 식약청 산하기관 소속직원의 얼굴이 밝아졌다. 자신의 직무였기 때문이었다.

HACCP까지 잘 안다면, 아마 식품 위생사? 아니면 관련학과를 졸업하고 관련 직종에 일한 경험까지 있을 게 분명했다. 그래서 물었다.

"군 입대 전에 어디 연구소에서 근무하셨나요? 아니면 대기업?"

"아닙니다."

그때, 군수담당관이 시계를 보며 담당 공무원에게 입을 열었다.

"죄송합니다. 다음 장소로 가봐야 될 것 같아서."

"아, 잠깐만요! 제 명함 드릴게요!"

성재에게 건네는 명함. 거기에 담긴 호의.

"나중에 저희 인증원에 놀러 오세요! 현장견학 시켜드리겠습니다!"

〈한국식품안전관리인증원 강릉출장소 주무관 성동일 033-561-####〉

주무관인 성동일은 떠나는 차량을 보며, 씩 웃었다.

'젊은 친구가 대단하네. 해외파인가?'

공정관리 마스터리

나인일레븐은 대기업 공장답게 앞선 예성홈푸드와는 좀 달랐다.
차량 진입 전 경비실 출입절차가 필요했고.
"어떻게 오셨습니까?"
"중점관리지정업체 임무 고지 및 확인하러 왔습니다."
"신분증 확인 좀 하겠습니다."
옷도 갈아입어야 했다.
"현장 확인 전에 복장을 갈아입으셔야 됩니다. 남성용 탈의실은 왼쪽, 여성용 탈의실은 오른쪽입니다."
격리실도 통과해야!
쏴아아아아아!
항온항습실이자 무균실인 식품 조리공장 내부에 진입할 수 있었다.
흰색 마스크를 착용한 세 사람은 차례대로 공정을 보았다. 하지만 대화는 없었다.
침이 튈 수 있어 공정과정에선 말은 하지 않는다고….
그곳에서 생산직 직원들은 도시락, 김밥, 삼각김밥, 샌드위치, 햄버거를 만들고 있다.
무균실을 나온 성재 일행을 보며, 식품총괄과장이 설명을 이어갔다.
"저희 나인일레븐은 다양한 고객의 입맛과 트렌드를 반영하여 맛있는 식품을 만들기 위해 노력하고 있습니다. 이번에 삼척에 공장을 세운 것도 그 이유고요."
직원의 말에 군수담당관이 고개를 끄덕였다.
"그렇군요."
"보신 공정에서 저희가 가장 중요시하는 것은 위생입니다. 엄격한 위생관리를 통해 공장 입실부터 하루 음식 생산량을 완료할 때까지 소비자의 기준에 맞춰 깐깐하고 철저하게 관리하고 있으며, 사람의 손이 닿지 않는 자동화 공정으로 신뢰성을 높이고 있습니다."
"네. 확실히 좋아 보였습니다. 혹시 이곳도 해썹 인증을 통과했나요?"
"당연하죠. 2010년에 국내 업계에서는 두 번째로 HACCP인증을 받았습니다. 3년마다 갱신은 물론이고요."
총괄과장의 말에 성재는 고개를 끄덕였다. 확실히 아까 전 공장과는 위생, 공정관리 등 모든 면에서 차원이 달랐다.
"저희 공장의 생산 공정은 크게 4가지로 나눌 수 있습니다. 고객들의 깐깐한 입맛을 맞추기 위해 질 좋고, 윤기 있는 밥을 만드는 취반 공정, 전국 농장들과 직접 계약해, 국내에서 가장 질 좋은 재료를 선별, 확보하여 다듬는 전처리 공정, 100% 자동화시스템을 적용한 가열조리 공정, 각 제품군에 맞게 다듬어지는 상품성형 공정이 바로 그 4가지입니다."
예성홈푸드에서 속을 뺀 한 군수담당관은 실례를 무릅쓰고 민감한 질문을 던졌다.
"혹시 쌀이 오래된 건 아니겠죠?"
"쌀은 3일 이내 도정된 국내산 햅쌀만 사용하고 있습니다. 조리 시작부터 완료까지 자동취반기를 이용하여 전 과정이 자동화되어 있으며, 각 제품군별로 소금이나 참기름, 식초, 참깨 등을 첨가해서 밥을 짓습니다. 그래서 항상 균일한 제품으로 나오게 되죠."
"아, 그렇군요. 그래서 취반 공정에는 직원들이 없었던 거군요."
"그렇습니다. 그다음 공정인 전처리 과정에서는 잔류농약, 신선도를 파악하는 검사를 산지에서 1회, 현재 공정에서 1회씩, 총 2회 진행하고 있습니다. 전처리 과정 이후에는 안심하고 먹을 수 있도록 4차에 걸쳐 헹굼 공정도 도입하여 안전에 만전을 기하고 있죠."
"대단하네요."
"당연합니다. 고객들의 먹거리인데요. 이제 제품 공정관리는 다 보셨고, 연구개발 분야만 보시면 됩니다. 지금 바로 이동하셔도 괜찮으십니까?"
그의 말에 군수담당관은 담당공무원을 쳐다보았다. 그녀는 흔쾌히 고개를 끄덕였다.

연구개발팀.

식품공학을 전공한 연구원들 10여 명이 자신들이 만든 도시락들을 품평하고 있었다.

"김성모 팀장님이 만드신 게 제일 맛있는 것 같은데요?"

"그러게요. 불고기하고 떡갈비가 전보다 나아졌어요. 조리시간 몇 분으로 하셨어요?"

"아, 불고기는 5분 17초, 떡갈비는 6분 33초로 조정했을 거야."

"그러셨구나. 확실히 수분감이 있고 촉촉하네요. 팀장님! 메추리알은 어때요?"

"음… 조금은 짠 것 같지 않나?"

"일부러 짜게 했어요. 밥하고 먹으면 딱 알맞게요."

총괄과장이 안으로 들어가자 연구원들이 고개를 숙여 인사했다.

"과장님 오셨습니까?"

"아, 김 팀장! 잠깐 여기 연구실 써도 되나?"

"네. 1차 품평회는 끝났습니다. 다들 배도 찬 것 같아 쉬면서 소화 좀 하겠습니다."

"그래. 고생 많아."

"아닙니다. 여러분! 잠깐 전달하겠습니다. 1시간 동안 자유 시간 가졌다가 다시 이 자리에 모입니다. 다시 와선 개인당 2인분씩 더 먹어야 되니까 되도록이면 운동해서 소화시키는 것을 권장할게요. 그럼 다들 1시간 후에 봅시다."

김 팀장은 그 말과 함께 팀원들과 함께 연구실을 떠났다. 총괄과장은 아무도 없는 연구개발실에서 미소를 지으며 설명했다.

"저희 연구원들은 여기서 하루에 총 3끼씩 먹으며, 어느 도시락이 가장 맛있는지 그 자리에서 매일 3회 품평회를 합니다. 저기 기계가 보이죠?"

과장이 가리키는 곳. 그곳에는 아까 공정의 1/30크기의 축소 모형이 마련되어 있었다.

"저 축소 공정은 실제 공정하고 똑같은 방법으로 조리합니다. 다른 거라면 양이 소량일 뿐, 나머지는 똑같습니다. 저 기계를 이용해 직접 조리하고, 맛을 품평하는 게 저희 연구개발팀이 하는 일이랍니다."

총괄과장의 말에 군수담당관이 감탄을 터트렸다.

"대기업은 정말 대단한 것 같습니다."

"사실 대단할 건 없습니다. 저희도 이렇게 해야만 경쟁업체보다 우위에 설 수 있으니까요. 그럼 한번 직접 도시락 메뉴를 만들어보시겠습니까?"

"네?"

"여기까지 오신 분들은 모두 직접 자신이 먹고 싶은 메뉴를 만들어서 드셨습니다. 조리시간 설정하고 전원 버튼만 누르시면 자동으로 튀겨지고 익혀지니, 그냥 버튼 한 번만 누르시면 됩니다."

"그런가요? 일단 서명부터 하시는 게 어떨까요? 자원관리중점업체 선정 관련 저희도 과장님께 임무고지하고 설명해 드릴 게 있거든요."

"아, 바쁘신가요? 보통 귀빈분들 오시면 여기서 직접 도시락 만들고 먹어보는 과정으로 진행하고 있는데…."

뭔가 아쉬움을 보이는 과장. 그는 때마침 업무와 별 관련 없는 성재를 바라보며 말했다.

"저기, 설명 듣는 동안 청년이 도시락 만들어보는 건 어때요?"

"그래도 됩니까?"

"아! 그럼요. 실제로 만들어보라고 만든 기계니까요. 잘됐네요. 거기 젊은 군인 아저씨가 여기 중사님하고 주무관님, 그리고 제 도시락 좀 만들어주세요. 잘 몰라도 그냥 시작 버튼 한 번만 누르면 조리가 될 겁니다. 어려울 것 없어요. 전 과정 자동화니까요."

혼자 남겨진 성재는 신기한 듯 연구개발실 내부의 기계를 쳐다보았다.

'대단하네. 이 기계는 얼마 정도일까? 1억? 2억? 아니야. 5억은 넘겠지?'

자동으로 몇백 인분도 만들어낼 수 있는 기계들. 성재는 떡갈비 제조기계를 바라보았다.

'이걸 누르면 되는 건가?'

떡갈비 버튼을 누르고, 불고기 제조기계 앞에 다가갔다. 이번에는 5분 17초라고 적혀있다. 또 한 번 시작버튼을 누른 성재. 그러고 보니, 반찬이 꽤 많다.

치킨, 깐쇼새우, 애호박, 감자볶음, 볶음김치까지. 모든 기계의 버튼을 누르자, 기계음과 함께 식품이 자동으로 만들어지기 시작한다. 그때 성재에게 떠오르는 시스템창.

공정관리 마스터리 (입문)을 알게 되었습니다

 공정관리 마스터리 (입문)

조리공장에서 행동 시, 숙련도 보너스를 받습니다
조리공장에서 행동할 때, 처리동작과 판단력이 5% 빨라집니다

성재는 갑작스럽게 뜬 시스템창을 보며 본능적으로 '요리사의 눈'을 활성화했다. 눈을 세 번 깜박이자, 갑자기 수많은 시스템창이 떠오르고.

진미채 레시피를 발견했습니다　　예상 조리 등급 ★☆~★★☆
애호박 레시피를 발견했습니다　　예상 조리 등급 ★☆~★★☆
불고기 레시피를 발견했습니다　　예상 조리 등급 ★☆~★★★
떡갈비 레시피를 발견했습니다　　예상 조리 등급 ★★~★★★★☆

조리 완료까지 10, 9, 8…

'어? 아직 조리시간 30초나 더 남았는데?'
성재는 자신의 시스템창의 지시에 따라 기계의 남은 조리시간을 조작했다.
그러자 평소 자신이 음식을 만들던 것처럼 메시지가 눈앞에 떠오른다.

조리가 완료되었습니다

 **최적의 조리시간을 지켜 만든 떡갈비 ★★★☆**
최첨단 기계로 다져 만들어진 떡갈비. 최적의 조리시간을 발견해 기계로 만들 수 있는 최고의 등급을 달성하였다

'헉! 대박! 다른 것도 해봐야겠다.'

 **최적의 조리시간을 지켜 만든 불고기 ★★★**
최첨단 기계로 양념섞인 불고기 조리시간을 정확히 찾아냈다. 맛과 양을 고루 갖춘 불고기

 **최적의 조리시간을 지켜 만든 애호박으로 만든 전 ★★☆**
골고루 익힐 수 있는 최적의 조리시간을 찾아내, 기계로 만들 수 있는 최고의 등급을 달성하였다

그 외에도 진미채, 메추리알 장조림, 볶음김치 등 여러 가지 반찬들이 제조되고 있었다.
'이제 담는 것만 남았는데 어쩐다? 물어봐야겠지?'
성재는 담당관, 공무원, 민간기업 과장이 어떤 반찬을 좋아하는지 몰라 되돌아갔다.
그때, 군수담당관에게 한 통의 전화가 걸려오고!
"네. 과장님!"
- 결산 참석 안 해? KCTC 때문에 바쁜 거 몰라?
"바로 들어가겠습니다. 죄송합니다."
- 당장 들어와! 그리고 식약청 이야기는 뭐야? 무슨 강릉 출장소라는데!
"네. 금방 들어가서 설명 드리겠습니다."
군수담당관이 통화를 하는 사이, 성재는 안타까운 시선으로 자신이 만든 음식들이 놓인 기계를 바라보았다. 비록 기계에서 만들었지만, 평균 3성의 요리들. 아까 공정관리 단계에서 완성된 평균 2성 초반대의 요리보다 등급이 확실히 높아 보였는데, 먹어보지도 못하고 떠나야 될 것 같다. 더구나 아직도 완성되지 않은 퀘스트. 저절로 나오는 한숨.
또 그걸 발견한 군수담당관이 성재에게 말했다.
"뭘 그렇게 아쉬워해?"
"아닙니다."
"가자!"
"네. 알겠습니다."
바삐 자리를 뜨는 군수담당관을 보며 총괄과장이 고개를 숙이며 인사를 건넸다.
"군대는 역시 바쁘네요."
"네. 죄송합니다. 가봐야 할 것 같습니다."
"그렇겠네요. 파이팅 하시고!"
"네. 과장님, 덕분에 많은 것을 배웠습니다."

'아쉽다. 식품위생사가 뭔지 알고 싶었는데… 퀘스트를 클리어하지도 못했네.'
그런 표정을 확인한 군수담당관이 성재를 보며 말을 꺼냈다.
"뭐야? 설마 편의점 도시락 때문에 그런 거야? 나중에 더 맛있는 거 사줄게."
"아닙니다. 괜찮습니다."

"아, 성재야. 너! 식약청에서 표창 준다더라?"

"예?!"

"부대로 전화 왔대. 너랑 나, 청장님 표창받으러 내일 올 수 있냐고! 받으러 가자."

대외기관 표창이라… 평생 한 번 받을까 말까한 표창.

모든 건 다 성재 덕분.

"와! 청장 표창이라니! 기분 좋습니다. 다 군수담당관님 덕분입니다."

"뭘, 다 네 덕분이지. 설마 방사능이 진짜 나올지 누가 알았겠어. 정말 대단했어."

"우연이었습니다."

"크큭, 넌 참 예의가 바른 것 같아 마음에 든다. 예전에 물었던 것 같은데, 다시 한번 물을게. 1, 3종 계원 올 생각 없냐?"

그러자 성재는 고개를 저으며 군수담당관에게 말했다.

"그건 좀 아닌 것 같습니다."

그러자 군수담당관 역시 성재를 보며 미소를 띤 채, 입을 열었다.

"언젠가는 너 1, 3종 계원 시키고 만다."

"죄송합니다."

"됐어! 시킬 거야."

"연대장님이 간부식당 조리병 하라고 하셨습니다."

"이 자식 봐, 이제 일병이라고 아주! 어? 잠깐만!"

또다시 울리는 군수담당관의 전화. 발신자는 방금 헤어진 나인일레븐의 총괄과장이다.

"아! 담당관님! 갑자기 전화드려서 죄송해요. 저희 연구원이 같이 온 병사를 바꿔달라고 하네요."

"네?! 저희 성재를요?"

그때 떠오르는 시스템창!

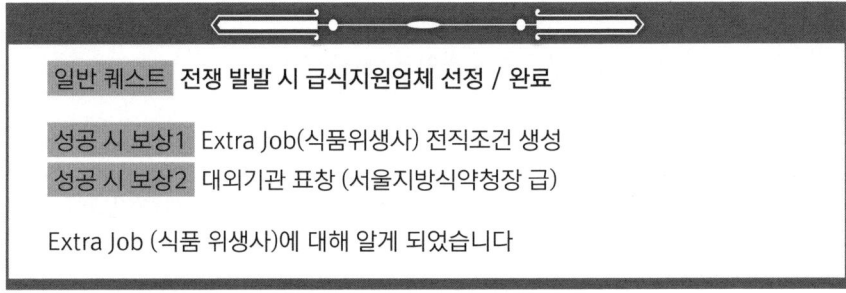

107

또 강성재야?

그날 저녁 간부식당. 성재가 간부식당에 출근하자 강희철 상병이 핀잔을 늘어놓았다.
"사부! 간부들한테 인기 좋네?"
"그럴 만한 일이 있었습니다."
"내일은 나 요리 가르쳐 주는 거지?"
강희철은 최근 성재가 가르쳐 준 레시피대로 연습하며 요리실력을 연마하고 있었다. 하지만 직접 옆에서 봐주는 것과 혼자 연습하는 것은 차이가 심했다.
"헉, 저 내일도 밖에 나가야 합니다."
"왜? 그럼 간부식당 일은 누가 해?"
"식약청장 표창받으러 오랍니다. 그리고… 나인일레븐 본사에서도 저를 보고 싶다는데, 어떻게 될지 모르겠습니다. 일단 내일 오전에는 군수담당관님이랑 같이 나갔다 오기로 했습니다."
"뭐야? 도대체 너 밖에 나가서 무슨 짓을 벌이고 다니는 거야?"
"저도 잘 모르겠습니다."

그때, 밖에서 잠시 바람을 쐬고 들어온 서효석 상병이 성재를 향해 인사를 건넸다.
"잘 갔다 왔어?"

"네. 잘 다녀왔습니다."
"성재야."
"일병 강성재?"
"인사담당관님이 너한테 전하라더라?"
"어떤 것 말씀이십니까?"
"금요일날 표창받으러 가야 된다. 삼척 경찰서장 표창이라던데?"
"경찰서에서 저한테 왜 표창을 줍니까?"
"저번에 네가 신고한 악덕업자 있잖아. 걔가 원산지 속여 판 피해금액이 총 3억 원이 넘는데. 너 때문에 더 커질 수 있는 피해를 막았다던데?"
성재는 잠시 고민했다.
'일이 너무 커진 거 아니야?'
생각해보니 그랬다. 경찰서장에, 식약청장에, 대기업 관계자들까지….
하긴 그뿐만이 아니었다. 중대장, 대대장, 연대장은 물론, 군단장까지….
'군대에선 중간만 가랬는데….'

그때 울리는 전화.
"통신보안, 간부식당 조리병 일병 강성재입니다."
- 성재야! 연대 사제담당관인데?
"충성!"
- 너랑 효석이, 군단장님 앞에서 무슨 공연했냐?
"아… 그렇습니다. 면 뽑는 거 한번 했었습니다.
- 그거 한 번 더 해야 될 것 같은데?
"잘 못 들었습니다?"
- 저번에 너희가 부스 운영한 거 기부금 전달식이 이번 주 토요일에 잡혔거든.
"무슨 말씀이신지 잘 모르겠습니다."
- 저번 국군 위문 열차 할 때, 판매금액 모아서 노인복지시설인 천우원에 기부하기로 했잖아. 그거 기부하면서 너희 공연 봉사도 같이 해야 된다고!
"알겠습니다."
- 그래. 토요일 날 서효석 상병이랑 같이 출타 준비해. 사단장님도 오신다. 알았지?

"네. 알겠습니다."

성재가 전화를 끊은 후, 서효석이 그에게 무슨 일이냐고 물었다.

"토요일날 저랑 같이 기부 공연 가야 될 것 같습니다."

"그래?"

"네. 또 한 번 같이 공연하셔야 될 것 같습니다."

"음… 토요일이라 좀 그렇네."

"그렇습니다."

다음날 아침 상황회의. 대대장은 주간훈련 예정표 수정사항을 확인하기 시작했다.

"작전!"

"기 계획과 변동사항 없습니다."

"정보!"

"특이사항 없습니다."

"지원!"

"변동사항 보고드리겠습니다."

"변동사항?"

"그렇습니다. 먼저 오늘 아침에 군수담당관하고 조리병 강성재 일병 데리고 서울지방식약청 산하 강릉 출장소로 가게 되었습니다."

"왜?"

"오염식품 발견 건으로 식약청장이 표창 수여 한답니다."

"그래?"

"그렇습니다."

"다른 건 없고?"

"오늘 오후에 나인일레븐 본사에서 우리 부대로 방문한다고 합니다."

"그건 뭐야? 걔네가 왜 와?"

"일단 목적은 위문 및 격려이고, 자신들이 만든 샌드위치를 부대장병 수만큼 기부한다고 하는데, 주목적은 그게 아닌 것 같습니다."

"그게 아니라니?"

"강성재 일병과 따로 면담하고 싶답니다."
"이해가 안 되는데?"
"사실 저도 이해가 안 됩니다. 일단 연대에서는 대대장님께 위임한 사항이고, 대대장님께서 허락하시면 오늘 오후에 부대 방문하는 거로 하겠습니다."
"뭐, 지역기업들과 만나서 손해 볼 일은 없겠지. 알았어. 만나는 거로 해둬."
"알겠습니다. 그럼 다음 변동사항입니다."
"또 있냐?"
"그렇습니다. 작년 연말 성과분석 회의 전에 강성재 일병이 원산지를 속이는 악덕업자를 신고한 일이 있었습니다. 그에 따라 금요일에 삼척경찰서장이 강성재 일병에게 표창을 주겠다고 협조요청이 왔습니다."
"오우~ 야! 이건 무슨 강성재! 강성재! 강성재! 다 성재랑 연관이 있는 거잖아?"
"아직 더 있습니다. 대대장님."
"뭐? 설마 또 성재랑 관련된 건 아니지? 무슨 병사가 표창을 쓸어담냐?"
"안타깝게도 대대장님의 예상이 맞습니다."
"이번엔 또 뭔데?"
"저번 위문 공연 이후 기부금을 이번에 전달한다고 합니다. 사단장님이 그때 꿀타래 만든 병사들 데려오라고 직접 지시하셨다고 합니다."
"그래? 나도 가야 되는 거 아니야?"
"아닙니다. 대대장님은 참석 대상이 아닙니다. 기부금 전달식은 사단장님하고, 가장 기부금 많이 확보한 60연대 대표로 연대장님과 인사담당관인 허란희 상사가 참석합니다."
"이제 정말 끝이지?"
"그렇습니다. 정말 끝입니다."

그때, 대대장인 김관우 중령 핸드폰에 전화가 울렸다.
"아, 군종장교님, 무슨 일입니까?"
- 대대장님, 부탁드릴 게 있어서요.
"연대 교회 운영하면서 무슨 일이 있으셨나요?"
- 아, 혹시 저번에 왔던 병사 중에 강성재 신도라고….
"아, 잘 알죠. 강성재 일병."

- 이번에 삼척교회연합회분들이 일요일에 교회에 방문하시는데, 그때 먹었던 손칼국수를 제공하고 싶어서요. 혹시 대대장님이 힘 써주실 수 있으신가요?
"아… 일단 그건 제가 조치해보겠습니다. 그 키 좀 작고, 체격은 왜소하지만 당당한 그 병사 말씀하시는 거 맞죠?"
- 네. 맞습니다. 집사님!
"네. 조치해보겠습니다."
- 매번 감사합니다.
대대장은 전화를 끊은 후, 다시 한마디를 뱉었다.
"지원!"
"지원과장?!"
"일요일날 추가해라. 삼척교회연합회 방문, 동석식사 준비, 일병 강성재!"
"아… 네!"
그리곤 생각했다.
'또 성재야?'

같은 시각. 성재는 할머니 집에 전화를 걸었다.
- 지금 거신 번호는 없는 번호입니다. 다시 확인하시고 걸어주시기 바랍니다.
그런데 없는 번호란다. 그래서 아버지께 다시 전화를 걸었다.
잠이 덜 깬 목소리로 받는 아버지.
- 여보세요?
"아빠, 저 성재에요."
- 어. 그래! 아들! 잘 지내고 있지?
"네. 그런데 할머니가 전화를 안 받네요. 무슨 일 있어요?"
- 아, 할머니 바꿔줄게. 어머니! 성재가 통화하고 싶다네요.
할머니는 아버지와 같이 있었다. 무슨 일이 있었던 걸까?
- 아이구, 우리 손주! 이 할미 보고 싶었던 거여?
"네. 할머니, 아빠랑 같이 계시네요?"
- 그래. 이 할미가 짐 싸들고 손녀랑 같이 올라왔지. 너무 걱정 말어. 할미도 대전 올라와

서 잘 지내고 있응게.
"아, 할머니! 저 다음 주 월요일 휴가 나가요."
- 그래? 그럼 우리 손주 얼굴 볼 수 있겠네?
"네. 맞아요. 할머니 혹시 필요하신 거 있으세요?"
- 할미가 필요한 게 어디 있어. 우리 손주, 손녀 건강하게 잘 지내면 그게 다지. 아이쿠, 요놈 계집애. 아직도 자네. 민지 바꿔줄라고 했는데, 안 되겠어.
"후후, 지금 겨우 아침 9시인데요. 자도 되죠."
- 그려. 민지도 대전 올라와서 다음주부턴 다시 유치원 다닐 거니까 걱정 말고. 건강혀야 한다.
"네. 할머니! 건강하시고, 다음 주에 뵐게요."
- 그려그려!

성재는 전화를 내려놓은 후, 안도의 한숨을 내쉬었다.
'다행이다. 아빠가 홀로 재기에 성공하신 거야.'
공중전화 박스에서 나온 성재.
그때, 운전병이 성재를 불렀다.
"성재씨! 잘 지냈어요?"
"어? 종현씨! 웬일이세요?"
김종현 병장. 소초에 있었을 때, 강림소초로 장기 파견 온 운전병.
"나 다음 주 말출 가요. 그래서 1주일 전에 연대로 복귀했어요."
"와 축하드려요."
"그나저나 성재씨, 위상이 대단하네요. 군대에서 간부들이 다 성재씨 이야기만 하네요."
"그래요? 별로 좋은 것 같지 않은데…."
"좋은 거죠. 전 솔직히 성재씨 전입 당일 때부터 봐서 알아요. 성재씨가 얼마나 고생하고, 힘들어했는지…. 그때하고 비교해서 이건 너무나 잘 된 일이잖아요. 병사들도 좋아하고, 간부들도 좋아하는 병사라… 있을 수가 없는 일인데, 제 앞에서 그런 일이 일어나니까 뭔가 신기하고, 좋네요."
성재는 갑작스러운 운전병의 칭찬에 머쓱한지 고개를 숙였다.
그때, 걸어 나오는 군수담당관!

"운전병! 무슨 이야기를 그렇게 재미있게 하나?"
"충성! 잠깐 아는 병사라서 이야기하고 있었습니다."
"그래? 지금 바로 강릉으로 갈 거니까, 준비해라!"
"네. 출발 전에 여기 점검표 서명 좀 부탁드리겠습니다."
"그래."

시간은 흘러 벌써 월요일.
성재는 자신에게 있었던 1주일 간의 일을 돌이켜보았다.

1. 삼척경찰서장 표창을 받았다.
그런데 인사담당관의 남편인 유성용 경사도 같이 표창을 받는다.
'뭐지?'
알고 보니, 유성용 경사 표창을 받기 위한 구실로 나를 이용한 것.
그래도 뭐 같이 받았으니….
나중에 경찰시험을 보면 가산점을 준다고는 한다. 나쁘진 않은 듯.

2. 서울지방식약청장 표창
이것도 식약청 지원시 가산점을 준다고 한다. 그런데 석사 이상 수료해야 입사할 수 있다. 공공기관이라 그런지 입사 조건이 좀 까다롭다.

3. 나인일레븐 본사직원의 스칼라쉽 제안
스칼라쉽 제안금액으로 한 학기당 300만 원을 불렀다. 1년 600만 원 지원.
대학교를 다니지 않는다고 하니 군 제대하고 대학교에 입학하면 전액 장학금을 주겠다고 한다. 본사에 의무로 5년 이상 다니는 게 조건이긴 하지만 대기업이라 꽤 끌리는 제안이긴 했다. 그러나 제대하려면 아직 멀었는데?

4. 천우원 봉사활동과 기독교 연합회 행사지원
사단장님과 연대장님 등 높으신 분들과 함께 한 기부행사와 각 기독교 목사와 집사들과 함께 한 자리. 다양한 사람들의 의견을 들을 수 있는 좋은 자리였고, 특히 천우원 봉사활동은 몸이 불편한 어르신들에게 웃음을 선사할 수 있는 기회였으므로 더욱더 뜻 깊은 하루였다.

반면 기독교 행사는 다음부터는 못 할 것 같다고 목사님께 말씀드렸다.

'주말 개인정비 시간은 소중하니까.'

휴가 출발 당일. 중대 행정반에서 당직사관이 성재에게 물었다.

"4박 5일이지?"

"그렇습니다. 오늘 출발해서 금요일 복귀합니다."

"그래. 지켜야 될 거 알지?"

"네. 알고 있습니다."

"뭐야! 말해 봐!"

"집에 도착 후 도착 보고, 집회나 연회, 방송 촬영현장 가지 말 것, 정치적 중립을 지킬 것, 군복 입었을 때는 군 기본자세 유지할 것. 이상입니다."

"하나 더 있잖아. 가서 아르바이트하지 말고!"

"당직사관님? 저 중대장님께 휴가 가서 돈 벌어도 된다고 허락 맡았습니다."

"뭐?"

"그게 지휘관 허락 있으면 가능하다고 합니다. 대신에 4대 보험 되는 직종만 하지 말라고 하셨습니다."

"그래?!"

"그렇습니다."

"그래. 알았어. 잘 다녀오고! 특이사항 있으면 바로 부대로 보고하고!"

"알겠습니다!"

"출발!"

"충성!"

성재는 두 번째 휴가를 나서며 얼굴에 미소를 띠었다.

군인에게 휴가는 언제나, 꿀맛이다.

108

민지야! 오빠가 맛있는 거 만들어줄게

성재는 간부 출퇴근 버스 차량에 오르며, 메모장을 열었다.
'새로 이사 간 집 주소가 여기였었나?'
대전광역시 서구 갈마1동 00번지 401호.
휴가 출발 전 아버지와 통화하면서 적어두었던 주소.
처음 사는 다세대주택이라 기대감만 있고, 집이 어떻게 생겼을까 가늠이 가질 않았다.
'휴대폰이라도 있다면 불편하지 않을 텐데….'
그때, 대대 당직부관이자 선탑자인 통신부소대장이 휴가 출발자 파악에 나섰다.
"김병동!"
"병장 김병동!"
"윤도민!"
"상병 윤도민?!"
"방현수!"
"일병 방현수!"
"강성재!"
"일병 강성재!"
"오늘 휴가출발자 4명, 탑승 완료! 운전병! 출발하자!"

"네! 출발하겠습니다."
주둔지와 시내는 거리가 좀 되기 때문에 이렇게 간부출퇴근 버스로 시외버스정류장까지 태워준다. 소초에서는 직접 버스정류장까지 가야 했는데, 주둔지이기에 이렇게 차량을 이용해 태워주고 있었다. 물론 주말에는 운전병도 쉬어야 한다며 운행하진 않는다. 그래서 택시를 부르거나, 주둔지 앞에 두 시간에 한 대만 오는 버스를 타고 나가야 한다.
그래서 주둔지에 있는 병사들은 평일 출발을 선호한다. 간부들도 그것을 권장하고.
버스가 출발하려고 하는데, 상공에서 굉장한 소음이 들려왔다.
"어? 헬기가?"
"어…?"
성재는 상공을 바라보았다.
커다란 전투용 헬기 MD 500 디펜더가 아침부터 연병장에 착륙하기 시작했다.
'군단장님이 또 오셨잖아? 나 없으면 군단장님 커버 칠 사람 없는데….'
그때, 통신부소대장이 입을 열었다.
"출발! 늦겠다!"
"알겠습니다!"

대전에 도착하니 벌써 오후 1시.
대전 서구에 위치한 갈마동. 대전의 강남구라 불리는 서구지만, 그중에서도 가장 낙후된 동이 바로 이 갈마동이다. 주로 다세대 주택이나 연립 주택이 많아, 장기도시계획을 다시 짜야 될 정도로 낙후된 동네.
아버지가 이곳으로 정한 이유는 가격일 것이다.
버스에서 내린 성재는 주변 가로등에 덕지덕지 붙어 있는 부동산 매물을 바라보았다.

　　보증금 100에 월 25. 옥탑방. 주인장이 같은 건물에 살고 있어 편리합니다.
　　보증금 200에 월 30. 풀원룸. 신축건물로 깨끗합니다.
　　보증금 100에 월 20. 반지하. 남향이라 햇빛 잘 들어옵니다.
　　둘러 보고 가세요. - 새아침부동산 042-452-XXXX

나름 인구 150만이라는 대도시지만, 이곳은 1990년대에 온 느낌이다.
하긴 옥천보다는 낫다. 그곳은 아직도 1970년대… 분위기니.
'여긴가?'
골목길을 건너 한참 걸어간 후에야 보이는 건물.
"364-4번지니까, 여기 맞네."
빨간 벽돌로 지어진 외관.
엘리베이터 없이 한 층에 두 세대씩 지어진 작은 빌라.
그중 가장 최상층인 4층에 올라간 성재가 현관 앞에 섰다.
'우유 배달 주문하신 건가?'
초인종도 그냥 버튼 형식으로 전기가 전혀 들어가지 않는 아날로그식 구형.
성재는 잠시 머뭇거리다 살포시 초인종을 눌렀다.
띵동!
반응이 없었다. 조금 더 기다리다가 문에 대고 입을 열었다.
"할머니! 저 왔어요."
그러자 잠시 후, 할머니가 불편한 몸을 이끌고 현관으로 나와 문을 열어주었다.
"손주 왔네! 손주 왔어!"
구부러진 허리에 조금은 야윈 그녀. 하지만 표정만큼은 해맑은 할머니의 거친 손이 손주의 손을 잡았다.
"할머니, 죄송해요. 너무 오랜만에 뵜죠?"
"죄송하긴 뭘 죄송해. 배고프지? 밥 먹어야지. 할미가 밥해줄게."
"아니에요. 할머니, 추워요. 들어가요."

현관을 통해 들어간 방.
단칸방에 한쪽 벽면에는 부엌이, 대편에는 화장실로 보이는 조그마한 문이 놓여있다.
방에는 세 사람이 겨우 누울 수 있는 크기. 그 위에는 이불이 깔려 있고, 분홍색 내복을 입은 민지가 TV를 보다 말고 성재를 바라보았다.
"아! 오빠당! 오빠! 오빠!"
민지가 TV를 보다 말고 일어났다. 성재는 이제 7살이 된 민지가 자신에게 뛰어오는 것을 보며, 자세를 낮춰 안아주었다.

"많이 컸네?"
"응. 오빠 이제 나 7살."
"그래. 어우~ 무겁다. 몸무게 얼마 나가?"
"음… 19kg. 전에 선생님이 많이 나가는 거 아니랬어. 친구들도 다 이 정도는 나가."
"그래. 오빠가 말실수했다. 민지 가볍네. 깃털처럼 가벼워!"
성재는 곧바로 말을 바꾸며 민지를 살포시 바닥에 내려놓았다. 신이 난 민지는 갑자기 자신이 그렸던 그림이 담긴 스케치북을 가지고 달려왔다.
"오빠! 오빠 그림!"
"응?"
"오빠 군인 아저씨라니까, 유치원 선생님이 그려서 보여주랬어."
민지가 그린 그림. 커다란 집 옆에 세계수 같은 커다란 나무가 있고. 나무 앞에는 4명이 서 있었다. 아버지와 할머니와 민지 본인과 성재.
'다 같이 살고 싶었구나? 미안해. 오빠가 돈 많이 벌어야 하는데….'
성재는 민지가 그린 그림을 통해 여동생의 생각을 유추해보았다.
민지를 낳고 곧바로 돌아가신 엄마 때문인지, 민지의 추억과 희망, 소망이 담겨 있는 그림 속에는 엄마란 존재는 없다. 대신 그 안에는 할머니가 자리 잡고 계시다.

"할머니… 식사는 드셨어요?"
"그럼, 진즉 먹었지."
"그럼 식사 준비 하지 마세요. 저 사실 먹고 왔거든요."
"그려?"
성재는 사실 점심은 먹지 않았다. 그러나 자신 때문에 아프신 할머니가 준비하는 모습이 안쓰러웠다. 자신이 식사를 해드려도 아쉬운 판에….
"할머니, 잠깐 쉬고 계세요. 저 민지 데리고 미용실 좀 다녀올게요."
"응?"
"민지 보느라 힘드셨던 거 알아요. 오늘은 제가 민지 데리고 미용실 가서 머리도 자르고, 맛있는 것도 먹이고! 또 옷도 사주고 할게요."
"군인이 무슨 돈이 있어?"
"후후, 할머니, 요즘 군인 돈 많이 받아요. 올해부터 월급 많이 올랐어요. 저 일병이라서 월 33만 원 받는걸요?"
"그래?"
"네. 작년에는 17만 원이었는데, 갑자기 많이 올랐어요. 그래서 저 돈 많아요."
"그럼 이 할미야 좋지. 그려 다녀와!"
"네, 민지야! 내가 하는 말 들었지? 외출할 거니까 얼른 옷 갈아입어. 혼자 입을 수 있지?"
"응! 민지, 이제 혼자 옷 갈아입을 수 있어."
"응. 착하다! 준비하자!"
성재는 민지가 옷을 갈아입는 동안 휴대폰을 찾았다. 다행히 아버지께서 자신의 물품을 박스 한 군데에 넣어두셔서 찾기 쉬웠다.
'옷도 다 빨아놓으셨네. 하나하나 다 다려놓고….'
그러고 보니 폐가에 살 때 보였던 술병도 보이지 않는다.
'술도 끊으신 건가… 다행이다. 이제는 장사가 좀 잘 되니까….'
성재는 마음이 조금 놓였다.
옷을 다 갈아입고, 민지가 갈아입은 옷을 바라보았다. 주변 사람으로부터 얻은 옷.
'조금은 무리 좀 해 볼까?'

성재는 민지를 데리고 밖으로 나왔다.
온종일 할머니가 민지를 돌보면서 피곤했을 거란 생각에 오늘은 자신이 민지를 전담마크 하기로 결심한 것이다.
일단 편의점에 들려 ATM기에서 있는 자신의 통장 잔액을 확인해보았다.
97만원.

그때 민지가 쪼르르 달려와서 바나나 우유 하나를 집어 들었다.
"오빠! 나 이거!"
"그래. 먹어."
충성마트에선 600원짜리가 여기선 1,300원이다. 젠장.
하지만 어느 정도 각오했던 일.
"머리 잘라야지?"

"싫은뎅…."
"그래도 잘라야 돼. 민지 남자친구 없지?"
성재의 짓궂은 질문에 민지가 고개를 젓는다.
"예뻐지면 잘생긴 남친 생겨. 그러니까 우리 민지, 머리 다듬고 예뻐지자. 응?"
성재의 말에 그제야 작은 소녀의 얼굴에 환한 미소가 걸렸다.
"응. 알았엉."
미용실에 들어서자, 반갑게 맞이하는 미용사들.
그녀들은 작은 소녀와 이제 막 성인이 된 청년의 등장에 의아한 표정을 지었지만,
"동생이에요."
라는 성재의 말에 환한 미소를 보였다.
"엄마 대신 왔구나. 꼬마야~ 여기 앉아"
그래도 말실수는 하지 말아야지. 아이구! 아줌마들! 진짜!
그럼에도 민지는 그게 슬픈 말인지도 아직 이해하지 못하고, 해맑게 자리에 앉았다.
"어떻게 잘라드릴까?"
"예쁘게 해주세염!"
아직은 순수하게 자란 아이. 성재는 생각했다.
'오빠가 성공해서 남들하고 비교당하고 살지 않게 해 줄게.'

머리를 자르고 난 뒤 들린 대전중앙시장. 마음 같아선 백화점에 들러 명품을 사주고 싶었다. 하지만 현실은 그렇지 못했다. 그래서 시장에 들러 아동복 매장에 들렀다.
이곳은 아동복 전문매장에서 파는 4만 원짜리 옷과 비슷한 상품을 단돈 만원에 판다.
다행히 민지는 아직 브랜드에 대해 잘 몰랐다. 그래서 단돈 만 원짜리 원피스도 웃으면서 좋아해 줬다.
그래도 성재는 민지 옷만큼은 중고로 사진 않았다.
아버지나 할머니는 몰라도, 아직 어린 민지가 남들한테 손가락질당하는 게 싫었다.
자신이 어린 시절 가장 싫었던 것이었으므로. 그래서 조금은 무리했을지도 모른다.
성재는 기왕 온 김에 할머니 내복도 사드리고, 아버지 털장갑과 목도리도 하나 샀다.
지출금액 17만 8천 원. 그중 민지 옷만 12만 원.

민지는 그런 속 깊은 오빠의 생각도 모르고, 환하게 웃음 지었다.
"오빠, 이제 어디 가?"
"민지 좋아하는 거 만들려고!"
"뭐 만들어 줄 건데?"
"있어. 아직 말 못 해. 그래도 민지가 많이 좋아할 거야."
성재는 새 옷으로 갈아입은 민지의 손을 붙잡은 채, 중앙시장 안쪽 끝까지 들어갔다.

(주)맛있는 열매.
유리 뒤에서 하염없이 손님을 기다리고 있는 상인의 모습이 눈에 띈다. 성재는 들어갔다.
"저기요!"
"아, 어서와요. 무엇 때문에 오셨나요?"
"1주일 전에 연락드렸죠?"
"아! 설마! 꿀타래?!"
"네. 맞아요. 혹시 덩어리로 만들어주셨나 싶어서요."
"네. 당연하죠. 봐주실래요?"
"아… 네. 감사합니다."
성재는 아주머니가 가져온 꿀 덩어리를 '요리사의 눈'으로 확인해보았다.

item	아카시아 꿀과 물엿을 숙성하여 만든 꿀 덩어리 ✕
	수분함량 16.6%의 숙성된 아카시아 꿀과 맥아당으로 이루어진 물엿을 숙성시켜 원형 덩어리로 만들어놓았다. 꿀타래의 핵심재료

"감사합니다."
"그런데 우리 집에서 꿀타래 했었다는 거 어떻게 알았어요? 우리도 옛날엔 많이 팔았었는데… 요즘은 힘들어서 못 팔고 있었는데. 이게 다 인력으로 해야 되는 거라…."
아주머니의 말에 성재가 방긋 웃으며 말했다.
"서효석 씨라고 아실지 모르겠네요."
"아! 효석이! 잘 알죠! 남편 밑에서 한 달인가 배웠죠. 가끔 우리집도 놀러오고 했었는데."
"효석이 형이 제 군대 선임이에요. 저한테 꿀타래를 가르쳐준 스승님이기도 하고요."
"그랬구나."

"돈은 현금으로 드려야 되죠?"

"아… 그럼 좋죠."

성재는 앞서 사장님과 말해두었던 금액을 건넸다. 그러자 아주머니는 미소를 띠며, 숙성된 꿀덩어리와 자신들이 장사할 때 팔던 포장 용기를 건네주었다.

"포장용기는 안 샀는데…."

"서비스에요. 그리고…."

건넨 60만 원 중 5만 원짜리 지폐와 만 원짜리 지폐를 꺼내 6만 원을 돌려주며 말했다.

"현금이니까 10% D.C 해줄게요."

"감사합니다."

"필요하면 언제든 와요. 우리 남편이 몸만 건강했어도 우리도 꿀타래 팔고 있었을 텐데… 남편 생각나고 좋네요."

"좋게 봐주셔서 감사합니다."

성재는 성공을 확신하고 있었다. 적어도 대전에는 아직까지 꿀타래를 파는 곳은 없었다. 그 확신은 이제껏 경쟁에 밀려 도전하지 못한 은행동으로 발걸음을 옮기게 만들었다.

"아들! 잘 지냈어?"

"네."

"그런데 왜 은행동이야? 궁동 먹자골목도 잘 팔릴 텐데…."

"거긴 지금 대학생 방학이라 별로잖아요. 여기가 사람은 더 많을 거에요."

"그래도 여긴 돈 내야 되는데?"

"괜찮아요. 아빠, 저 트럭 공간 중 1m 공간만 저한테 주세요."

"뭐?"

"제가 잘 팔리는 거 하나 보여드릴게요. 민지야! 아빠랑 같이 붙어 있어."

성재는 아빠 곁에 들러붙는 동생 민지를 보며 환한 미소를 지어 보였다.

'아빠, 지켜봐요. 군 생활 간 배워 온 특급 레시피로! 돈 많이 벌 테니까요!'

그때, 성재의 눈앞에 퀘스트가 펼쳐졌다. 처음 보는 퀘스트.

성재는 그걸 보며 썩 미소를 머금었다.

집 앞에서 소주 한잔 할까?

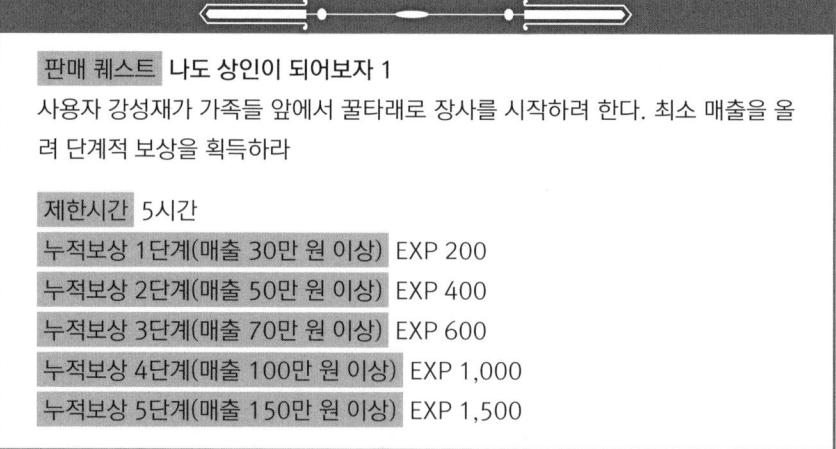

판매 퀘스트 나도 상인이 되어보자 1
사용자 강성재가 가족들 앞에서 꿀타래로 장사를 시작하려 한다. 최소 매출을 올려 단계적 보상을 획득하라

제한시간 5시간
누적보상 1단계(매출 30만 원 이상) EXP 200
누적보상 2단계(매출 50만 원 이상) EXP 400
누적보상 3단계(매출 70만 원 이상) EXP 600
누적보상 4단계(매출 100만 원 이상) EXP 1,000
누적보상 5단계(매출 150만 원 이상) EXP 1,500

'경험치가 상당히 높네. 내가 노력한 만큼 보상을 해준다는 건가?'
성재는 생각을 멈추고, 자신이 해야 될 일을 떠올렸다.
'퀘스트에 연연할 필요 없어. 지금은 내가 계획한 것을 그대로 실천하면 돼.'

강일용은 아들이 갑작스럽게 자리를 뜨는 것을 보았다.
"아들! 어디가?"

"잠깐, 슈퍼마켓 좀 다녀올게요."
"어? 왜? 뭐 사려고?"
"옥수수가루하고 안에 넣을 소 재료 좀 사려고요."
"그래. 다녀와. 돈 필요해?"
"아니요. 괜찮아요. 다녀올게요."
강일용은 아들이 떠난 자리에서 딸 아이를 보며 미소를 지었다.
"민지야! 오늘 저녁은 아빠랑 같이 있을 거지?"
"응! 아빵?! 빨리 팔고 집에 가야 돼. 할머니 기다령. 걱정 돼."
"헤헤, 우리 딸, 참 착하다! 그새 또 할머니가 걱정되었어? 아빠가 바로 할머니한테 전화할게. 걱정하지 말고 따뜻한 방에서 푹 쉬고 계시라고! 됐지?"
"그래도 늦게 가면 할머니 걱정하니까, 아빠도 힘내서 열심히 팔아야 돼! 알겠찡?"
"그래~ 그래! 우리 딸!"
강일용은 자신의 가족과 살며, 예전에는 없던 웃음을 되찾았다.
삶의 희망이 보였기 때문일까?
'오늘도 열심히 살아보자!'
푸드트럭을 열고, 장사를 시작하는 그의 얼굴에는 기대와 희망이 부풀어 있었다.

성재는 회심의 재료들을 사 들고 푸드트럭에 도착했다. 바로 앞임에도 낑낑대며 들고 올 정도로 하루 팔기에는 좀 많은 양. 그는 아버지가 있는 푸드트럭을 바라보았다.
장사 준비에 한창인 아버지 옆에 앉아 아빠를 물끄러미 쳐다보는 민지.
작은 체구의 소녀. 아빠 옆에서 어리광부려도 이상하지 않을 7살.
하지만 등산용 의자에 가만히 앉아 칭얼거리지 않고 기다리는 민지의 의젓한 행동을 보며 성재의 얼굴엔 저절로 미소가 걸렸다.
그는 아버지와 동생이 있는 푸드트럭 뒤쪽 공간에 옥수수가루 포대와 아몬드, 캐슈넛, 건포도 등을 실었다. 그런데 평소와 다르다. 스테이크용 고기가 보이지 않는다.
"어? 아빠. 스테이크는요?"
"사실 아까 궁동에서 다 팔았다. 오뎅 남은 거나 팔까 하는데…."
성재는 강일용의 말에 고개를 푹 숙였다.

'그래서… 돈을 내야 하는 은행동에 오고 싶지 않으셨구나. 내 예상보다 장사를 더 잘하고 계신 거였어.'

성재는 반성했다. 아버지는 예전과 많이 달라져 있었다. 그뿐만이 아니었다. 깔끔한 인상을 위해 전기면도기를 구입하셨고, 수분크림(?)으로 얼굴도 관리하고 있다.

그야말로 호감형!

그때, 민지가 뭔가 참기 힘든 표정으로 그를 불렀다.

"아빠!"

"응, 우리 딸! 왜?"

"쉬야! 쉬!"

알고 보니 민지는 생리현상 때문에 힘들었던 것.

"아구구구, 미치겠네. 성재야! 잠깐 혼자 있을 수 있지? 화장실 좀 다녀오마."

"네. 다녀오세요!"

아버지가 민지를 데리고 자리를 떴고, 그사이 성재는 슬슬 판매를 위한 세팅에 들어갔.
보드판에 매직으로 꿀타래 판매 가격을 적고, 꿀덩어리 중 하나를 들어 가운데 구멍을 뚫곤, 옥수수가루 안에 풍덩 집어넣었다.

그다음부터는 일사천리.

도넛처럼 생긴 꿀덩어리 안쪽을 벌려 한 가닥이 두 가닥.

두 가닥이 네 가닥! 네 가닥이 여덟 가닥!

만 육천 삼백 팔십 사 가닥까지 늘려놓는다.

명주실보다 얇은 꿀타래를 조리대 위에 올려놓고.

칼국수를 자르듯 칼로 쑥!

이윽고 새하얀 옥수수가루를 뒤집어 쓴 채, 꿀로 만든 실이 손바닥 반 만한 크기로 성재의 앞에 놓여졌다.

성재는 신속하게 움직였다.

아몬드와 캐슈넛, 건포도를 조그마한 스푼으로 떠서, 손바닥 반 만한 크기로 자른 꿀 타래 한 가운데 올려 놓았다.

이후 해야 될 일은? 실처럼 생긴 꿀타래를 돌돌 감는 일.

인기 견과류 3종 세트님이 거미실에 돌돌 말리듯, 그 안으로 사라지면 견과류로 만든 꿀타래 완성!

만들었으면 당연히 확인해야 하는 법. 요리사의 눈이 오늘도 열일을 하신다.

recipe	강성재가 만든 견과류 꿀타래 ★★★★	✕
🍴	완벽히 숙달된 꿀타래 제조법으로 손님의 시선을 사로잡았다 두뇌발달과 치매, 골다공증에 좋은 아몬드 변비 개선에 효과가 있는 캐슈넛 항산화성분이 다량 함유되어 시력보호효능이 있는 건포도가 들어갔다 맛과 영양, 시선을 모두 잡은 최고의 길거리 음식!	

아버지와 민지가 걸어오고 있었다.

"아빠! 별일 없었죠?"

"어휴, 혼났다. 공중화장실 줄이 너무 길어서, 결국 남자화장실로 데리고 들어갔네."

"욕보셨네요."

"그러게, 여자화장실은 항상 줄이 밀리니…참….."

"그러게요. 이런 공공장소에는 여자화장실 좀 더 늘렸으면 좋겠어요."

강일용은 민지에게 손을 건네며 푸드트럭 조수석에 태웠다. 시동을 걸고는 히터를 세게 틀어, 딸이 추위에 떨지 않도록 배려했다.

"우리 딸! 안 춥지? 여기서 아빠 장사 끝날 때까지 기다릴 수 있어?"

"응. 아빵! 근데 아빵!"

"왜?"

"소피앙! 소피앙!"

딸의 말에 강일용은 미소를 지으며, 휴대폰을 꺼냈다. 능숙하게 N플레이어를 작동시키는 아빠. 재생목록을 열어 디즈니사의 리틀프린세스 소피아 (전편) 중 1화를 재생했다. 민지의 눈이 동그랗게 커지고. 강일용은 후면 버튼을 눌러 잠금 화면으로 조작한 뒤 말했다.

"됐지?"

"응! 소피앙. 소피앙 공주당!"

"크큭, 녀석…."

딸의 머리를 쓰다듬은 그는 곧바로 다시 뒤쪽인 푸드트럭 매대로 향했다.

이미 푸드트럭 장사 준비를 끝낸 아들. 벌써 3박스를 포장하고 4번째 꿀타래를 만들고 있다. 두 손의 손놀림이 예사롭지 않은 것을 보며, 아빠가 성재에게 물었다.
"이걸 뭐라고 불러?"
"꿀타래라는 거에요. 하나 드셔 보세요."
"꿀타래?"
강일용은 자신의 입에 아들이 만든 꿀타래를 넣어보았다.

처음에는 조금 텁텁했다. 옥수수 전분 가루 맛?
그런데 옥수수가루가 침에 의해 녹아내리고, 이어지는 실 같은 디저트.
수만 가닥의 실이 혀 속 침샘에 빠져 달콤한 호수를 만들어내자, 강일용의 굳었던 표정이 환하게 펴졌다.
'헉… 달콤함… 그리고 이건 건포도?'
달콤함 다음에 곧바로 새콤한 맛이 튀어나왔다.
그런데 그사이 이빨에 의해 다닥 하고 씹히는 이물감이 걸렸다.
'어? 이건 뭐지?'
의문은 오래가지 않았다. 미각을 통해 전해지는 고소함.
그 정체는?
'아몬드잖아. 달콤, 새콤, 거기에 고소함까지, 모두가 다 좋아하겠어. 어른들뿐만 아니라 아이들한테도 인기 있을 거 같은데?'

그게 끝이 아니었다. 캐슈넛의 촉촉함이 마지막까지 혀 안에서 여운을 남긴다.
강일용의 혀 위에는 침으로 만들어진 달콤한 호수가 그득했다. 그 호수는 입안에서 흘러나오는 끝없는 침샘폭포수와 합쳐져 목젖이 열리기만을 기다리고 있었다.

우물우물.
결국, 목젖이 대답했다. 더 이상은 버티기 힘들 거라고.
결국, 그는 목젖의 말에 복종했다.

꿀꺽.
입안에 가득했던 세 가지의 맛은 순식간에 사라졌다.

허무. 그 자체.
입안에서 가장 중요한 감각기관인 혀는 마지막까지 그 흔적을 찾기 위해 자신의 보금자리(입천장)를 계속해서 뒤졌다. 그것을 본 아들이 입을 열었다.
"드시는 방법은 잘 알고 계시네요."
"이거 정말 대단한데?"
"가장 맛있는 디저트 중 하나래요."
"설마 이것도 군대에서?"
"네. 선임한테 배웠어요."
아들의 말에 강일용은 홀로 생각했다.
'요즘 군대는 도대체 무엇을 가르치는 거야? 내가 복무할 때랑 틀린가?'
아버지는 아들의 손놀림을 계속해서 지켜보았다. 예사롭지 않았다. 쉽지 않아 보인다. 좌에서 우로, 우에서 좌로, 위에서 아래로! 아래에서 위로!
금방이라도 끊어질 듯 위태로운 꿀타래 실은 성재의 현란한 손놀림 앞에 결국 굴복하고, 일만육천 가닥 이상의 맛있어 보이는 식재료로 변화를 마쳤다.

성재의 퍼포먼스에 사람들이 하나 둘, 몰리기 시작했다.
"이거 뭐라고 불러요?"
"꿀타래요!"
"꿀타래요?"
"네! 인사동에서 시작된 먹거리 음식인데요. 진짜 맛있어요."
"시식은 안 될까요?"
"죄송해요. 이건 단가가 비싸서 시식은 못 해 드릴 거 같아요."
성재의 말에 30대 초반의 여성은 고민 끝에 일단 1박스를 구입했다. 그리곤 망설임 없이 박스 안에 든 10개의 꿀타래 중 하나를 입에 넣더니, 의심을 버렸다.
"어머! 진짜 맛있네요."
"네. 그렇죠? 뒤에 손님 때문에 비켜주실 수 있나요?"
"아! 네! 언제 또 오시나요?"
그녀의 말에 아버지가 전단지를 건네주었다. 성재는 전단지를 확인했다.
'SNS 주소를 적어두신 홍보지구나?'

"어? 여기에는 꿀타래가 없는데요."
"네. 이건 오늘부터 시작했거든요."
"아… 그렇구나. 집에 가서 먹어보고, 맛있다고 하면 또 올게요. 팔로우도 걸고요."
"네. 감사합니다!"

그다음도, 그다음도! 손님은 계속 이어졌다. 순식간에 팔리는 꿀타래. 인구 150만의 대도시, 대전광역시라고 하나, 처음 선보이는 음식이라 사람들의 시선이 몰렸다. 성재의 숙련된 동작과 레시피대로 구현한 완벽한 맛 덕택에 다른 푸드트럭과 비교될 수 밖에 없었다. 성재는 미소를 지었다. 옆에서 아버지가 즐거워하시는 모습이 보였다.
성재 본인도 마찬가지였다.

> ⚙ ✓ ✗
>
> 누적보상 1단계(매출 30만 원 이상)를 달성하였습니다
> 경험치 200을 획득하였습니다
> 누적보상 3단계(매출 70만 원 이상)를 달성하였습니다
> 경험치 600을 획득하였습니다

불과 한 시간 만에 150박스를 팔아버린 성재. 그럼에도 기다리는 사람들이 가득하다. 성재는 꿀타래를 만드는 동안 움직일 수 없어 죄송했지만 아버지에게 부탁을 했다.
"아빠, 차 뒤편에서 옥수수가루 좀 가져다주세요."
그는 아무 말 없이 차에서 내려 옥수수가루를 가지고 올라왔다. 성재는 지금 꿀타래를 만드는 데 온 신경을 집중해야만 했다. 몸도, 정신력도 점점 바닥을 나타낸다.

'힘들다… 지쳐.'
한 시간 연속 쉬지 않고 만드는 성재. 2월의 추운 바깥 날씨임에도 이마에 땀이 흐르고 있다. 강일용은 아들이 고생하며 꿀타래를 만드는 동안 손님들을 직접 상대했다.
"한 박스에 얼마에요?"
"네. 5,000원입니다. 안에 아몬드랑 건포도, 캐슈넛이 들어있어서 정말 맛있어요."
"맛있어 보여요. 아까 여기서 구입했던 손님들도 맛있다고 하더라구요."
"그렇게 말씀해주시니 정말 감사합니다. 여기 오뎅 국물 그냥 드셔도 됩니다. 추운데 드시면서 기다려주세요."

"네. 감사해요."

강일용은 해야 할 일을 한눈에 캐치하고 있었다. 푸드트럭을 운영하며 쌓인 노하우 덕에, 환경이 변했어도 금방 적응했다.

그리고 40분 후. 준비한 300박스가 바닥을 보이고.

"죄송합니다. 오늘 준비한 분량을 다 팔았습니다."

"아! 뭐에요! 20분 넘게 기다렸단 말이에요."

"정말 죄송합니다. 정말 죄송합니다."

"내일도 오실 거죠? 여기 오시는 거죠?"

"네. 와야죠! 오겠습니다. 오겠습니다!"

성재와 아버지 강일용.

둘은 끝까지 기다려준 손님들에게 고개를 숙이면서도 행복한 얼굴로 마주보았다.

"아들…."

"네. 아빠."

"네가 참 장하다."

"아니에요. 아빠가 옆에서 도와주셔서 완판 할 수 있었어요. 허리는 괜찮으시죠?"

"그래. 괜찮아. 이 정도는 아무것도 아니야."

성재는 2시간 가까이 곁에서 허리를 주먹으로 두드리며 고통을 참고 일하시는 아버지의 옆 모습을 보느라 가슴이 아파왔다.

그래도 일찍 판매하고 집에 들어갈 수 있다는 생각에 한편으론 미소도 흘렀다.

"아빠, 집에 들어가요."

"후후, 그래. 성재야, 집 앞에서 소주 한잔 할까?"

"좋죠!"

강일용은 자신의 앞에 놓인 계산통을 바라보며 미소를 지었다.

성재 또한 계산통 반대 허공을 보며 미소를 지었다.

> ⚙ ✓ ✕
>
> 누적보상 5단계(매출 150만 원 / 완판)를 달성하여 경험치 1,500을 획득하였습니다
> 레벨이 20으로 상승하였습니다

A지역에서는 앞으로 장사하실 수 없습니다

민지를 집에 둔 아버지와 성재는 곧바로 술 한잔 하러 나왔다.
그들이 향한 곳은 아구찜 전문점.
"뭐 먹을래? 찜? 탕?!"
"찜이 낫겠죠?"
"그래. 아구는 찜이지."
성재의 말에 아버지는 미소를 짓고 손을 들었다.
"아주머니! 여기 아구찜 소(小)짜 하나에 소주 한 병이요!"
"소주는 무엇으로 드릴까? 린? 참이슬?"
"지역 경제 살리려면 지역 소주로 먹어야죠. 린으로 주세요!"
아버지로부터 주문을 받은 50대 아주머니가 주방을 향해 입을 열었다.
"네. 3번 테이블 아구찜 소(小) 하나, 린 하나!"

성재는 가게를 보며 생각했다.
'이런 가게 하나 가졌으면 좋겠다. 푸드트럭은 너무 몸이 고생해. 춥잖아.'
추운데 온종일 밖에 나가 있는 아버지가 안쓰러웠던 성재의 생각.
그런 아들의 걱정을 아는지 모르는지 강일용은 소주병을 딴 후 아들을 향해 병을 기울였다.

"술 먹지?"

"네. 먹죠."

성재는 소주잔을 오른손으로 들고, 왼손은 자신의 가슴 쪽을 향한 채, 주도를 지켰다. 그러자 아버지의 얼굴엔 환한 미소가 깃들었다.

"어디서 배웠어?"

"뭐를요?"

"주도. 인마! 주도!"

"아빠 친구들한테 배웠죠. 광운설비 아저씨요."

"켁, 그놈들 아주 골때리는 놈들이지. 아주 무식할 정도로 매일 일만 하는 녀석들. 그놈들은 정말 괴물이야. 괴물!"

"그런가요?"

성재는 10분의 7정도 채워진 자신의 소주잔을 내려놓고, 양손으로 소주병의 중앙을 감싸 상표를 가리며, 아버지에게 말했다.

"한잔 올리겠습니다."

"오냐! 아들한테 받으니까 좋네!"

성재는 한 때, 술에 인생을 허비하며 살던 아버지의 모습이 떠올랐다.

하지만 그건 분명 과거. 지금의 아버지는 달랐다.

굳은 의지가 담긴 표정과 직접 보여주는 행동. 하나뿐인 딸 민지와 할머니를 위해 아픈 몸을 이끌고 쉴 새 없이 움직이는 열정과 노력.

분명 자신의 성격은 아버지를 꼭 빼닮았다.

"뭘 그렇게 슬픈 눈으로 봐. 사내자식이!"

아버지를 물끄러미 보고 있던 성재가 당사자로부터 핀잔을 들었다.

"그런 거 아니에요."

"그래. 이거 먹고 다 이겨 내는 거야! 아빠도 새 인생 살기로 결심했으니까, 성재, 너도 이제 아빠 걱정 말고 네 인생 살 거 살면 돼."

"……."

성재는 무슨 말인지 이해하지 못했다. 아버지가 왜 저런 말을 하는 걸까?

"한잔 해! 쭉 들이켜!"

"네."

아버지는 더 이상 약한 모습을 보이진 않았다. 한 잔이 두 잔이 되도 두 잔이 석 잔이 되도 제 정신을 또렷이 유지한 채, 그저 아들과의 자리를 즐겼다.

아들과 아버지. 둘 사이에 아무 대화도 없었지만.

서로는 알고 있었다. 이게 바로 부정(父情)이라고.

그때 나오는 아구찜.

"아구찜 나왔습니다."

성재는 본능적으로 자신의 눈으로 아구찜을 쳐다보았다.

> **recipe**   30년 전통 요리법으로 만든 아구찜 ★★★★
>
> 아귀 1마리와 새우, 미나리, 콩나물, 미더덕을 진하게 우려낸 멸치다시다육수와 고추장 양념에 볶아 만든 아구찜
> ※ 2대에 걸쳐 전수한 비법으로 약간 맵게 만들어서 중독성 있는 맛이 특징이다

"맛집?"

성재는 일반 음식점에서 4성짜리 요리가 나오자, 자신도 모르게 혼잣말을 내뱉었다.

그러자 서로 한마디 없던 아버지와 아들 사이에서 대화의 물꼬가 트였다.

"여기 맛집인 거 알고 있었어?"

"아…."

"그래. 여기 주인아주머니가 참 잘하셔. 저기! 여기 소주 한 병 추가요!"

"네. 린 한 병 갖다 드릴게요."

성재는 아구찜에서 거의 70% 이상을 차지하는 콩나물 일부를 먼저 앞 접시에 덜었다.

그리고는 입안에 넣으며 맛을 음미했다.

'맵다. 매워. 근데 맛있네. 뭐지?'

콩나물을 먹는 아들을 보며 아버지가 입을 열었다.

"아귀랑 같이 먹어. 한입에 먹기 좋은 크기로 잘라놓아서, 이거랑 술안주랑 딱이다."

"네."

검은 생선 껍질. 그 안에 부드러운 속살.

먹기 좋은 크기로 잘라놓은 아귀살에 골고루 발라진 매운 양념.
소주 한잔을 콱 들이키고!
안주로 매운 아귀 한 점을 입안에 넣으면!
소주의 쓴맛은 가라앉고, 입안에는 아귀의 맵고 달콤한 맛만 남아 소주의 여운을 지워준다.
"키야…! 이 맛이지."

가격 3,6000원.
성재는 걱정스러운 얼굴로 아버지의 얼굴을 바라보았다.
그러자 그는 씩 웃으며 아들에게 말했다.
"왜? 걱정 되냐?"
"아니, 꼭 그런 건 아닌데요."
"오늘 너만큼은 못 벌어도, 20만 원은 벌었어. 너무 걱정하지 마."
"걱정은 누가 걱정했다고 그래요. 한 잔 해요!"
좋은 술과 좋은 안주가 함께 하니, 기분이 좋아진다.
평소에 못했던 이야기도 자연스레 흘러나온다.
아버지는 잠시 앞에 앉은 아들 생각에 잠겼다가, 입을 열었다.
"그 아가씨하고는 연락했냐?"
술이 취하니, 충청도의 구수한 사투리도 저절로 흘러나온다.
"누구요?"
"아, 그 여자 있잖어. 정민아라던디. 너 만나러 와서 부대 주소 갈켜줬는디…."
"무슨 말씀이신지 모르겠어요. 아! 저도 물어볼 거 있어요. 아빠! 혹시 사회복지사라고 집에 왔다 갔어요?"
"아, 오긴 왔지. 1주일에 한 번인가? 와서 도시락 주고 가잖어. 세상 많이 좋아졌지."
"아… 다행이네요."
성재는 약간은 취기가 도는 아버지와 대화하다 '불우장병 돕기 프로젝트'로 사회 복지사들이 오는 것을 알게 되었다.
매일 오는 것은 아니고, 주 1회 또는 월 2회 정도였지만.
차상위지원계층인 자신의 집안에도 도움을 주는 공공기관의 복지혜택에 나름 만족스러움을 느꼈다. 군부대 또한 마찬가지.

'연대장님, 챙겨주셔서 감사합니다.'

그때, 아버지가 홀로 소주 한 잔을 털어 넘기고, 안주를 먹다가 갑자기 소리를 질렀다.
"앗 뜨거! 물! 물!"
성재는 곧바로 찬물을 드렸다.
그러자 식당 아주머니가 익살스러운 얼굴로 아버지에게 말했다.
"미더덕은 식혀 먹어야 혀! 그거 안 식히고 깨물어 먹으려니 뜨겁지."
그녀의 말에 강일용은 입안에 찬물을 머금은 채, 혀를 식힌 후 입을 열었다.
"후우… 깜짝 놀랐잖아유."
"다들 알고 먹는디, 왜 그려~ 총각도 아니고, 다 큰 사람이! 미더덕은 조심해서 먹어~ 그럼 뎌(돼)!"

다음날 아침. 성재는 군인답게 일찍 일어나 아침 식사를 준비했다.
계란 후라이를 만들고, 미역국을 끓이고, 어제 식당에서 싸온 아구찜을 데웠다.
아침 7시. 잠이 제일 적은 할머니가 먼저 일어나 성재를 쳐다보았다.
"손주, 뭐혀(해)?"
"아, 아침 만들어 놓았어요."
"뭐라는 겨(거야)?"
"손주가 아침 만들어놓았다고요. 식사하세요! 아빠도 일어나시고, 민지! 너도 일어나."
손주의 말에 할머니가 조금은 언짢으신 듯 표정이 변했다. 걱정스러움 반, 우려스러움 반을 더해 강한 어조로 말했다.
"남자가 부엌에 왜 얼씬거려? 네 아비 하나로만도 족해. 그러다 고추 떨어진다!"
그러나 성재는 미소로 화답할 뿐.
손주가 아침상을 준비한다니, 무슨 해괴망측한 일인가. 게다가 맛있을 리가 없다. 남자가 요리라니, 할머니 기준으로는 절대 이해되지 않는 상황.
그러자 이번엔 아들 일용이 놈이 헛소리를 해 댄다.
"드셔 보세요. 성재가 만든 음식 만족하실 거에요."
아직도 의심의 눈초리를 지우지 못했지만, 손주에 이어 아들까지 저렇게 말하면…,

'한 숟가락만 들어볼까?'

할머니는 성재가 차린 식탁의 미역국에 수저를 대었다.

그리고 입안에 쏙.

성재는 씩 웃었다. 그리고 생각했다.

'게임 끝났네.'

아버지인 강일용도 자신의 어머니를 보며 미소를 지었다.

'어머니, 성재, 이 녀석 지 어미를 꼭 빼닮았어요. 요리에 소질 있는 것 같아요. 그러니까 그냥 인정하세요.'

역시, 할머니의 태도가 변했다.

"맛있네? 이거 진짜 손주가 직접 끓인 겨?"

"그럼요. 그럼 누가 끓였겠어요. 물론 아구찜은 밖에서 싸온 거구요."

그때 7살 민지가 눈을 비비며 아이용 수저를 집어 들었다. 성재는 그런 민지에게 다소 무뚝뚝한 말투로 말했다.

"강민지! 안 돼!"

"흐잉… 배고팡, 배고파앙."

민지가 어리광을 부린다. 그래도 교육상 할 건 해야 한다.

"손 씻고, 세수하고, 코 흥(풀고)하고 밥 먹는 거라고 유치원에서 배웠어? 안 배웠어?"

"칫, 오빠! 미웡!"

"미워도 안 되는 건 안 돼! 오빠랑 같이 씻으러 가자! 따라와!"

성재는 일어나서 내복만 입은 민지의 손을 붙잡고 화장실로 들어갔다.

할머니는 그런 손주와 손녀를 보았다. 어느새 훌쩍 커버린 손주, 손녀들. 그리고 그 둘을 볼 때마다 생각하는 하늘나라로 먼저 떠난 며느리.

'며늘아가 없이도 잘 컸네. 훌륭히 잘 컸어.'

뚝뚝….

할머니의 눈가에 눈물이 흐르고.

그걸 본 아들은 밥 먹다 말고, 휴지를 꺼내 어머니께 드렸다.

"너무 걱정하진 마세요. 저희 잘살아갈 수 있어요."

"그려. 그려야지…."

할머니는 손자, 손녀가 화장실에서 최대한 늦게 나오기를 바라며 눈물을 훔쳤다.

식사 후. 바깥으로 같이 나온 부자(父子).
성재는 아버지와 상의 끝에 일단 스테이크는 보류하기로 했다.
"아무래도 꿀타래가 나을 것 같다."
"그럴 것 같죠?"
그리고 들린 가게. (주)맛있는 열매. 오늘은 아주머니와 주인장이 같이 나와 있었다.
성재는 밝은 얼굴로 미소를 건넸다.
"안녕하세요! 또 왔습니다."
"그래요? 아! 인사해요. 저희 남편이자 사장님!"
"안녕하십니까! 효석이 형하고 친한 동생 성재입니다. 잘 부탁드립니다."
"아, 안녕하세요. 젊은 친구가 진짜 열심히 사시네요. 뒤에 분은?"
"안녕하십니까? 강일용이라고 합니다."
간단한 대화 후, 서로 인사를 나눴다.
강일용과 윤정석은 우연히도 같은 나이. 그래서 더욱더 서로에게 말을 쉽게 건넸을지 몰랐다.
"어제 정말 그걸 다 팔았다고요? 대단하시네요."
"저희 아들놈이 생각보다 잘 만들더라구요. 저도 오늘 옆에서 배워볼 생각입니다."
"음… 배우는 게 쉽지 않으실 텐데…."
"열심히 해봐야죠."
"네. 그런 도전 정신 좋습니다. 그런데 어디서 파셨습니까?"
"대전 은행동 으능정이 거리에서 팔았습니다."
"아… 거기가 상권이 좋긴 한데… 장사하긴 힘들죠."
"힘들다뇨?"

(주)맛있는 열매 사장님인 윤정석이 한 이야기가 무슨 말인지는 그때까지는 몰랐다.
그러나 으능정이 거리 상인회에 푸드트럭 자리를 신청하러 갔을 때, 그 이유를 알게 되었다.
"강일용씨는 앞으로 5개월 동안은 A지역에서 장사를 하실 수 없을 겁니다."

"네?! 그게 무슨 말씀이세요?"
"은행동 푸드트럭 연합회에서 광장이 있는 A지역에는 은행동에서 5개월 이상 푸드트럭 운영한 인원에 한해서만 내주기로 결의했다고 합니다."

푸드트럭이 허용된 지역은 총 2구역으로 나뉜다.
A지역과 B지역.
A지역은 광장이 있고, 그 옆에 술집이 즐비해서 취객들이 많이 찾는 곳이었다. 그래서 저녁시간인 오후 7시부터 오후 10시까지의 매출이 정말 높았다.
반면 B지역에는 버스킹 공연은 많이 하지만 대부분 스쳐지나가는 인도이며, 소음과 공해 때문에 장사할 여건이 좋지 못했다.

그걸 강일용이 모를 리 없었다.
"아니! B지역은 아무도 신청하지 않는 곳이잖아요. 어제까지만 해도 이런 구분 없었는데, 갑자기 왜 생긴 겁니까?"
"글쎄요. 그건 강일용씨가 더 잘 알지 않을까요?"
"이러는 건 아니지. 뭔 사람들이 경우가 없어?!"
아버지는 인상을 쓰며 언성을 높였다. 하지만 변하는 건 없다.
이미 그들이 그렇게 하기로 결정했으면, 그렇게 따라야 한다. 그게 바로 룰이자 규칙. 힘이 없는 자에겐 언제나 불이익이 따른다.
성재는 아직 어린 나이에도 불구하고, 무슨 일인지 단번에 파악했다.
'자기네들끼리 뭉친 거네. 아빠가 장사 잘되는 꼴 못 보겠다는 거잖아.'
그러나 걱정은 별로 하지 않았다. 오히려 홀가분하기도 했다.
"아빠! 그냥 우리 B지역에서 장사해도 괜찮을 것 같은데요."
"뭐?"
"B지역에서 하자고요. 저한테 다 생각이 있어요."

아버지의 친구는 4,631명!

은행동 푸드트럭 연합회의 회장 강문복.
그는 부회장과 함께 아침 일찍 별다방 커피숍에서 부회장과 만나 대책을 세웠다. 어제 대박을 터트렸던 꿀타래에 대한 대책이었다. 은행동 푸드트럭 단체대화방.

- 어제저녁 매출이 많이 떨어졌네요. [닭꼬치아빠 / 연합회장]
그러자 그를 동조하는 부회장 또한 대화방에 의견을 올렸다.
- 저도 그랬습니다. 외지인 함부로 받으면 안 될 것 같습니다. [통감자상인 / 부회장]
- 그렇죠? 꿀타래인가 뭔가, 이거 상권 파괴하는 거 아닌가? 우리가 어떻게 노력해서 얻은 상권인데, 굴러온 놈이 한 번에 독차지하네. [연합회장]
- 동의합니다. 저희가 지난 6개월간 투쟁해서 하루 100만 원씩 은행동 상인협회에 발전기금 내기로 하고 얻은 곳이 바로 이 장소이지 않습니까? 그 노력을 기만하고 시장을 어지럽히네요. [부회장]
그러나 모두의 의견은 회장이나 부회장 같지 않은 법.
- 저는 다른 의견인데요. 그냥 메뉴 선정이 좋은 것 아닌가요? 어제 하나 먹어봤는데 진짜 맛있던데요. [피카츄장인]
회장과 부회장은 저런 소수의 의견이 나오면 초장부터 밟아줘야 한다고 생각했다.

- 맛있는 걸 떠나서, 우리한테 허락을 맡았어야죠. 주변 손님을 다 끌어가는데 그건 상인의 기본적인 도리를 지키지 않은 거 아닌가요? [부회장]
- 음… 저희는 매출 어제 올랐던데요. 꿀타래 쪽에 사람이 몰리다 보니까, 여기저기서 사람들이 호기심 가지고 주변에 있던 저희까지 매출이 오르던데…. [타코야키 아줌마]

역시, 소수의 의견에 동참하는 여자도 생겼다. 부회장의 심기가 순식간에 불편해졌다.

- 아줌마! 은행동에서 장사한 지 몇 개월 됐어요? [부회장]
- 이제 2개월인데요. [타코야끼 아줌마]

역시 칼을 빼들을 수밖에. 10분도 지나지 않아 단체대화방에 공지를 올렸다.

- [전체 공지] 오늘부터 A지역은 은행동에서 5개월 이상 함께 하신 분만 장사하실 수 있습니다. 연합회운영진 나름 고심 끝에 결정한 사항이니 다들 불만 없이 따라주시기 바랍니다. [회장]
- 이게 뭐죠? 장난하는 건가요? [타꼬야끼 아줌마]
- 장난하는 건 아니고, 원래부터 논의되던 사항이에요. [부회장]
- 5개월이라니 무슨 말도 안 되는 소리를 하고 있어?! [피카츄장인]
- 자자자, 다들 채팅 방에서 흥분하지 마시고요. A지역은 5개월 이상만 신청하는 거로 정리합니다. (회장)
- 어이가 없네요. [타코야끼 아줌마]
- 기존 저희가 만든 기반을 한 번에 무너뜨리면 안 된다고 생각합니다. 그렇다고 저희를 나쁜 놈으로 만들지는 마세요. B지역은 열어 드릴 거에요. [부회장]
- B지역에서 누가 장사를 합니까? 아무도 거기서 안 하잖아요! [타코야끼 아줌마]
- 그러니까 하는 말입니다. 차근차근 단계를 밟아야죠. 솔직히 말해서 타코야끼 아줌마랑 피카츄장인님도 그동안 진입장벽 없이 들어와서 탐스러운 과일만 쏙 빼먹은 격 아닌가요? [부회장]
- ……. [피카츄 장인]
- 저희는 차별을 할 생각은 없고요. 5개월이 지나면 언제든지 A지역에서 장사하실 수 있는 기회를 드릴 생각입니다. 그때까지는 피카츄 장인님과 타코야끼 아줌마는 B지역으로 가 계시면 되겠습니다. [회장]

결국, 그 날. B지역에는 3대의 푸드트럭이 나왔다.

성재네 푸드트럭과 타코야끼를 파는 40대 아줌마, 그리고 피카츄 돈가스와 분식을 파는 50대 아저씨. 강일용은 자신들 옆에서 장사를 준비하는 아줌마에게 인사를 건넸다.
"잘 부탁드리겠습니다."
"죄송해요. 별로 좋은 감정이 안 생기네요."
"네?"
"그쪽 덕분에 저희도 좋은 상권에서 쫓겨났거든요."
"거기, 아저씨가 장사는 잘하는 건 알겠는데, 젊은 사람이 욕심이 많으면 안 돼. 적당히 팔아야지. 남들까지 피해 보잖아."
서로 밀려난 처지. 그들은 회장과 부회장의 불합리한 행동에 반항하지 못하고 강일용에게 탓을 돌렸다. 어쩌면 그게 당연했다. 회장과 부회장에겐 자신들이 상대가 안 된다는 것을 알았으니까. 지금 당장은 그들에게 잘 보이는 게 중요했다.
성재는 두 남녀의 태도를 보며 아버지의 손을 잡았다.
"상대하지 마시고 이리로 오세요. 저희 장사 준비해요."
성재의 말에 씁쓸한 표정을 짓는 강일용. 그는 다시 되돌아오며 아들에게 대답했다.
"그래. 장사 준비나 하자."

대로변임에도 유동인구가 너무나 적었다. 거기에 4차선하고 너무 가까워 시끄러운 교통 소리. 버스킹 공연까지 시작되면 이곳은 소음이 빗발칠 것이다.
'이런 데서 장사를 어떻게 해… 여기서 3개월을 버틸 수 있을까?'
그녀는 A지역과 B지역을 계산해보았다. 하루 평균 매출 16만 원. 하루 장사를 위한 상인발전기금 5만 원을 내면 11만 원이 남는다. 거기에 가스비, 재료비 등 고정비를 빼면 6만 원이 빠진다. 온종일 장사해야 남는 금액이 5만원.
B지역은 발전기금이 싸다. 단돈 3만원이다. 그러나 매출이 다르다. 그녀가 처음 B지역에서 근무했던 날 올렸던 매출은 고작 8만 원. 발전기금과 가스비 재료비를 빼면 수익은 거의 남지 않는다. 오늘도 그 날과 별반 다르지 않았다. 사람이 보이지 않는다.
'3개월을 여기서 어떻게 버텨! 가서 회장한테 두 손 모아 빌어야 되나?'
그가 파는 피카츄 돈가스의 가격은 개당 700원. 하루 200개 팔아야 5만 원 벌어간다. 그게 가능한 상권이 바로 A구역. 물론 피카츄 돈가스만으로는 살아갈 수 없어 통감자를 팔다가 부회장과 메뉴가 겹친다는 거친 항의를 받고 분식으로 바꾸었다.
B지역에서는 150여개만 팔아도 5만 원 정도는 벌 수 있겠지만….
'과연 팔릴까?'

반면 성재는 아버지의 스마트폰을 누르며 미소를 지었다.
"아빠! 팔로우 멤버가 정말 많아졌네요. 스마트폰 잘 모르신다더니, 열심히 관리하신 게 티가 나요."
"그래? 요즘에는 이 아빠가 글 하나 올리면 댓글이 40개씩은 달리긴 해."
성재가 B지역에서 장사해도 되겠다는 확신이 든 것은 바로 이거였다.
아버지가 지난 3달간 모은 친구는 무려 4,631명.
맛과 가격 이전에 항상 긍정적인 얼굴로 손님을 대하기 때문에 이룬 성과.
물론 그 4,600여 명이 전부 손님이었던 것은 아니다. 배너를 타고 타며, 전혀 모르는 사람이 친구 추가를 한 것도 있었고, 자신의 SNS를 홍보하려 무작정 친구추가를 한 사람도 있었다. 그러나 그런 경우를 모두 고려하더라도 4,600여 명은 높은 숫자임에 틀림없었다.
"어때요? 이번에는 새 메뉴 홍보글 올리는 게?"
"홍보글… 잘 통할까?"
"그럼요. 전 솔직히 이렇게 아빠가 열심히 관리해두신 줄 몰랐어요. 전단지만 돌리길래, 그냥 그저 그렇겠거니 싶었는데, 정말 예상외에요. 놀라워요."
"하하, 아들이 그렇게 말해주니까 기분이 좋네. 그럼 몇 시부터 장사하는 게 좋을까?"
"이 정도면 아무 때나 올려도 잘 팔릴 것 같은데요?"
"아들! 어제 보니까 사람들이 많아서 밀리던데, 미리 만들어놓고 파는 게 낫겠지?"
"네. 그게 좋을 것 같아요. 아~ 그리고 홍보문구는 저한테 맡겨두세요. 일단 버스킹 공연팀에게 협조부터 구할게요."
"그래. 아들! 너한테 맡기마!"

오후 3시가 되어도 간간이 사람들만 지나갈 뿐, B지역은 큰 반향을 일으키진 못했다.
타코야끼 아줌마는 결국 두 손 두 발 다 들고, A지역에 있는 회장에게 찾아갔다.

"저 한 번만 봐주세요. 살려주세요. 네? 제발… 먹고 살게만 해주세요."
그러자 회장은 그녀를 쨰려보며 입을 열었다.
"채팅방에서의 그 패기는 뭐였죠? 절 공개망신 주려고 생각했던 것 같은데, 이 정도도 예상 못했었나요?"
"죄송합니다. 정말 죄송합니다."
"50만 원만 발전기금으로 내세요. 그럼 A지역에서 장사할 수 있게 해 드리겠습니다."
회장의 말에 타코야끼 아줌마의 눈이 동그랗게 커졌다.
"네?! 50만 원이나요?"
"네. 5개월 미만인 사람이 들어오려면 연합회에 50만 원을 일시불로 내야 합니다."
"전… 하루에 5만 원 밖에 못 버는데… 어떻게 50만 원을 내라고 하세요?"
"그건 아줌마 사정이고요. 들어오고 싶어서 안달 난 사람 많아요. 아, 저기 오네요."
그가 가리킨 사람은 피카츄 아저씨였다. 그는 이미 회장과 부회장에게 잘못을 빌며, 고개를 숙이고 들어갔다.
"죄송했습니다. 다음부터는 안 그러겠습니다. 정말 죄송합니다."
"아닙니다. 이제라도 저희 생각에 동참해주셨으니 다행입니다. 피카츄 아저씨는 발전기금도 내셨으니, 오늘만 특별히 명당 중 명당자리를 내어 드리겠습니다."
"감사합니다. 정말 감사합니다."
타코야끼 아줌마는 자신의 주머니를 열어보았다. 수중에 있는 돈은 겨우 단 돈 22만 원. 발전기금을 내려면 은행에 빚을 내야 한다. 하지만 그녀의 신용등급을 고려할 때, 소액대출도 은행에서 거절할 게 분명했다. 그녀는 고민에 빠졌다.
"발전 기금 낼 생각 없죠?"
"수중에 돈이…."
"없으면 그냥 B에서 버티세요! 3개월만 더 버티시면 되겠네."
"제발요."
"안 낼 거면 알짱거리지 말고 비켜주시죠! 장사에 방해되니 서로 시간 낭비 맙시다!"

결국, 타코야끼 아줌마는 50만 원이란 장벽 앞에 고개를 숙였다. 그리고 돌아오는 길에 억울함을 삼켰다.
'못 사는 게 죄야? 없는 사람들끼리 왜 그러는 건데?'

그녀 또한 초등학생 아들딸을 홀로 키우는 몸. 주변 사람들이 도움이 되기는커녕 못 잡아 먹어 안달이니, 오늘 따라 여성 혼자 장사를 한다는 게 더욱 힘들게 느껴졌다.

B지역으로 돌아가는 길. 풀리지 않는 감정. 터벅터벅… 털 달린 고무신.

금방이라도 헤질 만큼 오래 신은 신발의 밑창이 무겁게 느껴졌다. 그건 접착제가 떨어져 간다는 증거. 그 촉감이 자신이 얼마나 처절하게 살고 있는지 대변하고 있었다.

그런데?!

B지역에서는 믿을 수 없을 만큼의 수많은 인파가 몰려있었다. 평소에는 시끄럽고 난잡하게 진행되었던 버스킹 공연도 차분히 이어졌다. 자신이 원망했던 꿀타래 가게에 쉼 없이 이어진 줄. 버스킹 공연도 푸드트럭 앞. 원형 무대 위에서 각 팀이 서로 순서를 정해 진행하고 있었다. 성재가 타코야끼 아줌마를 보곤 손을 흔들었다.

"아주머니! 장사 대목 놓치실 거에요?! 지금부터 빨리 타코야끼 만들어야 할 텐데요!"

그러자 성재의 아빠도 씩 웃으며 말했다.

"오늘 오후 8시까지만 장사할 겁니다! 버스킹 공연하시는 분들도 그때까지 협조해주시기로 했어요."

아주머니는 트럭으로 달려갔다. LPG 가스통을 열고, 불을 올리고, 반죽을 기계에 넣고 돌리기 시작한다. 손님 일부가 버스킹 공연을 들으며, 푸드트럭 앞에 서기 시작한다.

성재는 아버지의 계정을 통해 올린 SNS를 보며 미소를 지었다.

〈은행동에 드디어 꿀타래가 떴다?!〉

안녕하세요. 성재와 민지의 아빠, 강일용입니다.

기존에는 '아빠 스테이크'를 5,000원이란 저렴한 가격에 제공했었는데요.

오늘부터는 여러분의 성원에 보답하기 위해 신메뉴!

21세기 대표 간식! 견과류 꿀타래를 선보이려 합니다.

달콤함과 고소함 그리고 촉촉함이 공존하는 역사상 최고의 디저트!

세부사항은 사진과 리뷰를 참고해주세요!

추가 전달사항! 오늘은 특별히 길거리 버스킹 공연팀과 콜라보를 이루어 런칭기념 500박스만 한정판매합니다. 판매금액의 20%는 오늘 저희 제품을 홍보해주신 버스킹 공연 10개 팀에게 고르게 분배할 예정이오니, 길거리 공연과 길거리 음식. 모두 맛보시고 즐거운 문화활동 되셨으면 좋겠습니다.

은행동 으능정이 거리. XX안경원 앞.
오늘 오후 4시부터 시작합니다!

길거리는 축제의 장이었다.
본래 버스킹 공연팀은 각자 노래를 홍보하기에 바빴다. 하지만 오늘은 달랐다. 성재네 가족이 판매금액의 일부를 공연비로 주는 대신에 공연팀이 시간을 나눠 자신의 노래를 부르기로 약속했다. 난잡하고 소음만 가득했던 길거리 소음문제도 자연스럽게 해결되었고, 각자의 앰프 소리에 혼잡해 소음이었던 그룹의 목소리도 본연의 색채를 낼 수 있게 되었다.
물론! 버스킹 공연장 바로 옆의 푸드트럭 2대가 혜택을 누린 것은 당연한 일!
성재는 미리 만들어놓은 꿀타래가 순식간에 팔리는 것을 보며 행복한 미소를 지었다.
첫 번째 공연팀 별빛사랑도 미소를 지으며 성재에게 물었다.
"오빠! 얼마나 팔렸어요?"
"많이요."
"와! 정말 생각 잘하셨어요. 저희 버스킹 공연팀도 오늘 처음으로 서로 인사했어요."
"그래요? 서로 친하게 지내셨으면 좋겠어요. 너무 경쟁만 하지 말고요."
"맞아요! 머리로는 그렇게 생각했는데, 그동안은 내 음악을 알리고 싶어서 앰프 소리만 키운 게 화를 키웠던 거죠. 알고 보니 다들 좋으신 분들이더라구요."
"가끔 이렇게 콜라보 같이 하면 좋겠네요."
"그럼요! 당연하죠! 근데 꿀타래 정말 맛있어요!"
"그래요? 맛있다니 제가 다 즐겁네요. 하나 더 사실래요?"

> ⚙ ✓ ✗
> 길거리 공연팀 '별빛사랑', '그랜피아', '천상의 남매'를 알게 되었습니다
> 사용자 강성재에 대한 '별빛사랑', '그랜피아', '천상의 남매'의 호감도가 대폭 올랐습니다
> 대외 인지도가 16 올랐습니다

소통, 대화, 상생

버스킹 공연이 끝나고 강일용은 공연을 해 준 사람들에게 감사의 인사를 건넸다.
"여러분들 덕분에 오늘 500인분을 전부 판매할 수 있었습니다. 정말 감사합니다."
아버지의 말에 아들이 수익금이 담긴 봉투를 건넸다.
판매금액 250만 원 중 20%인 50만 원. 크다면 크고, 적다면 적은 금액.
하지만 그들은 성재가 내민 봉투를 받지 않았다.
"저희 10개 공연팀은 이 돈을 받지 않기로 했습니다."
"네?"
그들 중 리더가 강일용을 바라보며 고개를 숙여 예의를 차렸다.
"저희는 상생의 길이 무엇인지 아저씨 덕분에 알 수 있었습니다. 그동안 서로 잘났다며 아등바등대며 앰프 소리를 올렸기 때문에 대중들로부터, 시민들로부터 손가락질과 비난을 받았었습니다."
"아…."
"그땐 몰랐었죠. 우리는 왜 음악에 인생을 걸었는데, 알아주지 않을까? 그런데 이제 알았습니다. 시민과 함께하며 소통하는 공연을 통해 우리가 나아갈 길을 알게 된 겁니다."
"그렇게 생각했나요?"
"네. 앞으로는 저희도 공연시간을 정해서 시민이 불편하지 않는 선에서 각자의 실력을 경쟁할 생각입니다. 그리고 아저씨가 장사하시는 그 지역이 제격이라고 생각했고요."
"맞아요! 오늘 정말 좋았어요. 이렇게 좋고, 대화가 통하는 사람들이었는데, 그동안 서로 너무 무시했어요. 그래도 아저씨 덕분에 우리들도 오늘 뭉칠 수 있었어요. 잠시만요. 오늘 단톡방도 만들었거든요. 아저씨도 가입시켜드릴게요. 아저씨도 함께해요."
"단톡방?"
"네. 대전 은행동 버스킹 공연팀! 단톡방 이름은 '아빠! 질주하다!' 이렇게 정했어요."
강일용은 아직 젊은 친구들이 자신을 띄워주자, 감동이 밀려왔다.
'우리 아들이 다 한 건데…'
성재는 아버지의 뒤로 물러섰다. 그리고 오늘 번 250만 원을 보며 미소를 지었다.
'재료비하고 다 퉁쳐도 130만 원이나 벌었어. 50만 원도 아꼈고, 오늘 장사 대박이야.'
그런데 아버지가 성재로부터 50만 원이 든 봉투를 가져갔다.
"이거 받아요. 약속한 거니까 안 주면 섭섭해."
"아저씨, 저희 정말 괜찮아요. 오늘 저희 공연에 시민들이 거의 60만 원이나 기부해 주셨어요. 10개 팀으로 나눠서 가져갈 거니까 저희는 신경 쓰지 않으셔도 괜찮아요."
청년들의 말에 강일용은 한숨을 내쉬었다.
"후우…."
그다음 그가 한 행동은 자신이 연습하면서 만든 꿀타래 10박스를 꺼내는 일이었다.
"미안. 난 아들에 비해서 숙련도가 떨어져. 꿀타래 실이 중간에 끊어진 것도 있고 조금 굵은 것도 있어. 맛은 문제없을 거야. 이거라도 받아주라."
"이건 받아도 되겠죠?"
리더가 씩 웃으며 말했다. 그러자 강일용의 얼굴에도 미소가 피어났다.
"그럼! 당연하지."
그러자 다른 남성이 나와서 다시 고마움을 전했다.
"아저씨, 이런 자리를 마련해주셔서 정말 감사합니다. 거기 뒤에 동생도 수고했어요. 잘 먹을게요."
성재를 향해 고마움을 전하긴 마찬가지. 이럴 때는 그도 형들에게 인사를 해야 한다.
"아니에요. 형! 공연 잘 봤고, 다음에도 저희 아버지 잘 부탁드릴게요."
"그래! 그래! 자! 모두들 아저씨한테 인사드리고 오늘은 헤어지죠. 날씨가 춥네요."
리더의 말에 다른 공연팀들도 고개를 숙이며 인사를 건넸다.

"수고하셨습니다."

"정말 고생 많으셨습니다."

"고생하셨어요."

사람과의 소통, 대화, 상생.

강일용은 오늘 번 돈보다도 더 귀중한 것을 손에 넣었다.

'감동이네. 정말….'

그러나 그게 끝이 아니었다.

타코야끼 아주머니가 작은 봉투에 자신이 팔던 음식을 담아 주며 미안함을 표현했다.

"아까는 미안했어요. 감정에 치우쳐서 그만, 못할 말을 내뱉었네요. 사과의 의미로는 부족하겠지만, 이거라도…."

그녀의 말에 강일용은 흔쾌히 사과를 받아들였다.

"괜찮습니다. 아무렇지도 않은 걸요. 그나저나 오늘 많이 파셨나요?"

"네. 솔직히 말씀드리면 오늘 50만 원치나 팔았어요. 제가 예전에 여기서 팔던 때보다 거의 5배나 매출이 올랐거든요."

"그랬군요. 다행입니다."

"네. 내일도 여기서 파실 거죠?"

"그래야죠."

"그럼 내일 뵐게요. 조심히 들어가세요."

아버지는 타코야끼 아줌마의 환한 얼굴을 보며 뿌듯해했다. 그리곤 성재를 바라보았다.

"성재야! 들어가서 소주 한잔 할까?"

"하하, 아버지. 민지도 생각해야죠. 오늘은 제가 거부할게요."

그 날 이후. A지역과 B지역의 판도가 바뀌었다. 수요일에는 B지역에 6대의 푸드트럭이 신청을 했고. 목요일에는 13대의 푸드트럭이 신청을 했다.

성재가 복귀하는 금요일. B지역에는 총 23대의 푸드트럭 중 20대가 몰려왔다.

이제 B지역이 유동인구가 더 많아졌다.

오후 3시부터 오후 8시까지 버스킹 공연팀이 돌아가면서 공연을 정기적으로 하기로 했기 때문. 상인들은 시민들에게 음식물을 판매할 기회가 생긴 것이다.
반면, A지역에는 회장과 부회장, 그리고 발전기금 50만원을 낸 피카츄 아저씨만 남았다.
"저기! 발전기금 돌려주시죠?"
"돌려주는 게 어딨어?! 어?!"
"이미 다른 분들 연합회 회원에서 다 탈퇴했잖아요. 이게 뭡니까?!"
"내가 이렇게 될 줄 알았나?"
상인회도 그들을 찾았다.
"오늘부로 은행동 푸드트럭 연합회하고는 일 안 합니다."
"네? 그게 무슨 말씀이세요? 저희랑 안 하다니요?"
"으능정이 상생공동협의회장으로 강일용씨가 추대되었고요. 버스킹 공연팀이랑 푸드트럭 상인 20인이 회원으로 활동한다고 합니다. 저희 상인회도 그들 덕분에 유동인구가 늘어서, 그쪽에 동참하기로 했습니다."
"아니! 잠깐만요! 저기요! 저기요!"
그때, 공연이 시작되고 있었다. '별빛사랑' 팀의 '희망'이란 곡이었다.
A지역을 걸어가던 시민들의 발걸음이 B지역으로 옮겨갔다. 청소년, 어른 할 것 없이 여성 듀오의 목소리가 들리는 공연장이 있던 곳으로 이동했다.
텅 빈 A지역에 있는 푸드트럭 3대. 그곳을 지키는 세 사람을 향해 상인회 대표가 말했다.
"봤죠? 이제 당신들과의 관계는 끝났어요!"

같은 시각. 성재는 아버지를 향해 인사를 드렸다.
"이제 들어가야 돼요. 복귀할 시간 다 됐어요."
"몇 시 버스냐?"
"15시 45분이요. 동부 터미널에서 타니까 지금 택시 타고 가야 될 것 같아요."
"그래. 조심히 들어가."
성재는 노력하는 아버지를 향해 미안한 기색을 보였다.
'꿀타래… 혼자 만드실 수 있을까?'
강일용은 성재의 표정을 보고 그의 생각을 읽었다.
"아빤 걱정하지 마."

"……그래도 열심히 하셨잖아요. 지금도 노력하시니까… 금방 배우….."
그때, 아버지의 친구 한 분이 손을 흔들며 걸어오셨다.
"일용아!"
"어서 와! 정석아! 한참 기다렸잖아."
성재는 깜짝 놀랐다.
'두 분은 또 언제 친해진 거야?'
지금 온 친구는 바로 (주)맛있는 열매의 남자 사장님, 윤정석.
그는 서울 인사동에서 서효석 상병에게 꿀타래 비법을 직접 가르쳐 준 스승님.
"이야! 이렇게 좋은 자리를 잡았네?"
"어. 그렇게 됐어. 임시직이지만 초대협회장 자리도 맡았고."
"잘 됐다! 오늘 팔 상품은?"
"아! 우리 아들이 거의 다 만들었지 뭐."
"그래. 내가 부족한 부분은 가르쳐줄 테니까, 직접 만들어볼래?"
"어! 그래. 정석아. 고맙다."
"아니, 뭐! 우리 집 최고의 고객인데, 이 정도는 해야지. 대신 인건비는 주는 거지?"
"당연하지! 일당은 두둑이 드려야지!"
아버지는 윤정석 아저씨와 친분을 다졌다. 몸이 아픈 두 남성. 나이도 같고. 하는 일도 비슷해서, 공감대가 형성된 40대 남자의 우정이 막 시작되고 있었다.
성재는 얼굴에 환한 미소를 지었다.
'아버지, 이젠 제가 진짜 걱정 안 해도 되겠네요.'

그리곤 전화를 들었다.
- 갈마 유치원입니다.
"안녕하세요. 강민지 어린이 오빠, 강성재라고 하는데요. 민지 바꿔주실 수 있나요?"
- 네. 잠시만요. 민지 어린이! 강민지 어린이! 오빠한테 전화 왔어요.
유치원 선생님의 말에 쪼르르 달려오는 소리가 들려왔다. 그리고 동생의 목소리.
- 오빵! 오빵!
"그래. 민지야. 다시 유치원 다니니까 어때?"
- 좋앙. 선생님도 좋공, 현수도 좋앙.

"현수는 또 누구야?"
- 우리 햇님반 친구양.
"그래. 오빠, 휴가 끝나고 다시 들어가니까, 나중에 또 전화할게."
전화가 끊기고. 성재는 아쉬운 표정을 지었다.
"아빠. 핸드폰 맡길게요."
"그래. 아들, 할머니한텐 전화했어?"
"아까 전화 드렸어요."
"그래. 이제 조심히 들어가라!"
휴가 출발 때는 걱정뿐이었는데…. 복귀하니까 이렇게 기분이 좋을 수 없다.
두 번째 휴가라 그런가…. 그러고 보니… 까먹은 게 있던 것 같은데…?
맞다. 휴가 나오면 전화하라고 했었잖아.
"아빠 잠시만요!"
성재는 곧바로 전화를 걸었다.
- 여보세요?
"어? 동현이형! 저 성재요. 왜 한국말이에요?"
- 한국인 거 찍히는데, 한국말로 하지. 그럼 프랑스말로 하냐?
"하하하, 거기 지금 몇 시예요?"
- 알 거 없어. 넌 군대에서 잘 지내고 있냐? 형은 모르는 요리 용어 배우느라 아주 미치겠다. 말도 잘 안통하고.
"후후후, 그래도 열심히 하시는 것 같네요. 형 저 오늘 휴가 복귀해요."
- 그래. 인마! 좋은 시간이 되었는지 모르겠네. 아 참! 너 6월 말에 시간 좀 내라!
"네?! 6월 말이요?"
- 그래. 그때 휴가 무조건 나와. 형이 소개시켜줄 사람 있어.
"예?!"
- 예. 말고! 네! 네라고 대답해야지.
"네. 알겠어요."
성재는 오랜만에 윤동현 병장과의 통화를 하고 미소지었다. 지금 자신을 있게 한 사람.
그는 푸드트럭 조수석에서 전투복으로 갈아입고는 아버지에게 진짜로 마지막 작별의 인사를 건넸다.

성재는 모든 걱정을 내려놓고 부대에 도착했다. 택시비로 무려 12,000원이나 썼지만 후회하진 않았다. 지휘통제실. 당직사령이 1차로 복귀자를 확인한다.

"충성! 일병 강성재! 휴가 복귀했습니다."

"그래! 반입물품 없지?"

"네. 없습니다!"

"올라가 봐!"

이제는 생활관. 곧바로 휴가 후유증이 밀려온다.

'조금 전까지만 해도 민간인이었는데….'

휴가 출발하기 위해 쌓아놓은 군장을 다시 풀자 막막한 느낌이 들기 시작한다.

'진짜 복귀한 게 실감이 나네.'

선임이 그를 부르면,

"강성재!"

"일병 강성재!"

관등성명으로 대답해야 되는 장소. 바로 군대.

"내일 한식 조리기능사 실기가 있으니 행보관님이 아침 8시까지 준비하라고 하셨다."

"알겠습니다."

그리고 단체생활에서 빠질 수 없는 통제.

[현재시각 20시 30분, 지금부터 30분간 담당구역 청소를 실시한다.]

아직 어색한 생활관에서 다시 어리버리한 민간인 모습을 버리고 청소를 하는 성재는 다시 군대에 적응하고 있었다.

그때, 성재의 복귀를 코가 빠질 듯 기다리고 있었던 중대 선임. 바로 강희철 상병.

"성재야?! 너 없는 동안 군단장님 다녀가셨어!"

"아… 헬기 봤습니다."

"그것 때문에 연대장님이 간부식당 조리병 추가로 뽑으셨다. 월요일부터 출근이야."

조리병을 새로 뽑았다고?! 드디어 후임병이 생긴 성재의 얼굴엔 미소가 걸렸다.

'막내도 끝이구나?'

오리훈제 좋아하지?

모든 시험은 노력이 필요하다. 누군가는 모든 시험 범위를 외우고, 누군가는 핵심키워드만 외우고, 누군가는 기출문제만 파곤 한다. 무엇이 맞다. 틀리다. 라고 정의 내릴 순 없다. 각자에게 맞는 방법이 있을 테니까.

하지만 공통점은 있다. 합격하는 사람들은 각자 어떤 방법으로라도 노력했다는 것이다. 성재도 예외는 아니었다. 그는 한식 조리기능사 필기시험을 준비하기 위해 무려 300시간을 넘게 투자했다. 그래서 그날 필기시험 최고점수 획득이라는 성과도 얻었다.

그런데… 문제는 실기시험 준비를 거의 못 했다는 것이다.

'그동안 너무 바빴어.'

경찰서, 식약청, 나인일레븐 공장에 교회에 휴가까지.

이곳, 저곳 계속 불려만 다니니, 따로 시험을 준비할 시간이 없었던 것.

"표정이 왜 그래?"

행정보급관 또한 성재의 표정을 보고 무언가를 읽었다.

"아닙니다."

"아니긴 뭐가 아니야? 자신 없어?"

"사실 조금 그런 것도 있습니다."

"걱정하지 마. 넌 붙을 거야."
"네. 열심히 하겠습니다. 행보관님!"
"어! 다 챙겼냐?"
"아닙니다. 좀 더 챙겨야 합니다."
"그래! 행보관 담배 태우고 있을게."
수험자 지참 준비물은 생각보다 많았다.
조리용 가위, 계량스푼, 계량컵, (밥)공기, 국대접, 김발, 냄비 등 22종이나 되고, 흰색 위생복(조리복)과 위생모(조리모)를 입지 않으면 감점을 준다고 쓰여 있었다. 성재는 조리복과 조리모까지 전부 착용하고 행정보급관 차량에 올랐다.

도착한 시험장 대기실. 대기실은 정말 넓었다.
기다리고 있는 본부요원이 입장하는 사람들에게 말을 걸었다.
"거기! 검은색 조리복은 안됩니다. 흰색으로 갈아입고 오세요."
"흰색이요? 없는데요."
"지하매점에 흰색 조리복 파니까 그거 사서 입으세요. 흰색 아니면 감점됩니다."
다행히 간부식당 조리복이 흰색이어서 문제가 없다. 그런데 본부요원이 그를 부른다.
"거기! 아저씨! 이리 와보세요."
성재가 그를 향해 다가가자, 그는 품 안에서 무언가를 꺼냈다. 그것은 바로 청테이프.
가위로 청테이프를 큼지막하게 자른 후, 조리복에 박혀 있는 '강성재' 라는 이름표 위에 붙이며 말했다.
"이거 떼시면 부정행위로 즉각 퇴실 됩니다."
"네. 알겠습니다."
시험은 10시인데, 현재시각은 9시 20분.
행정보급관이 떠나고, 성재는 대기실 주변을 바라보았다.
총 76명의 자리. 그중 74명이 시험에 응시했다.
시험관 중 한 명이 앞에 나와 긴장한 수험생들에게 간단한 인사를 건넸다.
"안녕하세요! 오늘 시험 진행을 맡은 김정숙 시험관입니다. 잘 부탁드립니다."
그녀의 말이 끝났는데도 수험생들은 아무 말이 없었다.
군대였다면 그녀의 잘 부탁드린다는 말이 끝나면!

'잘 부탁드리겠습니다.'

'안녕하세요.'

'그렇습니다.'

이런 대답이 나올 텐데…. 여기에선 그냥 광대 쳐다보듯 뻘쭘하게 그녀를 바라본다. 군대와 사회의 차이. 그러나 시험관은 이런 분위기가 익숙한 듯 진행을 이어갔다.

"모두 박수 세 번 칠게요. 짝짝짝!"

그러자 말은 안 해도 행동은 따라 해주는 수험생들.

짝! 짝! 짝!

"그다음은 3. 3. 7. 박수입니다."

짝짝짝! 짝짝짝! 짝짝짝짝 짝짝짝!

어느 정도 분위기가 환기되자, 시험관은 다음 동작을 이어갔다.

"긴장 좀 풀어지셨나요? 모두 릴렉스하게 천장을 바라보고 손을 위로 쫙! 펴주세요!"

그러자 수험생들도 시험관의 말을 듣고 스트레칭을 시작한다.

"자! 이제 3분 드리겠습니다. 자유롭게 스트레칭 하면서 긴장 푸시는 겁니다! 그동안 전 응시 확인 좀 할게요. 좌측 첫 번째 줄부터 차례대로 신분증 가지고 나오세요!"

신분증 확인을 마치는 데 5분. 드디어 시험지를 나눠주기 시작한다. 오늘 시험 첫 메뉴는 두부전골. 실기 메뉴 중 난이도는 상. 모두가 하기 싫어하는 메뉴였다. 손이 많이 가고, 각지게 재료를 다듬어야 하는 섬세함까지 겸비해야 되는 음식이기 때문이었다.

성재는 생각해놓은 두부전골 이미지를 머릿속으로 그려보았다. 그리고 미소를 지었다.

'충분히 합격하겠는데?'

이제 9시 59분. 시험문제를 확인한 수험자들은 시험관을 쳐다보았다.

"자 그럼! 지금부터 한식조리기능사 실기 시험을 시작하겠습니다. 오늘 시험메뉴는 바로 두부전골입니다. 시험시간은 35분, 여러분들이 요리를 만드는 과정 또한 점수에 포함되니까, 완성에만 집중하진 마시고, 세부 조리과정도 생각하면서 시험에 응해주세요. 그럼 지금부터 조리 시작하겠습니다!"

성재는 조리대 앞에 놓인 재료를 확인했다.

두부, 소고기, 무, 당근, 파, 숙주, 표고버섯, 마늘, 대파, 밀가루, 달걀, 간장, 소금, 참기름, 식용유, 후춧가루, 그리고 키친타올.

그리고 거침없이 '요리사의 눈'을 사용했다.

필기 시험에서는 사용할 수 없었던 능력이지만, 실기 시험에서는 사용할 수 있었다.

두부전골 레시피 ★★☆ (100%)를 선택했습니다

그러자 홀로그램 녀석이 오랜만에 성재의 앞에 나타났다. 평소라면 장난기 넘치는 녀석이지만, 오늘은 좀 달랐다.

'뭐야? 저 진지한 눈빛은?'

자신과 똑같은 복장을 입은 녀석이 조리복 주머니에서 이상한 머리띠를 꺼내 들더니 이마에 둘렀다. 그 머리띠에 새겨진 글자.

'〈합격기원〉? 나 응원하는 거니?'

성재의 생각이 끝나자마자 홀로그램 녀석이 냄비에 든 물을 끓이기 시작했다.

성재도 곧장 따라 했다. 그러자 이번에는 녀석이 숙주나물을 손질하기 시작한다.

'머리와 꽁지를 딴다 이건가?'

그다음엔 무와 당근을 앞에 두고 그 녀석이 홀로그램인 무와 당근 옆에 처음보는 시스템창을 띄웠다.

5cm×1.2cm×0.5cm

'헉! 이런 기능도 있었어?'

홀로그램 녀석이 크기를 정해주곤, 갑자기 자신의 손을 실기 시험지를 가리킨다.

그러자 실기시험지 중 1번 요구사항에 다음과 같은 요구사항이 적혀 있었다.

요구사항 1 : 채소는 5cm×1.2cm×0.5cm 정도 크기로 썰어 사용하고, 무, 당근은 데치고, 거두절미한 숙주는 데쳐서 양념하시오!

'아, 이게 시험 포인트였구나?'

평소와는 달리 진지하면서도 친절한 녀석. 성재는 홀로그램 녀석의 동작을 그대로 따라 했다. 그다음은 녀석이 만진 것은 두부였다. 두부에 살짝 손을 대자, 파란 홀로그램용 시스템창이 떠오른다. 두부 위에 쓰인 글씨.

3cm×4cm×0.5cm

이번에도 홀로그램을 따라 하자, 수험생들의 동작을 지켜보던 시험관이 성재의 조리 과정을 보며 미소를 지었다.

'많이 연습했나 보네. 크기가 딱 좋아.'

그때, 홀로그램 녀석이 두부를 면포 위에 올린다. 성재가 홀로그램의 동작을 똑같이 하자, 시험관의 입꼬리가 다시 한번 끝까지 올라갔다.

'수분제거까지? 학원 오래 다녔나 봐. 제대로인데?'

성재는 홀로그램과 똑같이 움직이기 시작했다. 숙주에 참기름과 소금을 섞어 밑간을. 자른 무와 당근은 물에 데쳐 따로 빼놓는다.

채소를 다 데쳤기 때문에, 가스레인지는 이제 놀고 있다. 그럼 일하게 만들어야지.

홀로그램과 성재는 같은 생각을 했다. 그래서 동시에 육수를 만든다.

소고기 육수를 만들기 위해, 사태 부위를 넣고.

그 국물에 마늘, 파를 조금 넣어 소고기 특유의 잡냄새를 제거해준다.

육수가 아닌 메인 요리에 들어갈 재료.

파와 양파, 마늘은 잘게 다져놓고.

표고버섯은 5cm×1.2cm×0.5cm를 유지하며 다른 재료와 크기를 맞추고.

계란은 노른자와 흰자를 따로 담아, 노른자로 황색지단을, 흰자로 백색지단을 만든다.

그다음 잘게 다진 고기를 둥근 공 형태로 문질러 완자를 만들고.

수분기 뺀 두부는 전분을 담아 튀겨 노릇노릇하게 만든다.

그 후 계란물에 완자를 담가 코팅을 하고, 고기가 완전히 익을 수 있도록 팬 위에 완자를 올려놓고 약한 불에 팬을 돌려가면서 1차로 익혔다.

지금부터는 모든 재료를 보기 좋게 플레이팅 할 시간이다.

커다란 냄비에 5cm×1.2cm로 잘라둔 재료를 원형으로 담았다. 그러자 냄비 위에 산채비빔밥 위에 채소를 올려놓은 것처럼, 오색 빛깔의 식재료들이 원형으로 둘렸다.

그 중앙에는 오늘의 메인메뉴인 완자를 놓고, 미리 만들어놓은 육수를 가장자리부터 부어, 아름다운 형태가 계속 유지될 수 있도록 만들어놓았다.

이제는 아무것도 만지지 않고, 미리 만든 재료와 육수를 끓이기만 하면 두부 전골 완성.

홀로그램이 성재를 향해 뒤돌아보았다. 그리고는 엄지손가락을 내밀며 미소를 띠었다.

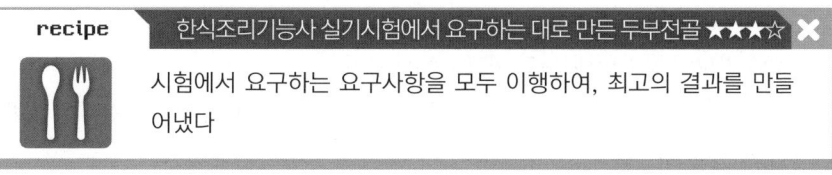

성재는 미소를 띤 채, 모양이 흐트러지지 않도록 냄비를 살짝 도마 위에 올려놓았다.

'아쉽네. 직업 보너스만 얻었어도….'

그때, 시험관이 성재를 향해 물었다.

"어? 벌써 다 만들었어요? 그럼 가져오세요."

시험관은 두부전골을 맛보기 전에 외관을 바라보았다.

'어머나, 크기가 다 일정해. 두부도 재료 크기에 정확히 맞췄네. 모양도 하나도 흐트러지지 않았고….'

그녀는 스푼으로 국물을 떠먹어보았다. 그리곤 활짝 미소를 지었다.

'이번 시험은 첫 응시자부터 느낌이 좋은데?'

두부전골에 이어 2교시 채소튀김까지 완벽하게 제출한 성재는 11시 45분에 시험장 밖으로 나왔다. 그리고 홀로 미소 지었다.

'합격이네.'

터벅터벅, 즐거운 발걸음.

행보관 차량에 탑승한 그의 얼굴엔 이미 합격이라는 글씨가 쓰여 있었다.

"성재야. 시험 잘 봤지?"

"네. 그런 것 같습니다."

"그래. 그럴 줄 알았다."

"감사합니다."

"밥 먹고 들어가자."

"식사 안 하셨습니까?"

"그래. 집에 가봐야 혼자인데, 너랑 이라도 먹어야지."

이혼한 행정보급관. 하긴 토요일 점심. 혼자 먹기는 적적하시겠지. 성재는 붙임성 있게 행보관을 향해 말을 꺼냈다.

"어떤 것 드십니까?"

"가서 고르면 되지. 가자!"

행선지를 말하지 않는 행보관. 그의 차량이 삼척에서 동해 방향으로 이동한다.

도착한 곳. 익숙한 곳이다. 삼척 MBC 앞에 있는 23사단. 철벽부대.

그런데 그곳을 지나친다. 그리곤 골목으로…? 덩그러니 서 있는 건물 하나가 보인다.

그곳은?!

철벽회관!?

그때, 성재의 눈앞에 또다시 시스템창이 떠올랐다.

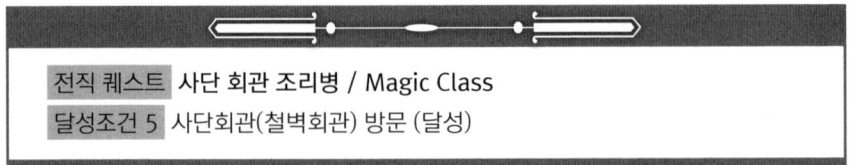

성재가 신기한 듯 행보관에게 물었다.

"행보관님?"

"어! 왜?"

"여기가 사단 회관입니까?"

"그래. 철벽회관이라고 불러. 여기가 고기는 가격이 참 괜찮지. 오리훈제 좋아하지?"

행보관의 질문에 성재의 얼굴에 미소가 걸렸다.

"아, 정말 좋아합니다!"

"그래. 들어가자."

"감사합니다!"

후임병인데 뭐!

철벽회관.

인포메이션이라고 적힌 카운터에서 20대 청년이 행정보급관과 성재를 보며 입을 열었다.

"두 분이십니까?"

그러자 행보관은 반말로 대답했다.

"어? 2명!"

"안쪽으로 모시겠습니다."

웨이터처럼 세미정장을 입은 사내. 머리가 짧은 것을 보니 군인인 것 같긴 한데 확실하진 않았다. 그런데 곧 그가 병사임을 알게 되었다.

첫 번째 이유는 행정보급관이 일단 반말을 했었고.

"내실 안 되냐?"

"죄송합니다. 간부님, 내실은 예약이 꽉 찼습니다."

"그럼 할 수 없지."

그 사내는 간부님이라는 표현을 썼다.

간부님이라고 말하는 건 병사들밖에 없다. 그러니… 이 녀석은 군복만 안 입었지. 병사출신이 틀림없다.

성재는 행정보급관을 따라 안쪽 복도를 들어갔다. 좁은 복도의 오른쪽에는 매화관, 무궁화관, 충성관, 호국관이라고 적혀져 있다.
문이 열려 있어 안이 들여다보이는 방은 전부 좌식이었다. 탁자 위에 스끼다시(안주)들이 세팅되어 있고, 삼각형으로 접힌 이름표에 예약자의 직책이 쓰여 있었다.

〈무궁화관〉 : 사단장 내외분 예약석
〈매화관〉 : 작전부사단장 내외분 예약석
〈충성관〉 : 기무대장 내외분 예약석
〈호국관〉 : 신교대대장 내외분 예약석

성재는 호기심에 '요리사의 눈'을 발동했다.
안주의 등급이 생각보다 수준급이다.
'평균 3성인가?'

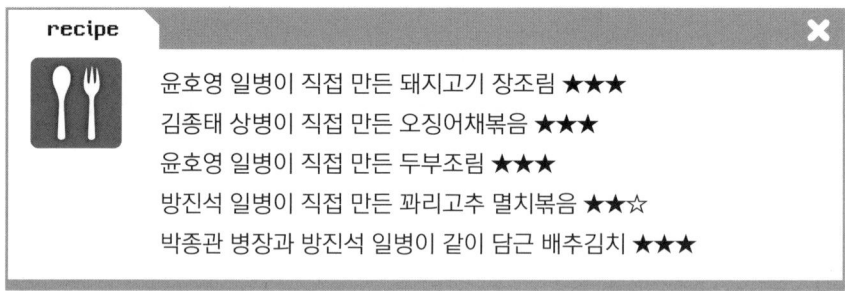

그런데 메인요리는 장난이 아니었다.

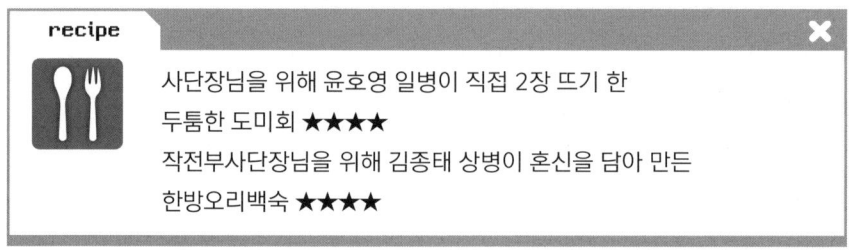

'거의 맛집 수준이잖아?'
맛집 평균 수준 4성. 그런데 이곳 메인 요리도 4성. 성재는 병사들의 요리 수준이 높다는 걸 알고 만족했다.

행정보급관은 방에 들어가지 못하자 혀를 찼다. 입식으로 된 사각형 테이블. 그 앞 의자에 앉은 박재영 상사가 병사에게 손짓하며 말했다.
"병사야!"
그러자 병사가 군대에서 볼 수 없는 환한 미소를 지으며 행보관에게 물었다.
"어떤 것으로 준비해드리면 되겠습니까?"
"오리훈제."
"알겠습니다. 오리훈제 준비해드리겠습니다. 10분 정도 걸립니다. 괜찮으십니까?"
"그래. 사이다도 한 병 추가할게."
"알겠습니다. 오리훈제 한 마리, 사이다 한 병! 준비해드리겠습니다."
성재는 행정보급관이 주문하는 동안 가격표를 쳐다보았다.

○ 고기류

생삼겹살 : 7,000원 (200g / 국내산)
돼지갈비 : 8,000원 (200g / 국내산)
오리구이 / 훈제 : 13,000원 (400g / 국내산)
　　　　　※ 1일 전 사전예약 (4종)
한방오리백숙 : 30,000원 (1마리 / 국내산)
한방닭백숙 : 30,000원 (1마리 / 국내산)
한우모듬 : 20,000원 (200g / 국내산)
과메기 : 15,000원 (10마리 / 국내산)

○ 식사류

갈비탕 : 5,000원
뚝배기불고기 : 4,000원
육개장 : 4,000원
순두부찌개 : 3,500원
김치찌개 : 3,500원
된장찌개 : 3,500원
공깃밥 : 1,000원
라면 : 1,500원
라면사리 : 500원

○ 주류

소주 : 1,500원　　　　맥주 : 2,000원　　　　음료수 : 1,000원

'가격, 진짜 싸다. 거의 원가 수준 아니야?'
그런데 그 이유가 있었다.
병사가 가져온 고기의 질이 떨어진다.

 **item** 포장용지에서 방금 뜯은 오리훈제
항생제를 잔뜩 먹여 기른 오리를 1차 가공했다
조리공장 강원도 강릉시 교동 XXX번지. 자연우리공장
식품화학첨가물 0.76% 함유

'헉… 재료를 차별하잖아. 사단장님이나 영관급은 좋은 식재료를 쓰고, 일반 간부들한테는 이런 식으로?'
생각해보면 여기 병사들이나 담당 간부가 속인 건 아니다. 오리훈제, 국내산 분명하고, 못 먹을 음식은 아니다. 여기서도 공장에서 싼 가격에 납품받았을 테고.
하지만 신분에 따라 질 좋은 재료, 질 나쁜 재료를 구분해서 쓰다니. 답답할 따름이었다.
행정보급관은 그것도 모른 채, 채소와 함께 나온 오리훈제를 팬 위에 굽기 시작했다.
달궈진 팬과 오리훈제가 만나자 촤라락! 소리와 함께 맛있는 기름이 좔좔 흘러나오기 시작하자, 미소를 지으며 성재에게 말했다.
"나중에 부모님 오시면 여기 와. 이 돈으로 이렇게 먹을 수 있는 데가 어디 있겠냐?"
성재는 당황함을 감추며 대답했다.
"……가격은 정말 싼 것 같습니다."
"당연하지. 맛있게 먹어."
성재는 노릇노릇 구워지는 오리훈제를 보며 고개를 저었다. 하지만 행보관이 사주는 음식 앞에서 싫은 티를 낼 수는 없었다.
"네. 감사히 먹겠습니다."
"그래. 군대가 이래서 좋아. 그래서 너도 직업군인으로 장교 지원하겠다는 거잖아?"
"아… 그렇습니다."
성재는 고개를 끄덕인 후, 얼른 고개를 숙이며 생각했다.
'행보관님 거짓말해서 죄송합니다. 군대는 정말 아닌 것 같습니다.'
반면, 행보관은 아쉬워하며 말했다.
"부사관 지원했으면 잘 키워줄 수 있는데. 아쉽네. 아쉬워."
그리고 완성된 오리훈제.

	recipe 행정보급관이 직접 구운 항생제 먹은 오리훈제 ★★☆
	맛은 괜찮지만, 위생, 영양학적 측면에서 ★등급만큼 하락하였다

예상한 결과가 그대로 나오자 성재는 눈살을 찌푸렸다.

"왜? 오리훈제 싫어해?"

"사실 오리 알레르기 있습니다."

"그래? 진작 말하지 그랬어."

"괜찮습니다. 행보관님, 전 그냥 공깃밥이랑 밑반찬이랑 먹겠습니다."

"아… 미리 말하지. 그럼 내가 다 먹는다?"

"네. 알겠습니다."

성재는 결국 오리훈제를 단 한 점도 먹지 않았다.

돌아오는 길, '요리사의 눈'에 대해 생각해보니 무조건 좋은 것은 아니었다. 알고 먹는 것과 모르고 먹는 것. 아예 등급과 세부내용을 확인하지 않았다면, 행보관님의 마음을 불편하게 하지 않아도 됐었을 텐데….

다시 부대에 돌아오고 나니, 허무함이 밀려왔다.

시험이 끝나 긴장도 풀리고, 공깃밥과 밑반찬으로 억지로 배를 채우니 잠도 밀려온다.

생활관, 관물대 앞 침대에 잠시 누우려 하는데, 조상준 병장이 성재를 불렀다.

"강성재! 피곤하냐?"

"일병 강성재! 예. 조금 피곤합니다."

"그럼 자. 오침 해. 괜찮아."

"아닙니다."

선임병이 자라고 하니, 오히려 불안해서 잠이 오지 않는다. 분명 조상준 병장은 착한 선임이지만, 김영민 병장은 좀 까칠하니까.

피곤함을 억지로 이겨낸 성재는 복도로 가 게시된 주간 훈련 예정표를 바라보았다.

〈주간훈련 예정표〉

3. 5(월) KCTC 대비 마일즈 장비 숙달 훈련
3. 6(화) 주특기 훈련 1일 차 (81mm 박격포, K-4, 90mm)
3. 7(수) 주특기 훈련 2일 차 (81mm 박격포, K-4, 90mm)
3. 8(목) 주특기 훈련 3일 차 (81mm 박격포, K-4, 90mm)
3. 9(금) 14:00 동원훈련 준비사열 (연대장) / 동해 동원훈련장
※ KCTC - 40일, 반드시 승리하자! 아자! 아자! 아자!

'KCTC 훈련 준비 때문에 다들 피곤한 거구나. 매일같이 연병장에서 훈련하던데….'
그런데 처음 보는 훈련이 눈에 들어왔다.
'동원훈련?'
성재는 다시 생활관에 돌아와 선임병에게 궁금한 점을 물었다.
"조상준 병장님?"
"어. 성재야."
"동원훈련이 뭡니까?"
"예비군 훈련이야."
"예비군 훈련 말씀이십니까?"
"어. 예비군하고 같이 훈련받는 거."
"그럼 예비군 밥도 저희가 해야 됩니까?"
"어. 그럴 거야. 넌 간부식당 조리병이라 상관없지 않나?"
"아닙니다. 연대장님이 저희 조리병도 훈련은 다 참석하라고 지시하셨습니다. 저번 혹한기 훈련도 참석하지 않았습니까?"
"아, 그러네. 그래도 동원훈련은 그렇게 안 빡세. 동원훈련 4번 할래? 혹한기 1번 할래? 이러면 다들 동원훈련 4번 할 걸? 준비할 때만 빡세지. 훈련 시작하면 개꿀이야."
"그렇습니까? 다행입니다."
성재는 혹한기보다는 괜찮다는 말에 안도의 한숨을 내쉬었다.
혹한기 때 얼어 죽을 것 같다고 생각한 게 수십 번. 핫 팩을 3개씩 터트리고 침낭 안에서 버티는 것도 너무나 힘들었던 성재에게 훈련이란 용어는 끔찍하게 다가왔다.
그것보단 편하다니, 일단 안심이다.

월요일 오전. 간부식당 조리병들은 한자리에 모여 대책 회의에 나섰다.
"성재야. 너 없는 동안 군단장님 왔다 가셔서 아주 대박 터졌다."
"서효석 상병님이 계시지 않았습니까?"
"그때, 나도 비번이었어. 더구나 아침에 방문하셔서 대비할 시간이 없었지. 오민호랑 희철이가 당번이었으니까."
오민호랑 강희철이면 최악의 조합임에 틀림없다. 강희철 상병은 혼자 3성 요리 만드는 것도 버거울 테니. 아침이라 방심했는데, 이런 결과를 가져올 줄이야.
성재는 미안해서 서효석 상병에게 용서를 구했다.
"죄송합니다."
"네가 죄송할 게 뭐가 있어. 어차피 지나간 일은 생각하지 말자."
"알겠습니다."
"아무튼, 군단장님 방문 건 때문에 후속조치로 뽑은 후임병이 오늘 들어올 거야. 금요일에 연대장님이 직접 선발하신 인원이고, 그 녀석은 호텔 출신이니까 우리보다 요리를 더 잘할 수도 있어."
"오! 호텔 주방 출신입니까?"
"그래. 주로 귀빈 접대할 때 활용하실 건가 봐. 자세한 이야기는 간부님 통해서 듣자."
"알겠습니다."

그날 오후 사제담당관이 드디어 새로운 조리병을 데리고 들어왔다.
"자! 다들 인사해라. 호텔 조리학과 출신이고, 3대대에서 TOD하다가, 이번에 간부식당 조리병으로 온 장정민 일병! 후반기 교육도 2군수지원사령부 급양대에서 받았고, 거기서 2등 했다니까, 너희들한테 많은 도움이 될 거야."
"일병 장정민! 잘 부탁드리겠습니다!"

녀석의 등장. 성재의 눈이 동그랗게 커졌다.
'저 녀석은?'
본적이 있었다. 자신의 후임병으로 올 뻔했다가, 중대장에게 찍힌 녀석.

'4성급 호텔, 견습요리사로 3년 일했다고 했었지?'

나이 26세, 생활지도 기록부에 빨리 전역하고 싶다, 편한 보직 받고 싶다, 군대 가기 싫다며, 적어놓았던 녀석.

'저 녀석 관심병사였는데….'

그가 떠나고 김영민 병장은 폐급 하나 떠났다며 환호성을 질렀었다.

그런데 문제의 병사가 바로 앞에 서 있다. 여길 도대체 여길 어떻게 온 거지? 쟤도 나처럼 억울하게 관심병사 취급을 받았던 건가? 그래도 크게 걱정되진 않았다.

'나보다 한 달 후임이었지?'

이제 막내 일은 녀석한테 시키면 된다. 그 정도는 시키면 하겠지.

녀석이 성재를 알아보고 말을 걸었다.

"강성재 일병님! 오랜만입니다."

"아, 오랜만이야. 잘 지냈어?"

성재의 대답에 녀석은 입술을 쎌룩거리더니, 시선을 돌려 큰 목소리로 말했다.

"일병 장정민! 열심히 하겠습니다!"

선임병들은 그의 활기찬 인사를 듣고 환영의 인사를 건넸다.

"오! 잘 부탁해!"

"잘 부탁한다!"

"정민아! 요리 뭐 잘해?"

"일식 전문입니다. 호텔 주방에서 일했었습니다."

"그래? 호텔에서 일했어? 우와 그럼 요리 진짜 잘하겠다."

"네. 잘합니다. 믿고 맡겨만 주십시오."

성재는 불안해하면서도, 일단 장정민을 믿기로 했다.

'후임병인데 뭐, 별일이야 있겠어?'

사실대로 말씀드려도 되겠습니까?

그날 점심식사.
오민호는 가장 쉬운 전기압력밥솥에 밥을 짓기 시작했고, 강희철이 북어채미역국을, 서효석 상병은 쇠고기가지볶음을 만들었고, 성재는 치킨탕수육강정을 만들었다.
물론 막내인 장정민 일병은 설거지와 조리실 청소 담당이 되었다.
장정민은 조리실 구석구석을 청소하고, 재빨리 조리실 앞으로 돌아와 식기건조기에서 꺼낸 식판을 꺼내 바깥에 세팅하기 시작했다. 그 다음은 간부식당 홀에서 물걸레질을 하며, 할 일을 직접 찾아서 한다.
서효석은 미소를 지으며 정민이를 칭찬했다.
"희철아! 정민이 일 진짜 잘한다. 너처럼 부지런하기도 한 것 같고. 안 그래?"
성재는 서효석 상병의 말에 고개를 끄덕였다. 분명 그래 보였다.
세상을 다 가진 듯, 대걸레로 바닥을 닦으며 미소를 짓는 그가 갑자기 서효석 상병 쪽을 바라보더니, 말을 건넸다.
"서효석 상병님?"
"어. 정민아! 뭐 모르는 것 있어?"
"아닙니다. 테이블도 제가 닦으려고 합니다. 행주 가져오겠습니다."
"어~ 그래."

서효석은 새로 들어온 후임을 보며 미소를 지었다.

"이것 봐. 싹싹하잖아. 요리 실력은 아직 잘 모르지만, 성격 면에선 일단 합격인데?"

성재는 확신에 찬 얼굴로 말하는 서효석 상병을 보며, 일단 고개를 끄덕였다.

"그런 것 같습니다."

선임병 앞에서 아직 제대로 지내보지도 않은 녀석을 험담할 수는 없었으니까.

다음날 아침식사를 끝나고.

서효석 상병은 장정민 일병에게 조리병들 앞에서 요리를 해 보라며 허락해주었다.

물론 간부들에게 제공할 음식이 아니라 조리병들끼리 먹을 음식이었지만, 겨우 그것만 해도 파격적인 행보임에 틀림없었다. 성재나 오민호가 왔을 때는 하루 만에 요리하게 해주지 않았으니까.

장정민은 서효석 상병을 보며 미소를 지었다.

"오코노미야키, 해보겠습니다."

그러자 서효석은 고개를 끄덕이며 장정민을 향해 말했다.

"그래! 마음껏 해 봐."

요리사의 눈으로 그의 요리를 보기 시작했다. 필요 스킬도 보인다.

```
⚙ ✓ ✕
장정민이 새로운 요리를 시도 중입니다
예상 메뉴 오코노미야키
정보를 확인할 수 없습니다
필요 레시피
한식 레시피 Rank : D 이상        일식 레시피 Rank : D 이상
```

성재는 주저 없이 자신의 스텟을 찍었다.

```
보유 기술 (Active Skill)                                    ✕

1. 요리사의 눈 [Chef's Eye] (Rank : C)
   - 개안 1단계 : 너의 미식 등급이 보여!
2. 요리사의 신체 [Chef's Body] (Rank : E)
3. 군대 요리 레시피 [Military Food Recipe] (Rank : C)
```

```
4. 한국 음식 레시피 [Korean Food Recipe] (Rank : D)
5. 중국 음식 레시피 [Chinese food Recipe] (Rank : D)
6. 일본 음식 레시피 [Japanese food Recipe] (Rank : D)
```

```
New! 새로운 레시피를 습득했습니다
Bonus Skill Point : 1 을 사용하였습니다
New! 랭크가 한 단계 올랐습니다
Bonus Skill Point : 2 를 사용하였습니다
Bonus Skill Point  0
```

스킬을 투자하자 일식 메뉴 목록이 스르르륵! 떠오르고.

장정민 일병이 만드는 요리의 정보가 그대로 떠오른다.

```
장정민이 만드는 오코노미야키
예상조리등급 ★★☆~★★★★★
```

성재는 장정민이 만드는 오코노미야키를 '요리사의 눈'으로 뚫어지게 쳐다보았다.

그는 선임들이 보는 앞에서 자신의 요리를 시작했다. 먼저 오징어를 손질하고, 양배추와 대파를 썰기 시작했다.

그런 정민의 행동에 성재의 시스템창이 반응했다.

```
오코노미야키 레시피 숙련도가 오르고 있습니다
오코노미야키 ★★★ 레시피 (12%)
```

성재는 장정민의 행동을 보며 미소를 지었다.

'역시 보는 것만으로도 숙련도가 올라. 옆에서 잘 지켜봐야겠다.'

저번에 수타해물짬뽕도 이런 식으로 배운 적이 있었다. 그 후 유사메뉴인 차돌박이짬뽕도 성공했던 성재였다.

오코노미야키라고 못하리란 법은 없다. 스킬 포인트만 투자하면 레시피를 획득할 수 있

고, 사전 지식 없이 남들이 만드는 요리를 보는 것만으로 숙련도를 높일 수 있다.
그 후에는? 홀로그램 녀석이 자신을 서포트 해줄 것이다. 즉, 지금 장정민 일병을 관찰하면, 나중에 해당 레시피를 선택할 때 자신도 비슷하게 실력을 낼 수 있다는 것.
장정민은 채소를 썬 후, 건새우를 꺼내 들었다. 건새우를 도마 위에 올려놓고, 한 손으로는 칼손잡이를 잡고, 다른 한 손으로는 칼등을 위에서 아래로 눌러주며 새우를 잘게 다져주자, 새우의 형태는 사라지고, 조밀조밀한 반죽처럼 바뀌었다.
성재는 후임병의 행동을 관찰하며 미소를 머금었다. 숙련도가 올랐기 때문이었다.

오코노미야키 ★★★ 레시피 (19%)

그걸 아는지 모르는지, 장정민은 조금 전까지 다져준 재료들을 볼 안에 넣고, 부침가루와 물, 날계란을 오징어와 함께 넣고 섞어주기 시작했다.
그 후엔 팬 위에 식용유를 두르고, 방금 만든 반죽을 적당량 넣어 고르게 폈다. 그러자 반죽이 부침개처럼 동그랗게 펴지고, 안에 들어간 식재료가 골고루 익기 시작했다.
장정민은 팬 위에서 익힌 반죽 부침을 접시에 올려 담고, 돈가스 소스와 마요네즈를 수십 개의 얇은 줄처럼 십자로 둘렀다.
부침 위에 쪽파와 가쓰오 부시를 올려주자, 요리 위에 시스템창이 또 한 번 떠올랐다.

조리 완료까지 10, 9, 8…
조리가 완료되었습니다

 장정민이 홀로 만든 오코노미야키 ★★★☆
호텔 뷔페 일식 코너에서 일했던 경험을 살려 자신의 실력을 90% 이상 끌어올렸다

요리 위에 올린 가쓰오부시가 오코노미야키의 뜨거운 열기를 받아 춤을 추고 있었다.
"서효석 상병님, 맛 좀 봐주시겠습니까?"
막내 녀석은 당돌한 표정으로 가장 선임병에게 미소를 지었다.
서효석은 장정민이 만든 오코노미야키를 젓가락으로 찢어 먹기 좋은 크기로 자른 후, 입안에 집어넣었다.

오물오물.
"와 맛있다. 너희도 먹어봐."
효석의 말에 강희철과 민호, 성재도 젓가락으로 후임병이 만든 음식을 먹어보았다.
성재는 등급을 봤으니 이미 맛있다는 것은 알고 있었다.
그런데 입안에 넣어보니 또 달랐다.
'마요네즈와 돈가스 소스의 조합. 색다르네.'
느끼하면서도 달콤함이 공존할 때, 가쓰오부시의 짠맛이 치고 올라왔다.
그다음은 부침가루와 계란이 만나 빵같이 부드러운 식감이 입안에 여운을 남겼다.
마지막까지 입안에 남아있는 것은 당연히 오징어.
쫄깃쫄깃한 식감이 다른 재료를 제치고 끝까지 남아 오코노미야키의 대미를 장식했다.
"우와! 진짜 맛있다. 정민아! 맛있어."
강희철이 그를 칭찬하고, 서효석도 장정민을 보며 엄지손가락을 척 내밀었다.
"맛있었어. 최고다!"
성재 또한 시작부터 3성 반짜리 요리를 만든 장정민을 칭찬하지 않을 수가 없었다.
"괜찮았어. 정말 대단해. 맛있네."
그러자 오민호도 씩 웃으며 후임병에게 말했다.
"정말 요리 잘한다."
"감사합니다. 정말 감사합니다."
그때, 서효석이 궁금한 점을 되물었다.
"정민아!"
"일병 장정민?"
"근데 말이야. 오코노미야키는 원래 면하고, 양배추, 숙주나물로 만들지 않아? 거기에다 계란물 넣어서 만드는 거로 알고 있는데? 내가 잘 못 알고 있었나?"
선임병의 질문에 장정민은 미소를 지으며 서효석에게 대답했다.
"그거는 도쿄에서 만드는 방식이고, 제 방식은 오사카에서 만드는 방식입니다."
"그래? 도쿄하고 오사카하고 달라?"
"맞습니다. 많이 다릅니다. 저희도 순대먹을 때, 서울에서는 고춧가루 섞인 소금에 찍어 먹고, 경상도에서는 막장(쌈장)에 찍어 먹지 않습니까?"
"아… 그래? 경상도는 순대에 막장을 찍어 먹어?"
"그렇습니다. 저희도 지역별로 다르듯, 일본도 지역마다 요리법이 상당히 다릅니다."
"아, 그렇구나."
장정민은 오코노미야키 요리 하나로 선임병들의 시선을 사로잡았다. 성실하고, 착하고, 일을 찾아서 하는 것뿐만 아니라, 요리까지 잘한다.
성재와 같은 부류. 같은 포지션.
"성재야! 어떻게 하냐? 막내한테 밀리겠다?"
서효석의 말에 성재는 미소만 지을 뿐.
"괜찮습니다. 그동안 민호랑 같이 막내 언제 청산하나 했었는데, 착하고 개념 박힌 후임 와서 오히려 좋습니다. 민호 너도 그렇지?"
"응. 좋네."
"민호도 그렇답니다."
화기애애한 분위기는 며칠 동안 계속되었다. 그동안 성재는 후임병인 장정민의 요리를 자세히 지켜보며, 자신도 일식 요리의 레시피를 조금씩 습득해갔다.

'진짜 많이 배웠네?'
장정민 일병이 온 지 5일 차인 금요일 점심.
드디어 그가 만든 오코노미야키가 영관급만 앉는 원형 탁자에 올랐다.

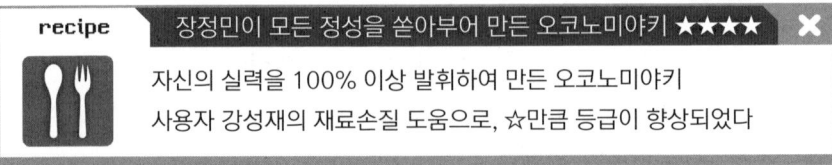

연대장은 자신이 뽑은 병사가 만든 음식을 먹자마자 미소를 지었다.

"이야! 장정민!"
"일병 장정민!"
"이걸 뭐라고 부르지?"
"오코노미야키입니다."
"오코노미야키?!"
"그렇습니다. 일본어로 오코노미는 좋아하는 것을 뜻하며, 야키는 구이를 뜻합니다. 그래서 오코노미야키는 좋아하는 것을 구운 요리를 뜻합니다."
"그렇군. 맛있네. 진짜 맛있어."
"감사합니다!"

연대장은 거기서 끝내지 않았다.
"참모들! 너희도 이거 먹어봐. 먹어보고 각자 평 좀 내놔!"
그러자 작전과장이 먼저 선수를 치며 연대장에게 보고했다.
"야들야들하면서도, 쫀득쫀득한 게, 천국에 온 느낌입니다."
다소 과장되었지만, 이런 말을 하면 지휘관들은 좋아한다. 연대장도 예외는 아니었다.
이번에는 인사과장 차례.
"연대장님, 간부식당 조리병, 제대로 뽑으신 것 같습니다."
"그렇지?"
"맞습니다. 요즘 간부식당 올 때마다 저절로 미소가 걸립니다. 다 연대장님 덕분입니다."
성재는 장정민이 만든 요리를 보고 만족한 연대장의 얼굴을 보며 미소를 지었다.
'정민아, 잘됐네. 중대장한테 찍혀서 TOD가서 고생하나 싶었는데… 군 생활 풀렸구나.'
그런데 일이 터졌다. 식사가 끝나고 한 달 전 새로 전입해 온 군수과장이 간부식당에 남아 조리병을 소집한 것이다.
"집합!"
모두가 의아한 시선으로 군수과장을 쳐다보자, 그 간부는 국을 가리키며 가장 선임인 서효석에게 물었다.
"저 된장국 누가 만들었냐?"
군수과장의 질문에 서효석이 곤란한 표정을 지었다. 그때, 오민호 일병이 손을 번쩍 들며 군수과장에게 대답했다.

"일병 오민호! 제가 된장국 만들었습니다."
"장난하냐? 간 하나 못 맞춰?! 연대장님이 반 이상 남기셨잖아! 어?!"
"죄송합니다. 잘하겠습니다."
"똑바로 해! 칭찬받는다고 다 잘하는 거 아니다. 알았나?!"
"알겠습니다!"
군수과장이 짧고 굵게 호통을 치고 떠났다.
간부가 없는 자리에서 서효석은 가장 선임답게 오민호에게 위로의 말을 건넸다.
"괜찮아. 민호야. 이런 일도 있고, 저런 일도 있는 거지."
"아닙니다. 죄송합니다."
"죄송할 거 없다니까, 자! 각자 정리하고, 쓰레기 버릴 사람은 버리고, 할 거 하자!"
"알겠습니다!"
강희철도, 성재도 오민호의 실수를 이해해주고, 각자 설거지, 홀 정리, 음식물 쓰레기 버리기 등 맡은 임무를 하기 시작했다. 물론 장정민 일병도 마찬가지였다. 가장 후임인 녀석은 부지런히 청소를 끝내놓고 강성재를 향해 걸어왔다.
"강성재 일병님?"
"어! 정민아! 다 했어?"
"네. 맞습니다. 지금 음식물 쓰레기 버리러 가십니까?"
"어. 병영식당 뒤쪽까지 옮겨야 돼."
"도와드리겠습니다."
"어? 그럴래? 나야 땡큐지."
같이 음식물 쓰레기가 담긴 통을 들고 취사장 뒤편으로 걸어가는 두 조리병.
둘은 공통점이 많았다. 수준급 요리실력, 같은 관심병사 취급을 당한 것, 성실함, 당당함, 그리고 착하기까지 했다.

분명 그랬다. 그런데….
"강성재 일병님?"
"어. 정민아. 말해."
"사실대로 말씀드려도 되겠습니까?"
"어. 괜찮아. 말해."

116
제가 잘못한 건 없는 것 같습니다

"아닙니다. 나중에 말씀드리겠습니다."
녀석은 고개를 도리도리 흔들더니, 결국 자신의 생각을 말로 표현하지 못했다. 용기는 냈었으면서….
"싱겁긴…, 어려운 거 있으면 말해. 얼마든지 도와줄게."
성재는 그를 몰아붙이진 않았다. 아직 조리병으로 온 지 1주일도 지나지 않았다. 적응할 기간이 필요할 터. 그런 그의 배려에 후임병이 답했다.
"감사합니다."
음식물 쓰레기를 한곳에 모아놓은 성재와 정민. 둘은 병영식당 취사장에서 손을 씻은 후, 밖으로 나왔다.
흡연장과 붙어있는 벤치. 지금은 일과시간이라 아무도 없었다.
"어때? 할 만한 거 같아?"
"네. 좋습니다. 서효석 상병님도 좋고, 강성재 일병님도 좋습니다."
성재는 미소를 짓곤 다시 정민이에게 되물었다.
"오민호는?"
그의 물음에 장정민이 잠시 머뭇거렸다. 그러자 성재가 씩 웃으며 정민이에게 말했다.
"걔가 요리는 못 하고, 좀 엉뚱한 면은 있어도 심성은 착한 애야. 열심히도 하고. 그러니까 너무 싫어하진 마."

그러자 후임병은 고개를 절레절레 흔들며 성재에게 말했다.

"싫어하는 거 아닙니다. 그냥 아직 잘 모르겠습니다."

"그래. 그럼 됐어! 이제 올라가자. 춥다."

"네."

병영식당에서 BOQ(간부식당)으로 올라가는 길, 시멘트로 만들어진 언덕.

거기서 장정민이 수줍은 듯 말을 꺼냈다.

"강성재 일병님!"

"어?"

"요리 어디서 배우셨습니까?"

"나? 군대에서 왜?"

"말도 안 됩니다. 그 실력은 군대에서 배운 실력이 아닙니다. 어제 강성재 일병님이 해주신 칼국수는 감동 그 자체였습니다."

성재는 후임병의 칭찬에 입꼬리가 천장까지 올라갔다.

'하긴 4성짜리 요리였으니까…. 이 녀석 미식등급이나 볼까?'

성재는 요리사의 눈으로 녀석의 미식등급을 확인했다.

그러자 후임병 머리 위에 별 개수가 떠올랐다.

'4개 반? 서효석 상병보다 미식등급이 높네? 그만큼 다양한 요리를 먹어봤다는 건데.'

호텔 출신이면 이해가 간다. 다양한 요리를 접할 수 있는 최고의 장소. 그래서 입맛도 까다롭고, 요리에 대한 이해도도 높을 것이다. 성재는 대답했다.

"대단하긴 뭐가 대단해? 그냥 선임병들이 가르쳐 준 대로 하면 되는데…."

"강성재 일병님 말씀대로라면 전 이미 쿡(cook)이 아니라 코미 셰프(Commi Chef) 달았어야 합니다."

성재는 어려운 단어에 고개를 갸웃거리며 녀석에게 물었다.

"쿡은 뭐고 코미셰프는 뭐야?"

"보통 쿡은 견습조리사를 뜻하고, 코미셰프부터는 요리사를 뜻합니다."

> Keyword 쿡(cook)을 알게 되었습니다
> Keyword 코미셰프(Commi Chef)를 알게 되었습니다

새로 뜬 키워드.

"음…. 그 차이를 잘 모르겠는데?"

"아…, 혹시 요리학교 어디 나오셨습니까?"

성재는 후임병의 물음에 다시 한번 사실을 상기시켜 주었다.

"나, 군대에서 요리 배우기 시작했다니까?"

"그럴 리가 없는데…."

"아무튼, 설명해 봐. 궁금해 죽겠다."

"네. 호텔 주방은 가장 밑에 있는 사람을 키친 스튜어드라고 부릅니다. 설거지 담당입니다. 지금 제가 간부식당에서 딱 그 정도라고 보시면 됩니다."

"그래?"

"네. 그렇습니다. 그다음은 쿡입니다. 견습 생활을 아직 마치지 않은 조리사입니다. 혼자 요리를 해서 손님에게 내어주진 못하고, 보조역할을 주로 하며, 선배 요리사들한테 옆에서 배우는 실습과정이라고 보시면 되겠습니다."

"군대하고 똑같네?"

"그렇습니다. 그다음이 어프렌티스, 코미, 드미, 셰프 드 파티 등으로 올라가고, 셰프 드 파티가 분대장 정도라고 보시면 이해하기 쉬우실 겁니다."

"분대장…이라….."

"그다음이 수 셰프인데, 수 정도 되면 중대장, 헤드셰프는 대대장, 이그제큐티브 셰프가 끝인데, 이 정도면 사단장이라고 보면 될 것 같습니다."

"뭔가 설명이 팍팍 와 닿는데?"

"감사합니다."

음식물 쓰레기를 버리고 도착하자, 오민호 일병을 포함한 선임들은 모든 청소를 마친 후, 1층 간부용 휴게실에 들어가서 쉬고 있었다.

평일 일과 시간 중에는 아무도 없기 때문에, TV도 자유롭게 볼 수 있고, 운동도 할 수 있는

시간. 나름 편한 군 생활 라이프를 즐기는 선임들.
성재는 선임들과 달리 요리책을 펼쳐보았다. 그런 성재한테 후임병이 달라붙었다.
"공부하십니까?"
"어. 아직 배울 게 많거든."
"아… 너도 쓸데없이 시간 보내지 말고 휴식시간엔 쉬거나 공부해."
"네. 알겠습니다."
그리고… 다음날.
토요일이 되었다.
서효석은 일요일 종교행사 근무지원을 편성하기 위해 모두를 불렀다.
"내일 교회 식사지원 누구였지?"
"일병 오민호! 상병 강희철!"
하필이면 요리 못하는 두 명이 또 같이 걸렸다.
"강희철!"
"네."
"너 오민호랑 둘이 교회 커버 칠 수 있어?"
"민호랑 둘이서는 힘들 것 같습니다. 저도 요리를 잘하는 편이 아니라서."
"그럼 민호는 간부식당에서 내일 온종일 근무하고, 교회는 정민이 보내자. 시간은 별 차이 없으니까, 장정민! 문제없지?"
"네. 문제없습니다."
장정민은 힘찬 목소리로 서효석의 질문에 대답했다.
"오케이, 다 됐네. 오늘 간부식당 근무자는 성재, 정민이 이렇게 둘이서 하고, 내일은 나랑 민호가 한다. 나머지는 막사 가서 개인정비 실시하자."
"알겠습니다!"
모두가 떠나고, 남은 둘은 요리에 집중했다.
성재는 장정민에게 물었다.
"오므라이스 혼자 할 수 있지?"
"네. 할 수 있습니다."
"그래. 부탁해. 난 된장찌개 끓일게."
"알겠습니다."

성재는 장정민이 홀로 만든 오므라이스를 쳐다보았다.

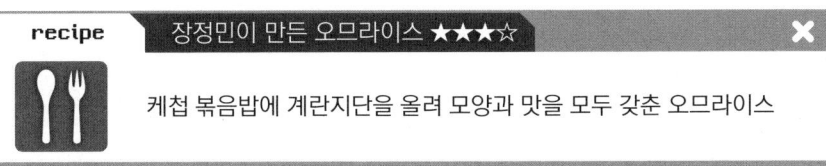

역시나 어떤 요리를 만들어도 기본 3성 이상은 만드는 수준급 실력. 만약 재료손질이나 조리과정에서 성재가 도움을 줬다면 4성까지 나올 수 있었을 음식.
기초가 탄탄해서 실패하는 법이 없는 후임병, 성재는 뿌듯한 얼굴로 바라보았다.
강성재가 만든 된장찌개(★★★☆)도 어느새 배식대에 올려지고.
주말 독신간부들의 반응이 시작되었다.
"오므라이스 괜찮네. 된장찌개도 맛있고."
"감사합니다."
"맛있어. 정말 맛있다. 오므라이스 하나 더 만들어 줄 수 있냐?"
"네. 바로 만들어드리겠습니다."

사용자 강성재에 대한 장정민의 호감도가 200 올랐습니다

그렇게 성재와 정민이는 친해져 갔다.
성격도 맞고, 요리도 잘하고, 서로 부딪힐 일이 없으니, 문제가 없었다.

그런데 월요일 오전 10시. 드디어 사고가 터졌다.
아침 당번이었던 장정민 일병과 오민호 일병.
둘은 뭐가 안 맞는지 씩씩거리며 서로 등을 돌렸다.
말도 걸지 않고, 서로 다가가지도 않는다.
모두가 간부식당에 출근한 가운데 가장 선임병인 서효석이 오민호에게 물었다.
"무슨 일이야? 표정이 왜 그래?"

"아무것도 아닙니다."

"아무것도 아니긴, 말 안 해?"

"진짜 아무것도 아닙니다."

오민호가 대답하질 않자, 서효석이 가장 막내를 향해 고개를 돌렸다.

"장정민! 넌 왜 그래?"

"아닙니다."

"야, 너희들 말 안 할 거야?"

"……."

성재는 따로 오민호를 불렀고, 서효석은 따로 장정민을 부르며 희철에게 부탁했다.

"희철아, 설거지 좀 해줄래?"

"저 혼자 합니까?"

"어. 부탁할게."

"…알겠습니다."

BOQ 건물 뒤 공터.

성재는 오민호를 불러놓고, 단둘이 있는 자리에서 물었다.

"무슨 일이야?"

"저 자식이 나한테 이래라저래라 하잖아!"

"그게 무슨 말인데?"

"하는 행동 하나하나마다 '오민호 일병님, 그렇게 하시면 안 됩니다. 그렇게 하면 간 안 맞습니다. 그냥 놔두십쇼. 차라리 제가 하겠습니다.' 이지랄 하는데 감정이 상하겠냐? 안 상하겠냐?"

"…그리고?"

"그러니까 내가 한마디 했지. '요리가 다가 아니다. 여기는 조직이고 단체 생활이다. 네가 그렇게 말하는 거 실수하는 거다.' 이런 식으로 말을 해줬지."

"음… 그래?"

"그러니까 그 녀석이 뭐라는 줄 아냐? '일단 조직이라면 기본 이상은 해서 피해는 주지 말아야 합니다. 요리를 못 하면 잘하는 사람한테 배울 줄도 알아야 하고, 노력도 해야 되는 겁니다.' 요 지랄로 말하잖아."

"틀린 말은 아닌데?"

"뭐라고?"

"아니, 일단 알았어. 또 말해 봐. 또 있어?"

"더 있지. '야, 네가 나랑 다른 소속이긴 하지만 임무수행 중에는 내가 엄연한 선임이다. 선임 대접은 해야 된다.' 이렇게 말했지. 그런데 녀석이 피식하고 쳐 웃잖아."

"후우… 됐다. 기분 풀어."

"못 풀어. 같은 학교 후배였으면 벌써 반 죽였다."

"응. 여기 학교 아니야. 그리고 틀린 말도 아니고."

"…야! 강성재?"

"뭐? 둘 다 잘못 했네. 뭐…, 너도 간부 지원한다고는 하지만 연습할 건 연습해야지. 정민이가 잘못 안 했다는 건 아닌데, 이건 엄연히 말해서 너도 원인 제공한 거다."

"내가 뭘 원인 제공을 해?"

"너 때문에 쟤 주말에 괜히 교회 갔잖아. 그거 사과했어? 이해해달라고 했어?"

"…안 했지."

"후임 입장에서도 한번 생각해. 너랑 나도 얼마 전까진 후임이었잖아. 겨우 1주일 된 애한테 그렇게 모질게 대하면 어떻게 하냐?"

"그런가… 내가 잘못 한 거야?"

"민호야. 네가 먼저 사과하는 게 맞는 것 같다. 선임이라고 자존심 세우지 말고…."

서효석 상병 쪽도 성재와 마찬가지로 상황을 풀어갔다. 하지만 받아들이는 당사자의 생각이 달랐다.

"장정민!"

"일병 장정민?"

"둘 다 잘못한 거 알지?"

"죄송합니다. 전 이해 못 하겠습니다."

"이해 못 하다니?"

"제가 잘못한 건 없는 것 같습니다."

결국, 선임병은 사과를 하려는데, 후임병이 받아들이지 않는 묘한 상황. 성재는 답답함을 결국 버티지 못하고, 후임병을 불렀다.

"정민아!"

"네. 강성재 일병님!"

"너, 나랑 이야기 좀 하자."

서로 대화를 나눈 후. 결국, 무엇이 간극이었는지 찾아낸 성재.

"야! 사회생활은 그렇게 하는 거 아니야. 요리 실력이 좋다고 다 선임이냐?"

"그렇습니다. 적어도 호텔 주방에선 그렇게 합니다."

"여긴 군대잖아."

"군대여도 간부식당입니다. 병 상호 간에는 복종관계가 없다고 배웠습니다. 여기서는 요리 못하면 자연히 도태되어야 된다고 생각합니다."

"정말 그렇게 생각해? 그럼 나는? 서효석 상병님은?"

"강성재 일병님은 한식 요리 잘하시고, 서효석 상병님은 중식 요리 잘하시지 않습니까? 저는 일식 요리를 제일 잘하니까, 이렇게 3명은 남아있어야 되지 않겠습니까?"

"너 생각하는 거, 정말 어이없다."

"사회 나가보면 다 이렇습니다. 음식 못하는데 요리사 하면 안 되는 거 아닙니까? 자신보다 음식 잘하는 요리사가 있는데, 당연히 요리 실력대로 가야되는 거 아닙니까?"

"네 논리라면 이 간부식당에선 네가 가장 쓸모없을 것 같은데?"

"그게 무슨 말씀이십니까?"

"내가 너보다 일식 잘하면 넌 여기서 쓸모없는 거 아니야?"

"…그럴 리 없습니다."

"그럼 한번 해 보던가! 뭐로 할래? 오코노미야키? 나가사키짬뽕? 와쇼쿠윙?"

117
죄송했습니다

성재는 정민이 무슨 생각을 하는지 잘 알고 있었다. 자신도 배관공 시절 익히 들었던 말.
'실력도 없는데 왜 나왔어?!'
'김씨 아저씨는 다음부터 어디 가서 배관이라고 하지 마세요. 아니, 무슨 남자가 250짜리 하나 혼자 못 들어?'
맞다. 실력이 전부인 세상. 그도 경험했던 곳. 그게 맞는 말인 것도 분명하다.
그래서 어느 누구의 편도 들지 않았다.
각자의 입장에서는 그게 서로 맞는 말이었으니까.
하지만 민호는 자신의 주장을 굽히고, 후임병을 이해하려 한 반면, 녀석은 자신의 주장이 올바르다며 떼를 쓰고 있다. 버릇을 고쳐주고 싶었다. 그러나 말이 통할 것 같진 않았다.
녀석은 눈 한번 꿈쩍이지 않고 자신의 주장을 굽히지 않는다.
이런 경우는 방법이 딱 하나밖에 없었다.
그가 가장 자신 있어 하는 요리로 비교할 수도 없는 격차를 만들어주는 수밖에.
성재는 버너를 2개 동시에 올렸다. 그걸 본 서효석이 후임을 향해 말했다.
"성재야! 뭐하려고?"

"일단 절 믿고 지켜봐 주십시오."

처음 보는 성재의 강렬한 눈빛.

서효석은 처음으로 성재의 날카로운 모습을 보았다. 장정민 일병을 향한 성난 표정.

'성재가 변했어?'

강희철 또한 같은 중대 후임에게 거친 목소리로 말했다.

"장정민! 잘 봐라. 똑바로 봐!"

장정민은 선임병의 말에 시선을 돌렸다. 순수함 뒤에 가려진 추악함. 남들보단 자신, 누구든 짓밟고 최고가 돼야겠다는 욕심을 순진한 표정으로 숨긴 그의 얼굴.

성재는 자신의 모든 것을 끌어내기로 결심하고, 굳은 표정으로 조리대를 바라보았다.

'장정민! 그 생각 내가 고쳐줄게.'

그의 결심이 곧 능력을 발휘한다.

그가 양손을 벌렸다. 그러자 그의 신체에 보이지 않는 기운이 휘몰아친다.

'요리사의 신체 개방!'

그리곤 눈동자를 세 번 깜빡인다. 그러자 조금 전까지 멀쩡하던 그의 시야에 미지의 그래픽이 나타난다.

'요리사의 눈!'

그는 속마음으로 후임병이 평소 자신 있어 하는 메뉴를 외쳤다.

> ✿ ✓ ✖
> 나가사키짬뽕 ★★★ (100%) 레시피를 선택하였습니다
> 장어덮밥 ★★★☆ (100%) 레시피를 선택하였습니다

얼마 전 조리 과정을 관찰하며 얻은 레시피들.

성재의 선택에 그와 똑같이 생긴 홀로그램 두 녀석이 자신만의 시야에 나타나기 시작했다. 두 녀석은 둘 다 파란색이었다.

한 명은 〈갈굼?〉이란 글자가 쓰인 머리띠를 매었고, 또 다른 한명은 〈관광?〉이란 글자가 쓰인 머리띠를 꺼내 들었다.

성재는 시스템창에 있는 '나가사키짬뽕'과 '장어덮밥'을 가운데로 합쳤다.

그러자 새로운 모드가 형상화되었다.

> ⚙ ✓ ✗
> 홀로그램 : 퓨전모드를 선택하였습니다
>
> 〈홀로그램 : 퓨전모드 발현조건 확인〉
> 1. 조리 완료시까지 요리사의 눈 강제발현
> 2. 조리 완료시까지 요리사의 신체 사용유지
> 3. 취사장 마스터리 (초급) 활성화
> 4. 요리 레시피 (100%) 달성
> 발현조건 1, 2, 3, 4를 모두 만족하여 홀로그램이 퓨전모드를 활성화합니다

성재의 행동에 두 녀석의 몸이 하나로 합쳐졌다.

파란 녀석과 파란 녀석이 만나, 녹색의 홀로그램이 탄생하고.

새로 나온 녹색 녀석은 성재를 바라보며 건방진 얼굴로 웃었다.

성재는 표정을 굳힌 채, 녀석에게 속으로 명령했다.

'장난할 기분 아니다. 똑바로 해라!'

그러자, 녀석은 오른손을 눈썹까지 올리며 경례동작을 하더니, 두 개의 레시피를 최적의 순서에 맞게 조리하기 시작했다.

성재는 진지한 눈빛으로 홀로그램 녀석의 동작 그대로를 따라 하기 시작했다.

간부식당 조리병들은 성재의 동작을 보며 처음에는 미쳤나 생각했었다. 그도 그럴 것이 두 개의 요리를 동시에 하고 있었다. 그것도 군더더기 없이, 재빠른 동작을 유지하며.

서효석과 강희철은 신기한 듯 성재를 바라보며 대화했다.

"지금 성재가 무슨 요리하는지 아냐?"

"아직은 잘 모르겠습니다."

"아주 눈 돌아갔는데? 이쪽을 쳐다보질 않네."

오민호도 마찬가지였다. 성재는 항상 놀랄만한 능력을 보여주었다. 처음 수타면 만들 때도 그랬고, 꿀타래를 만들 때도 그랬다. 그런데 오늘은 과연 무엇을 보여주려는 걸까?

대중을 압도하는 성재의 움직임에 도저히 끼어들 틈이 보이지 않는다. 성재는 여기에서 만족스럽지 못한지, 속마음으로 다시 한번 자신의 한계를 스스로 돌파했다.

'홀로그램 터보 (1.5배속) 모드!'

그러자 녹색 홀로그램 녀석이 아까보다 1.5배는 빠른 동작으로 움직이기 시작했다.

시간이 1분 정도 흐르자, 선임병들은 그가 무엇을 만드는지 감을 잡았다.

순식간에 썰리는 양파, 당근, 호박, 버섯. 그와 동시에 팬에서 익는 해물.
해물이 익는 동안 성재는 순식간에 채소를 썰고, 바로 멸치육수를 내기 시작한다.
'엄청 빨라. 무슨 요리대회도 아니고….'
장정민 또한 놀라긴 마찬가지였다.
'나가사키짬뽕? 그리고 장어덮밥인가? 두 개를 동시에 한다고?'
장정민. 그는 호텔에서 3년간 일하면서 같은 요리만 준비했었다. 전문 레스토랑이 아닌 뷔페 요리 담당. 그랬기에 특정 메뉴에서만큼은 자신 있었다.
그게 바로 나가사키짬뽕하고 장어덮밥, 그리고 오코노미야키.
매일 40인분씩 같은 요리만 하면, 자연히 실력이 늘게 될 터.
특히 나가사키짬뽕과 장어덮밥은 같은 호텔 선배 요리사들만큼 잘한다고 자부했다.
그런데 자신의 고작 1개월 선임이 자신을 꺾겠다며, 자신이 제일 잘하는 요리를 시도하는 게 가소롭게 보였다.
장정민은 표정을 감춘 채, 속으로 웃었다.
'강성재 일병님, 그게 그렇게 금방금방 배워지는 메뉴가 아닙니다. 괜히 무리해서 망신당하지 않는 게 좋을 겁니다.'
그런 후임병의 생각을 아는지 모르는지, 성재는 자신의 요리에만 집중했다. 그의 눈앞에서는 육수가 만들어지고 있었다. 그 용도는 바로 장어덮밥 위에 뿌리기 위한 소스.
가쓰오부시를 넣고, 대파, 마늘, 생강을 다듬어 넣는다. 그 후 진간장과 올리고당, 청주로 쓴맛을 없앤다. 성재는 홀로그램을 따라 하며 자신의 사고를 집중했다.
'전분을 넣겠지. 그래야 걸쭉해지니까.'
예상과 일치한다. 홀로그램 녀석이 전분으로 소스를 질게 만들었다. 그때, 해물이 끓기 시작했다. 아직 시간 여유는 있었다. 나가사키짬뽕의 핵심재료인 면.
녹색 홀로그램이 미소를 지은 채, 주머니에서 녹색 머리띠를 매었다.
〈수타면 준비 OK〉

진지했던 성재의 입가에 살짝 미소가 번지고 말았다.
'아, 요즘 홀로그램 상태가 왜 저래?!'
그러나 제 기능은 완벽히 수행하는 녀석. 녹색으로 뒤덮인 미지의 존재가 현란한 손놀림으로 수타면으로 뽑아낸다.

성재가 직접 수타면을 뽑아내는 것을 보고 자신만만했던 장정민이 긴장했다.
'뭐야! 서효석 상병님만 할 수 있는 거 아니었어?! 저건 사기잖아. 사기!'
나가사키짬뽕의 면. 보통 시중에서 파는 면을 활용한다. 호텔에서도 수타면으로 면을 뽑은 곳은 얼마 없다. 맛있는 걸 알면서도 못하는 이유는 단 하나.
그 실력을 낼 수 있는 사람이 얼마 없으니까.
하지만 이미 성재는 그 실력에 도달해 있었다. 자신이 어떻게 해야 남들보다 맛있게 요리를 할 수 있는지 알고 있다는 자신감이 장정민으로 하여금 자괴감이 들게 했다.
'강성재 일병님, 당신은 도대체 정체가 뭐죠?!'
프로그램처럼 한 치의 오차 없이 척척 해내는 성재. 군더더기 없는 동작뿐 아니라, 조리과정에서도 단 한 번의 실수도 없다.
저것이야말로 일식 조리사가 가야할 길. 장어 덮밥 조리과정도 마찬가지.
'미쳤어. 말도 안 돼. 내 특제 소스를 한 번에 간파했다고?!'

잠시 후. 그들의 앞에 성재가 만든 일식 요리가 모습을 드러냈다.
성재는 숨을 헐떡이고 있었다. 자신의 혼신을 다해 만든 요리.
요리사의 신체를 나타내는 붉은 패러미터가 거의 바닥을 보이고 있다.
'요리사의 신체 해제.'
자신의 온몸에 흐르던 보이지 않던 기운이 순간 출렁이더니, 서서히 흐트러진다.
성재는 안심했다. 밑바닥 바로 전에서 멈춘 패러미터가 서서히 차오르기 시작한다.
'다행이다. 탈진상태엔 빠지지 않았어.'
성재는 땀을 뻘뻘 흘리면서도, 꾹 참았다. 그리고 자신이 만든 요리를 응시했다.

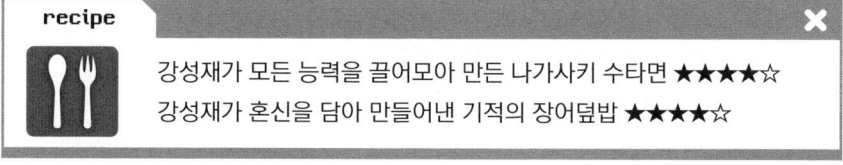

별 4개 반. 강희철이 먼저 반응하고.
"오! 역시 우리 사부! 미쳤다!"
오민호는 혀를 차며 입을 열었다.
"진짜 미쳤네. 저걸 벌써 배웠네?!"

그러나 서효석은 아무 말 않고 성재가 무슨 행동을 할지 지켜보았다.
아니, 이미 어떻게 나올지는 알고 있었다. 자신도 그렇게 해주고 싶었으니까.
"장정민! 먼저 먹어봐."
성재의 예상했던 행동. 후임병을 먼저 부르는 다소 건방진 태도.
장정민 일병이 앞에 오자, 성재는 젓가락을 건네며 다시 한번 쐐기를 박았다.
"먹어보고 골라. 나보다 잘 할 수 있는 네 요리! 네가 직접…."
굴욕. 그러나 아직 맛보기 전엔 모른다. 장정민은 아직 굴복하지 않았다. 일단 나가사키짬뽕 앞에 선 그가 생각했다.
'간을 못 맞췄을 수도 있고, 면이 덜 익었을 수도 있어. 아직 몰라.'
모양만은 완벽한 성재의 요리에 젓가락을 얹는 후임병.

그러나 결과는….
'말도 안 돼. 내 조리법을 그대로 베꼈다고? 단 한 번밖에 안 보여줬는데?'
그런데 자신과는 다른 무언가가 있다. 아직은 알 수 없는, 자신의 미각으로는 찾아낼 수 없는 그 무언가가 자신에게 속삭이고 있다.
'맛있다. 뭐지? 뭐가 이렇게 맛있게 만드는 거지?'
장정민은 끝내 원인을 찾지 못했다. 의문 가득한 얼굴을 한 후임병에게 선임병이 말했다.
"이제 장어덮밥 차례야."
본래 귀빈 접대용으로 사놓은 장어. 호텔이 아니면 평소 많이 접해보지 못할 식재료.
당연히 못 해야 정상인데…
눈앞에는 양념이 고르게 발라진 먹음직스러운 장어가 접시 위에 정갈하게 놓여있다.
"한 점만 먹어라. 비싼 거니까."
성재는 담담한 표정으로 말했다. 그러자 후임병은 고개를 끄덕이며 잘라진 장어와 밥 한 수저를 덜어 입안에 가져갔다.

그리고 좌절….
자신이 3년 동안 만들었던 장어보다 고작 곁눈질 한 번 하고 시도한 장어덮밥이 더 기품 있고, 깔끔하며, 담백한 맛을 자아낸다. 그야말로 완전 굴욕. 장정민은 억울했다.
자신이 피나는 노력으로 배운 조리법보다, 고작 한 번 보고 시도한 요리가 더 맛있을 줄은 꿈에도 몰랐다. 선임병들 또한 그의 마음을 아는지 모르는지, 성재의 음식을 칭찬한다.
"와! 사부! 역시 맛있어. 와우! 장어 전문점보다 더 맛있는 듯."
"성재야. 장어 이거 제대로인데? 살결이 푸석푸석 입안에서 부서지네."
"나가사키짬뽕도 끝내준다. 얼큰한데?"
"흰 국물이라서 더 맛있는 거 같습니다. 특별하기도 하고."
"면이 꼬들꼬들하니까, 다 맛있네. 다 맛있어."
"그렇습니다."
장정민은 허무한 시선으로 강성재를 바라보았다. 고수 위에 고수. 일식 요리만큼은 자신이 군대에서 최고라고 했던 자부심을 단번에 꺾어버린 선임병. 억울해서 눈물이 핑 돈다. 그때 서효석이 나섰다.
"장정민! 왜 울어?"
"일병 장정민! 운 거 아닙니다."
"성재랑 무슨 얘기를 해서 이렇게 되었는지는 모르겠는데, 지금 둘이 휴게실 가서 대화 마저 끝내고 와."
"알겠습니다."

휴게실. 장정민은 진심으로 사과했다.
"죄송했습니다."
"아니야. 나도 미안하다. 정민아."
"나이가 많다고, 자존심 앞세워서 강성재 일병님께 건방진 소리를 한 것 같습니다."
"됐어. 그런 말은 민호랑 해라. 난 아무렇지도 않으니까."
"예. 알겠습니다."
"그럼 가 봐!"
"……."
"뭐야?"
"저… 강성재 일병님?"
"뭐지? 그 눈빛은?"
부탁이 있는 듯한 후임병의 눈빛. 적응되지가 않는다. 또 무슨 말을 하려고?!

동원훈련 말씀이십니까?

걱정과는 달리 이상한 말은 하지 않았다.
"아까 하신 음식. 어떻게 그 맛을 내신 건지 알려주실 수 있으십니까? 도저히 전 이해가 되지 않습니다. 제가 한 것이랑 같은 것 같으면서도 달라서…."
성재는 후임병의 말을 듣고 생각했다.

장정민의 미각 등급은 ★★★★☆.
역시 등급이 높으면, 음식에 들어간 재료를 알아차릴 수 있고, 등급 상승에 따른 미묘한 차이를 알아차릴 수 있다.
특히 자신이 매일 하는 요리와 같은 레시피로 만든 거라면 당연히 알아차릴 수밖에.
맛과 상관없는 단순한 기분 차이라고 느껴주면 좋으련만 안타깝게도 성재가 생각한 대로 흘러가진 않았다. 별 반 개의 차이는 확실히 다르기 때문이다.
참 난감한 상황. 하지만 성재는 자신의 비밀을 말할 순 없었다. 말하는 순간 자신이 관심 병사가 되어버리니까.
또한, 지금은 그것보다 더 중요한 게 있다.

"정민아!"

"일병 장정민?"

"넌 지금 나한테 무언가를 물을 때가 아니잖아. 선임들한테 가."

"강성재 일병님 말씀이 맞습니다. 그래도 지금 알고 싶었습니다."

"민호한테 가서 먼저 사과하고, 서효석 상병님이랑 강희철 상병님한테도 가서 죄송하다고 말씀드려라. 그게 순서상 맞는 것 같다. 그리고 네가 선임한테 하는 거 봐서, 나도 내가 어떻게 요리를 만들었는지 알려줄게."

네 행동을 보고 결정하겠다는 뜻. 반쪽짜리 대답이지만 그를 설득하기에는 충분하다.

장정민이 결국 대답했다.

"알겠습니다. 지금 사과하러 가보겠습니다."

"그래. 진심을 담아."

"네. 오늘 정말 감사합니다."

"됐어. 가 봐!"

뒤돌아서서 자신의 동기와 선임들한테 사과하러 가는 장정민. 다소 흥분하기도 했고, 잔인하기까지 한 방법을 쓴 성재. 하지만 그는 안도의 한숨을 쉬었다.

그렇게 행동하지 않았다면….

'오늘 일이 결국 간부들의 귀에 들어가 정민이는 분명 처벌받았겠지. 그리고 관심병사로 또 낙인찍힐 거고.'

그가 악의가 없다는 건 안다. 다만 사회에서 너무 오래 있다 보니, 군대의 단체생활에 적응이 되지 않을 뿐. 그런 후임병한테 더 이상 무엇을 탓하리.

동원사단이라면 각 해, 첫 동원훈련은 사단장이 준비사열을 점검하게 되어 있었다. 하지만 23사단은 상비사단이었다. 현행작전부대로서 해안경계라는 막중한 임무를 맡고 있는 사단장이 동원 따위에 신경 쓸 여력은 보통 없다. 그래서 동원업무는 보통 사단장 대신 부사단장이 나선다.

전방 보병사단의 부사단장. 계급은 대령. 편성은 보통 두 명.

작전부사단장과 행정부사단장.

보통 말년 대령으로 편성되고, 직보반(직업준비기간 1년/유급) 가기 전 쉬어가는 보직. 누군가는 전관예우라며, 사회에 나갈 시간을 주기 위해 억지로 편성한 보직이라 말하고,

누군가는 사단장 유고 시, 필수로 있어야 할 보직이라고 주장하나, 평시에 할 일이 많지 않은 것도 사실.

대외적으로 볼 때, 사단장이 휴가를 가게 되면 부사단장이 지휘를 해야 한다. 하지만 실제는 그렇지 않다. 대령급으로 참모장이 사단 참모부에 편제되어 있기 때문이다.

참모장은 보통 대령 진급하여 연대장에서 1년 역임 후 보직된다. 쉽게 표현하면 참모장은 대령 2호봉에서 3호봉 자원. 부사단장이 보통 대령 8호봉에서 9호봉이니, 참모장과 얼마나 큰 차이인지는 보나 마나 뻔했다.

그렇다고 짬만 먹은 대령들이 마냥 쓸모없진 않다.

성재가 간부식당에서 후임병 교육을 하고 있던 시각. 동해 만우동 동원훈련장에서는 작전부사단장이 자신만의 지휘철학을 후배 장교들에게 가르치고 있었다.

"배 대령!"

"네. 작전부사단장님!"

"나 누군지 알지?"

"알고 있습니다. 육본 동원처장 하시다가 얼마 전 저희 사단으로 오셨다고 들었습니다."

"그래. 여기가 이제 마지막 보직이겠지. 장군 진급은 물 건너갔으니까."

"아닙니다. 장군 진급 하실 수 있습니다. 희망을 가지셔야 합니다."

"아니야. 나도 내 분수는 알아. 그래서 조용히 가려고 했는데, 그게 어려울 것 같다."

배원영 대령은 순간 긴장했다. 자신보다 한참 선배인 작전부사단장의 심기를 건드려서 좋을 일은 하나도 없다. 더구나 작전 부사단장은 현재 8군단장님과 동기였다.

"말씀해주시면 시정하겠습니다."

"그래. 배 대령이 아무리 상비사단의 연대장이어도, 병력의 반이 동원병력이면 동원훈련에 신경을 써야지. 내 말이 맞지?"

같은 대령이기 때문에 조심스러운 말투.

하지만 이미 작전부사단장은 배원영 대령보다 7년이나 고참이며, 사단장보다도 무려 2년이나 선배.

따라서 사단의 실질적인 왕고 중에 왕고.

그의 나이는 현재 57세(만 55세).

23사단에서 그보다 나이 많은 군무원(정년 60세)은 있을지 몰라도 군인은 없었다.

정비대대의 말년 준위도, 정보통신대대의 말년 원사도 지금 여기 있는 부사단장보다 나이도 어리고, 군 생활도 짧다. 그야말로 짬에서는 최강자.
"네. 말씀하십시오."
"자네 예비군들 3대 불편사항은 알고 있나?"
"3대 불편사항… 처음 듣습니다."
"3대 불편사항은 예비군들을 훈련시킨다면 반드시 지켜줘야 하는 거거든. 근데 너희는 그게 준비가 안 됐어. 하루 안에 조치할 수 있겠나?"
"지도편달 부탁드립니다."
"그래. 일단 급식부터 말인데…."

작전부사단장 준비사열 후, 모든 것이 바뀌었다.
썩은 내가 자욱한 방탄모는 전부 비눗물에 씻어서 일광소독을 하고, 턱 끈은 세탁기에 돌려, 1,000원짜리 유료 건조기를 사용해 냄새를 최대한 없앴다.
사격장 바닥은 모두 바닥 깔개를 깔아 예비군이 사격 간에 전투복에 흙이 묻지 않도록 하고, 사격 간 소음으로 인한 민원을 방지하기 위해 귀마개 대신 헤드셋처럼 생긴 귀덮개를 현장에 구비했다.
전투 시에 귀 덮개는 말이 안 되는 거지만, 예비군들이 들어오는 동원훈련에서만큼은 실전적인 훈련보다는 편의와 민원이 우선이라는 작전 부사단장의 지휘가 연대장의 귀에 쏙쏙 들어왔다.
그런다고 예비군이 좋아할 리도 없고, 알아줄 리도 없다는 것은 연대장도 잘 알고 있었다…. 그럼에도 그는 최선을 다했다.
인도인접 간에 발생할 수 있는 복장 불량 문제 관련해서, 특대 사이즈의 전투복을 구비해 놓고, 베레모, 요대가 없는 예비역을 위해 간이군장점도 운영해서 현장에서 살 수 있도록 조치했다.

그것뿐만이 아니었다.
훈련장 건물은 신식 건물이었지만, 병력들이 상주하는 건물이 아니었기 때문에, 동원훈련을 위해 들어온 300여 명의 병력들은 남는 치약과 녹색 군용 비누를 이용하여 믹싱을 했고, 바닥부터 10cm정도 칠한 검은 페인트가 벗겨진 벽은 구두약으로 칠해서 보완했다. 그 후에는 믹싱한 곳을 호스를 이용해 물을 뿌렸고, 밀대로 밀어내거나 밀대가 없는 곳은 걸레 6~7개를 바닥에 놓고, 일렬로 쪼그려 앉아서 바깥으로 믹싱하고 더러워진 물을 바깥으로 내보냈다.

예비군 입장에서 보면 티도 나지 않는 아주 사소한 것이지만, 군 지휘관은 깔끔해진 환경을 보며 만족한 얼굴이었다.

"부사단장님, 전 동원훈련 간 여기 훈련장에서 주간에는 대대장과 같이 위치하여, 만일의 사고에 이중으로 확인, 대비토록 하겠습니다."

"그래. 잘 생각했네. 현행 작전도 중요하지만 예비군은 전시에 네가 써먹을 자원들이거든. 평소부터 잘 관리해야 돼."

"지당하신 말씀입니다. 그럼 전 작전부사단장님께서 말씀해주신 사항 시정하면서 미흡한 사항 조치하겠습니다."

연대장이 떠나고, 사단 동원처 동원참모가 작전부사단장을 수행하며 미소를 지었다.

"이 정도면 예비군 전원이 만족하면서 훈련받을 것 같습니다."

직능(군대에선 심화전공)이 동원이었던 작전부사단장이 동원참모를 보며 말했다.

"동원참모!"

"네. 부사단장님!"

"넌 직능, 네가 선택한 거 아니지? 작전이나 인사, 군수 지원했다 떨어져서 동원 직능 선택된 거지?"

핵심을 찌르는 작전부사단장의 말에 동원참모가 고개를 푹 숙이며 대답했다.

"…그렇습니다."

"예비군들이 이거 보고 만족하겠냐? 너라면 네 자식 이런 데서 훈련시키고 싶겠어?!"

"죄송합니다."

작전부사단장은 그만큼 동원업무를 잘 알고 있었다. 군생활 33년 중 거의 16년을 동원관련 업무만 했을 정도로 예비군에 대해선 빠삭하게 알고 있었다.

"민원만 안 나오면 다행인 거야. 그리고 옛날하고 요즘하고 예비군들 똑같다고 생각하면 안 된다. 요즘은 뭐 잘못되면 바로 국민신문고에 민원 넣기 때문에, 간단하게 생각하면 안 된다고. 동원참모리는 너석이 동원업무에 대해서는 잘 알지도 못하고, 도대체 넌 입에 발린 소리만 할 거면 참모를 왜 해?"
"…죄송합니다."
"참모는 직언도 할 줄 알고 있어야 하고, 지휘관을 보좌하면서 지휘관에게 올바른 정보를 제공할 줄 알아야 참모인 거다."
"네. 알겠습니다."
동원참모는 작전 부사단장의 질타에 고개를 푹 숙였다.

작전부사단장이 동원참모와 떠나고. 연대장은 부대에 대기 중인 작전, 정보과장을 제외한 참모들과 부하 지휘관인 1대대장에게 명령을 내렸다.
"군수과장!"
"소령 김상헌!"
"넌 버스 종점에서 훈련장 안쪽까지 들어올 수 있는 셔틀버스 확보. 수송대장에게 말해서 내일 출퇴근 버스는 운영하지 말고, 이쪽으로 배차해서, 예비군들 교통 편의 확보해. 명령 내고!"
"알겠습니다."
배원영은 곧바로 1대대장을 쳐다보았다.
"1대대장!"
"중령 김관우!"
"너는 내가 상주할 지휘관실 안 만들어 놨더라?"
"죄송합니다. 미처 생각하지 못했습니다."
"이제라도 알았으면 됐다. 편의시설 관련해서 여기 훈련장 관리부대인 관리대대장에게 충성마트 이용시간 늘려달라고 협조하고, 훈련장에 설치된 간이화장실은 위치 확인하고, 병력들 이용해서 다 정비해놓을 수 있도록!"
"알겠습니다. 바로 실시하겠습니다."
"인사과장!"
"네!"
"넌 간부들한테 다 연락 돌려서 내일 출퇴근 버스 운영 안 한다고 전파하고, 3대 불편사항 중 교통, 편의시설은 대충 해결된 것 같은데, 식사는 어떻게 할지 고민해봤어?"
"저… 생각해 둔 게 있긴 한데…."

"고민하지 말고 말해. 시간 없어! 오늘까지 조치해야 돼."
"간부식당 조리병들을…."

그날 저녁. 성재는 저녁 당번이었기 때문에 강희철 상병과 단둘이 남아있었다.
강희철은 잠시 화장실에 간 상황.
그때, 연대 사제담당관이 간부식당에 들렀다.
"내일부터 목요일까지 훈련 가야 된다."
성재는 훈련이 있다는 것을 알고 있었으므로 담담한 표정으로 되물었다.
"동원훈련 말씀이십니까?"
"그래. 잘 알고 있네. 연대장님이 오늘 훈련장에서 너희들도 훈련 보내라고 하셨다."
"그건 대충 예상했었습니다. 그런데 1대대는 저하고 강희철 상병, 오민호 일병 이렇게 3명입니다. 간부식당에 최소 3명은 남아야 점심 준비하기 때문에 세 명 중 누군가 한 명은 남아야 될 것 같습니다. 가장 선임인 강희철 상병, 남기겠습니다."
"아니, 너희 전부 다 간다. 동원훈련장 취사장 맡을 거야. 가면 너희가 메인이다."
"그럼 간부식당은 어떻게 됩니까?"
"여기는 3일간 운영 안 할 거야. 연대장님도 주간에는 전부 동원훈련장에서 상주하실 거고."
사제담당관의 말에 희철이와 성재의 눈이 동그랗게 커졌다.
'가서 취사장을 맡으라고?'

군대 진짜 변했나 봐요

다음날 아침.
간부식당 조리병들은 오랜만에 단독군장에 더플백(의류대)를 챙겨 한 장소에 모였다.
"으아아아아아아! 훈련 간다."
그러자 오민호가 씰룩거리며 대답했다.
"강희철 상병님, 어차피 저희 가는 거지 않았습니까?"
"아, 훈련 안 가는 줄 알았단 말이야. 간부식당 운영을 안 할 줄 누가 알았겠어?!"
그러자 성재는 강희철 상병의 몸을 살짝 흔들며 들릴 정도로만 말했다.
"서효석 상병님 기분이 정말 안 좋으신 것 같습니다."
서효석, 사실 그는 연대본부이기 때문에 절대 훈련에 편성될 일이 없었다. 그래서 그런지 장난스러운 미소로 일관하는 희철과는 달랐다.
'나 기분 X같다. 건드리지 마라.'
라는 표정이 얼굴에 남아 있다.
평소 조용한 사람들은 특징이 있다.
한번 틀어지면, 걷잡을 수 없을 정도로 인간관계가 무너지는 것. 지금 괜히 서효석 상병에게 말을 걸어봐야 좋은 일이 없을 게 분명하므로, 모두가 숨을 죽였다.
또 한 명, 표정이 구겨진 사내가 있었다. 가장 후임병인 장정민.

녀석 또한 현재는 3대대 12중대 소속으로 훈련을 받아야 할 이유가 없는 녀석이다. 하지만 녀석의 표정을 이해해 줄 선임은 없다.

성재는 장정민을 바라보며 말했다.

"정민아!"

"일병 장정민?"

"표정 풀자."

"알겠습니다."

동원훈련장 가는 길.

개나리와 진달래가 세상을 향해 꽃을 피우고, 겨우내 땅속에서 웅크렸던 새싹들이 흙 밖으로 얼굴을 내밀 시기.

그러나 신은 그런 피조물의 삶에 변화를 주고 싶었나 보다.

짙은 구름. 거친 바람. 심상치 않은 하늘.

군인들이라면 치를 떨만한 쓰레기들이 하늘에서 내려오기 시작했다.

포차(4/5t 군용트럭)에 몸을 맡긴 조리병들은 위를 보며 소리쳤다.

"와! 함박 쓰레기다."

그러자 장정민이 위를 보며 소리친 강희철을 향해 되물었다.

"강희철 상병님? 점심이 함박 스테이크 입니까?"

"군대에서 함박 스테이크가 왜 나와?"

"함박 스테이끼라고 말씀하셔서….."

"함박 쓰레기! 함박눈! 눈 온다고!"

"아…네. 죄송합니다."

동해 만우동 동원훈련장 입구에 도착한 남자. 그는 예비역 31살의 김진욱. 그는 강릉 힐튼 호텔 주방 7년 차인 CDP(Chef De Partie).

예비군도 4년 차로 동원훈련은 이게 마지막. 전투라도 벌어질 듯, 많은 병사들이 나와 예비군을 통제하는 모습을 보며 그가 한숨을 쉬었다.

'하아, 이게 마지막이지? 참자. 참아!'

이놈의 현역들.

'망할, 좁아 미치겠잖아.'

입구로부터 주둔지까지 차로 무려 5분. 버스에서 전투복 입은 용사들이 하나둘, 내리자마자. 그제야 답답했던 심정도 조금은 누그러졌다.

"선배님들!"

전투복 상의에 붙은 계급장 두 줄. 일병 녀석이 자신들을 불렀다.

김진욱은 녀석의 부름에 고개를 돌렸다.

'일병이라… 한창 고생할 때네.'

짜증은 밀려왔지만, 막 군대에 들어와 고생하는 병사한테 짜증을 부릴 순 없었다.

녀석은 그런 선배의 마음을 아는지 모르는지, 임무 수행에만 여념이 없었다.

"선배님들! 이쪽에서 소속 확인하셔야 합니다."

그가 가리킨 곳에 나무 판넬이 있다. 거기에는 가나다 연명부라고 쓰여 있다.

'어디보자. 내 이름이… 김진욱이니… 2번째 줄에… 4중대… 4중대네.'

예비군들은 각양각색.

똑똑한 친구들도 있는 반면, 멍청하거나, 아니면 게으르거나, 무관심한 사람들도 있다. 자신의 이름을 찾지 못하거나, 찾기 귀찮아하는 예비역들을 위해, 조금 전 현역 병사가 소속을 가르쳐준다.

"김진영 선배님! 3중대 2소대이십니다."

"고민수 선배님! 2중대 1소대이십니다."

연병장에서 보이는 동원훈련장. 그 앞에는 팻말이 적혀 있었다.

〈1중대〉, 〈2중대〉, 〈3중대〉, 〈4중대〉, 〈본부중대〉

김진욱은 자신의 소속인 4중대가 있는 팻말 쪽으로 걸음을 옮겼다.

각 중대 인도인접반. 책상에 앉은 병사가 입을 열었다.

"신분증 확인하겠습니다."

김진욱은 꼬깃꼬깃 지갑 안에서 자신의 신분증을 꺼내 보여주었다.

"확인되었습니다. 김진욱 선배님! 계좌번호 좀 적어주시겠습니까?"

"계좌번호?"

"네. 그렇습니다. 훈련보상금 입금될 계좌입니다."

그러고 보니 훈련안내문에 계좌번호를 기억해두라는 내용이 있었던 것 같다. 김진욱이 미소를 띠고, 자신의 계좌번호를 적어냈다. 병사는 씩 웃으며 직책을 알려준다.
"김진욱 선배님, 저희 4중대 중대본부 조리병으로 배정되셨습니다."
"그래. 들어가면 되나?"
"아, 휴대폰 가져오셨습니까? 휴대폰 반납 하셔야 합니다."
"음… 그래? 휴대폰 훈련기간엔 아예 못 쓰나?"
"아닙니다. 나중에 휴식시간 별도 부여하면 행정반 와서 받아가서 쓰시면 됩니다."
"그래. 알았다."
그때 4중대 행보관이 김진욱을 보며 아는 척을 했다.
"어? 또 왔어요?"
"네. 올해가 마지막 동원훈련입니다. 내년부터는 향방 받아요."
"마지막 훈련이니 잘 부탁드릴게요."
"네. 감사합니다. 행보관님도 고생하세요."
김진욱은 안내병의 안내에 따라 막사 안쪽으로 들어갔다.
동원훈련장 내부. 김진욱 셰프는 한숨을 내쉬었다. 요즘 부대는 전부 침대형 생활관으로 바뀌었다고 들었다. 자신도 마찬가지. 침대형 관물대를 쓰고 제대했다. 그런데 이곳, 표준 동원 훈련장(동원훈련을 위해 별도로 지은 건물)은 전부 다 침상형 생활관이다.
'아, 아직도 안 바뀌었네. 시설이 쓰레기다. 쓰레기.'
작년과 바뀐 게 하나도 없으니, 불만도 저절로 튀어나온다.
'훈련장이 좁으면 뭔가 대책을 세우던가, 나눠서 훈련을 받게 하던가, 한 생활관에 20명씩 집어넣는 게 어디 있어?'
설상가상. 바글바글한 20명 예비역을 커버하는 병사는 단 한 명.
"선배님! 장구류 지금 확인서 서명 부탁드립니다."
녀석은 눈을 말똥말똥 뜨며, 확인서를 내밀었다.
'불쌍하다. 불쌍해.'
저 병사는 지금은 웃으면서 보내고 있겠지만, 내일부턴 파김치가 될 것이다. 곧 예비역들의 불만을 받아내는 욕받이 탱커(?)가 되어 있을 테니까.

그날 오전. 동원훈련장 취사장은 이미 전쟁터였다.

땀을 뻘뻘 흘리며 수백 명의 식사를 준비하는 병영식당에서 일하던 취사병들. 어제 연대장님과 대대장님이 평균 2성짜리 등급 요리를 맛보시고 한바탕 한 덕분에 취사장은 난리가 난 상태. 성재는 그들이 만드는 밥을 쳐다보았다.

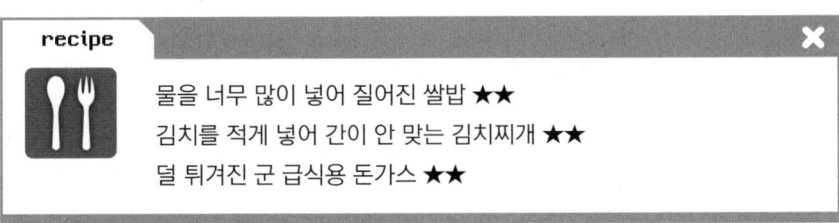

역시나, 얘네들을 보면 한숨이 절로 나온다.

서효석도 빡치긴 마찬가지. 오늘 아침도 어제와 변한 것은 없는 듯했다. 저렇게 수준 떨어지는 것들만 있으니, 자신들이 훈련장까지 끌려온 게 당연할 수밖에.

서효석의 표정을 읽은 성재가 강희철을 불렀다.

"강희철 상병님!?"

그리고 곧 응급조치에 들어갔다. 물론 대상은 별 반 토막 난 음식들이다.

"병영식당에 계셨었으니까, 저쪽 병사들 통제 가능하시지 않습니까?"

"그렇지. 지금 식당 선임들, 다 제대해서 내가 제일 고참일 걸?"

"그럼 가서 통제 좀 부탁드립니다. 제가 요리 잘못된 거 가르쳐드리겠습니다."

"그럴까?"

강희철은 성재의 말에 미소를 짓고 큰 목소리로 파견 온 병영식당 취사병들을 불렀다.

"야! 너희들! 내가 돌아왔다."

"우와와와! 강희철 상병님!!!"

김진욱 셰프. 그는 작년 훈련을 떠올렸다. 하는 둥 마는 둥 실시하는 총기수여식 이후, 곧바로 11시 30분에 부대증편식을 시작할 것이다. 그리고 먹는 식사.

"형님, 또 오셨네요?"

김진욱은 자신에게 말을 걸어오는 남자를 향해 입을 열었다.

"아, 그쪽도 올해 또 오셨어요?"

"네. 전 이번이 3년 차라서 내년에 또 와야 합니다. 아저씨는 4년 차 맞죠?"
"네. 그렇죠. 아, 여기 또 들어오긴 싫었는데, 여긴 취사병들이 밥을 너무 못해요."
"하긴, 호텔주방 출신이니까 그러실 만도 하겠네요. 일반인인 저도 군대 밥은 진짜 X 같던데… 이번에도 또 요리 하시나요? 작년에 레전드였잖아요. 형님이 해주신 햄버거 먹고 다들 맛있다고 장난 아니었죠."
"운이 좋았어요. 잘한다고 연대장이 표창 줬었잖아요."
"크크, 진짜 작년이 훈련받을 때 재미있었는데, 올해는 어떨지 모르겠네요."
"이번에도 취사병 후배들 데리고 요리 좀 가르쳐줘야죠. 그때 제가 가르친 애가 윤동현인가 그랬는데, 전역했나 모르겠네요. 아! 조교! 병사야!"
김진욱의 질문에 병사가 응답했다.
"네 선배님!"
"혹시 취사병 중에 윤동현이라고 있어? 아직 전역 안 했지?"
"아… 그 취사병, 1월 달에 전역했습니다."
"그래?!"
아쉬운 표정을 짓는 김진욱은 1년 전 추억을 떠올렸다.
'그 녀석, 요리 진짜 못했었는데, 지금은 뭐하려나….'

[지금부터 60연대 1대대 부대증편식을 시작하겠습니다. 연대장님께 대한 경례.]
인사과장의 멘트에 1대대장이 뒤로 돌아 부대를 지휘했다.
"부대 차렷!"
현역들과 예비역이 섞여 차려 동작을 하고.
[연대장님께 대하여 경례!]
"충성!"
예비역들의 낮은 경례함성을 보완하기 위해 현역들이 악을 쓰며 경례구호를 내지른다.
"바로!"
"신고합니다. 60연대 1대대장 외 751명은 2018년 3월 13일부터 동년 동월 15일까지 훈련 입소를 명받았습니다. 이에 신고합니다."
[연대장님께 대하여 경례!]

"충성!"

"바로!"

신고 후에는 바로 예비역 대표가 앞에 나가 선서를 한다.

[선서자 앞으로!]

예비역 대위. 그는 파란색으로 싸여 있는 선서문을 들고 모두에 앞에서 선서문을 읽었다. 그리고 이어지는 것은 바로 연대장의 환영사. 지루하기 짝이 없는 행사에 예비역들의 인내심도 슬슬 한계에 도달한다.

'하… 언제 끝나냐? 언제까지 할 건데?'

고난의 시간을 보낸 후. 마지막 행사가 끝나고.

[이것으로 60연대 1대대 부대증편식 행사를 마치겠습니다. 연대장님께 대한 경례!]

예비군들이 막사로 돌아가자 조용했던 막사 안은 도떼기시장처럼 변해버린다.

"와! 졸라 짜증나."

"호우, 연대장 때릴 뻔…."

"군대, 역시나 시간이 지나도 똑같네요."

이럴 때는 예비역을 통제할 수 있는 수단은 방송뿐.

[식사 순서 전파하겠습니다. 12시부터 1중대, 12시 10분부터 2중대, 20분엔 3중대, 30분엔 4중대, 40분에 본부중대 순입니다. 다시 한번 전파하겠….]

"아저씨들, 밥 먹지 말고 P.X나 갈래요?"

"요즘 P.X 맛있는 거 있나요?"

"오랜만에 냉동이나 돌려먹으면서 현역 때 추억이나 떠올리죠. 뭐. 같이 가실 분?"

그런데 1중대 예비역들이 생활관에 들어오면서 이상한 소리를 해댄다.

"와 군대 진짜 변했나 봐요. 왜 이렇게 맛있죠?"

"솔직히 변할 때도 됐죠. 저희 군 생활할 때는 완전 개 똥국만 나와서 맨날 걸렀었는데, 이제 좀 맛있네요."

"소불고기도 군대에서 오랜만에 먹어보는데, 추억 보정인지 질기지도 않고 맛있네요."

셰프인 김진욱은 바깥에서 1중대 예비역들이 하는 소리를 듣고, 의아한 시선으로 같은 방 예비역들을 쳐다보았다. 그러자 씩 웃는 아저씨들.

"저거, 다 뻥이에요. 일부러 저런 장난 많이 치잖아요."

셰프와의 만남

[4중대 식사 집합 하겠습니다. 막사 기준 좌측 현관에 모이겠습니다.]
김진욱은 작년과 뭔가 달라졌다는 것을 느꼈다.
흡연장에서 담배를 태우는 예비군들의 반응이 생각보다 긍정적이다.
"생각 외로 든든하고 맛있네요."
"와 나 군 생활 할 때는 이렇지 않았는데…."
메뉴가 뭔데? 얼마나 맛있길래 이러는 거야?!
웅성웅성 대는 취사장. 그곳에서 식사를 하고 있는 수백 명의 사람들. 다들 얼굴엔 즐거움이 가득하다.
김진욱 셰프의 눈앞에 나타난 배식대.
소불고기와 된장국, 삶은 양배추와 쌈장. 거기에 김치와 풋고추까지. 풍성한 반찬.
'선호도 높은 메뉴로 구성했다, 이건가?'
자리에 앉아서 먹어보니, 생각보다 나쁘진 않다.
'소불고기는 질기지 않게 만들어야 맛있어. 그래서 먹기 좋은 크기로 잘라주는 게 핵심이지. 한 입에 쏙 들어가서 잘게 부서질 수 있도록. 그런데 그 처리가 깔끔해. 누군가가 신경 쓴 거네.'
거기에 양배추도 쌈 싸먹기 좋도록 푹 삶아, 깨끗하게 씻어놓았다. 물기를 잔뜩 머금어서 그런지, 양배추의 겉면에 보이는 윤기가 식욕을 자극한다.
김진욱 셰프는 양배추를 왼손 위에 놓고, 양배추 위에 소불고기와 밥 한 스푼, 그리고 쌈장을 적당량 덜어 쌈을 만들었다.
그리곤 입안에 쏘옥. 우물우물.
입안에서 소불고기를 씹으며, 왜 예비군들이 이번 식단에 만족하는지 알게 되었다.
일단 군대 식단 중 선호도 1위인 소불고기, 소화가 잘 되도록 적절한 크기.
'작년하곤 확실히 달라.'

그날 오후.
진욱은 아까 대화를 나눴고, 작년에 같이 훈련받았던 오형석과 나란히 섰다.
"오후 일과는 개인화기 사격이라네요."
"오늘은 좀 편하겠네요. 아까 눈도 와서 훈련장 가는 길 완전 질어 보이던데…."
오랜만에 잡아보는 K-2 소총.
견착과 호흡을 훈련하기 위해 바둑돌을 올려놓는 훈련. 교관에 의해 각종 사격자세를 배우고. 총기 분해 결합을 한 번씩 해보고 나서야 사격을 실시한다. 사격은 영점사격장에서 이루어지는 실탄 9발이 전부.
"오늘 예비군 선배님들에게는 총 9발의 탄이 분배됩니다. 이 중 첫 세 발로는 영점 잡고, 나머지 여섯 발은 측정사격입니다."
측정 6발, 만발한다고 해서 딱히 이득은 없다. 그래서 장난을 치는 예비군들이 많다.

두두두두두두!
한 번에 연발로 나가는 소총.
깜짝 놀라 부사수인 현역 조교가 아연실색한 채 예비군을 쳐다보지만.
"선배님! 조정간 단발에 놓으셔야 됩니다."
"그래? 크크, 미안, 진작 말하지 그랬어."
예비군은 실실 웃음만 머금은 채, 사격장에서 내려온다. 대충 쏘거나, 장난치는 일부 몰지각한 예비군이 생각보다 많아서, 예비군 훈련 시에는 실거리 사격장에서는 사격하지 않는다.

그 옆에서도,
두두두두두두!
누군가가 또 연발로 사격을 끝마쳤다.
김진욱은 혀를 차며, 자신의 감각을 총동원해 사격을 실시했다.
그리고 확인한 표적지.
"김진욱 선배님! 만발 축하드립니다."
"그래?"
김진욱은 자신이 쏜 표적지 중앙에 6개의 구멍이 뚫린 것을 보며 미소를 지었다.
'아직 실력 안 죽었네.'
요리사들은 보통 사격을 잘하는 편이다. 칼로 회를 뜰 때, 채소를 썰 때, 필요한 미세한 손의 감각. 그러한 감각이 사격 때 가장 중요한 견착 자세와 호흡 요령에 많은 도움을 준다.
같은 생활관 오형석 예비군도 김진욱의 표적지를 보며 칭찬했다.
"우와 만발이세요? 대단하시네요."
"아, 형석씨도 만발 아니세요?"
"네. 저도 만발입니다. 저희 둘만 예비군 중에 만발인 것 같은데요?"
"그런가요? 4중대에선 저희 둘만 표창 경쟁 하겠네요."
"후후, 표창 양보하겠습니다."
"아니요. 거절하겠습니다. 그쪽이 받으세요. 헤헤."

그날 저녁 메뉴. 이번에도 예비군들의 반응은 장난 아니었다.
"아저씨, 꼬리곰탕 진짜 맛있지 않았어요?"
"그러게요. 꼬리곰탕하고 오징어 젓갈하고 같이 나와서 더 맛있었던 것 같아요."
셰프인 진욱 또한 고개를 끄덕였다.
'진짜 괜찮네. 그런데 반응이 좋은 건 단순히 꼬리곰탕하고 젓갈 때문은 아니야.'
윤기가 자르르르 흐르는 쌀밥. 제대로 익은 깍두기까지.
'전부 다 누군가가 확실히 신경 쓰고 있어. 과연 누굴까?'

같은 시각.
"강희철 상병님, 이거 왜 다시 집어넣으라는 겁니까?"
"네가 먹어 봐. 그 깍두기가 익었나, 안 익었나?"
강희철의 말에 병영식당 취사병들이 깍두기를 자신들의 입안에 넣었다.
"…안 익었습니다."
"냉장실에 집어넣어."
"알겠습니다."
"그리고 병철아!"
"일병 김병철!"
"그쪽 꼬리곰탕 너무 묽어. 좀 더 푹 끓여."
"알겠습니다!"
강희철은 한 바퀴 돌며 성재가 지적해준 사항들을 착실히 개선해나갔다. 성재는 자신의 선임병에게 엄지손가락을 치켜올리며 입을 열었다.
"강희철 상병님! 역시 최고십니다."
'뭐래, 자기가 다 알려준 거면서….'
그러나 이미 성재의 행동이 무슨 의미인지는 다 알고 있다.
'네가 나서면 건방지다고 욕먹을 거니까, 나 시키는 거지? 그래. 해줄게. 대신 약속한 대로 요리 가르쳐준다는 약속 지켜야 한다. 알지?'

저녁 안보교육 시간. 예비군들은 안보교육관에 모였다. 커다란 무대. 수백 개의 의자.
첫 안보교육은 대대장이, 두 번째 안보교육은 연대장이 한다고 한다.
"진욱씨, 들으셨어요? 내일은 주특기에 맞게 직책수행훈련 실시한다네요."
"아… 그럼 전 취사장으로 가겠군요. 형석씨는 주특기가 박격포였죠?"
"네. 부럽습니다. 81mm라서 연병장에서 할 것 같은데…."
"81mm 잘 아시잖아요. 작년에 현역들 너무 못한다고 오히려 가르쳐주지 않았어요? 예비역 2명이서 2인 차려포 했다고 하던데…."

"2인 차려포는 껌이죠. 숙달되면 1인 차려포도 가능해요."
"1인 차려포라…."
안보교육은 19:00부터 20:20까지 진행되었다.
대대장은 주로 국가의 과거와 미래를, 연대장은 대한민국의 현 정서와 북한의 핵실험에 관한 내용과 대적관에 관한 이야기였다.
예비군들은 안보교육이 끝나고 웃으며 막사로 내려왔다.
"이번 예비군, 생각보단 안 빡센데요. 설마 내일부터 겁나 빡세게 굴리진 않겠죠?"
"아, 전 오히려 좀 더 빡세게 했으면 좋겠는데…."
"네?! 이 분이 무슨 말을?"
다른 사람이 86번 예비군을 이상한 눈초리로 쳐다보자, 그 녀석은 멋쩍은 표정으로 충전된 핸드폰을 만지며 입을 열었다.
"아… 아닙니다."

그리고 동원훈련 2일 차. 예비군들끼리 흘려 말했던 내용은 사실이 되었다.
[오늘부턴 작계시행훈련과 직책수행훈련이 진행되겠습니다. 통신병, 행정병, 취사병, 운전병을 제외한 나머지 예비군들은 작계시행훈련을 실시할 예정이오니, 완전군장을 결속해주시기 바랍니다.]
김진욱은 방송을 듣고, 담담히 고개를 끄덕였다. 반면 어제 안면을 익힌 86번 예비군의 얼굴이 똥씹은 표정으로 변했다.
"형석씨, 괜찮아요? 81mm도 직책수행훈련(주특기훈련)이 아니라 작계시행훈련 한다는데요."
"아… 첫날 편하게 해주는 이유가 있었네요. 훈련 겁나 빡셀 거 같은데? 군장이라니."
이럴 때는 조교한테 물어보는 게 최선이다.
"조교야! 오늘 작계시행훈련 뭐하냐?"
"선배님, 오늘 작계시행훈련 때, 부대이동절차랑 집결지 행동 한다고 들었습니다."
"뭐?! 부대이동을 한다고? 완전군장?! 이 씨X…."
아니, 최선이 아닐 때도 있다. 차라리 몰랐으면 좋을 경우가 있다.
부대 이동은 완전군장 행군이다. 예비군들의 분위기가 심상치 않았다.

웅성웅성.

다들 술렁이지만.

계획은 그대로 진행될 터.

"여기 부대 대박! 무슨 RCT하는 것도 아니고 동원훈련에서 무슨 부대이동절차를 해?"

"아… 이번 훈련 졸라 꼬였네요."

"옆 중대 조교한테 들어보니까 KCTC 준비 때문에 사단장이 동원훈련도 빡세게 시키라고 지시했대요."

"KCTC….아… 악몽이….."

반면, 직책수행훈련으로 편성된 예비군들은 얼굴에 꽃이 피었다.

그중에서 가장 빡센 통신 주특기를 받은 예비군은 행군 대신 연병장에서 중계소 설치 훈련을 실시한다고 했으나, 그들은 환한 미소를 띠고 입을 열었다.

"해머 좀만 박으면 될 거 같네요. 행군 안 해서 다행."

"그렇네요. 15분 만에 끝내고 쉬죠."

"누가 빨리 하나 P.X 내기할까요?"

그리고 운전병으로 보직된 예비군들.

"아, 기동훈련 안 한다네요. 차량 정비만 할 것 같아요."

"육공 몰아보고 싶었는데, 전 소형차량 운전병이라 레토나밖에 안 몰아봤거든요."

"그래요? 전 중형차량 운전병이어서 포차만 몰았었는데…."

"아무튼, 차량 정비는 이미 다 끝내놓았을 테니, 시간만 때우다 가겠군요."

"뭐, 저희 운전병들 훈련이야 다 똑같죠 뭐."

그리고 행정병으로 분류된 예비군들은… 가장 편하다.

"예비군 분들은 한 시간마다 돌아가면서 상황일지 작성하시면 됩니다. 그리고 나머지 분들은 음어해독, 음어조립 평가하겠습니다. 20분 내에 성공하셔야 합니다."

그리고 마지막. 취사병으로 보직된 사람은 단 1명.

"조교야. 나밖에 없어?"

"네. 그렇습니다. 다른 분들은 전부 동원훈련 연기했다고 합니다."

"그래?!"

김진욱은 고개를 끄덕이며 취사장으로 발걸음을 향했다. 그는 궁금했다. 과연 취사장을 통제하고 있는 자는 누구인지….

취사장에 있던 군수담당관은 예비군의 도착을 확인하고 모두에게 명령했다.
"다들 집합! 예비군 선배하고 오늘부터 내일까지 같이 임무수행 할 거니까, 다들 자기소개 한 번씩 하자!"
"알겠습니다."
군수담당관. 김상훈 중사의 말을 듣고, 31세의 김진욱은 목례로 간부에게 인사를 건네고는 작년의 기억을 곱씹었다.
'일단 저 간부 때문에 요리가 맛있는 건 아니야. 과연 누굴까? 누구 때문에 밥이 맛있어진 거지?'
성재는 예비군을 처음 보자마자 순식간에 떠오르는 시스템창 때문에 정신이 없었다.
갑자기 떠버린 무지개빛 시스템창.

히든퀘스트를 알게 되었습니다
 김진욱과의 만남

 대한민국 제2회 베스트 셰프 코리아 참석
대회 참가 자격을 획득하여, 대회에 참가해보자
※ 해당 퀘스트는 튜토리얼에서 달성할 수 있는 최고의 기회입니다

〈대회 참가 자격〉
1. 도지사, 광역시장급 이상 주관 요리대회 3위 이내 입상
2. 군사령관의 추천
3. 참모총장의 승인

그리고 떠 있는 '베스트 셰프 선발대회 일정'
성재는 속으로 해당 시스템창의 글자를 읊었다.
'베스트 셰프 선발대회 일정, 열람!'
그러자 세부 정보가 다시 한번 떠올랐다.

```
┌─────────────────────────────────────────────────┐
│  제2회 베스트 셰프 선발대회                      ✕ │
│   주관  KBC            일정  12월 ~ 2019. 3월 (4개월)│
│   우승 시 특전  상금 3억 원   준우승 시 특전  상금 1억 원│
│                                                  │
│   Top 10위 특전  CF촬영, 2,000만 원              │
└─────────────────────────────────────────────────┘
```

성재의 커진 두 눈이 도저히 작아지질 않는다.

그만큼 흥분감이 고조되고.

'설마… 강성훈씨가 우승한 그 대회를 말하는 건가? 튜토리얼의 목적지가 여기였어?'

'3억… 3억만 있으면… 뭐든 할 수 있어.'

새로운 목표. 그리고 군대에선 절대 벌 수 없는 상금. 무려 3억.

그때, 군수담당관이 예비군을 소개시켜주는 자리를 마련했다.

"내일까지 같이 지낼 텐데 간단하게 자기소개하시죠."

"네. 알겠습니다. 안녕하십니까? 전 작년에도 이곳 60연대 1대대 4중대에서 동원훈련을 받았었고, 현재는 강릉 힐튼 호텔 주방에서 7년째 일하고 있습니다. 여러분과 안면이 있는 분이 있을 줄 알았는데… 확실히 1년이 지나니까 모두 새로운 얼굴이시네요. 아무튼, 앞으로 이틀간 잘 부탁드리겠습니다."

김진욱은 자기 소개 멘트가 끝남과 동시에 취사병들 전부를 한 명씩 쳐다보았다. 성재 또한 김진욱을 바라보며 왜 시스템창이 떠올랐는지 생각했다.

그 둘의 눈이 마주쳤을 때.

다시 한번 성재의 앞에 새로운 시스템창이 떠올랐다.

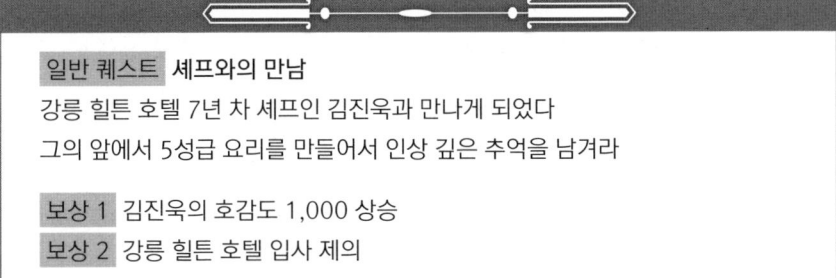

형은 한 입으로 두 번 말 안 한다

"안녕하십니까? 선배님! 저 이등병이었던 희철입니다."
강희철이 신나는 얼굴로 그에게 말을 걸었다. 김진욱은 고개를 갸웃거리다 대답했다.
"누구였었죠?"
그러자 강희철은 자신의 귀 뒤에 있는 큰 점을 보여주었다.
"아, 점박이 이등병! 기억난다. 오자마자 소금국 끓이지 않았어요? 그때 미역국에 소금 한 바가지 집어넣어서 선임병한테 엄청 혼났었잖아요."
"아… 선배님, 보는 눈이 많습니다. 저도 이제 여기선 고참입니다."
"아하하, 알았어. 미안해요."
호텔, 그것도 대한민국 외국계 1등 브랜드. 힐튼 호텔 출신이라는 말에 취사병들은 그의 곁으로 몰려들었다. 군수담당관은 웃으며 김진욱의 작년 활약을 말해주었다.
"김진욱씨, 작년에 맛있는 햄버거 만들어서 칭찬받았었죠?"
"네. 맞습니다. 기억하시네요?"
"그럼요. 그때 대단했죠. 전(前)연대장님도 김진욱씨 칭찬 엄청 했었잖아요."
"연대장님은 바뀌셨나요?"
"그렇죠. 보통 12개월에서 18개월마다 바뀌니까요."
"아, 그렇군요. 가셨군요."

김진욱이 오자 다들 활기찬 얼굴로 변했다. 그가 유명한 호텔의 셰프 출신이기 때문에 그럴 것이다. 아침식사는 물론 취사장 청소까지 끝났고 지금부터 2시간은 휴식이기 때문에 모두가 모여 이야기를 꽃피웠다.

"선배님! 힐튼 호텔은 어떻게 하면 들어갈 수 있습니까?"
현역들은 손을 들어 궁금한 점을 물었다.
"음… 일단 조리 관련 학과 나오셔야 되고, 구인정보에 올라오면 입사지원 내시고 통과하시면 면접 보시면 돼요. 특별히 어려운 건 없어요."
"그래도 힐튼 호텔은 추천 안 받으면 입사 어렵다던데, 아닙니까?"
"추천받으면 서류전형이 면제되는 거지. 추천을 안 받아도 입사가 어렵지 않아요. 다만, 저희 회사에 일하는 동료들의 추천서를 받으면 거의 100% 들어올 수 있어요."
"오… 역시 소문이 사실이었습니다."
"하긴 생각해보니 추천 안 받으면 입사가 어려운 건 사실이네요. 요즘은 이직률이 높아서 지인 추천으로 많이 뽑기는 하죠. 이직이 많은 직업이기도 하고, 저희 호텔은 다른 호텔에 비해 기본급을 20% 더 주기 때문에 들어오려는 사람이 많으니까요."
김진욱의 말에 다들 고개를 끄덕였다.
초봉이 연 2천만 원에서 시작하는 요리사. 그래서 대부분 10년 정도 경력이면, 그동안 모은 목돈으로 창업을 고민한다. 하지만 힐튼 호텔은 초봉이 2천 500만 원에서 시작하고, 10년을 넘기면 연봉 5천을 기본으로 보장한다.
연가도 자유롭게 쓸 수 있고, 다른 호텔에 비해 인원도 많아 업무 강도도 낮은 편.
그래서 요리사 지망생으로부터 인기가 많다.
한식, 중식, 일식, 양식을 넘나들며, 200여 가지 이상의 다채로운 요리를 배울 수 있으며, 외국계 대형자본이 투자한 호텔답게, 국내의 모든 동일 호텔이 특1급 호텔이라, 대외적 이미지도 상당히 좋은 곳. 그래서 모두가 선망하는 곳이 그가 다니는 힐튼 호텔인 것이다.

두 시간의 꿀맛 같은 휴식이 끝나고. 점심 식사 준비가 시작되었다. 동원훈련 간 취사장을 담당하게 된 군수담당관의 지시에.
"자! 식사 준비하자!"
"알겠습니다!"

쉬고 있던 취사병들이 전부 일어나서 식사 준비를 시작했다.
모두가 하나 되어 자신의 일에 열중하는 병사들의 모습을 본 김진욱 셰프. 아직 어린 20대 친구들이 노력하는 모습을 보며 자신도 모르게 입가에 미소가 걸렸다.
'아직 꿈과 희망을 품은 친구들이라서 보기 좋네. 현실은 낙관적이지만은 않은데…'
취사장의 인원은 자신을 포함해서 11명. 그런데 임무수행이 한 명한테 몰린다.
"강성재, 네가 제육볶음은 다 만들어."
쫀박이 녀석은 왜 저렇게 지시하는 걸까? 더구나 선임병한테도 명령을 내린다.
"서효석 상병님! 오민호 일병하고 같이 된장국 부탁드리겠습니다."
"그래. 맡겨줘."
"김진욱 선배님?"
그리고 나한테까지?! 시키면 해야지 뭐.
"어. 난 뭐할까?"
"김재성 일병하고 시금치 무침 부탁드립니다."
그리곤 카리스마 넘치는 얼굴로 다른 병사들을 통제한다.
"나머지는 나랑 밥 준비한다. 문제없지?"
"그렇습니다."
"다들 그럼 지금부터 조리 시작!"
김진욱은 김재성 일병하고 함께 시금치 무침을 만들며, 강희철의 지시를 생각했다.
'저 중요한 반찬을 왜 혼자 만들게 하지? 이렇게 인원이 많은데. 굉장히 비효율적인데? 오늘 메인 메뉴는 아무래도 제육볶음 같은데…'
그래도 여기서 자기가 나서면 이상한 상황이 되므로, 그냥 주어진 일에만 몰두했다.

밥이 어느 정도 완성되었다.
"다 이쪽으로 가져와!"
식당 홀로 지은 밥과 반찬을 모으는 강희철의 지시에 모두가 움직였다. 그때, 병사들은 다 같이 모여서 옆에 있는 투명한 비닐장갑을 손에 끼었다.
"이런 모양으로 만들어야 돼. 알지?"
강희철이 둥그런 모양의 주먹밥을 보이자, 모두가 고개를 끄덕이곤 작업에 들어갔다.
갓 지은 밥 안에, 제육볶음과 고추장, 그리고 시금치 무침을 넣고, 투명한 비닐봉지에 넣고, 굴려 동그랗게 만든다. 완벽하게 만들어진 주먹밥 위에 김 한 장을 붙이면 끝.
그러나 순탄하지만은 않은 주먹밥 만드는 과정.
"아, 뜨거! 뜨거!"
"괜찮아? 장갑 두 장씩은 끼고 해. 엄청 뜨겁다."
"알겠습니다!"
다들 식탁 위에 앉아 주먹밥을 만들자, 김진욱이 신기해서 물었다.
"요즘은 군대에서 주먹밥 메뉴도 생겼어?"
"아닙니다. 오늘 행군이라서 식사 추진하려 했는데, 연대장님이 전술적으로 행동해야 된다고 해서, 간부들끼리 회의해서, 주먹밥으로 제공하는 것으로 통제되었습니다."
"그래?! 그게 맞아?"
"네. KCTC 훈련 때문에 행군이나 집결지 행동 간에는 식판으로 먹는 것보다는 주먹밥 먹는 게 더 효율적이라고 들었습니다."
김진욱은 병사의 설명에 고개를 끄덕이더니, 다른 궁금한 점을 말했다.
"음… 그럴 수도 있겠네. 근데 맛은 안 봐도 돼?"
"아, 간 좀 보시겠습니까?"
항긋한 봄내음이 가득한 시금치와 간장 양념이 제대로 들어간 제육볶음의 만남은 가히 환상적이었다. 시금치 무침에 넣은 참깨가 이빨 사이에서 톡톡 부서지며 독특한 식감을 추가했고, 수분을 먹은 김이 입천장에 달라붙어, 묘한 감칠맛을 더해준다.
"된장국도 드셔 보시겠습니까?"
서효석 상병은 자신이 만든 된장국을 한 숟가락 떠서 김진욱에게 건넸다.
이어지는 된장 고유의 구수한 국물이 입안에 남아있던 제육볶음의 맛을 깔끔하게 정리해주자, 얼굴엔 저절로 미소가 걸린다.
"맛있네. 호텔에서 팔아도 되겠는데?"
"그 정도는 아닙니다."

성재는 김진욱이 먹는 장면을 보며, 요리사의 눈으로 미식등급을 확인했다.
★★★★★. 무려 5성. 자신과 동급. 호텔 출신은 역시 다들 미식등급이 높은 편이다.
성재는 취사병들이 만드는 주먹밥을 확인해보았다.

> **모두가 함께 모여 만든 제육볶음 주먹밥 ★★★★**
>
> 제육볶음은 질 낮은 고기를 썼지만, 기교를 발휘해 맛있는 부분을 살렸고, 시금치 무침은 숨이 죽지 않게 데친 후, 찬물에 담가 식감과 색감을 살렸으며, 참기름과 참깨, 다진마늘과 다진 파를 넣고 무쳐서 최상의 맛을 살렸다
> 간부식당 조리병 직업 보너스에 의해 ☆만큼 등급이 향상되었다
> ※ 2등급 돼지고기를 사용했지만, 고기 단면을 얇게 잘라, 식감을 높여서 등급 하락을 막았다

'급식에서 4성급 요리. 쉽지 않지만, 불가능하지도 않아. 이 정도 등급이라면 셰프라도 신기해하지 않을까?'

성재의 제육볶음을 간접적으로 맛본 김진욱.

그는 성재의 예상대로 강성재를 쳐다보며 신기해했다. 그리고 호기심에 꺼내는 말.

"오… 거기 친구, 이름이 뭐지?"

"강성재입니다. 일병입니다."

"너 혹시, 한식 전공이니?"

"아, 한식 조리사 자격증은 땄습니다."

"그렇구나. 어쩐지… 몇 년 요리했어?"

"4개월 됐습니다."

"응?! 조리사 자격증 땄다며?"

"저번 주에 실기 합격했습니다."

"뭐?!"

그때, 군수담당관이 차량 하나를 끌고 오더니, 취사장에 있는 병사들에게 명령했다.

"식사 추진하게 주먹밥 만든 거 가져와! 중대별 인원은 알지?"

그의 명령에 잠시 나눴던 대화가 끊기고, 주먹밥을 차량으로 옮기기 시작했다.

김진욱이 휴게실에서 쉬려는 찰나. 취사병들이 그의 주변에 몰려들었다.

"저, 선배님?"

"응. 뭐야? 다들 왜 나한테 모여?"

그러자 호기심 넘치는 병사들의 질문이 시작되었다.
"혹시 힐튼 호텔 입사하려면 뭐 준비해야 합니까?"
"음…다들 그게 궁금한 거야?"
"그렇습니다. 힐튼 호텔은 다 저희들이 가고 싶어 하는 곳입니다."
"음… 계란 좀 남니?"
"계란 말씀이십니까?"
"응. 보통 요리사 면접은 계란으로 보거든."
"?!"
김진욱은 취사병들을 데리고, 조리실로 들어갔다. 팬 하나와 계란 한 판을 가지고 조리대 앞에 선 예비군 옆에 모인 병사들. 그런 후임들 앞에 선 그는 작은 휴대용 가스레인지를 켜고는 팬에 식용유를 두른다.
"일단 계란 세 개만 꺼내서 풀어줄래? 계란물 좀 만들어줘."
"알겠습니다."
성재는 신기한 듯 그를 바라보았다. 그러자 옆에 있던 가장 후임병인 장정민이 무언가를 아는 눈치로 예비역을 향해 말했다.
"혹시 오믈렛… 입니까?"
김진욱은 눈을 동그랗게 뜨며 시선을 장정민에게 돌린다.
"그래. 우리는 면접 때 오믈렛 만드는 과정을 봐."
"아… 혹시 어떤 이유인지 알 수 있습니까?"
"오믈렛은 요리사의 기본을 볼 수 있거든. 불 조절은 물론, 타이밍과 속도, 거기에 기본기와 테크닉까지 확인할 수 있지."
"아… 이제야 이해됩니다."
김진욱은 다시 자상한 표정을 지으며, 풀어놓은 계란물을 팬 위에 부었다. 뒤집개를 이용해서 불에 익은 부분을 살짝살짝 접어주는 그의 행동에 모든 사람의 시선이 쏠렸다.

김진욱이 새로운 레시피를 시도하고 있습니다
 프렌치 오믈렛
예상조리등급 ★~★★★★☆

그는 오믈렛을 접으면서 말을 이어갔다.
"반숙 형태를 유지시켜서, 안쪽은 촉촉해야 되고, 너무 익혀서 오믈렛 표면에 갈색이 돌지 않게 해야 돼. 이것만 해도 엄청난 테크닉이 필요하지."
김진욱은 거기서 말을 끝내지 않았다.
"더 중요한 것은 울퉁불퉁하지 않게 만드는 거야. 이렇게 반듯하게 만든 표면이 프렌치 오믈렛의 가치를 나타내지. 오믈렛을 시켜보면 레스토랑의 등급을 알 수도 있다고 해."
완성된 오믈렛이 드디어 접시 위에 놓였다. 완벽한 황금빛깔이 매우 먹음직스럽다.
거기서 끝이 아니었다. 김진욱은 오믈렛의 중앙을 젓가락으로 찢었다. 그러자 반숙형태이면서도, 촉촉한 내형이 고스란히 유지되고 있어 모두의 식욕을 자극했다.
성재는 김진욱이 만든 오믈렛을 능력으로 확인하며 감탄했다.

  김진욱이 만든 완벽한 프렌치 오믈렛 ★★★☆

완벽하게 숙달된 조리방법으로 오믈렛을 만들었다. 촉촉하고 매끄러운 표면과 크리미한 내부의 조화는 언제봐도 경이롭다

프렌치 오믈렛 ★★★☆ (47%) 레시피를 알게 되었습니다

'계란 하나만으로 3성 반짜리 요리를 만들었어?'
생각을 미처 정리하기도 전에 김진욱이 모두의 앞에서 제안을 해 왔다.
"이게 우리 힐튼 호텔 입사하기 위한 시험이야. 어때? 지금 여기서 할 수 있는 사람 있어?!"
성재는 고민했다.
'한 번 해볼까?'
숙련도 47%. 이 정도면 그와 같은 등급의 오믈렛을 만들 확률은 50% 미만이다.
그런데 선수 치는 놈이 생겼다. 하나밖에 없는 후임병. 장정민이 자신 있게 손을 든다.
"저! 도전해보겠습니다."
"그래. 그런데 기회는 딱 한 번이다. 한 번에 통과하면 전역 후에 우리 회사 입사할 수 있도록 내가 추천서 써줄게."
"정말입니까?!"
"그럼, 당연하지. 형은 한 입으로 두 번 말 안 한다."

요리사라면 이 기분 알죠?

장정민이 나서자, 다른 선임병들의 눈빛이 달라졌다.
눈빛으로부터 각자의 생각을 읽을 수 있었다.
'쟤는 막내가 왜 이렇게 나서지?'
'나이 많다고, 티 내는 건가?'
'어이없네.'
성재는 선임들의 생각을 눈치채고, 안타까운 감정이 들었다.
'힐튼 호텔이 저리 좋을까? 넌 나처럼 군생활 많이 남았잖아.'
해맑은 표정으로, 기대를 잔뜩 담은 그의 표정을 비난할 수는 없지만, 조금 더 영리하게 행동했으면 어떨까 하는 생각도 들었다.
민호가 저렇게 나섰으면, 원래 걔야 연대 사람들이 다 또라이라고 생각하니까 그렇겠거니 하겠지만, 장정민은 또 다른 케이스. 가장 나이 많은 녀석이 물불 안 가리고, 저렇게 대놓고 나서니, 바로 윗선임 성재로서는 골치가 아플 수밖에 없다.
그래서 그를 응원했다.
'정민아, 이왕 이렇게 된 거 한 번에 성공해라. 실패하면 개쪽난다.'
실패하면 실패하는 대로, 성공하면 성공하는 대로 욕을 먹을 수밖에 없는 상황.
최악과 차악 중 차악의 상황이 되길 바라는 성재의 마음을 알아주는 사람이 있을까?

그걸 아는지 모르는지, 장정민은 계란물을 풀기 시작했다.
젓가락으로 신나게 저어준 그가 팬 위에 계란물을 풀었다.
촤아아아악!
장정민은 홀로 부푼 꿈에 휩싸였다.
'성공해서 전역하면 힐튼 호텔로 이직하자. 거기 가면 연봉 3천도 넘게 벌 수 있어.'
팬 위에 푼 계란물을 다시 한번 휘젓기 시작하는 정민.
그의 행동에 팬 바닥으로부터 약 3cm정도 높이까지 계란물이 퍼졌고, 버너의 열기를 받아 점차 굳어지기 시작했다.
그는 자신 있었다. 조금 전 시범을 보인 김진욱 셰프처럼 쉽게 할 수 있을 것 같았다.

실제로도 그랬다.
팬에 계란물이 달라붙기 전까지는….
"지금쯤 떼어내야 될 건데요."
김진욱이 걱정스러운 말투로 말했다.
그는 장정민을 응원하고 있었다. 자신보다 어린 친구의 노력하는 모습이 좋아 보였다.
그러나 그 응원에도 불구하고, 장정민의 요리는 비참하게 실패했다.
불 조절을 못 해, 표면이 벌써부터 갈색빛을 띠었다.
김진욱은 안타까운 모습으로 고개를 저었다. 그러나 그의 도전을 중간에 멈추게 하진 않았다. 여긴 면접장이 아니다. 그를 선발하려는 것도 아니다.
굳이 정의하자면, 요리사 선후배 만남의 자리.
녀석은 끝까지 발버둥 쳤다. 뒤집개로 계란물 바닥을 긁으며, 팬으로부터 벗겨내는 동작이 안타깝다. 하지만 이미 계란물은 팬에 달라붙어 떨어질 줄을 몰랐다.

완벽한 실패.
성재는 후임병의 미숙함을 보며 고개를 저었다.
김진욱도 그건 마찬가지. 결국, 매정한 말을 내뱉을 수밖에 없는 상황.
"그만해도 될 것 같은데…?"
셰프의 말에도 불구하고 장정민은 마지막 희망의 끈을 놓지 않았다.
"한 번만 더 해보면 안 되겠습니까?"

그러나 너무 추해보인다. 자신의 실패를 인정하지 않는 태도. 그런 녀석을 가만히 둘 선임병들이 아니다.

"장정민!"

"일병 장정민!"

"나와!"

"알겠습니다."

이어서 도전한 오민호도, 강희철도, 병영식당에서 지원 온 취사병들도 모두가 실패한 가운데, 서효석 상병이 김진욱의 앞에 섰다.

그는 중화요리의 대가답게, 화려한 손놀림으로 계란을 풀고, 팬 위에서 스크램블을 만들기 시작했다.

타타타타탁, 타타타타탁! 타타타타탁! 타타타타탁!

젓가락과 팬, 계란 사이에서 만드는 경쾌한 음률이 모두의 귀를 즐겁게 만들고, 김진욱 또한 놀랄만한 시선으로 그를 쳐다보았다.

서효석의 성공.

완벽한 오믈렛을 보며, 다른 사람들이 박수를 쳐주었다.

김진욱 또한 한 번에 성공한 서효석에게 축하의 인사를 건네며, 궁금한 점을 물었다.

"완벽하네요. 프랑스에서 요리를 배운 건가요? 아니면 레스토랑에서 일했었나요?"

"아닙니다. 저는 중화요리 전문입니다. 오므라이스 할 때마다 계란 지단을 만들기 때문에, 오믈렛도 크게 어렵진 않았습니다. 가끔 심심할 때 해먹기도 했습니다."

"아… 어쩐지 수준급이더라. 혹시 몇 년 일하셨나요?"

"만으로는 13년이고, 햇수로는 14년입니다."

요리에는 나이가 없거늘. 자신보다 7년이나 업계선배.

자신의 다소 건방질 수 있었던 말투에 대한 실수를 만회하기 위해 톤을 낮추었다.

"저보다 업계 선배셨군요. 나이는 아직 어리신 것 같은데…."

"네. 10대 초반부터 중화요리 분야에서 일했습니다. 아직 부족한 점이 많습니다. 정식으로 교육받은 적은 없기 때문에, 한식이나 일식, 서양식은 좀 더 배워야 합니다."

"아…그럼 호텔에서 근무하셨었나요?"

"그건 아니고, 중화요리 전문점에서 몸을 담고 있었습니다. 지금 꿈은 5년 안에 제 가게를 차리는 겁니다."

"그 꿈! 꼭 이루어지셨으면 좋겠습니다. 제가 인생의 선배님 앞에서 건방지게 행동했네요. 죄송합니다. 사과하겠습니다."
"아닙니다. 말씀 편하게 해주십시오. 나이로 보나, 군번으로 보나 셰프님이 선배님이시죠. 잘 부탁드리겠습니다."

요리사로서의 사명, 자세, 태도. 모든 것을 다 갖춘 두 사람의 만남이 모두로 하여금 미소를 짓게 만들었다.
선배와 후배를 떠나, 같은 직종에서 일하는 사람과 함께 하는 것만으로도 얼마나 흐뭇한 일인지….
서효석은 김진욱과 대화하다 문득 자신이 무언가를 까먹었다는 생각이 들었다.
이런 감정은 그에게 처음 느낀 것이 아니었다.
자신에게 저런 감정을 깨우쳐준 사람이 바로 옆에 있었다.
'성제.'
강성재는 계속해서 무언가를 몰두해서 보고 있었다.
완성된 요리와 실패된 요리를 번갈아 보는 그의 호기심 어린 얼굴.
'설마… 너 또 카피한 거니?'
자신이 수타면 뽑는 것을 가르쳐주었던 때 보였던 말똥말똥한 눈빛이 오늘 또 빛나고 있었다.
그래서 그가 불렀다. 자신이 가장 아끼는 후임병의 이름을.
"성재야!"
"일병 강성재?"
그러자 녀석이 응답해왔다. 그러나 건방지게도 자신에게 얼굴을 돌리지 않고 자신이 완성한 오믈렛을 쳐다보고 있다.
그랬다. 저게 요리사로서의 자세. 항상 정진하고, 끊임없이 노력하는 모습.
자신도 예전엔 그랬다. 다짐도 했었다. 초심을 잃지 말자고.
그래서 1년 만에 수타면을 완벽히 뽑을 수 있었고, 신동이란 소리를 들을 수 있었다.
녀석을 보면 항상 예전의 자신이 생각났다. 녀석이라면 자신과 마찬가지로 단 한 번에 해낼 수 있을 것만 같은 기대도 생겼다.

그래서 한 질문.

"너는 왜 오믈렛 시도 안 해?"

그러자 녀석은 오늘따라 자신 없는 태도로 일관했다.

"아직 완성할 수 있을지 잘 모르겠습니다."

호기심을 갖는 것은 서효석뿐만이 아니었다. 김진욱 또한 그에게 관심을 가졌다.

'아까 제육볶음 혼자 한 친구 아닌가?'

그는 처음에는 이렇게 생각했다. 강희철이란 점박이 사내가 모든 것을 통제한다고. 그래서 요리가 작년보다 나아졌다고.

그런데 오믈렛 만드는 것을 보니, 강희철은 노력파지. 실력파는 아니었다.

그렇다면 남은 후보는 두 명.

한 명은 여기서 가장 고참으로 보이는 중화요리의 대가, 서효석일 테고. 남은 한 명은 그럴 리 없을 것 같지만, 왜일까 시선이 절로 가는 강성재라는 사내였다.

그래서 그가 미끼를 던졌다.

"오믈렛 한번 만들어보는 게 어때요? 제가 옆에서 잘 봐줄게요."

그러자 녀석이 잠시 고개를 갸웃거리다가, 결정이 섰는지, 고개를 끄덕이며 대답했다.

"알겠습니다."

강성재의 시스템창.

프렌치 오믈렛 ★★★☆ (86%)레시피를 선택했습니다

성재는 푸르스름한 녀석이 등장하는 것을 확인했다.

홀로그램 녀석이 머리띠를 자신의 주머니에서 꺼낸다. 그 녀석이 예전과는 다르게 자신을 응원했다.

〈넌 할 수 있어!〉

머리띠. 다섯 글자. 응원의 문구.

머리띠를 맨 녀석이 조리대 앞으로 나아갔다.

성재는 표정을 굳힌 채, 자신의 온 신경을 녀석과 일체화시켰다.

그 녀석이 계란물을 풀면, 자신도 같은 방향으로 푼다.

볼 안에 들어간 계란.

조리용 젓가락에 의해 한쪽 방향으로 계속해서 휘저어지는 계란물.

계란의 노른자가 톡 터지고.

흰자가 노른자와 만난다.

절벽에 파도가 부딪히듯.

투명한 유리 볼 가장자리에서 서로 몸을 섞는 백색의 생명체와 노란색의 생명체.

그 둘은 서로가 한몸인 것을 직감한 듯, 서로에게 녹아들어 갔다.

성재는 식용유를 부은 팬 위에 합쳐진 계란물을 부었다.

촤라라라락!

팬 위에서 160도의 식용유와 만나서 서로 춤을 추는 녀석.

연회장의 분위기를 좀 더 흥겹게 만들기 위해 성재가 조리용 젓가락을 이용해 계란물을 휘저어주었다.

계란물은 흰색과 노란색 알갱이를 만들다가 실패하고, 만들다가 실패하기를 반복했다.

성재는 잠시 미소를 지었다.

'됐다. 스크램블 형태야.'

모양이 잡힌 것이다.

그때 홀로그램이 성재에게 신호를 주었다. 왼쪽에서부터 안쪽으로 젓가락으로 접어주는 녀석의 동작.

성재는 자신의 온 신경을 집중해 미지의 존재가 하는 행동을 따라 했다.

이제는 가운데를 접을 차례.

팬 밑바닥과 만났던 반들반들한 표면이 접어지며, 모두의 눈에 포착된다.

"와… 미쳤다! 색깔이… 미쳤다."

성재는 주변에서 소리를 차단했다. 자신의 관심사는 주변이 아니었다.

오로지 앞에 놓인 음식.

오른쪽 밑바닥까지 안쪽으로 접어준 다음 팬을 45도로 기울이자 오믈렛이 타원형 형태로 변화했다. 거기까지만 해도 완성이지만, 성재는 멈추지 않았다.

타원형이 된 오믈렛을 한쪽 방향으로 굴려주었다. 아직 덜 익은 부분이 약한 열기로 완벽하게 익어가기 시작한다.

그제야 성재의 시야에 마지막 시스템창이 떠올랐다.

조리 완료까지 10, 9, 8…

그리고 완성.

성재가 만든 완벽한 프렌치 오믈렛 ★★★★

프렌치 오믈렛의 필수 3조건을 모두 달성한 오믈렛
불 조절, 속도, 기본기, 테크닉을 완벽하게 발휘해 촉촉한 내형, 균일한 색깔, 매끄러운 표면 3조건을 모두 달성했다
간부식당 조리병 직업 보너스에 의해 ☆만큼 등급이 향상되었다

성재가 만든 오믈렛이 등장하자, 모두가 말을 잇지 못했다.

"와! 기계로 만든 것 같습니다."

"대단합니다! 갈색빛이 전혀 없습니다. 서효석 상병님보다 잘 만든 것 같습니다."

심지어 김진욱 셰프도 놀라움을 감추지 못했다. 윤기가 날 정도로 매끄러운 오믈렛은 마치 밀대로 민 것 같이 평평해서 도저히 찢을 엄두조차 나지 않았다.

'서효석…이 아니라 나보다도 잘 만들었어. 이건…초보 요리사가 아니야.'

성재는 굳은 표정으로 김진욱에게 자신의 요리를 내밀었다.

"확인 부탁드립니다."

김진욱은 체구 작은 병사의 묵묵한 태도가 마음에 들었다. 말이 아닌 행동, 실력으로 증명하는 그의 자세가 자신에겐 색다르게 다가왔다.

젓가락으로 오믈렛을 찢자, 여기저기서 소름이 밀려왔다.

"와… 똑같다. 안이 똑같아."

"셰프님보다 더 잘 만든 것 같은데…."

"야… 그 입!!"

"죄송합니다."

억울했지만 사실. 오믈렛만큼은 그가 만든 게 더 완벽하다. 이미 외관을 봤을 때부터 변명거리는 없었다. 다만, 그 오믈렛이 정말 완벽한지 확인하는 절차는 하나 남아 있었다.
그건 바로 키친타올.
김진욱은 키친타올로 오믈렛의 볼록한 단면을 잡았다. 이때, 키친타올에 노른자가 묻어 나오면 실패라고 말할 생각이었다. 그때는 적당히 둘러대면 그만이었다.
'조금만 더 노력하면 되겠네요.' 라던가.
'수준급이지만 저희 힐튼 호텔에 오려면 더 노력하셔야겠네요.'라고 말하면 될 터였다.
그런데 그렇게 하질 못하겠다.
키친타올에는 식용유만 묻어나올 뿐, 단 한 점의 계란물도 묻어나오지 않았다.
그야말로 기적! 미라클!
그리고 나온 진심. 다른 사람의 실력을 완벽하게 인정할 때 나오는 대화.
"강성재씨는 가능성이 보여요."
그러자 취사병들의 시선이 김진욱에서 성재로 향한다. 성재는 임들의 부담스러운 시선을 뒤로하고, 김진욱을 똑바로 응시했다. 셰프가 자신의 의견을 말했다.
"혹시, 제가 주제넘은 것인지는 모르겠지만요. 이 오믈렛 말고, 자신이 제일 잘하는 요리를 보여줄 수 있나요? 간부들도 없으니까, 이 정도는 해도 되지 않을까 싶은데… 물론 무리한 부탁이란 건 알아요. 그래도 보고 싶어졌어요."
성재는 굳이 대답하지 않았다. 이건 자신이 대답할 수 있는 게 아니었다. 여기 취사장의 총 대장! 최고 왕고. 서효석의 결정을 기다려야만 했다.
성재의 시선이 서효석으로 향하자 김진욱 셰프도 성재의 시선을 따라 서효석을 바라보았다. 그의 허락이 필요하다는 걸 군 경험이 말해주고 있었다.
그래서 요리 업계 선배인 그에게 말했다.
"요리사라면 이 기분 알죠? 효석씨도 14년이나 요리를 했다니까 알 거예요. 제가 무슨 말을 하는지…."
"네. 알고 있습니다. 선배님!"
"모래사장에서 바닥에 숨어있는 진주를 찾은 기분이랄까요. 제 기분이 딱 그거에요. 요리 하나만 더 봅시다!"
그의 말에 서효석이 고개를 끄덕이며 대답했다.
"알겠습니다. 제가 간부님께는 나중에 보고하고 책임지겠습니다."

너도 오고 싶어?

성재는 서효석 상병의 말에 묘한 감정을 느꼈다.
'서효석 상병님, 책임을 진다니요.'
후임을 위해서 과감히 자신의 손해를 각오하겠다는 선임의 말.
물론 이 정도 사안으로는 징계를 받을 정도는 아니다. 기껏해야 가벼운 질타 정도로 끝나겠지만, 그래도 책임지겠다는 말로서 후임병에게 신뢰를 보여준 것.
성재는 고민했다. 자신이 과연 할 수 있을까? 보여줄 수 있을까?
단순히 퀘스트 때문에 응한 것은 아니다. 김진욱 셰프에게 잘 보인다고 지금 당장 호텔에 취직할 수 있는 것도 아니다.
자신의 군 생활은 이제 겨우 7개월 차. 아직 전역까지 14개월 이상이 남아 있는데, 장정민 일병처럼 호들갑 떨고 싶지도 않았다.

그래도 뭐랄까? 처음 느끼는 이 기분.
상대방이 나를 인정해줄 때, 내가 더 잘해야겠다는 의지.

성재는 망설임 없이 남은 식재료를 확인해보았다.
그러나 역시는 역시나. 냉장고를 열어보는데… 쓸만한 식재료가 거의 없다.

생각해보니 여긴 동원훈련장. 병사용 식단. 간부식당과 다르게 질 좋은 재료가 없다.
뒤에서 처다보던 김진욱도 그걸 직감했다.
'아… 내가 괜히 부추겼나? 이건 너무 심한데….'
서효석 또한 냉장고를 열어보는 성재를 보며 고개를 저으며 말했다.
"저, 예비군 선배님? 죄송한데 재료가 충분치 않아서 안 될 것 같습니다."
서효석의 말에 김진욱도 고개를 끄덕였다. 월, 수, 금은 부식수령하는 날. 외부 훈련장에 나와 있는 상태이기 때문에 평소와는 다르게 오늘은 부식수령도 늦어졌다. 아쉽지만 지금은 포기할 때.
김진욱이 말을 꺼내는 찰나.
"어쩔 수 없…."
조용히 냉장고를 확인하던 성재의 굳은 의지가 그에게 전달되었다.
"하겠습니다! 하고 싶습니다!"
"괜찮겠어요? 재료가 거의 없는데… 요리는 재료가 반이에요. 이런 재료들로는…."
"할 수 있는 요리가 있습니다. 보여드리고 싶습니다."
성재의 의지에 김진욱은 고개를 끄덕였다.
서효석은 후임병의 대답에 그가 어떤 요리를 하려는 지 예상했다.
할 수 있는 요리는 얼마 없었다. 아무래도 만들 수 있는 요리는 짬뽕, 짜장 그 정도뿐이다. 그러나 춘장도 없고, 해산물도 없다. 그러니 후보군은 더욱더 좁혀진다.
"성재야. 해물도 얼마 없고, 차돌박이도 없는데, 고추기름 가지고만 맛이 날까?"
그런데 녀석은 시간이 필요하단다.
"서효석 상병님, 잠시만 저 혼자 생각할 시간을 주시겠습니까?"
"아… 그래."
그는 성재의 말에 침묵했다. 요리할 때 방해하는 것만큼 스트레스 받는 건 없다. 더구나 어떻게 보면 평가.
'내가 잘못했네.'
성재는 기억을 더듬었다. 그의 기억 속엔 자신이 할 수 있는 요리가 분명 있었다.

그래서 곧장 실행에 옮겼다.
성재가 반죽으로부터 면을 뽑기 시작했다. 수타면 뽑는 것만큼은 이제 서효석과 비교해도 뒤지지 않았다. 그의 양손에서 마법이 펼쳐지자, 김진욱 또한 호기심 어린 시선으로 성재를 바라보았다. 그리곤 옆에 있는 서효석 상병에게 물었다.

"저 친구는 정식으로 요리를 배웠나 보군요. 같은 중화요리 전문점에서 일했나요?"

"아닙니다. 선배님."

"아니라니요?"

"저 녀석, 군대에서 배운 겁니다."

"네?! 저렇게 능숙하고 빠른 동작을 군대에서 배웠다고요?"

"그렇습니다. 믿기진 않겠지만 사실입니다."

그 둘의 대화가 이어지는 사이 성재의 손놀림은 전보다 더 화려해졌다.

군더더기가 없는 것은 물론이고 조리대를 신체 일부인 마냥 자유자재로 활용한다.

```
수타면 뽑기로 EXP 183를 획득했습니다
수타면 뽑기 (초급) 단계를 클리어했습니다
수타면 뽑기 (중급) 단계에 돌입합니다
 - 수타면을 뽑을 때, 숙련도 보너스를 받습니다
    수타면 뽑기 시, 처리 동작과 판단력이 50% 향상됩니다
레벨이 21로 상승하였습니다
```

성재는 경험치가 상승하면서 신체에 변화가 일어난 것을 실감하고 있었다. 처리 동작과 판단력이 상승한 지금은 불과 10초 전 자신보다도 더 빠르게 면을 뽑아낼 수 있었다. 좀 전과는 확연히 달라진 그의 손놀림에 김진욱 셰프가 놀란 표정을 지으며 물었다.

"저 정도면 몇 년 정도 수련해야 할까요? 굉장하네요.『요리의 달인』프로그램에 나오는 사람만큼 빠른 것 같지 않아요?"

서효석은 대답하지 못했다. 성재의 변화에 놀란 것은 오히려 자신이었기 때문이었다.

'예전보다 숙련도가 더 올랐어. 이제는 나도 뛰어넘은 것 같은데?'

그 녀석과 만난 지 고작 2개월. 자신의 14년간의 노력이 고작 2개월 만에 깨졌다.

녀석의 발전 속도는 가히 천재적.

'성재는 습득력이 너무 빨라. 모든 것을 스펀지처럼 빨아들이는 재주가 있어. 이건 내 예상을 뛰어넘은 거야.'

서효석은 처음으로 성재를 보며 부러운 감정을 느꼈다. 그리고 그 감정은 동경이 되었다.
'얘라면… 이 친구라면….'
그러나 옆에 있던 김진욱은 수타면 뽑는 것에 대해서는 문외한.
그는 프랑스, 이탈리아 등 서양식 요리에 관심을 두고 있었기에 성재가 얼마나 뛰어난지는 대략적으로만 추측할 수 있었다.
탁탁탁탁!
어느새 길게 완성한 면을 적절한 길이로 썰고 있는 성재의 칼놀림이 경쾌했다.
그런데 짬뽕과 짜장면, 칼국수라기엔 면이 얇았다.
서효석은 충격에 빠졌다.
'중면도 아니고 너무 가늘잖아? 도대체 무슨 요리를 하려는 거야?'
면을 쭉 뺀 성재는 곧바로 냄비에 물을 올렸다.
그리고는 퐁당. 계란 하나를 넣고, 다른 쪽으로 향한다. 김진욱은 그가 도대체 무슨 요리를 하는지 감이 잡히지 않았다.
'삶은 계란이 들어가는 요리인가? 소면? 비빔국수?'
재료를 보면 어느 정도 예상을 할 수 있다. 그래서 가닥이 잡혀갔다.
'비빔국수, 괜찮지. 재료도 크게 안 들어가고.'
예상대로 성재의 손에서 오이와 고추가 썰리기 시작한다.
그러나 성재는 김진욱과 서효석의 예상을 또 한 번 뒤집었다. 오전에 김진욱이 시금치 무침을 할 때 쓰던 참깨를 가져와 팬 위에서 볶기 시작했다. 기름 하나 없는 깨끗한 팬 위에 참깨를 한 사발 붓고 요리수저를 이용해 저으며 볶기 시작하는 성재.

잠시 후, 참깨의 볶은 향이 주변에 가득 퍼지기 시작하고.
"와! 냄새 좋다."
"으으으으, 기다리기 힘들어."
고소한 냄새에 자신도 모르게 눈을 감는 사람들. 성재는 팬 위에 볶아진 참깨를 믹서기 안에 옮겨 담았다. 그리곤 전원 버튼을 눌렀다.
믹서기 안에 넣은 것은 당연히 참깨를 갈기 위해서였다.
타타타타타!타타타타타타타타!
볶은 참깨가 믹서기 안에서 갈려 나오고.

갈린 참깨 앞에 선 성재는 약간의 소금과 물을 넣고는, 볶은 참깨가 담긴 그릇을 냉장고에 넣는다. 이제 드디어 핵심인 면을 끓여야 할 차례. 성재는 마지막의 마지막까지 자신의 온 신경을 집중하여 최고의 요리를 만들기 위해 집중했다.

총 25분의 조리과정. 그들의 앞에 완성된 요리가 모습을 보이기 시작한다. 성재는 자신이 만든 요리를 그들에게 선보였다.

recipe   직접 뽑은 면으로 만든 참깨국수 ★★★★☆

직접 갈아 만든 참깨육수를 냉장고에 넣어, 참깨국수가 가장 맛있는 온도인 5도를 유지했으며, 고명으로 오이, 풋고추, 삶은 달걀을 넣었다
최상의 반죽을 이용해 면을 손으로 직접 뽑았기에 면발이 살아 숨쉬고 있다
MSG 하나 없는 순수한 천연재료로 만든 건강식
간부식당 조리병 직업 보너스에 의해 ☆만큼 등급이 향상되었다

성재는 자신의 요리를 내놓으면서도 아쉬움을 토로했다.

그래도 최선을 다한 요리였는데, 5성이 나오지 않았다.

'퀘스트는 물건너 갔군.'

하긴 첫술에 배부를 순 없다.

모든 식재료가 갖춰진 상태여도 될까 말까 한 5성짜리 요리를 이런 빈약한 식재료로 어떻게 만든단 말인가. 이것만 해도 자신의 한계를 뛰어넘은 게 분명했다. 그래서 어떤 의미에선 홀가분했다.

그런데 이상했다.

참깨국수를 먹는 김진욱 셰프의 얼굴이 활짝 펴졌다. 성재는 자신의 발밑을 바라보았다. 푸르스름한 오오라가 분명 활성화되어 있지만, 중대장, 대대장, 연대장, 군단장과는 다르게 김진욱 셰프한테는 그러한 오오라가 번지지 않았다.

〈신뢰받는 부하〉.

상관을 위한 요리 시 등급 보너스를 받는 능력.

그러나 그는 상관이 아니기에 쓸모없는 것.

그런데 시스템창이 성재를 또 한 번 놀래킨다.

> 일반 퀘스트 셰프와의 만남 / 완료
> 강릉 힐튼 호텔 7년 차 셰프인 김진욱과 만나게 되었다
> 그의 앞에서 5성급 요리를 만들어서 인상 깊은 추억을 남겨라
>
> 사용자 강성재에 대한 김진욱의 호감도 1,000 상승하였습니다

'달성했다고?! 왜? 4성 반인데?!'

저절로 돌아가는 시선. 김진욱은 어느새 그릇을 비운 채 성재를 바라보았다.

"말 편하게 해도 되지?"

"네. 편하게 하십시오. 괜찮습니다."

"한 그릇 더 되냐?"

"아, 가능합니다."

성재는 예비역 선배의 친근한 말투에 고개를 숙이며 대답했다.

삶은 계란은 없었지만, 나머지 재료는 충분했기에 선임들에게도 참깨국수를 나눠주고.

모두가 맛있다며 엄지손가락을 내미는 가운데 김진욱이 입을 열었다.

"내가 참깨국수 진짜 좋아하거든. 그런데 이거 파는 곳이 거의 없어. 근데 내가 자주 가는 맛집보다 네가 만든 국수가 더 맛있네. 거짓말 아니고 진짜야."

그리고 떠오르는 시스템창.

> 김진욱이 가장 좋아하는 음식을 알게 되었습니다
> 김진욱이 가장 좋아하는 음식 참깨국수
> 김진욱이 느끼는 요리등급이 ★만큼 상승합니다
>
> 직업스킬 퀘스트 - 너의 좋아하는 음식이 보여!를 알게 되었습니다
> 직업스킬 퀘스트 너의 좋아하는 음식이 보여!
> 진입조건 Magic Class 이상
>   아직 진입조건을 달성하지 못했습니다
> Tip 현재 알려진 Magic Class : 사단 회관 조리병

다른 사람들의 반응보다 유독 김진욱의 반응이 더욱 폭발적이다.

"아… 놀랬다. 진짜 놀랬어. 너무 맛있어서 놀랬어."
"선배님, 그 정도이십니까? 저는 그냥 맛있다 정도인 것 같은데…."
"아니야. 진짜 맛있어. 맛있어! 너무너무 맛있어!"
모두의 식사가 끝나고, 김진욱은 성재를 따로 불렀다.
그가 다가왔다. 체격도 작고 묵묵한 녀석. 자신보다 9살 어린 병사.
오늘 하루, 자신을 웃음 짓게 한 병사가 옛날부터 봤던 것처럼 정이 간다. 이제 막 요리사의 길을 걸으려는 녀석. 완벽한 오믈렛을 만들 정도로 밸런스가 잡힌 소질 많은 녀석. 더욱 끌어주고 싶고, 가르쳐주고 싶고, 높은 경지에 오른 선배들을 소개해주고 싶다.

그래서 제안을 했다.
"성재야. 너 정말 잘하는데 우리 호텔에서 일 한번 안 해 볼래? 내가 추천해 줄게."
"아… 전역까진 멀어서 생각 좀 해봐야 될 것 같습니다."
"그래? 잘 생각해봐. 1년이든, 2년이든 얼마든지 기다려줄게. 나 강릉 힐튼 호텔 주방에서 생각보다 높은 위치거든. 네가 원하면 얼마든지 일자리 마련해줄 수 있어."
그때, 갑자기 뒤에서 장정민이 튀어나왔다.
아마도 타이밍을 계속 보고 있던 모양.
"저, 선배님!"
"응?"
"저도 전역하면 힐튼 호텔 추천해주시면 안 되겠습니까?"
모두 녀석의 행동에 눈살을 찌푸렸다. 하지만 김진욱은 의외로 흐뭇한 표정을 지었다.
"그래? 너도 오고 싶어?"
"그렇습니다. 진짜 꼭 가고 싶습니다. 꿈입니다."
그의 확고한 대답에 김진욱이 웃음을 지으며 대답했다.
"그럼 성재한테 잘해. 성재랑 같이 오면 너도 우리 호텔에 받아줄게."
"아! 감사합니다! 정말 감사합니다."

> ⚙ ✓ ✗
> 사용자 강성재에 대한 장정민의 호감도가 600 올랐습니다

취사병에게 포상 휴가증을 주셨으면 좋겠습니다

그날 늦은 밤 21:30. 행군 후 돌아온 예비군 중 일부는 불만을 토로했다.
"와! 요즘 동원 빡세네요. 밥을 야외에서 2번이나 먹게 하다니. 미친 것 아닌가요?"
"아, 이건 장난 아니네요. 심각할 정도."
"그러게요. 민원 넣어야 되는 거 아닌가요?"
"훈련 한 거로 어떻게 민원 넣어요?"
"다른 거로 넣으면 되죠. 간부 복장이 이상했다던가, 훈련 군기가 빠졌다던가…."
"아저씨, 전 그 정도까진 아닌 것 같은데요?"
 반면 군대를 칭찬하는 예비군도 있었다.
"오랜만에 운동하고 좋네요."
"저 특공 있었는데, 옛날 생각나고 좋았어요."
"어? 어디 특공이었어요?"
"전 203특공이요. 충남 계룡에 있죠."
"아, 전 8사단 수색에 있었어요. 저도 오늘 땀 빼고 좋았네요. 가끔 보병대대 훈련하면 파견 나가서 대항군 뛰어주고 그랬는데…."
그때, 취침 전 방송이 흘러나오고.

[지휘통제실에서 전파합니다. 취침 5분 전! 취침 후 30분간 근무자를 제외한 전 병력은 유동인원 없습니다.]
"일단 자야겠네요. 그나마 불침번 빼줘서 다행입니다."
"현역들만 고생이죠. 뭐."
"그럴지도… 잘 자요."
"네. 주무세요."
[명상의 시간, 오늘의 이야기는 살신성인을 실천한 육탄 10용사에 대한 이야기에 대해 알아보겠습니다. 육탄 10용사는….]

다음날 새벽 4시 30분. 모두가 곯아떨어진 가운데 예비군 중 유일하게 김진욱만 홀로 일어났다. 근무를 서던 당직사관이 복도를 지나가는 그를 불렀다.
"어디 가십니까?"
"아침 만들러 취사장에 갑니다. 전시직책이 취사병이어서요."
"아… 혹시 보고된 겁니까?"
"네. 어제 군수담당관님에게 보고했어요."
"아… 그러시구나. 고생하시네요."
"아닙니다. 저도 동원훈련 기간만큼은 현역 군인인걸요."
김진욱이 취사장에 올라가자 다른 취사병들도 눈을 비비며 하나, 둘, 올라오고 있다.
그리고 간부인 군수담당관도 나와 있었다.
"담당관님!"
"네. 김진욱씨, 말씀하신 재료 가져왔어요."
"감사합니다. 지금부터 후배들이랑 열심히 만들어야겠네요."
"올해도 김진욱씨 덕분에 예비군 훈련이 즐겁겠네요."
"과찬이십니다. 저도 군대에 도움이 되어서 기분이 좋습니다."
김진욱은 취사병들 앞에서 가장 맛있는 군대리아 레시피를 가르쳐주었다.

첫 번째 개선사항은 패티.
"조금은 수고스럽겠지만, 군납 패티는 다 갈아줄래?"

"네. 알겠습니다."
군납 패티는 너무 질기다. 제대로 다져지지 않은 탓이다. 그래서 갈아서 부드럽게 만드는 것이다. 이 방법은 육즙이 많이 새어나가는 단점이 있지만, 군납 패티는 관계가 없다. 왜? 육즙 자체가 원래부터 빠져나가서 거의 없기 때문이다.
그래서 김진욱이 떠올린 방법은, 패티 모양을 포기하고, 잘게 다져 식감을 올리는 것. 고기가 질겨 먹기 힘든 부위를 얇게 잘라 대패삼겹살로 파는 것과 같은 원리랄까?
그래서 패티를 잘게 다져, 빵에 얹어먹게 만든다. 그게 더 맛있을 터.

군대리아의 두 번째 개선사항. 채소.
"상추가 너무 크면 먹기 불편하니까 반으로 잘라줘!"
"알겠습니다."
양상추가 있었으면 좋았을 텐데, 군대에서 양상추는 보기 힘들다. 군 표준 식단에서 양상추를 쓰는 식단이 거의 없기 때문이었다.
그래서 상추로 대신했다. 커다란 상추는 반으로 자르고, 조그마한 상추와 함께 깨끗하게 씻는다. 그걸 양상추 대신 넣는다. 그럼 양상추까진 아니어도, 싱싱한 채소의 맛을 조금이나마 구현할 수는 있다.

세 번째는 소스. 소스는 항상 중요하다.
공장에서 찍어낸 듯한 소스는 일률적이고, 맛도 별로다. 특히 군납 소스는 정말 최악.
그래서 소스를 직접 만들기로 했다. 버터를 팬에 올려 열로 녹이고, 녹은 버터에서 거품이 일어나자 약불로 줄였다. 그래야만 버터가 타는 것을 막을 수 있다.
다음 다진 마늘과 설탕을 녹은 버터에 넣어준다. 그러면 버터의 고소한 향에 마늘과 설탕의 단맛을 첨가할 수 있다.
이제 새콤한 맛을 내는 케첩과 진간장, 식초를 넣어줄 차례.
버너의 열기와 소스의 만남. 열기를 대신 막아주고, 장렬하게 산화하는 수분.
이제 자신의 본질을 숨기고 있던 붉고 점성이 짙은 녀석이 보글보글 거품을 내며, 존재감을 드러냈다. 화가 난 녀석을 달래듯 김진욱이 불을 껐다. 그리고 후추를 녀석의 얼굴에 뿌렸다. 붉은 얼굴에 후추로 만든 주근깨를 지우기 위해 숟가락으로 팬 위를 휘젓자, 녀석의 검은 점이 얼굴 속으로 들어간다.

드디어 수제소스 완성. 셰프인 김진욱은 어제 제일 인상 깊었던 병사의 이름을 불렀다.
"성재야! 양파 다 썰었니?"
"네. 다 썰었습니다."
"가져와!"
햄버거빵이 가장 맛있는 45도에서 5분간 중탕한 빵. 가장 밑을 차지할 빵의 위에는 싱싱한 상추 한 장이 올라가고. 그 위에 두꺼운 패티를 이용해 다지고 다시 튀긴 고기가 자리 잡는다. 다진 고기에는 방금 만든 수제소스를 뿌리고. 그 위에는 한 줄로 썬 양파를 올려, 햄버거 빵으로 뚜껑을 덮어 음식을 마무리했다.
성재는 김진욱이 만든 수제 군대리아 버거를 보며 미소를 지었다.
'전(前) 연대장님이 인정할 만하네. 등급이 생각보다 높아.'

recipe	셰프 김진욱과 강성재가 같이 만든 수제군대리아 햄버거 ★★★★ ✕
	질겨서 먹기 힘든 패티를 잘게 다지고 싱싱한 상추를 얹어 식감을 살렸고, 특제 소스로 자칫 부족할 수 있는 맛의 재미를 얻었다. 상추의 싱싱한 자연맛과 고기에서 얻을 수 있는 포만감, 소스의 새콤달콤함과 양파의 달면서도 매운맛이 조화를 이루었다 간부식당 조리병 직업 보너스에 의해 ☆만큼 등급이 향상되었다

재료의 질이 떨어진다고 해서, 항상 등급이 낮은 것은 아니라는 것을 보여준 김진욱.
그가 만든 수제군대리아 버거를 먼저 먹어본 취사병들은 신기한 듯 입을 열었다.
"와 군대리아 대박입니다."
"우유랑 같이 먹어보십시오. 환상입니다."
"진짜 맛있습니다. 이런 군대리아는 처음 먹어봅니다."
"반응 완전 폭발적일 것 같습니다."
군수담당관도 김진욱을 칭찬했다.
"역시 셰프 출신이네요. 군대에도 이런 조리법이 널리 알려져야 할 텐데…."
그의 말에 김진욱이 씩 웃었다.
"군수담당관님, 그런 말씀 하지 마세요."
"네?"
"취사병들 죽으라고 하시는 소리죠? 이런 건 한 번으로 족해요. 손이 많이 가니까요."

"그런가요? 하하하. 그걸 생각 못했네요."
김진욱은 미안한 표정을 지으며 취사병들에게 말했다.
"만드는 법은 봤으니까, 수고스럽겠지만 다 도와줄 수 있지?"
"네. 그렇습니다!"
"도와드리겠습니다."
그때, 서효석이 손을 들었다.
"저 선배님?"
"네. 말씀하세요."
"삶은 계란 대신, 계란 후라이를 넣는 건 어떨까요? 삶은 계란은 비선호 메뉴인데…."
"계란 후라이, 800개 만들 수 있겠어요?"
"해보겠습니다."
"좋아요. 그럼 하죠!"
모두의 의견이 일치하자, 김진욱을 중심으로 각자 해야 할 일을 하기 시작했다. 성재는 셰프인 김진욱을 만나며, 자신의 미래 모습을 떠올렸다.
'나도 저런 요리사가 될 수 있을까? 최고의 위치에 올라 후배들을 가르치며, 존경받는 그런 요리사.'
성재가 상상의 나래를 펼치고 있을 때 누군가가 성재를 불렀다.
"성재야! 수프 혼자서 못 만들 것 같은데?"
"아, 그럼 제가 도와드리겠습니다."
"그래. 고마워! 같이 하자!"
"네. 알겠습니다."
모두가 화합해서 자신의 역할을 다 할 때, 최선의 결과가 나온다.
성재는 그것을 확실히 느꼈다.
오랜만에 '호칭' 하나를 새로 얻었다.

> 호칭〈한마음 한뜻으로!〉를 알게 되었습니다
> 호칭〈한마음 한뜻으로!〉
> 신뢰도가 높은 팀이나 동료가 함께 요리할 때, 서로 간의 불신이 사라진다

예비군들은 6시 30분에 기상했다. 다행히 현역들은 융통성 있게 확인형 점호를 실시했다. 인원파악에 이상이 없음을 확인한 당직사령은 식사시간을 전파했다.
[오늘 식사 순서는 4중대부터, 본부, 1중대, 2중대, 3중대 순으로 실시하겠습니다. 4중대 식사 집합 하기 바랍니다.]

"후우, 어제 너무 빡셌어요. 자다가 다리에 쥐났네요."
"그 정도면 평소 운동을 너무 안 하신 거 아니에요?"
"그건 그렇네요. 에휴."
"그나저나 군대리아네요. 짜증나요. 굶을까요?"
"그래도 추억인데 먹어보죠."
"입맛 버릴 것 같은데…."
"그래도 이제까지 밥은 괜찮지 않았어요? 군대리아도 의외로 맛있을 지도…."
그리고 시간이 흘러 식사를 하는 예비군들.
그들은 누가 먼저랄 것 없이 얼굴에 미소를 가득 띄운 채, 말을 꺼냈다.
"와 군대리아 엄청 변했다. 깜짝 놀랐습니다."
"군대 많이 발전했네요. 대박! 대박입니다!"
"어? 나 이거 사진 찍어야 될 것 같은데?"

그리곤. 찰칵!
"어? 휴대폰 반납 안 하셨나요?"
"아, 2개 가져왔어요. 하나는 반납한 상태고요."
"지금 올리지는 마세요. 올리다가 걸려서 강제퇴소 될 수도 있어요."
"네. 이따 17시에 훈련 끝나면 블로그하고 군갤(군대 갤러리)에 올리려고요."
"오오오, 혹시 군갤러세요?"
"네."
"흐흐, 저도 군갤러인데, 올리면 욕 좀 먹을 듯."
"왜요?"

"주작이라고 할 것 같은데?"
"에이, 사실인데 뭔 주작이에요? 나중에 댓글 달아주세요. 이거 진짜라고!"
"네. 한번 해볼게요."

같은 시각. 주방에선 한 등급 더 오른 군대리아를 보며 성재가 미소를 지었다.

 recipe 취사병 현역과 예비역 모두가 한마음 한뜻으로 만든 수제군대리아 햄버거 ★★★★☆
싱싱한 상추와 양파, 잘 다진 패티, 완벽한 특제 소스, 거기에 계란 후라이까지 가미된 최고의 햄버거
간부식당 조리병 직업 보너스와 호칭 〈한마음 한 뜻으로〉으로 인해 ★만큼 등급이 향상되었다

그날 오전. 부대 내 자체 설문조사가 시작되었다.

1. 동원훈련 기간 동안 가장 개선되었다고 생각되는 3대 불편사항은 어떤 것입니까?
   가. 식사　　　　　나. 편의시설　　　　　다. 교통
2. 동원훈련 간 가장 만족도가 높았던 훈련은 어떤 것입니까?
   가. 안보교육　　　나. 개인화기 사격　　　다. 증편식
   라. 직책수행훈련　마. 작계시행훈련
3. 훈련 간 칭찬하고 싶은 예비군, 현역 장병(간부 포함)이 있다면 적어주세요.
   가. 소속 :
   나. 계급 :
   다. 성명 :
   라. 이유 :
4. 기타 개선해야 될 사항에 대해 적어주세요.

그리고 종합결과를 토론하는 자리. 김관우 대대장은 미소를 지으며 모두에게 말했다.
"식사가 거의 99%네. 만족도가 아주 높아."
"그렇습니다. 솔직히 저희가 선호메뉴 위주로 식사 순서를 변경해서 제공한 것도 있지만… 아무래도…."
"셰프라던 그 녀석 때문에 만족도가 높은 것 같지?"

"맞습니다. 특히 수제 햄버거에선 압권이었습니다."
"일단 표창 한 명은 그 친구로 주면 될 것 같고, 다른 한 장은 누굴 줘야 하나?"
"오형석이라고 현역들 앞에서 1인 차려포를 한 인원이 있습니다. 본래 차려포는 3인 이상이 함께하는 동작인데, 예비역들 중에서는 압도적인 직무숙달능력으로 박격포 주특기 평가에서 100점 만점 중 96점을 획득했습니다."
"그래?!"
"그렇습니다. 오히려 오형석 예비군이 현역들을 가르칠 정도였습니다. 대단했습니다."

오후 3시. 동원훈련장 청소 및 물품, 지급 장비 반납 시간이 되었다. 예비군들도 퇴소를 앞두고 신나는 표정으로 서로를 바라보고 있다.
같은 시각, 대대장실에 불려 온 김진욱과 오형석.
대대장은 그 둘에게 반말로 말했다. 전시엔 자신의 부하이기도 하고, 동원훈련 기간 동안에는 그들도 현역이므로 대대장과 지휘관계가 형성되기 때문이었다. 더구나 나이 차이는 거의 15에서 20살 차이. 어색한 게 아니다.
"김진욱 병장이 사단장 표창이고, 오형석 병장이 연대장 표창을 받게 될 거야. 퇴소식과 겸해서 줄 테니, 복장 단단히 하고. 알았지?"
표창을 준다는데, 김진욱은 크게 개의치 않는 듯했다.
그래서일까 그가 대대장에게 의문을 담아 말했다.
"네. 감사합니다. 그런데 대대장님?"
"응?"
그리곤 부탁 어조로 말했다.
"강성재라는 취사병에게 포상 휴가증을 주셨으면 좋겠습니다."
"성재? 강성재 일병 말하는 건가?"
김진욱은 취사병의 이름을 기억하고 있는 대대장을 보며 흐뭇해 했다.
'대대장이 이름을 알고 있구나. 군 생활 잘했네.'
곧이어 이유를 설명했다.
"그렇습니다. 묵묵하면서도, 자신이 뭘 해야 될 줄 알고, 선임과 후임에게 모두 잘하는 게 보였습니다. 정말 괜찮은 친구인 것 같습니다."

125

다음 주에 너랑 나랑 파견 잡혔다

진욱의 말에 대대장은 미소는 지었지만 허가하지는 않았다
"이렇게 부탁까지 하는 마당에 내가 다 미안해지네. 그건 내 소관이 아니어서."
김관우 대대장의 말에 김진욱은 다시 한번 되물었다.
"네? 그게 무슨 말씀이십니까?"
"휴가평등제 때문에, 내가 휴가 줘도 못 써. 아마 연대장님이 줘도 못 쓸걸?"
휴가평등제. 처음 듣는 이야기다. 민간인에게는 어려운 말.
"휴가평등제가 뭡니까?"
"인사담당관, 설명해 줘!"
"알겠습니다."

휴가평등제에 대해 설명 들은 김진욱 셰프는 군대의 고질적인 병폐에 고개를 저었다.
'이제 열심히 해도 안 되는 세상이 왔네. 내가 군 생활 할 땐, 포상 휴가 36일인가 나갔었는데… 억울하겠다.'
허란희 상사는 실망한 김진욱의 표정을 보며 말했다.

"그래도 장관급 이상이나 시장, 군수 등 대외기관 표창을 받으면 휴가를 나갈 수 있는 것으로 알고 있습니다. 저희 군대가 그렇게 융통성 없지는 않아요."

이런 해명에도 김진욱은 알고 있었다. 이미 군대는….

한 가지 사건, 이슈를 해결하기 위해 60만 장병 전체를 통제하는 그 모 아니면 도라는 이분법적 해결방식. 그걸 융통성이라는 말로 포장하는 여군의 말을 듣고 김진욱이 속으로 생각했다.

'그게 융통성 없는 겁니다. 여군 상사님!'

자신과 나이가 엇비슷한 여군.

하지만 군 경험밖에 없는 그녀에겐 어찌 보면 그 결정이 당연할 수 있다.

하지만 사회경험이 녹록한 김진욱이 그녀의 생각에 동조할 리가 없다.

'답답하네.'

어느덧 동원훈련 퇴소식이 진행되었다. 예비군들은 안보교육관 의자에 앉았다.

[지금부터 60연대 1대대 동원훈련 퇴소식을 시작하겠습니다. 모두 자리에서 일어나주시기 바랍니다. 연대장님께 대한 경례.]

[바로!]

[이어서 동원훈련 우수자에 대한 표창수여가 진행되겠습니다. 4중대 김진욱, 4중대 오형석 앞으로!]

표창 수여식이 끝나고.

길다면 긴 지휘관 훈시도 생략되고 바로 퇴소식이 진행된다.

[이것으로 2018년 60연대 1대대 동원훈련 퇴소식을 마치겠습니다. 연대장님께 대한 경례!]

행사가 끝남과 동시에 환호성을 지르는 예비군들. 그들 중 일부가 안보교육관 밖으로 뛰어나간다.

"으아아아아! 끝났다! 끝났다!"

"같이 택시 타실 분 3분 모십니다. 동해 터미널! 동해 터미널!"

"아저씨, 제가 버스정류장까지 태워드릴게요."

"어? 차 있으세요?"

"네. 타세요."

"와! 감사합니다!"

반면, 김진욱은 아직 떠나지 않고 인사담당관을 찾았다.

"담당관님!"

"네. 셰프님! 가시나요?"

"네. 올해가 마지막 동원이라 오늘로 더 이상은 못 볼 것 같아요."

"아, 그러시구나."

"혹시 부대 주소 좀 알 수 있을까요?"

"네?"

"보내드릴 게 있어서요."

"저한테요?"

"아뇨."

"그럼?"

"성재한테 선물 하나 보내려고요."

다음날 아침. 간부식당은 다시 문을 열었다.

모든 일상은 그대로. 서효석 상병이 중심이 되고, 그 밑에 강희철이 자리 잡았다. 성재는 미소를 지으며 서효석 상병에게 말했다.

"서효석 상병님, 그거 들으셨습니까?"

"뭐?"

"민호, 부사관 시험 또 떨어졌답니다."

"뭐? 또 떨어졌어?"

"네. 필기시험 이번에 15명 지원해서 13명 뽑는데, 14등 했답니다."

"음… 걔 부사관 되겠냐? 요리나 집중하는 게 나을 것 같은데?"

"그럴 것 같습니다. 아무튼, 그것 때문에 제가 오늘 대신 나왔습니다."

"그래. 계란국 좀 만들어줘라."

"알겠습니다."

그리고 시간이 흘러 오후. 조리병 모두가 모인 자리. 오랜만에 간부식당을 관리하는 연대

사제담당관이 모두를 불렀다.
"삼척시청에서 공문이 하나 도착했다."
간부의 얼굴엔 미소가 걸려있다. 어떤 공문일까? 시청에서라니?!
"너희들한테는 포상 휴가를 탈 수 있는 기회가 되겠지?"
포상 휴가라는 말에 모두의 눈길이 그에게 옮겨가고, 그런 표정이 즐거운 듯 미소를 짓는 사제담당관.
아직 알쏭달쏭한 표정을 짓는 병사들의 얼굴에 그는 들고 있던 공문을 간부식당 게시판에 걸어놓았다.

제목 : 삼척시, 강원랜드 공동 주관 요리 경연대회

수신 : 60연대 인사과장, 군수과장

1. 관련근거 : 폐광지역 4개 시·군 홍보 및 지역경제 활성화
2. 위 관련근거에 의해 아래와 같이 요리 경연대회를 개최합니다.
    가. 대회일정 : 2018년 3월 17일(토) 14:00 ~ 17:00
    나. 장소 : 삼척 죽서루 앞 (보물 제 213호, 관동팔경)
    다. 참석업체(총 20개 팀) : 삼척시 추천 요식업체 15개 팀, 일반인 3개 팀, 군인 2개 팀
    라. 세부문의 : 033-566-XXXX (강원랜드 경영지원실 행사안내담당)
    붙임 : 삼척시, 강원랜드 공동 주최 요리 경연대회 1부.

"엇? 요리대회입니까?"
성재는 말로만 듣던 요리대회라는 말에 반색했다.
"그래. 그런데 여기 인원 중에서 2명만 참석해야 돼."
"어? 2개 팀이지 않습니까? 그럼 4명 아닙니까?"
"응. 효석이 말대로 붙임문서를 보면 2인 1개 팀이라 4명이 맞아. 그런데 사단 철벽회관에서도 한 팀 나오고, 우리도 나오는 거라 우리 간부식당 중에서 2명을 뽑아야 돼."
"아… 그럼 저희 중에 2명만 나갈 수 있겠습니까?"
서효석의 말에 사제담당관이 고개를 끄덕이며 대답했다.

"그렇지. 누가 나갈까?"
지금 현재 보직된 간부식당 조리병은 총 5명. 상병 2명, 일병 3명이다.
선임 순으로 편성하면 서효석과 강희철이고, 요리 실력대로 편성하면….
그때, 오민호가 손을 들며 말했다.
"선임 두 분이 나가는 게 좋은 것 같습니다. 서효석 상병과 강희철 상병 추천합니다."
성재는 아쉬웠지만, 반박할 수는 없었다. 그게 군대에서는 정답.
제아무리 제멋대로 구는 오민호라지만, 선임에 대해서는 깍듯한 녀석.
'그래. 다음 기회에… 갑자기 생긴 요리대회고, 준비도 못 했잖아. 나한테 온 기회가 아니었던 거야.'

그런데… 변수가 생겼다. 관심병사였던 녀석이 나서버린 것.
"일병 장정민! 사제담당관님께 건의 드리겠습니다."
"어? 아! 신병이구나. 말해."
사제담당관이 허락하자, 지체 없이 입을 여는 장정민.
"요리대회는 실력대로 나가야 된다고 생각합니다. 저희 중에 요리 잘하는 사람이 나가야 부대의 명예도 살릴 수 있습니다."
성재는 자신도 모르게 '쓰읍'하며 침을 삼켰다. 이런 상황이 불편했기 때문이었다.
그러나 이미 벌어진 일. 역시나 예상대로.
제아무리 착한 선임인 서효석과 강희철이라도 황당할 수밖에. 그들이 장정민을 바라보는 눈빛이 예사롭지 않다.
그러나 앞에는 간부가 있다. 후임병에게 함부로 할 수 없다. 그리고 간부가 부른다.
"효석아!"
"상병 서효석!"
"괜찮겠지? 정민이 말도 일리가 있어 보이는데? 솔직히 성재도 요리 잘하는 것 같고, 정민이 쟤도 일식 요리는 제법 잘하잖아."
이쯤 되면 정답은 정해져 있다.
"그렇습니다. 사제담당관님, 성재도 요리 잘하고, 정민이도 잘합니다."
"후우, 그럼 이걸 어떻게 해야 하나? 너희 5명 중 2명을 보내야 되는데?"
"사제담당관님?"

"응?"

"저희 자체 요리대회를 열겠습니다. 내일 점심 메뉴는 개별적으로 준비하고, 간부님들이 가장 많이 드신 메뉴를 만든 사람 2명이 대회 참석하는 거로 하겠습니다."

"그럴래? 그것도 괜찮은 방법인 것 같은데?"

"허락해주십니까?"

"그래. 내가 BOQ하고 BEQ에 사는 간부들한테는 전파해놓을게. 인사과장님께는 해당사항 보고하고. 아마 허락하실 거야."

"감사합니다."

그래서 시작된 요리대회.
일명 '간부들이 가장 좋아하는 음식을 만들어라.'
이제 조리병만 남은 상태에서 강희철이 손을 들었다.

"서효석 상병님?"

"어. 왜?"

"전 기권하겠습니다."

"…왜?"

"제가 서효석 상병님이나 성재보다 요리 못 하는 건 알고 있습니다. 포기하겠습니다."

"꼭 안 그래도 되는데…."

"아닙니다. 전 제 주제를 압니다. 성재하고 서효석 상병님이 나가는 게 맞습니다."

강희철이 손을 들자, 오민호도 손을 들었다.

"저도 포기하겠습니다. 저도 강희철 상병님과 같은 의견입니다."

남은 사람은 세 명. 서효석, 강성재, 장정민. 선임인 서효석이 장정민을 바라보았다.
순식간에 분위기가 싸해지고, 선임이 가장 막내를 부른다.

"정민아."

"일병 장정민?"

"나한테 할 말 없어?"

녀석은 분위기 파악을 못 하고, 선임에게 해서는 안 될 말을 결국 내뱉고 말았다.

"저는 대회 나가고 싶습니다. 나갈 겁니다."

성재는 아연실색해서 그를 바라보지만, 녀석은 무슨 꿍꿍이인지 성재의 손을 잡는다.
'나보고 포기하라는 거야? 아니면, 나하고 같이 나가자는 거야? 도대체 의도가 뭐냐?'
성재는 발언을 보류했다. 지금은 상황을 지켜볼 때. 그러자 녀석이 손을 뿌리쳤다.
'나도 요리대회를 나가고 싶은 건 사실이야. 그렇다고 내가 포기할 필요는 없어.'
그러자 서효석이 혀를 차며 말했다.
"정민아."
"일병 장정민?"
"우리 다섯 명 중 네 명이 같은 생각을 하고 있는 거 안 보이니? 느끼는 게 없어?"
"무슨 말을 하시는지 모르겠습니다."
"구제불능이네."
"……."
서효석은 그 말을 끝으로 더 이상 장정민에게 말을 걸지 않았다. 강희철과 오민호도 마찬가지. 이런 상황까지 오게 된 이상 성재도 정민이의 편을 들 순 없었다. 서효석은 평소에는 볼 수 없는 차가운 말투로 후임병들에게 말했다.
"오늘 일과 하던 거 하고, 내일 점심때 간부님께 보고한 대로 독신자 숙소 간부님에게 드릴 음식 준비한다. 이거 서로 승부니까 요리에 대해선 묻지도, 관여하지도 마. 기권한 민호랑 희철이도 마찬가지야. 승부니까! 알았어?!"
"네. 알겠습니다."
"무슨 말씀이신지 알겠습니다."
"알겠습니다. 서효석 상병님!"
"……."

그날 저녁.
성재에게 도착한 택배에는 힐튼 호텔 2인 디너 초대권과 추천서, 편지가 담겨있었다.

> 성재에게.
> 잘 지냈지? 같이 훈련받았던 진욱이 형이야. 별거는 아니고 우리 호텔 입사 추천서야. 내가 약속을 했었지? 그거 가지고 서류전형에 내면 100% 통과할 거야. 나중에 생각있으면 꼭 와.

아~ 동봉한 건 우리 호텔 디오르 레스토랑 디너 초대권. 10만원 내에서 마음대로 먹을 수 있어. 여자친구 면회 오면 가끔 놀러 오고.
　우연한 만남, 소중한 추억을 함께한 후배 요리사에게.

　- 힐튼 호텔 셰프 디 파티 김진욱.

'레스토랑 초대권 쓸 일이나 있을까?'
성재는 관물대에 초대권과 추천서를 집어넣고, 내일 할 요리에 대해 떠올렸다.
간부들이 좋아할 만한 음식. 요리. 뭐가 있을까?
서효석 상병은 중화요리로 승부를 걸어올 것이고, 장정민 일병은 일식으로 승부를 걸어올 것이다. 그렇다면 자신이 특별히 잘하는 게 무엇이 있을까? 나만의 특별한 메뉴. 제일 잘하는 메뉴를 정해야 한다.
그때, 생활관에서 강희철 상병이 들어왔다.
"성재야!"
"네. 강희철 상병님!"
"내일 아침에 사제담당관님이 장 보러 간다고 하셨어. 너하고 서효석 상병님하고, 장정민 이렇게 세 명에서 가야 될 거야."
"알겠습니다."
"그리고 다음 주 너랑 나랑 파견 잡혔다."
"파견은 뭡니까?"
"미군하고 훈련받는다던데?!"
"미군 말씀이십니까?"
성재는 행정반에 가서야 그 훈련이 키리졸브 훈련인 것을 알게 되었다.
그리고 새로운 사실도 알게 되었다.
"임상희 일병님, 저 왜 갑자기 키리졸브 훈련에 편성된 겁니까?"
"군단에서 찍었다는데?!"
"네?! 군단에서 말씀이십니까?"
"응. 취사병으로 서 뭐시기랑 너랑 희철이 찍었단다."
'군단에서 왜 찍어? 날? 누가?…설마… 군단장님은 아니겠지?'

서효석 상병님은 요리대회 그냥 나가시면 됩니다

다음 날. 식재료를 구입하러 아침 일찍 삼척번개시장에 들렀다.

서효석은 자신의 장기를 살리기 위해 홍합, 오징어, 피조개를 고르며 사제담당관에게 말했다.

"이 정도면 충분할 것 같습니다."

"그래. 근데 오징어 엄청 비싸다."

효석이 고른 오징어는 총 3마리. 간부의 말에 그는 곧장 대답했다.

"그럼 2마리는 다시 내려놓겠습니다."

"아니야. 3마리까진 괜찮을 것 같은데. 그대로 사."

"감사합니다. 담당관님."

그때 성재가 서효석 상병에게 말했다.

"서효석 상병님?"

"어. 성재야."

"오징어. 그거 말고, 저 옆에 있는 거로 고르십시오."

"어? 왜?"

"저게 더 싱싱합니다. 눈알 보면 눈동자가 살아있고, 빨판도 아직 살아있지 않습니까? 고르신 3마리 중에 중간에 하나는 눈이 완전 돌아갔습니다. 어부한테 잡히기 전부터 죽은 놈이라 그렇습니다."
그러고 보니 눈동자에 힘이 없다. 동공이 닫혀 축 처진 게 효석의 눈에도 보였다.
"아, 그러네. 성재야. 고마워."
"아닙니다. 다 맛있는 음식 만들자고 하는 겁니다."
"그래."
성재 덕분에 좋은 식재료를 산 서효석의 입가엔 미소가 걸렸다.
사제 담당관도 마찬가지였다.
'녀석들! 선, 후임들이 사이가 좋네. 예전에 그 누구야. 김 병장, 그놈 있을 땐 힘들었는데, 징계하고 다른 곳 보내길 잘했네. 잘했어.'
홍합 5kg, 오징어 3마리, 피조개 3kg 이렇게 해서 지출금액 35,000원.
그리 많지 않은 금액. 사제담당관으로서도 충분히 이해할만한 금액.

성재는 해산물보다는 자신이 남들보다 자신 있는 메뉴를 선택했다.
"아저씨, 돼지고기 등심 2kg에 얼마입니까?"
"24,000원."
성재는 익살스러운 얼굴로 상인에게 말했다.
"20,000원에 안 됩니까?"
"kg당 12,000원이면 엄청 싼 거야. 100g에 1,200원인데…."
"인터넷 최저가 보니까 kg당 4,800원에 팔던데요."
그러자 남자 상인은 최저가라는 말에 혀를 쯧쯧 차며, 결국 항복하고 말았다.
"음… 원래는 안 깎아주는데, 특별히 깎아주는 거야."
"감사합니다."
성재는 사실 스테이크의 최고급 재료인 소고기 등심이나 안심으로 사고 싶었다. 하지만 수지타산이 맞지 않았다.
그래서 돼지고기로 대신했다. 아쉽지만, 지금 쓰는 돈은 공금. 아껴 써야 한다.

이제는 장정민의 차례.
"정민아, 넌 뭐 살 거냐?"
"저도 등심 2kg 사겠습니다."

"그래? 성재랑 같이 사지 그랬어."

"전 대형마트에서 살 겁니다."

"대형마트 안 갈 건데?"

"대형마트 가야 합니다."

"대형마트는 안 가. 시장에서 다 구입할 수 있는데 거길 왜 가?"

"여기는 시소 소스가 없습니다."

"시소 소스?"

"차조기라고 일본에서 재배되는 깻잎의 한 종류입니다. 그걸 써서 만든 소스가 있어야 제가 원하는 메뉴를 만들 수 있습니다."

"그걸로 뭐 만들 건데?"

사제담당관의 질문에 무슨 대단한 비밀이라도 되는 양 정민은 고개를 저었다.

"그건… 말 못 합니다."

성재는 정민의 행동에 다시 실망했다. 이 정도면 사회생활도 제대로 했을 리가 없다.

사제 담당관도 갑작스러운 병사의 대꾸에 화가 났는지 심술을 부렸다.

"어차피 식재료 다 샀는데 뭔 말을 못해? 서로 다 뭐 만드는지 이 자리에서 알려주면 되는 거 아니야? 서효석! 넌 뭐 만들 거냐?"

"해물짬뽕 만들 생각입니다."

"성재 너는?"

"등심스테이크 만들 겁니다."

"다 말했으니까 됐지? 정민이, 너 뭐 만들 건데?"

그제야 간부의 질문에 대답하는 정민.

"로스카츠 만들겠습니다."

"로스카츠?"

"네. 일본식 등심돈가스입니다. 로스카츠엔 시소 소스가 반드시 필요합니다."

"시장에서 그런 걸 어떻게 구해?"

"대형마트엔 있습니다. 꼭 가야 합니다."

사제담당관은 결국 관심병사의 말에 두 손, 두 발 다 들었다. 괜히 또 안가면 재료 때문에 졌네 뭐네 할까 싶이 수고스럽지만, 담당관은 대형마트로 향했다.

그리고 녀석의 이상한 점을 바로 눈치챘다.

'아… 저 새끼, 또라이 기질이 있네!'

오전 10시. 대형마트가 열리자마자 들어간 사제담당관과 장정민.

사제담당관은 성재와 똑같은 등심부위 2kg를 36,000원이나 지불하며 혀를 찼다.

성재는 불만 가득한 표정을 짓는 녀석에게 물었다.

"정민아, 무슨 문제 있어?"

"여기서 시소 소스는 안 판다고 합니다."

"손에 든 건 뭔데?"

"등심입니다. 고기는 샀는데, 소스는 못 샀습니다. 너무 촌동네라 없는 것 같습니다."

"……."

그의 말을 들은 성재는 말문이 막힌 채, 서효석 상병을 바라보았다. 서효석은 후임을 무시하고, 사제담당관을 보며 말했다.

"아마 시소 소스는 일본식자재마트를 가야 살 수 있을 겁니다."

"그래? 일본식자재마트가 어디 있는데? 난 그런 거, 처음 들어보는데?"

"아마 강원도에는 없지 않을까 싶습니다. 적어도 원주는 나가야 있지 않을까 한데…그것도 확실하진 않습니다."

"후우… 됐어. 그럼 못 사네. 야! 불만 없지? 이만 복귀한다!"

"알겠습니다."

표정이 굳어진 정민.

그는 쓸쓸한 얼굴로 카니발 가장 뒷좌석으로 들어갔지만, 그를 향해 말을 걸어주는 사람은 단 한 명도 없었다.

사제담당관은 차를 이끌고 부대로 복귀하며, 누군가에게 전화를 걸었다.

"인사담당관님! 사제입니다."

- 응! 무슨 일이야?

"내일 조리병들 요리대회 나가는데, 담당관님이 신경 좀 써주셔야 될 것 같습니다."

- 그래. 내일은 내가 나가서 병사들 챙길게. 수고했어. 김 중사.

"아닙니다. 그럼 내일은 잘 부탁드리겠습니다."

- 응. 고생했어.

책임통제관(부)인 허란희 상사와 책임통제관(정)인 사제담당관의 대화가 끝나고. 카니발 차량은 벌써 간부식당에 도착했다.

지금부터 본격적인 승부.
성재는 자신이 첫 휴가 때 아버지와 푸드트럭에서 만들었던 스테이크를.
효석은 자신의 14년 중화요리 경험을 토대로 수타해물짬뽕을.
정민은 3년간 일했다던 호텔의 뷔페일식 담당 경험으로 로스카츠를 만들고 있다.
세 명이 집중하는 것을 보며 오민호가 선임에게 말을 걸었다.
"강희철 상병님?"
"응?"
"저 3명, 정말 대단한 것 같습니다. 이게 바로 요리사들의 대결 아니겠습니까?"
"그러게. 저렇게 집중하는 건 처음 봐. 하긴 요리대회는 어찌 보면 요리사의 꿈이니."
"맞습니다. 저도 원래 태권도 국가대표선수가 되는 게 꿈이라서, 태권도 시합만 있으면 항상 들뜨고 그랬는데, 같은 기분일 것 같습니다."
이제까진 동료였지만, 오늘은 경쟁자. 누군가를 밟고 올라가야 되는 상황.
그래도 서로 땀을 흘려가며 최고의 요리를 만들기 위해 노력하는 모습이 타인이 보기엔 좋아 보였다.
"강희철 상병님도 같이 만드시지 그러셨습니까? 요리 충분히 잘하시는데…."
"난 안되는 거 알잖아. 솔직히 간부식당도 성재한테 요리 배우려고 온 건데. 넌 왜 포기한 건데?"
"저도 사실 마찬가지입니다. 요리는 저하고는 안 맞는 것 같습니다."
"그건 그래. 크크, 민호야, 여기서 누가 1등 할 것 같냐?"
"성재가 이기지 않겠습니까?"

성재가 1등 할 것은 누구나 예상한 상황.
그런데 2등이 문제.
"그럼 2등은?"
"솔직한 심정으로는 서효석 상병님을 응원하고 싶습니다. 그런데 장정민, 쟤도 요리만큼은 만만치 않아서 잘 모르겠습니다."

"나도 너랑 생각은 똑같아. 이건 서효석 상병님이 이겨야 돼. 서효석 상병님도 은근히 성재랑 같이 나가고 싶어 했으니까."

"아, 그러셨습니까?"

"당연하지. 너도 서효석 상병님 입장에서 생각해보면 알잖아. 누구랑 요리대회에 나가고 싶어 할 지…."

"아… 하긴, 수타면 뽑기 할 때부터 서로 호흡도 맞췄고, 꿀타래도 저희 중에 유일하게 성재만 배울 수 있었으니, 서효석 상병님이 성재를 생각하는 마음은… 아마 제자처럼 생각하지 않겠습니까?"

"아니, 난 오히려 그 반대. 제자처럼 생각하는 게 아니라, 요리사로서 친구, 동료 아니면 그 이상으로 생각할 수도 있어. 나도 요리만큼은 성재를 사부라고 생각하니까."

"……."

강희철의 생각을 들은 오민호.

그는 그제야 그동안 강희철이 했던 행동들이 이해가 갔다.

성재 앞에서 재롱도 피우고, 장난도 치며, 유독 녀석에게 관심을 얻기 위해 했던 행동들.

처음에는 같은 중대서서 그런 줄 알았는데, 그게 아니었던 것.

'성재를 그런 식으로 생각하셨을 줄은 몰랐습니다. 요리로 인정하시는 거네요.'

하긴 성재 녀석이 열심히 하긴 했다. 시간이 날 때마다 자신과 강희철 상병에게 조리법에 대해 세세히 가르쳐주었다. 그냥 단순히 뭘 해야 한다. 뭘 해야 한다가 아니라, 조리 시간, 재료의 양, 불 조절 방법 등에 대해 차근차근 이해하기 쉽게 알려주었다.

'머리만 좋았으면, 나도 요리 잘 배울 수 있을 텐데….'

오민호는 자신의 뛰어난 하드웨어(신체)와 달리 뒤떨어지는 소프트웨어(머리)를 원망하며 고개를 저었다.

세 명의 요리가 전부 완성되었다.

성재는 상대방의 요리를 보며 일단 미소를 지었다.

'요리사의 눈'이면 모든 요리의 등급을 볼 수 있다.

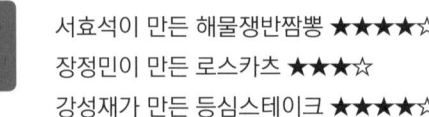

recipe
서효석이 만든 해물쟁반짬뽕 ★★★★☆
장정민이 만든 로스카츠 ★★★☆
강성재가 만든 등심스테이크 ★★★★☆

등급만 따지면 분명 자신이 우위였다. 그러나 이건 세 가지 요리를 전부 맛보고 등수를 정하는 룰이 아니다.
간부들이 가장 많이 먹은 요리가 우승하는 것. 그래서 모두가 승부를 예측할 수 없다.
등급대로라면, 분명 성재가 1등 해야 했다.
하지만 간부들의 선택은 달랐다.

결과는….
해물쟁반짬뽕 14명, 로스카츠 7명, 등심스테이크 13명.
그 이유는 간단했다.
"해물쟁반짬뽕 먹을까? 고기 먹을까?"
"난 짬뽕."
"나도 짬뽕!"
"난 고기 먹고 싶은데, 돈가스? 스테이크?"
"스테이크가 좀 낫지? 평소엔 먹기 힘들잖아."
"그러네. 나는 스테이크!"
"어? 나도 스테이크! 소대장님은 뭐로 드십니까?"
"전 고기 좋아하긴 하는데, 그래도 돈가스가 나을 것 같네요."
"아, 여기 소대장님은 돈가스로!"
로스카츠(돈가스)와 스테이크는 어느 정도 겹치는 부분이 있어 선택이 양분되었고, 고기를 먹고 싶지 않은 사람들은 전부 짬뽕을 선택했기에 이런 결과가 나왔던 것.
사제담당관은 미소를 지으며 조리병들에게 말했다.
"결과는 나온 것 같은데? 성재랑 효석이 내일 요리대회 나갈 준비하고, 재료는 인사담당관님께 미리 말해둬. 아, 자금 집행은 10만 원까지 쓰라고 하셨으니까, 그 안에서 쓰고. 카드는 효식이가 가지고 있어라."

"알겠습니다. 감사합니다!"
갑작스럽게 정해졌지만, 분명 사전에 규칙을 정해 정당하게 지킨 상황.
장정민은 자신의 패배를 두고, 주먹을 불끈 쥐었다. 그러나 그의 마음을 이해해주는 선임은 없었다. 아무도 그의 패배에 위로를 건네지 않았다.
과거 행동 때문. 자업자득. 마음 약한 성재조차도, 그의 편을 들 순 없었다.
그가 스스로 만든 상황. 이건 시간만이 해결해 줄 것이다.

조리실 안. 오민호와 강희철이 자신의 일인 마냥 기뻐해 주었다.
"서효석 상병님 축하드립니다!"
"성재야. 축하해!"
"둘 다 축하드립니다!"
그러나 단 한명만은 인정하지 않았다. 성재는 녀석을 바라보았다.
장정민이 어디론가 걸어갔다. 성재는 제발 그렇게 하지 않기만을 바랐다.
그가 향한 곳은 바로 사제담당관이 있는 곳. 후임병은 선임병의 기대를 완전히 저버리고, 간부를 불렀다.
"사제담당관님!"
그러나 간부의 시선이 녀석에게 고울 리 없다. 이미 오전에 그렇게 자기중심적이었던 녀석을 좋아할 리가.
"뭐야?"
그런데 더욱더 기가 막힌 이야기를 해댄다.
"평가방법이 잘못됐습니다. 세 가지 음식을 다 먹고 평가해야 올바른 평가 아닙니까?"
후임병의 말에 사제담당관의 얼굴이 굳어버렸다.
'이 자식 뭐야? 폐급이잖아?! 뭐 이런 자식이 다 있어?'
성재는 녀석이 인정하지 않는 것을 보며 한숨을 쉬었지만, 이대로는 큰 사고가 날 것이라고 생각했다. 어차피 등급이 말해주고 있다. 그가 말한 대로 평가해도, 1, 2등은 서효석 상병과 자신이라고. 장정민은 끼지 못할 실력이라는 걸.

그래서 나섰다.
"사제담당관님!"

"어. 성재야. 왜?"
"정민이 이야기도 일리가 있는 것 같습니다. 저희가 지금부터 오는 간부님한테는 식판 하나에 세 가지 요리를 소량씩 담아서 평가받겠습니다."
"괜찮겠어? 너, 그러다 질 수도 있다. 그리고 효석이가 떨어질 수도 있고."
서효석도 고개를 끄덕였다.
그는 분명 착한 선임. 하지만 요리대회에 참가하고 싶은 욕심이 있는 것도 사실.
그래서 서효석은 이대로 가자고 말했다.
"그래. 성재야. 우리가 이긴 거야. 뭐라 그런 손해를 봐."
하지만 성재는 선임병을 설득했다.
"이대로는 정민이가 납득 못할 것 같습니다. 정민이가 말하는 대로 평가해보고, 정민이가 1등이나 2등을 하면 순위와 관계없이 제가 요리대회 참가 포기하겠습니다. 서효석 상병님은 요리대회 그냥 나가시면 됩니다."
"강성재! 네가 그럴 필요 없다니까?"
서효석의 말에 성재는 고개를 저었다.
"괜찮습니다."
그리고 생각했다.
'서효석 상병님, 걱정하지 마십시오. 1, 2등은 이미 서효석 상병님과 저로 결정된 거나 마찬가지입니다.'
성재는 후임병을 불렀다.
"장정민!"
"일병 장정민."
"문제없지? 이제 다른 말 하기 없기다."
"알겠습니다. 이렇게 하면 정당하게 평가받을 수 있을 것 같습니다."
그때, 들어오는 연대 당직사령과 부관.
"저기 간부님들 오십니다. 서효석 상병님, 바로 세팅 부탁드리겠습니다. 정민이 너도 세팅해. 바로 평가받을 거야."
성재의 억지에, 서효석은 고개를 저으며 말했고.
"아, 이건 아닌 것 같은데…."
반면 후임인 장정민은 두 번째 기회를 얻은 후, 자신만만한 얼굴로 뒤돌아섰다.

얘는 원래 좀 심했네?

오늘 근무는 연대 인사과장과 화학장교.
"과장님, 내일 요리대회 참석 하는 거 들으셨습니까?"
"어제 당직사령이 통신중대장이었지? 그 녀석이 인수인계하더라. 내일 대회 있다고?"
"네. 그것 때문에 대회참석인원 뽑는다고 간부식당에서 자체요리경연 한답니다. 식사 안 하셨으면 사제담당관이 꼭 와달라고 전화 왔습니다."
"그래? 가보지 뭐. 지금 가나?"
"네. 지금 출발하겠습니다."
화학장교는 주위를 둘러보다 병사를 불렀다.
"당직병! 무슨 일 있으면 군폰으로 전화해라!"
"알겠습니다. 통신대기는 제가 하면 되겠습니까?"
그의 말에 인사과장이 말했다.
"통신중대 전화해서 그쪽 당직사관, 잠시 지휘통제실 내려와서 대기하라고 해."
당직근무를 설 때는 주말 급양감독의 의무가 있기 때문에 병영식당에서 식사를 해야 한다. 하지만 연대 당직사령만 근무를 서는 것도 아니고, 대대 당직사령이 둘, 그 밑 중대별 사관 근무를 포함하면 당직근무자 중 간부만 무려 10명이 넘는다.
즉, 자신이 꼭 급양감독을 하지 않아도, 급양감독 할 사람은 많다는 이야기.

그래서 들린 간부식당. 맛있는 냄새가 벌써부터 솔솔 올라온다.

"오… 맛있는 거네."

"그렇습니다. 돈가스에 스테이크에, 해물쟁반짬뽕까지…."

인사과장은 자신의 직속부하인 사제담당관을 보며 물었다.

"사제야, 뭐가 1등이야?"

"아직 결과가 안 나왔습니다. 다시 평가하기로 했습니다."

"다시 평가한다고?"

"네. 공정성 문제가 있었습니다. 3가지 요리를 다 먹어보고 거기서 순위를 매겼어야 하는데, 그게 아니라 선호메뉴로 선정하는 바람에 차질이 생겼습니다."

"그래서 불렀구나?"

"그렇습니다. 객관적인 평가 부탁드리겠습니다. 과장님."

인사과장은 3가지 요리를 보며 조리병들에게 물었다.

"해물짬뽕은 누가 만든 거야?"

사제담당관이 조리병의 대답을 막으며, 입을 열었다.

"죄송합니다. 요리 평가를 다 하시면 말씀드리겠습니다."

"아… 공정성 때문에? 알았어. 화학! 너도 먹자."

"네. 알겠습니다."

멀리서 지켜보고 있던 조리병들은 고개를 끄덕였다. 나름 현명한 판단을 내린 사제담당관. 그래서 이번 승부에서만큼은 아무도 불만을 이야기할 순 없다고 성재는 생각했다.

당직사령과 사관. 지금은 특별심사위원이라는 표현이 맞을까?

소령 하나와 중위 하나가 조리병들이 만든 요리를 맛보고, 평가를 시작한다.

"과장님? 어떤 것부터 드시겠습니까?"

"어제 술 좀 먹어서 그런지 돈가스보단 해물이 댕기는데."

"전 스테이크가 나은 것 같습니다. 등심 스테이크 엄청 고급스러워 보이지 않습니까?"

"그러네. 소스가 맛있어 보이는데?"

성재는 자신이 만든 소스를 인정해주는 간부들을 보며 고개를 끄덕였다.

엄청 고급스러운 소스 같지만, 사실은 포도주스가 기본 재료. 하지만 성재의 손을 거치면, 포도주스라도, 최고급 포도소스가 될 터. 포도주와 스테이크는 예로부터 고급스러움의 대명사였다. 수천 년 고대 그리스 시대부터 지금까지 전해오는 요리법. 스테이크와 포도의 만남은 언제나 훌륭했다.
화학장교는 신기한 듯 스테이크 고기를 썹으며 인사과장한테 말했다.
"육즙이 계속 흘러나옵니다. 레스토랑에서 먹는 것하고 차이가 없는 것 같습니다."
"뭘 그렇게 호들갑이야. 화학아, 기다려 봐. 내가 먹어보고 말해줄게."

그리곤 화들짝!
스테이크의 참맛을 느끼곤 인사과장의 얼굴엔 붉은 보조개가 나타났다.
우물우물.
고기의 참맛을 느끼는 동안 흘러나온 육즙이 이 사이를 오가며, 스테이크의 진면모를 드러냈다.
육즙은 여행을 시작했다.
스테이크라는 거대한 감옥 안에서 빠져나오자 자유롭게 유영을 시작하는 녀석.
인사과장의 입안에서 갈 길을 헤매다가 목젖이라는 출구를 찾아내고 세차게 요동쳤다.
육즙의 여행을 같이하려는 자가 있었다.
바로 포도소스였다. 원래는 포도주스였다 자신의 일부인 수분을 버리고 소스로 변신한 녀석, 수분이라는 남자보다 더 멋진, 육즙이라는 남성을 여행의 동반자로 택했다.
포도소스와 육즙은 원래 수천 년 전부터 전해 내려오는 전설의 커플.
환상의 조합이 결국 인생의 마지막 여행을 함께 떠난 것이다.

"와! 진짜 맛있네."
"그렇습니다."
"다음은 해물짬뽕?"
"일단 돈가스부터 드시는 게 어떻습니까? 해물짬뽕은 매운맛이라서 짬뽕 먹고 돈가스(로스카츠)는 아닌 것 같습니다."
"그렇네."
로스카츠를 입에 넣는 인사과장과 화학장교.
우물우물거리는 그들의 입에선 맛의 재미를 찾기 위해 혀가 쉴 새 없이 움직였다.
하지만 환상의 조합을 맛보고 난 후, 돈가스는 왠지 밋밋했다.

"맛있긴 한데… 그냥 즐겨 찾는 맛집보다는 못한 것 같은데?"
"저도 뭔가 부족한 것 같습니다. 아, 스테이크 먹고 난 뒤라 더 그런 것 같습니다. 좀 기름져서 물리는 것 같습니다."
"아, 그런가? 돈가스는 흔하게 먹는 음식이라 별로 기대가 안 되는 게 아닐까?"
"그럴지도 모르겠습니다."
스테이크는 2018년 현재도 전문 레스토랑에 가야만 먹을 수 있다.
돈가스는 흔한 음식. 일반 분식집에도 먹을 수 있고, 학교나 군대 급식으로도 나온다.

그러나 다음 먹을 해물쟁반짬뽕은 달랐다.
특히나 서효석은 중화요리 14년 경력에 걸맞은 최고의 실력을 가지고 있다.
"와! 해물짬뽕 대박! 엄청 맛있네."
"그렇습니다. 입안에서 오징어가 계속 씹힙니다. 땀이 날 정도로 맵긴 한데, 젓가락이 멈추지 않을 정도로 양념도 골고루 잘 뺐습니다."
"그러게, 고기 먹고 먹어서 그런지 더 맛있다. 돈가스에서 느꼈던 게 짬뽕에서 다 풀리네. 풀려!"
"면도 꼬들꼬들한 게, 이건 서효석 상병이 직접 면 뽑아서 만든 게 틀림없습니다."
"아, 그 수타면 직접 만들었던 병사?"
"그렇습니다."

결과는 성재가 예상한 대로였다. 인사과장은 1등으로 해물쟁반짬뽕을, 2등으로 등심스테이크를 선택했다. 화학장교는 여자친구랑 먹기 좋을 것 같다며, 등심스테이크에 1등을 선사했고, 해물쟁반짬뽕에 2등을 선사했다.
결과는 서효석과 강성재가 공동 1, 2등을 차지. 꼴찌는 장정민으로 결정되었다.
당직사령은 평가를 마치며, 사제담당관에게 말했다.
"이제 됐지?"
"감사합니다. 내일 서효석 상병하고, 강성재 일병 요리대회 나가는 거로 하겠습니다. 인솔간부는 허란희 상사입니다."
"그래. 알았어. 내일 당직사령이 군수였지? 군수과장한테 인수인계해놓을게."

"감사합니다."
그들이 떠나고, 성재는 서효석 상병을 보며 축하의 인사를 건넸다.
"서효석 상병님이랑 같이 나가게 돼서 기분 좋습니다."
"그래. 성재야! 나도 너랑 나가고 싶었는데 잘 됐다. 진짜 잘 됐어."
둘은 얼싸안으며 승리의 기분을 만끽했다.
그리고 머리를 맞대고 내일 요리에 대한 의논을 시작했다.
"어떤 메뉴로 하는 게 좋겠습니까?"
"아무래도 저번에 차돌박이가 괜찮지 않았나?"
"음… 그것도 좋은데, 저는 좀 더 고급스러운 요리였으면 좋겠습니다."
"그래? 일단 청소부터 하고 메뉴 정하자."
사제담당관도 그들의 승리에 미소를 띄운 채, 성재와 효석이를 응원했다.
'결과가 좋게 나와서 다행이네. 그나저나 녀석들 왜 이렇게 좋아하는 거야? 내가 오히려 더 기분이 좋잖아.'

김민호 중사는 모든 일이 해결된 후, 퇴근 준비를 시작했다. 퇴근 준비는 당연히 부대 후임 부사관들하고 저녁 약속.
- 충성! 담당관님! 무슨 일이십니까?
"어. 형빈아! 5시에 볼링이나 치러 나가자!"
- 아, 평가 다 끝나셨습니까? 어떤 메뉴가 이겼습니까?
"짬뽕하고, 스테이크. 뻔하지 뭐."
- 저도 그렇게 될 줄 알았습니다. 그럼 콜택시 불러놓겠습니다. 충성!
그리곤 작별인사.
"효석아, 내일 잘 준비하고, 가서 좋은 성적 내. 알았지?"
"네. 알겠습니다. 오늘 아침부터 고생 많으셨습니다."
"그래. 다들 잘 마무리하고, 쉴 사람 쉬고."
"네. 알겠습니다. 충성!"
훈훈한 마무리. 성재는 떠나가는 사제담당관을 보며 안도의 한숨을 쉬었다.
'잘 끝나서 다행이다. 정민이도 이제 납득했겠지?'
성재는 장정민을 바라보았다. 그런데 무슨 일인지 오민호가 장정민을 말리고 있다.

장정민이 소리쳤다.
"봐주십시오!"
"포기 해. 인마! 정정당당한 승부였고, 네가 진 거잖아!"
"시소 소스만 있었어도 제가 이긴 거였습니다."
부들부들 떨면서 끝까지 패배를 인정하지 않는 태도.
성재는 장정민의 태도에 너무나 화가 났다. 2번까진 봐줘도 3번은 봐주기 힘들었다.
"장정민!"
녀석은 대답하지 않는다.
"……."
항상 그랬다. 자신한테 불리한 상황에서는 묵묵부답으로 일관한다. 성재는 그런 녀석에게 더욱더 언성을 높였다.
"너 지금 뭐라고 했냐?"
서효석은 성재가 화를 내자, 당황해서 후임병을 향해 소리쳤다.
"강성재! 강성재!"
하지만 성재는 이미 눈이 돌아간 상태.
사실 성재는 인내심이 아주 강한 편이었다. 그래서 웬만하면 좋은 게 좋은 거라고 참는 사람이었다. 하지만 참는 것도 한계는 있다.
자기중심적 사고, 계급사회인 군대에서조차 선임을 향한 불손한 태도.
그리고 억지 주장.
그 상황에 불을 붙이듯, 장정민은 자신의 주장을 굽히지 않는다.
"소스 때문에 졌다고 말했습니다. 시소 소스만 있었어도 제가 지는 일은 없었습니다."
"야! 나는 소고기 대신 돼지고기 쓴 거 못 느꼈냐?! 발사믹 없어서 포도주스 쓴 거 모르냐고! 네가 그게 할 말이야? 다 똑같은 상황이었어. 정말 소스 때문에 졌다고 생각해?!"
"네. 전 그렇다고 생각합니다."

성재는 결국 분노의 감정을 참지 못하고, 녀석의 몸을 있는 힘껏 밀었다. 녀석의 몸이 균형을 잃고 넘어졌다.
그러자 장정민은 악이 찬 얼굴로 선임을 노려보며 말했다.
"저를 밀은 겁니까? 당장 사과하십시오! 안 그러면 마음의 편지에 쓰겠습니다."

녀석의 협박이 실린 말투에 성재는 흥분했던 감정을 주체하지 못하고 소리쳤다.
"써! 이 개 새X야! 써! 너 이 새X, 써! 마음의 편지 쓰라고! 어디서 입을 놀려! 하늘 같은 선임들 앞에서! 어?! 야! 야! 이 개 같은 새X야!"
"욕한 것도 쓸 겁니다. 다 쓸 겁니다!"
그러자 서효석이 성재의 모습을 보며 당황한 채, 상황을 통제했다.
"야! 강희철! 성재 말려! 오민호! 장정민 데리고 밖으로 나가고!"
그리고 그 상황을 모두 지켜보고 있었던 한 사람. 사제담당관.
나간 줄 알았던 그는 소란스러운 상황에 간부식당으로 돌아와 지켜보고 있었던 것.
모두가 갑작스러운 간부의 등장에 조용해진 가운데, 사제담당관이 소리를 질렀다.
"동작 그만! 동작 그만!"

그날 저녁. 당직사령인 인사과장은 모든 상황을 사제담당관으로부터 보고받았다.
"아까 간부식당에서 있었던 상황입니다."

  사건 : 간부식당 조리병간 구타행위
  개요 : 간부식당 후임병의 하극상으로 인한 선임병의 구타
  시간 / 장소 : 3월 17일(토) 14:12 간부식당 조리실
  세부내용 : 붙임문서 참고

인사과장은 문서를 보며 사제담당관에게 말했다.
"장정민, 얘는 원래 좀 심했네?"
"그렇습니다. 생활지도기록부에 적혀 있던 호텔에 전화해서 확인해보니까, 선배 요리사와 다툰 후 현재까지도 법정 다툼 중이라고 합니다. 능력은 있는데, 자존감이 낮다는 동료의 이야기가 있었습니다. 회사에서도 3차례나 경고받고 최종 해고되었고요."
"가족한테는 전화해 봤어?"
"누나하고만 연락되었는데, 부모님이 사기죄로 교도소에 들어가 있답니다. 그래서 원래 부모님하고는 왕래가 없었답니다."
"후우, 뭐 이런 상황이 다 있냐?"

"그렇습니다. 좀 특별하긴 합니다만, 작년에는 성폭행, 강간 등 더한 상황도 있었으니, 이 정도는 별거 아닌 것 같습니다."
"그래? 처리는?"
"일단은 원소속인 해안대대로 보내놓고, 화요일날 징계위원회 개최할 예정입니다."
"해안대대면 어디로 가나?"
"본인은 취사병 하고 싶다는데, 아무래도 그것보다 중대장은 그냥 TOD 다시 보내고 싶답니다. 해안에서는 부담스러워 못쓰겠다고…."
"그래. 그리고 성재인가 걔는 어떻게 하기로 했어?"
"일단 구타를 하긴 했지만, 사소하게 미는 행동뿐이었습니다. 정황상 하극상에 대한 정당한 행위였고, 평소 군단장 표창은 물론, 삼척경찰서장, 서울지방식약청장 표창도 받은 우수인원이기 때문에 징계하지 말라고 연대장님이 지시하셨습니다."
"연대장님이? 야! 나 안 거치고 연대장님께 바로 보고된 거야?"
"그게 1대대장님이 직접 연대장님께 지휘보고하고 조치 받은 사항이랍니다."
"…그래. 대대장님이 그러셨다면 뭐, 할 수 없지. 그럼 요리대회는?"
"정상적으로 진행하고, 오히려 충격받아서 제 실력 내지 못할 수도 있으니, 세심하게 신경 써주라고 하셨습니다."
"그래? 이야, 연대장님도 진짜 엄청 신경 써주시는구만!"
"그렇습니다."
"그럼 장정민 얘는 어떻게 되는 거야? 징계 후에 다시 TOD로 보내는 건가?"
"제 생각에는 사단 보충대로 보내서, 치료프로그램 받게 하면서, 정신과 진료부터 시키는 게 좋을 것 같습니다. 일단 사고도 쳤고, 관심병사도 B급인 자살 우려자로 분류 중이고, 자존감도 없는 녀석이니까, 정상 임무수행은 불가능할 것으로 판단됩니다."
"일단은 그린캠프(관심병사, 자살우려자들이 가는 곳)부터 보낸다는 거지?"
"네. 그래서 이건 과장님이 연대장님과 3대대장님께 직접 보고해주셨으면 합니다. 아무래도 주임원사가 연대장님께 강력 추천해서 조리병에 보직된 인원이다 보니, 제가 연대장님께 캠프를 보낸다고 했다가는 아마 전 죽을 겁니다."
"그래. 주임원사가 잘못했네. 관심병사를 왜 뽑아?! 내가 잘 처리할게. 고생했어."
"아닙니다. 오늘 고생 많으셨습니다."

그동안 실력을 감추고 계셨네

성재를 비롯한 조리병들은 간단한 조사를 받고 돌아가는 길이었다.
효석은 후임병의 어깨를 툭툭 치며 말했다.
"성재야. 너무 신경 쓰지 마. 너 잘못 한 거 없어. 언젠가는 일어날 일이었어. 내가 네 입장이었다면, 나라도 그렇게 했을 거야."
"아닙니다. 경솔해서 죄송했습니다."
"네가 잘못한 게 없는데 뭐가 죄송해."
서효석은 후임병을 위로하며, 다른 후임병을 불렀다.
"희철아!"
"네."
"민호랑 문 닫고 정리하고 와. 난 성재랑 대화 좀 나눌 테니까."
"알겠습니다."

간부식당에서 나온 서효석은 따로 성재를 불렀다.
"성재야."
"일병 강성재?"
아직 22살의 어린 동생. 마음 약한 녀석, 배려심 깊은 후임 녀석이 골때리는 구타 유발자 때문에 마음의 상처를 받았다. 그래서 위로하고 싶었다.

"너 혹시 지금 죄책감 느끼는 건 아니지?"

"아닙니다. 마음 다잡았습니다. 이제 괜찮습니다."

녀석의 표정은 여전히 울상이다.

괴로웠겠지. 괜찮아. 인마!

효석은 사랑스러운 후임병의 어깨를 두드리며 말했다.

"그래. 그럼 됐어! 넌 다른 사람 너무 신경 쓰는 게 문제야. 세상에는 자기 마음대로 안 되는 일도 있는 거야. 사람 일은 더욱더 그래."

이쯤 되면 알아듣기를 바라면서. 내일이면 더욱 성숙한 성인이 되었기를 바라면서 인생의 선배로서 자신의 말에 진심 어린 조언을 담았다.

"네. 명심하겠습니다. 감사합니다. 서효석 상병님."

다행히 녀석은 고분고분하게 대답했다.

"그래. 내일 아침에 보자."

"아… 이제 정말 괜찮아졌습니다. 저 내일 대회 메뉴 안 정하셨는데 괜찮으십니까?"

서효석은 성재에게 미소를 지었다.

"메뉴 벌써 정했어."

"어떤 거로 하실 겁니까?"

"말하면 알려나 모르겠네."

"그건…."

다음날 점심.

서효석 상병과 성재는 같이 요리를 만들었다.

```
⚙ ✓ ✗
신뢰하는 동료 서효석이 새로운 요리를 시도 중입니다
정보를 확인할 수 없습니다
필요 레시피
한식 레시피 : Rank C        중식 레시피 : Rank C
```

"성재야, 거기 불 좀 줄여줄래?"

"알겠습니다."

옆에서 도와주긴 하지만 방해만 하는 느낌.

요리사의 눈으로 확인할 수 없는 등급의 레시피. 성재는 확실히 알게 되었다. 등급이 낮으면 못 보는 레시피도 있다는 걸.

'그만큼 수준이 높은 요리를 하는 거야.'

"성재야! 거기 기름 온도 너무 낮아. 거긴 불 올려야 한다."

"알겠습니다."

오늘은 오랜만에 보조 요리사의 역할을 하게 된 성재. 레시피를 확인할 수 없으니, 그 흔한 시스템창도 뜨지 않는다.

완성된 요리를 보며 성재는 서효석 상병이 그동안 실력을 숨기고 있었다는 것을 알았다.

"서효석 상병님…."

"왜?"

"이건 너무하지 않습니까? 정말… 기가 차서 말이 안 나올 지경입니다."

"내가 말하지 않았어? 이쪽 일만 14년 했다고 했잖아."

"그래도 이건 참…."

"뭘 그렇게 놀래? 먹어보기나 해."

역시나, 맛있다. 미식등급 ★★★★★인 자신이 놀랄 정도로 너무 맛있다.

바다의 맛이 고스란히 담긴 중화요리의 등장에 오민호도, 강희철도 놀라움을 감추지 못한다.

"강희철 상병님?"

"응?"

"성재보다는 서효석 상병님한테 요리 배우는 게 나중에 더 대성하실 것 같습니다."

"확실히 그럴지도?"

성재는 강희철이 농담하는 게 아니라는 걸 알고 있었다. 그만큼… 잘 만들었으니까.

"성재야! 넌 먹어보니까 어때?"

"서효석 상병님!"

"왜?"

"치사하십니다. 정말!"

"왜? 이건 한 번에 못 배우겠어? 너 한 번 보면 막 따라 하고 그러잖아."

"금방 배울 수 있을 것 같진 않습니다."

성재는 익살스러운 얼굴로 장난을 치는 서효석 상병의 얼굴을 바라보았다.

그리고 생각했다.

'혼자 5성도 만들 수 있었으면서, 그동안 실력을 감추고 계셨네.'

오후 1시 30분. 인사담당관은 서효석이 만든 음식을 먹어보곤 환한 미소를 지었다.

"잘하면 좋은 성적이 나올지도 모르겠는데? 희망을 가져봐."

그러자 서효석은 고개를 갸웃거리며, 예의를 차렸다.

"잘 모르겠습니다. 사실 삼척지역 잘하는 음식점들이 전부 참석한다고 들었습니다."

"그건 그렇지만, 이건 진짜 맛있다."

"그렇게 말씀해주시지 않으셔도 됩니다."

"아니라니까, 진짜 맛있다니까."

허란희 상사는 여성인 자신보다 요리를 잘하는 조리병들을 보며 감탄했다.

저번 겨울, 병영식당에서 같이 조리했을 당시만 하도 이 정도까진 아니었던 것 같은데, 한층 더 실력이 올라간 병사들.

'다들 열심히네.'

인사담당관은 민수용 차량인 카니발에 병력들을 태워 죽서루 앞에서 내려주었다. 그리곤 주차장으로 향한다.

성재는 차량에서 내린 후. 주변 풍경을 바라보았다.

자신이 발을 디딘 곳은 백사장.

백사장 앞에 좌에서 우로 넓게 펼쳐져 있는 강.

그 강 뒤로 암석으로 된 절벽.

절벽 사이사이에 아슬아슬하게 휘어 자란 소나무 수십 그루.

소나무 위, 절벽 뒤로 세월의 흔적이 고스란히 남아있는 기와집들.

그 중앙에 위치한 죽서루 누각.

"성재야. 여기로!"

그때, 서효석이 후임병을 불렀다.
커다란 현수막에 '삼척시, 강원랜드 공동 주관 요리 경연대회' 라는 글자가 큼지막하게 쓰여 있다.
현수막 뒤로 설치된 수많은 캐노피와 기다란 사각 테이블. 테이블 위에는 남색 식탁보가 전부 씌워져 있고, 사각모서리 끝에는 생수 2병과 종이컵 2줄, 휴대용 가스레인지 2개, 모서리가 둥근 사각의 흰색 도마와 강원랜드라고 프린팅되어 있는 녹색 앞치마 2개가 가지런히 놓여있다.
그때, 울리는 방송앰프. 고음이면서도 맑은 여성사회자의 목소리.

[지금 도착하신 분들은 앞쪽 행사 진행장 쪽으로 와서 자리에 앉아주세요.]
목소리가 들리는 곳은 캐노피 끝에 위치한 무대. 그곳이 아마도 행사 진행장.
성재와 효석은 자신들이 챙겨온 식재료와 주방식기류를 선점한 테이블에 놓은 채, 자리를 옮겼다. 물론 인사담당관도 함께였다.
여성의 목소리가 성재일행을 향해 흘러나왔다.
[어디서 오셨나요?]

여성의 목소리에 대답하는 여성. 허란희 상사다.
"23사단 60연대에서 왔습니다."
[아, 그렇군요. 이제 군인분들은 다 오셨네요. 빈자리에 앉아주세요.]
마이크로 대답하는 사회자의 말에 허 상사가 병사들에게 지시했다.
"앉자."
"네. 알겠습니다."
성재는 자신의 앞쪽에 앉은 병사들의 복장을 바라보았다.
자신과 같은 군복. 자신과 같은 사단 마크. 저번에 한번 얼굴을 본 적 있는 병사들.
사단에서 요리에 재능 있다는 사람들을 전부 뽑아 배치한 곳.
철벽회관 조리병들이 바로 자신의 앞에 서 있다.
성재는 요리사의 눈으로 그들의 미식등급을 확인했다.
'둘 다 4성. 특별하진 않네. 아닌가, 특별한 건가?'
대부분 사람 평균이 2에서 3성이니 4성이면 확실히 높은 편.

그리고 처음 보는 간부. 회관실장.

"오랜만이야. 허 상사!"

"네. 차 상사님. 잘 지내셨습니까?"

"응. 오랜만에 군복 입었더니 어색하네."

"아… 지금 몇 년째 회관에 계신 겁니까?"

"조리실장 보직된 지는 한 4년 됐지?"

"아… 그럼 이제 다른 보직으로 가셔야겠습니다?"

"아니야. 본부대 행보관님이 진급하시고 빠져야 내가 그 자리로 가는데, 작년에 진급을 못 하셨거든. 아마 1년은 더 해야 될 것 같은데?"

차상철 상사. 키는 약 180cm, 호리호리한 체형. 날카로운 눈매를 가졌지만, 미소를 지으면 한없이 따뜻해 보이는 인상.

성재는 자리에서 일어나서 장래, 자신의 상관이 될지도 모르는 간부에게 경례를 실시했다.

"충성!"

"응. 그래. 연대 조리병?"

"그렇습니다. 간부식당에서 나왔습니다."

"그래. 열심히 해라."

"감사합니다!"

나중에 그가 기억할지 모르겠지만, 미리 인사를 해둬서 나쁠 건 없다.

시간이 흘러 한 팀, 한 팀 도착하는 참가자들. 참가팀은 20대부터 60대까지 여성, 남성 할 것 없이, 다양한 사람들이 나와 있었다.

팀 이름도 제각각.

영미네 호떡가게, 매일빵굼터, 감나무집, 텃밭토종닭, 삼척마당골, 오거리식당, 곤드레나물, 동덕막국수, 앗뜨거생선구이, 산채나물산장, 한우마을은행나무팀 등등.

그들의 최고 목표는 요리대회 우승 상금인 200만 원이겠지만, 일단은 10등 안에 들고 싶어 했다.

[아직 일반인 두 팀이 도착을 안 했네요. 시작 10분 전인데, 일단 도착하신 분들께 먼저 룰을 설명해드리겠습니다. 이미 사전에 설명 들으셨겠지만, 조리시간 제한은 1시간입니다.

숙성해야 되는 고기나 미리 만들어야 하는 양념장 같은 경우는 미리 준비해주신 것도 인정해드립니다. 하지만 미리 음식을 완성하신 다음, 여기서 단순가열이나 해동 등, 일반적인 관점에서 조리과정이라고 인정될 수 없어 보이는 경우 심사위원 직권으로 탈락시키도록 하겠습니다.]

사회자의 말에 참가자들은 미소를 지으며 대답했고.

"네. 알겠습니다."

여성 사회자는 부드러운 말솜씨로 원활하게 진행을 이끌었다.

[그럼 지금부터 10분간 화장실 이용할 시간 드리겠습니다.]

공중화장실에서 손을 씻는 선임과 후임. 서효석이 긴장된 얼굴로 성재에게 물었다.

"안 떨려?"

"솔직히 조금은 떨립니다. 첫 대회이기도 하고, 사람들도 많아서 긴장도 됩니다."

"잘 돼야 될 텐데, 어떻게 될지 모르겠어. 나오신 분들 보니까 다들 지역 맛집이란 맛집은 다 참석 했나 봐. 회부터 돼지고기, 쌈밥, 뭐 없는 게 없네."

"아무래도 심사위원이 어떤 음식을 좋아하느냐에 따라 달라지지 않겠습니까?"

"그렇겠지?"

"서효석 상병님!"

"응."

"잘할 수 있을 겁니다. 여기 오기 전 했던 것처럼 만들면 1등 하지 않겠습니까?"

"그래. 일단은 최선을 다 해보자."

성재는 1등도 하고 싶었지만, 그것보다는 각 지역 맛집들의 수준을 볼 수 있는 기회여서 더욱 흥분한 것도 있었다.

'과연 이곳 맛집들은 다들 어떤 수준일까?'

그가 화장실을 나오며, 긴장을 풀기 위해 스트레칭 겸, 손을 앞으로 쭉 뻗었다.

그때, 화장실 앞을 지나가는 봉고차.

차에 필름으로 붙어있는 상호명. 삼척한솔요리학원. 거기서 50대 여성 둘이 먼저 내리고, 뒤에는 40대 여성이 뒤따라 내린다.

성재는 두 눈을 동그랗게 떴다.

자신이 아는 사람. 연대장님과 썸을 타시는 교회 윤미옥 권사님.

아마도 요리대회에 일반인 자격으로 참석했을 터. 성재가 조리도구를 내리는 그녀들에게 달려갔다.

"권사님! 도와드리겠습니다."

"어? 아! 성재씨구나. 마침 잘 됐다. 미안한데, 부탁 좀 할게요. 요리대회 참석하러 오는 도중에, 길을 잘못 들어서 늦었어요."

"권사님도 요리대회 참석하십니까?"

"네. 학원 원장님 한팀하고, 저희 한 팀, 이렇게 두 팀 참석하게 됐어요."

"아… 그러셨습니까? 좋은 성적 내셨으면 좋겠습니다."

"그래야죠. 성재씨도 군대 대표로 나왔나 봐요? 다행이다. 어제 잘 마무리된 거죠? 집사님이 걱정하시던데…."

집사라 하면 연대장님이다.

'연대장님이 내 걱정을? 하긴… 어제 내가 엄청 큰 사고를 내긴 했지. 정당방위였다고 해도 후임병을 밀친 건 사실이니까. 그런데 바로 어젯밤이었는데? 같이 계셨던 건가?'

아, 이상한 상상은 하지 말자. 성재는 잡념을 지우며, 그녀에게 대답했다.

"네. 어제 일은 잘 마무리됐습니다. 솥은 여기다가 놓으면 되겠습니까?"

"네. 그래 주면 좋죠. 정말 고마워요."

[대회 시작 5분 전입니다. 일반인 두 팀은 지금 바로 행사진행장으로 와서 접수 신청 부탁드리겠습니다.]

윤미옥 권사는 방송을 듣고 발을 동동 굴렀다.

"왜 이렇게 안 오지? 큰일이네."

그녀의 반응으로 보아 파트너가 아직 도착 안 한 모양이다.

'권사님은 누구랑 팀이신 거지?'

그때 또 다른 차량이 진입하고, 윤미옥 권사가 환한 웃음을 지었다.

"왔다. 다행이야. 안 늦었어."

성재는 권사의 말에 그녀가 바라보는 방향으로 시선을 옮겼다.

그리곤 동공이 커지며 놀람과 동시에, 반사적으로 거수경례를 실시했다.

"충성!"

외국인 시선에서 이 요리는 어때요?

연대장이 차량에서 내렸다. 양복을 입은 연대장은 항상 국방무늬 군복만 입던 것과는 많이 달라 보였다. 점잖게 차려입은 배원영 대령은 손을 저으며 성재에게 말했다.

"성재야. 손 내려. 윤아 응원하러 온 거야."

"알겠습니다."

그리고 차량 뒤편에서 내리는 10대 여성. 그녀는 뭐가 그리 급한지 성재는 쳐다도 보지 않고, 윤미옥 권사에게 대뜸 달려가며 말했다.

"죄송해요. 권사님, 많이 걱정하셨죠?"

"아니야. 윤아야. 나도 조금 전에 왔어. 빨리 접수하러 가자."

"네. 저희 힘내요!"

"응. 그러자. 윤아야! 파이팅!"

"네! 화이팅!"

성재는 진행자 쪽으로 달려가는 윤미옥 권사와 배윤아를 뒤로 하고 자리로 돌아가려 했다. 그때 연대장이 성재를 불렀다.

"성재야."

"일병 강성재?"

"어제 일은 대대장한테 보고받았다. 너무 걱정하지 마. 연대장이 잘 해결해줄 테니까, 넌 군 생활만 열심히 하면 돼. 알았지? 화이팅이다!"
연대장은 언제부턴가 성재를 따뜻한 모습으로 대해주었다.
아니, 처음 만났을 때부터 연대장은 항상 같은 모습이었다. 이렇게 일방적으로 자신을 믿어주는 사람은 가족 외에는 없었기에 성재는 울컥하는 감정이 밀려들고 말았다.
하지만 꾹 참았다. 이제 곧 요리대회가 시작된다. 자신이 옆에서 보조를 잘 못 하면, 서효석 상병에게 누를 끼친다.
"연대장님! 감사합니다."
"그래. 열심히 해서 1등 하고!"
"알겠습니다!"
자신의 딸보다 성재를 응원하는 지휘관. 그가 아버지처럼 느껴지는 것은 왜일까?
돌아오는 배윤아와 권사님의 모습이 보인다. 이제 곧 대회가 시작하려는 것 같았다.
성재도 얼른 서효석 상병에게로 갔다. 서효석이 후임병에게 물었다.
"아는 사람이야?"
"연대장님하고 연대장님 교회 권사님이셨습니다."
"진짜?! 연대장님?!"
"네. 그렇습니다. 저희 때문에 온 건 아니고, 개인적인 용무로 오신 것 같습니다."
"아, 그래도 연대장님 오셨다니까 긴장된다."
"제가 옆에서 잘 보조하겠습니다. 긴장 푸십시오."

그때 시작되는 방송.
[지금부터 삼척시청, 강원랜드가 공동 주관하는 요리 경연대회를 시작하겠습니다.]
TV중계방송은 없지만, 민간인 기자는 있었다. 사진을 찰칵찰칵 찍으며, 여기저기 둘러보는 삼척 MBC기자. 그리고 군에서도 같은 목적으로 나온 사람이 있다. 정훈공보장교.
그는 군 홍보자료를 만들기 위해, 주말임에도 불구하고 삼척 죽서루까지 나와 있었다.
'어? 쟤는 강림소초에 있던 애잖아. 이름이 성재였지?'
조리복 뒤 살짝살짝 보이는 계급장. 일병.
'진급도 했네. 짜식, 너 때문에 내가 얼마나 고생했는지 알아?'
'우리 소초 야식이 맛있어요' 코너를 야심차게 준비했다가, 가는 소초마다 취사장 음식이 형편없는 수준이라 단 1회 만에 접게 된 비운의 칼럼.

그것 때문에 정훈참모한테 얼마나 혼났었는지….
그래도 요리대회까지 나와 열심히 하는 것을 보니, 같은 군인으로서 응원하고 싶은 마음도 사실. 그래서 남궁민 중위는 성재를 보며 속으로 응원했다.
'병사야. 열심히 해라!'

성재는 모든 감각을 서효석 상병의 행동에 집중했다.
선임병은 블랙타이거 새우의 껍질을 벗겨내는데 온 신경을 집중하고 있었다. 효석의 손에 씌워진 고무장갑. 그는 가위를 이용해 머리를 제거한 뒤, 새우의 세 번째 마디부터 껍질을 벗겨냈다. 그러자 드러나는 블랙타이거 새우의 통통한 살.
서효석은 그 새우들의 등을 이쑤시개로 찔러넣었다.
푸욱.
발라지는 새우의 내장. 그리고 선임병이 후임병에게 하는 지시.
"성재야. 이것 좀 흐르는 물에 씻어."
"알겠습니다."
성재는 손질하는 서효석 상병의 동작을 보며 고개를 끄덕였다. 완벽한 숙달. 14년의 내공이 고스란히 느껴지는 새우손질.
다 씻은 새우를 건네받은 서효석은 곧바로 메인재료에 밑간을 시작한다.

서효석은 곧바로 후임병이 해야 될 일을 구분했다.
"성재야. 이것 좀 볶아줄래?"
"알겠습니다."
성재는 효석의 지시에 채소를 볶기 시작했다.
미리 끓여놓은 닭육수에 피망과 당근, 배추와 브로콜리를 넣고 볶는다.
그때, 서효석의 손에 들린 커다란 28cm 팬. 식용유를 가득 부은 후 기름 온도를 맞추고.
그러나 기름은 끓지 않는다. 성재가 선임병에게 물었다.
"서효석 상병님, 기름 온도 너무 낮지 않습니까? 160도 정도 되는 것 같은데…."
"이렇게 튀겨야 부드러워."
"아, 일부러 그러신 겁니까? 알겠습니다."

반죽된 새우들이 서효석의 손에 들려있다가 기름에 퐁당 빠진다.
오랜 시간 기름에 담군 채, 서서히 익어간다.
그래서일까? 새우가 입은 튀김옷이 여전히 새하얀 색깔이다.
조금만 온도가 높았으면 갈색 옷, 좀 더 높았으면 짙은 갈색 옷으로 갈아입었을 터.
서효석은 적절하게 불 조절을 해서, 자신이 기름에 빠트린 모든 새우에게 흰 옷만을 선사한 후, 다시 건져내었다.

그다음, 선임병이 고른 재료는 캐슈넛이었다.
아까의 기름 안에 다시 넣는 서효석. 하지만 다른 점이 있다.
그건 바로 기름의 온도. 아까는 16층이었다면, 지금은 18층.
성재는 자신의 가열된 팬의 열로 채소의 숨을 죽이며, 선임병에게 물었다.
"바삭하게 튀기실 생각이신 겁니까?"
"그래. 캐슈넛은 원래 촉촉하고 담백한 맛이잖아. 겉을 바삭하게 튀겨주면, 바삭함과 촉촉함, 담백함이 공존하게 돼. 3가지 맛을 한가지 재료로 나타낼 수 있지."
"아, 이제 서효석 상병님이 어떻게 생각하고 요리하시는지 조금씩 이해가 되는 것 같습니다."
"그래. 요리는 기법이나 테크닉도 중요하지만 가장 중요한 건 과학이야. 관련 지식!"
성재는 채소를 담당하고, 효석은 메인재료인 새우와 캐슈넛을 담당한다.

둘이 각자 제 역할을 맡아 요리에 집중하는 사이,
다른 팀들도 각자의 요리에 집중하고 있었다. 감자옹심이, 막국수, 수육, 회덮밥, 물회, 빠가사리 매운탕, 오리백숙에 뼈없는 닭갈비, 문어 등갈비찜까지. 다양한 요리가 각자의 테이블에서 만들어진다. 성재는 자신이 다 볶은 채소를 서효석에게 넘겼다. 선임병은 자신이 1차로 튀긴 캐슈넛과 블랙타이거 새우, 그리고 넘겨받은 채소볶음을 한데 모아 다시 한번 한 곳에서 볶아주기 시작했다.
성재는 만들어지는 요리를 보며 미소를 지었다. 비록 레벨과 등급이 낮아 조리과정에 대한 시스템창은 보이지 않더라도, 그가 만든 요리가 얼마나 대단한지는 눈으로도 충분히 확인할 수 있었다.
'육즙이 하나도 안 빠졌어. 탄력도 있고. 새우, 캐슈넛 둘 다 그래. 정말 대단해.'

잠시 후, 성재는 선임병이 완성한 요리를 쳐다보았다.

 강성재와 서효석이 함께 만든 캐슈넛새우볶음 ★★★★★☆
동양, 서양을 막론하고 친숙한 두 재료. 캐슈넛과 새우는 나이, 성별, 국가를 막론하고, 사랑받는 식재료
다른 사람과 차별되는 조리법을 사용하여 등급이 ☆만큼 상승하였으며, 사용자 강성재의 직업 보너스에 의해 ☆만큼 등급이 추가 상승하였다

요리가 완성되자 기자가 다가오더니 셔터를 눌렀다.

찰칵!

정훈공보장교 또한 두 병사의 요리에 셔터를 눌렀다.

찰칵!

그때, 앰프를 통해 들리는 사회자의 목소리.

[완성된 요리는 기다리지 말고, 심사위원석으로 바로 가져오세요.]

성재는 효석에게 말을 꺼냈다.

"서효석 상병님! 성공입니다!"

"그래. 바로 평가받으러 가자."

인사담당관은 완성된 병사들의 요리를 보며, 그들에게 말했다.

"간 봤니?"

"네. 완벽합니다."

"그럼 제출하러 가. 음식 식겠다."

성재는 효석에게 세팅에 대한 모든 것을 맡겼다. 그는 접시 위에 보기 좋게 음식을 플레이팅하기 시작했다. 가운데에는 새우와 캐슈넛을, 가장자리에는 브로콜리 등 커다란 채소를 보기 좋게 배열해 색감을 맞췄다.

성재는 요리를 보며 다짐했다.

'서효석 상병님, 정말 대단하십니다. 언젠가는 저도 그 튀김조리법, 배우겠습니다. 조금만 기다려주십시오.'

위의 위, 또 그의 위.

요리의 세계는 정말 심오하면서도 끝이 없다.

서효석 상병의 한계는 과연 어디일까?

성재는 즐거운 상상을 하며, 선임병의 말에 대답했다.

"제출하러 가자."

"알겠습니다."

커다란 쟁반에 가지런히 그릇을 올려놓고 조심스럽게 발걸음을 향하는 성재와 효석.
그들은 심사위원이 앉아있는 테이블 위에 요리를 제출하며 말했다.

"60연대 1대대 간부식당팀, 제출하겠습니다."

"아, 생각보다 빨리 만들었네요. 요리 제목이 뭐지요?"

"캐슈넛새우볶음입니다. 동서양에서 대중적인 식재료로 쓰이는 블랙타이거 새우와 캐슈넛을 이용해 전 세계에 통하는 중화요리를 만들어보았습니다."

"한 점씩만 먹어볼까요?"

심사위원은 강원랜드 수석주방장 김만복 셰프와 최향숙 요리전문가, 그리고 미슐랭 원스타 레스토랑을 책임지는 경력 17년의 프랑스교포 2세 베르트랑 조가 맡고 있다. 그들은 성재와 효석이 만든 요리를 앞 접시에 담더니, 젓가락을 이용해 입에 쏙 하고 넣었다. 그리고 갑자기 서로를 쳐다보는 눈. 성재는 그들의 표정을 보며 미소를 지었다.

> 김만복 셰프의 미식등급 ★★★★★
> 최향숙 요리전문가의 미식등급 ★★★★☆
> 미슐랭 원스타 레스토랑 출신 베르트랑 조의 미식등급 ★★★★★

자신의 미식등급인 5성과 같거나 낮은 등급.

그들이 내놓을 결과는 뻔하다.

김만복 셰프는 정중하게 고개를 숙이며 성재와 효석에게 말을 꺼냈다.

"평가는 미공개하기로 되어 있습니다. 저희끼리 의논할 수 있도록 원래 자리로 돌아가 주시겠습니까?"

"네. 알겠습니다."

둘의 표정이 갈렸다. 서효석은 안절부절못한 채, 자신의 요리가 어떻게 평가될지 궁금해 발을 동동 굴렀고, 후임병인 성재는 느긋하게 말했다.

"서효석 상병님, 너무 걱정 안 하셔도 될 것 같습니다."
"뭘 걱정이 안 돼. 이거 요리대회야."
"전 서효석 상병님을 믿습니다. 결과가 말해 줄 겁니다."
"너 인마, 괜히 헛바람 넣지 마."
"헛바람 아닙니다. 진심입니다."
"에이! 낯부끄러운 말 하지 마."

둘은 자리로 돌아가고, 심사위원은 서로를 바라보며 의견을 나누었다.
"어떻게 이런 맛이 나올 수가 있죠? 군인들이 정말 머리를 많이 썼네요."
"저도 그렇게 생각했어요. 제가 아는 캐슈넛새우볶음하고는 많이 달라요. 캐슈넛을 튀긴 후에 볶았어요. 그래서 더욱 놀라웠던 것 같아요. 그것뿐만이 아니에요. 새우는 촉촉한 촉감을 그대로 살려서 맛있었고요. 채소도 볶음요리답게 일부러 숨을 죽인 게 티가 나요. 저 베르트랑씨에게 한가지 여쭤봐도 될까요?"
"네. 말씀하세요."
"베르트랑씨는 외국에서 오래 살아서, 프랑스 느낌하고 한국 느낌 둘 다 알잖아요. 프랑스에서라면 이 요리 어땠을 거 같아요? 외국인 시선에서요."
최향숙 요리전문가의 질문에 베르트랑이 미소를 지었다.
"이미 정답 알고 물으신 거죠? 아주 스마트한 요리였어요. 세계적인 트렌드에 맞춘 요리죠. 한국이 아니라 미국, 일본, 프랑스, 이탈리아의 요리대회에 나왔어도 통할 요리였겠죠. 거부감이 전혀 없을 정도로 완벽했습니다. 김만복 셰프님도 같은 의견이죠?"
"네. 맞습니다. 저도 두 분과 의견은 같네요. 일단 캐슈넛새우볶음, 이 요리는 강력한 우승 후보겠네요."
성재와 효석은 40분 만에 조리를 마쳤기 때문에 주변을 볼 여유가 생겼다.
요리를 매우 잘하는 사람도 있는 반면, 상대적으로 요리에 미숙한 음식점에서 나온 분들도 많이 보였다. 하지만 그들은 실력에 상관없이 자신의 요리에 최선을 다했다.
정성껏 조리하고, 부채질을 하고, 요리수저로 국물에 올라온 거품을 건져내며, 심사위원들에게 최고의 요리를 선사하려고 노력했다.
물론 권사님과 파트너인 배윤아도 마찬가지였다.
실력은 그다지 좋지 못했지만….

이번 3등은 이변이네요. 그 팀은 과연 누구일까요?

권사님과 윤아가 고전하는 가운데, 옆 참가팀이 호들갑을 떨고 있었다.
그 팀은 쭈꾸미 정식으로 내놓을 요리를 만들다가, 의견이 충돌했다.
"어떻게 해! 불이 너무 약하잖아. 가스 없어. 부탄가스 좀 구해와"
"어디서 빌려와?!"
"다 끝난 팀 있잖아. 옆에 군인 아저씨 있네. 거기서 빌려와라."
"알았어."
그들의 접근.
그리고 부탁.
"저, 가스레인지 다 쓰셨으면 부탄가스 좀 빌려주실래요?"
"아, 가져다 쓰십시오. 저희는 다 썼습니다."
"정말 감사합니다. 감사합니다. 야! 빌렸다! 빌렸어!"
"어. 빨리 가져와!"
일반적인 요리대회라면 매우 엄중하고, 통제가 심했겠지만. 이번 요리대회의 주목적은 어디까지나 폐광지역 홍보와 지역상생. 때문에 행사보조요원들은 물론 심사위원도 그리 까탈스럽게 굴진 않았다.
지역 주민과 함께하는 행사. 그래서일까? 주변 음식점들끼리 돕는 모습이 보인다.

"저, 성식이형! 이거 간 좀 봐줄래요?"

"왜? 잘 안 되나?"

"아, 이거 저희 신메뉴거든요. 사실 3일 전에 개발한 요리라서, 제가 먹기엔 간이 맞는데, 다른 사람들이 먹을 땐 어떨지 모르겠어요."

"어이쿠, 신메뉴로 요리대회를 준비하면 어떻게 해."

"잘 되면 홍보되잖아요. 뜨면 좋은 거죠. 안되면 말고요. 일단 간 좀 봐주세요."

그렇게 친한 사람들은 다른 팀임에도 간을 봐주고.

"음… 이거 치즈 너무 많이 넣어서 느끼한 것 같은데?"

서로 조언까지 해준다.

"그래요? 치즈를 건져내야 되나…."

"건지려면 빨리 건져."

"네."

차상철 상사. 그의 직책(직함)은 분명 조리실장이지만, 요리에는 능숙하지 않았다. 조리병들과 회관을 잘 운영·통제하기 위해 만든 자리에 임명된 현역 관리자. 그래서 모든 요리대회는 회관 조리병들에게 위임하고 주변 동향을 살폈다.

우선은 자신의 군 동료이자, 후배인 허란희 상사에게 다가가서 말했다.

"요리, 벌써 제출했어?"

"네. 저희는 이상 없는 것 같습니다."

"그래? 자신감 넘치는데? 어떤 요리였지?"

"저희 캐슈넛새우볶음으로 제출했습니다."

"캐슈넛 뭐? 캐슈넛새우?! 그런 것도 할 줄 알아?"

"저희 조리병들이 실력이 꽤 좋습니다. 위문 열차 때, 꿀타래 사건 듣지 않으셨습니까?"

"아! 알지! 그때 허 상사, 정말 능력 있고 기발하다고 생각했었는데…."

"오늘 요리 참석한 병사들이 그거 준비한 애들입니다. 저희 애들 진짜 잘합니다."

"그래?"

"그나저나 실장님 쪽은 어떤 요리 준비하셨습니까?"

"우리야 항상 정해져 있지 뭐. 한방오리백숙."

"오, 우승하시는 거 아닙니까?"

"우승은 못 해. 우리는 이번 행사 들러리잖아. 1등은 지역 음식점에 주기로 했고, 우리는 특별상 또는 공로상 이런 거 받겠지. 3년 전에도 그랬어."

"아… 1등은 저희한테 없는 거였군요."

"확실한 건 아니야."

성재는 차 실장의 말에 고개를 저었다. 공로상이라니, 특별상이라니….

서효석이 만들어낸 요리는 자신이 인생을 살면서 보았던 요리 중 최고였다.

주변 맛집에서 만든 요리보다도 한층 높은 수준.

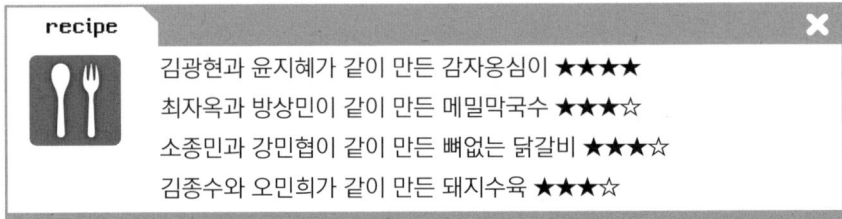

요리대회 참가자들을 관찰하면, 레시피를 알게 되고, 숙련도를 쌓게 된다.

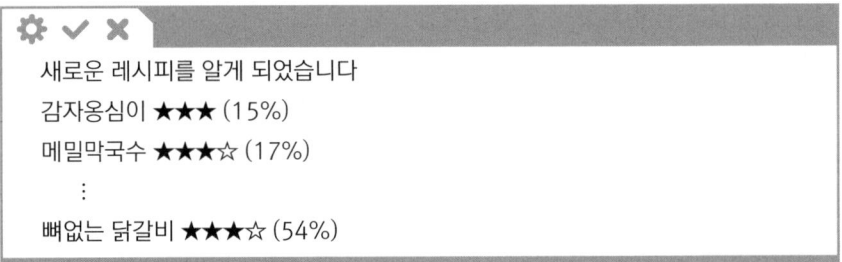

물론 못 배우는 레시피도 존재한다.

문어등갈비찜 앞에서는?

이런 식으로 뜬다.

성재는 얼마나 높은 등급인지 궁금해 등갈비찜이 완성될 때까지 계속해서 쳐다보았다.

그러자 다른 요식업체 참가자들보다 확연히 높은 등급이 눈앞에 펼쳐졌다.

recipe | 윤숙자와 손정국이 정성껏 만든 문어등갈비찜 ★★★★★ ✕

육질이 살아있는 등갈비, 바다의 쫄깃함을 그대로 느낄 수 있는 문어의 조합
미리 핏물을 빼주고 양념에 재운 등갈비와 다시마 육수에 삶은 문어가 한 자리에서 만났다
큼직한 표고버섯, 새송이버섯, 양파, 대파, 당근으로 자칫 부족할 수 있는 갈비와 문어의 식감에 새로운 재미를 살린 것도 포인트

성재는 완성된 요리를 보며 생각했다.
'저 요리도 배울 수 있으면 좋을 텐데….'
능력의 한계, 레벨이 낮아 배울 수 없는 요리의 등장.
그것과 더불어 오늘 서효석 상병과 함께 만든 캐슈넛새우볶음을 통해 알게 된 사실.
저런 5성짜리 요리를 레시피 없이도 시도할 수는 있다.
캐슈넛새우볶음이 가능했으니, 문어등갈비찜도 분명 가능할 것이다.
하지만 홀로그램과 시스템창에 의한 완벽한 조리시간과 조리법은 익히지 못한다.
즉, 한번 완벽하게 조리한다고 해서, 2번째 도전, 3번째 도전에서도 똑같은 등급을 만들어 내리란 보장이 없다. 한번에 레시피 이상의 등급이 나오기도 힘들 테고.
그게 다른 요리들과 결정적 차이.
'내가 혼자 저걸 요리하면 몇 성짜리 요리가 나올까? 3성? 4성? 아니, 더 아래 등급이 나올지도 모르겠다.'
결국 시스템 상 직업의 상위클래스인 '회관 조리병'을 목표로 해야 된다는 결론이 나온다. 전직하면 주어진 레시피와 재료를 가지고 5성 이상 요리를 자유자재로 만들 수 있다.

다 완성된 문어등갈비찜을 심사위원에게 가져가는 두 남녀.
복장까지 제대로 갖춰 입은 50대 중년 부부를 앞에 두고 시식을 하는 심사위원들.
그들은 성재와 효석이 요리를 냈을 때와 마찬가지로 서로를 바라보며 표정으로 말했다.
그리곤 입을 열었다.
"평가는 미공개하기로 되어 있습니다. 저희끼리 의논할 수 있도록 원래 자리로 돌아가 주시겠습니까?"

그들의 말에 참가자가 제자리에 돌아가자, 심사위원들은 서로의 의견을 나눈다.
"등갈비하고 문어를 같이 쓰니까 새롭네요. 입에서 느낄 수 있는 모든 식감을 한 가지 음식에서 느낄 수 있다는 게 좋은 것 같아요."
"맞아요. 원래 등갈비 자체가 맛있는 음식이잖아요. 문어도 마찬가지고요. 그런데 그 두 음식이 만나니까 더욱더 재밌어요. 등갈비 느낌도 나고, 문어 느낌도 나고."
"이것도 우승 후보로 일단 넣어둘까요? 다들 다른 의견 없으시죠?"

제한시간 한 시간. 어느덧 시계는 55분 경과를 알린다. 1등 후보로 2개의 요리가 거론되는 중, 한방오리백숙을 만드는 테이블에선 병사들의 여유로운 웃음이 흘러나왔다.
"긴장 하나도 안 된다."
"그렇습니다. 다들 분위기가 좋으니까, 저도 좀 들떴습니다."
조리실장은 자신이 데려온 병사들에게서 군기가 살짝 빠진 모습을 보며 물었다.
"시간 안 부족해?"
"네. 괜찮습니다. 지금 압력밥솥에서 3분만 더 끓이고 뺄 겁니다."
"빨리 제출해서 심사위원이 다른 요리보다 먼저 먹도록 하는 게 낫지 않을까?"
그의 말에 시계를 보는 김종태 조리병.
"실장님, 저 믿어주십시오. 작전부사단장님이 맛있어서 매일 찾는 요리지 않습니까? 압력밥솥에서 딱 33분 끓이면 딱입니다. 지금 31분 지났으니까, 지금부터 2분 더 끓이면, 푹 익어서 엄청 맛있는 백숙이 되어 나올 겁니다."

김종태 상병. 그는 회관 내 조리병 에이스. 종태의 어머니와 아버지는 오리훈제 및 오리백숙 전문점을 운영하고 있다.
그의 집. 대전 유성구 학하동.
국립공원인 계룡산으로 올라갈 수 있는 무료 등산로이자, 대전 시내버스정류장 종착지이기도 한 수통골이라는 동네에서 17년간 오리백숙만을 만들어 온 집안.
그의 자신만만한 태도에 조리실장은 말을 아꼈다.
일반 시중에서는 맛볼 수 없는 요리이면서, 너무나 색다르고 오묘한 맛.
그는 실면시 캐슈넛새우볶음을 틴 힌 빈도 먹이본 적이 없었다.

사실 별거 아니라고 생각했었다.

자신보다 부사관 6년 후배인 허란희 상사가 그토록 자랑하는 통에, 골려주려고 별생각 없이 맛보았던 음식.

하지만 그런 생각은 음식을 먹어보는 순간 순식간에 사라졌다.

양념은 새콤달콤하고, 겉은 바삭하고, 속은 촉촉한 캐슈넛에, 부드러운 새우속살, 일부러 숨을 죽여 입안에서 부드럽게 녹아들어 가는 채소볶음까지.

차 상사는 지난달, 사단 주임원사에게 들었던 말이 있었다.

"차 실장! 60연대 가 봤나?"
"네. 주임원사님! 바빠서 못 가봤습니다."
"거기 60연대 간부식당 있잖아, 군단장님이 요리 잘한다고 칭찬했다더라. 나중에 한번 기회 되면 가 봐."
"네. 알겠습니다."

그러나 바쁘다는 이유로 단 한 번도 가보지 못한 곳.

요리를 맛보고서야 주임원사가 왜 가보라는지 이유를 알게 되었다. 군대 내에서 이토록 맛있는 음식을 먹은 기억은 없던 차 실장이 긴장해서 자신의 병사들을 바라보았다.

자신이 책임져야 할 부하들.

사단에서 요리를 가장 잘하는 녀석들로 끌어왔기에, 60연대 따윈 별거 아니라고 생각했는데, 그게 아닌 것이 진짜 실감되는 중.

하지만 지금은 자신이 책임지는 조리병을 믿어야만 했다.

자신이 신교대에서부터 직접 뽑은 조리병들.

가장 우수한 자원만 따로 회관 조리병으로 선발한 녀석들. 그게 바로 지금의 부하들.

쌍두마차에 의해 나머지 세 명의 조리병들이 발맞추어 따라가길 어언 6개월.

차 실장은 그동안 사단장님이 지휘하는 지휘부와 참모장이 지휘하는 참모부로부터 단 한 차례의 지적도 받지 않았다.

비록, 일반 간부들에게 제공하는 오리훈제나 기본 음식은 질을 낮추었지만, 그만큼 장성, 영관급 장교에게 눈높이를 맞추고, 사단장 부임 전과는 다르게 현재는 꽤 유능한 부사관으로 인정받고 있었다.

그래서 응원했다. 그들의 실력을! 자신의 부하를!
"그래. 믿는다. 종태야!"
"네. 반드시 1등 해 보이겠습니다!"

그때 흘러나오는 방송.
[음식 제출까지 1분 남았습니다. 조리 완료 하시고, 바로 행사진행장으로 들고 오세요.]
압력밥솥에서 완성된 한방오리백숙을 접시에 담았을 때, 또다시 방송이 흘러나왔다.
[시간 종료, 참가자분들은 지금 즉시 행사 진행장으로 와서 제출해주세요.]
요리를 제출하고 돌아온 회관 병사들은 만족한 미소를 지으며 차 실장에게 말했다.
"실장님! 끝났습니다."
"그래. 잘했어."
말로는 격려하지만, 표정은 그리 좋지 않은 차 실장.
아무래도 60연대 간부식당 녀석들에게 질 것 같은 안 좋은 예감이 들었기 때문.
"어떤 것 때문에 그러십니까? 표정이 안 좋으십니다."
"아무것도 아니야. 다들 앉아서 결과 기다리자!"

심사위원들은 괜찮은 음식은 왼쪽으로, 나머지 음식은 오른쪽으로 분류했다.
성재는 완성된 요리를 요리사의 눈으로 볼 수 있었기에 당연히 결과도 알 수 있었다.
'우리가 만든 요리가 있는 왼쪽은 평균 4~5성급 요리고, 반대편은 2~3성급 이네, 역시 심사위원은 심사위원이야.'
윤미옥 권사와 윤아가 만든 요리도 당연히 성재와 반대편.

recipe	윤미옥 권사와 배윤아가 만든 요리 ★★☆	✕
🍴	그녀들이 만든 참치마요네즈샌드위치와 양송이버섯수프 노력은 가상했지만, 간이 덜 맞고, 기교가 없어 등급이 떨어진 요리	

'아쉽다. 요리학원을 다녔는데도 2성 반이라니….'
아쉽지만 그녀들의 탈락이 확정된 가운데, 성재는 요리대회 성적 발표를 기다렸다.

[발표하겠습니다. 먼저 5위입니다. 5위! 팀명, 하반닭갈비팀이 만든 뼈 없는 닭갈비!]
이어서 바로 앰프를 통해 나오는 심사평.
[5위인 뼈없는 닭갈비는 대부분 브라질에서 건너오는데요. 하반 닭갈비팀은 토종닭을 그날 직접 잡아서, 뼈를 발라내고 그날 바로바로 조리를 하는 거에서 장인의 정신이 느껴졌습니다. 수상 축하합니다.]
성적 발표에 소종민과 강민협이란 두 남자는 소리를 치며 얼싸안았고.
주변 사람들은 그들을 위해 다 같이 박수를 쳐 주었다.
"우와아아아아아!"

[다음 4등, 4등은 아침마다신혼 팀이 만든 감자옹심이입니다!]
감자옹심이는 진한 국물에 한입에 들어가는 옹심이가 갈변 없이 뽀얀 국물을 내서 더욱 인상 깊었다는 평입니다. 개인적으로는 칼국수를 같이 내놓았다면 더 좋은 성적을 얻을 수 있었겠다는 베르트랑 심사위원의 개인 평이 있었으며, 최향숙 심사위원께서는 아침마다 신혼이라는 팀명을 보며, 젊은 부부의 미래에 축복만 가득했으면 좋겠다는 바람도 밝히셨습니다. 젊은 부부에게 모두 힘찬 박수를 부탁드리겠습니다.]
사회자의 말에 90도 고개를 숙이며, 여기저기 인사를 건네는 30대 초반의 부부.
참가자 전원은 어린 나이에 요식업에 뛰어든 신혼부부에게 환영의 미소를 보냈다.

이제 3등을 발표할 차례. 사회자가 미소를 지으며 말했다.
[이번 3등은 이변이네요. 특별참가한 팀으로는 군인 2개 팀, 일반인 2개 팀이 있었는데요. 이 중에서 3등이 나왔군요. 그 팀이 누구인지 다들 알 것 같나요?!]
사회자의 말에 참가자들은 미소를 지으며 소리를 질렀다.
"캐슈넛! 캐슈넛새우!"
"아니, 한방 오리백숙! 오리백숙이지!"
"아니에요. 캐슈넛새우 같아요!"
미소를 짓는 사회자.
[그럼 3등이 누군지는 오늘 여러분의 요리를 평가한 요리전문가 최향숙 심사위원께서 앞에 나와서 발표해주시겠습니다!]

수신용 핸드폰 있잖아

최향숙 심사위원은 마이크를 들었다.
[오늘 요리대회의 3등은 바로 오리한방백숙입니다.]
그녀의 말에 환호성을 지르는 병사들.
[오리한방백숙이란 음식을 들었을 때, 정말 기대 많이 했어요. 오리고기는 필수아미노산하고 비타민이 풍부하고, 지방 거의 대부분이 불포화지방산이라서 체내에 축적되지 않는 건강식품이거든요. 상황버섯이나 동충하초를 썼다면 강력한 1위 후보가 되지 않았을까 싶었는데 아쉽습니다. 수고하셨어요.]

최향숙 심사위원의 심사평에 두 병사는 아쉬움을 뒤로 하며, 90도 머리를 숙이며 주변 참가자들에게 감사의 인사를 건넸다.
그러자 옆에 있던 참가자들이 박수를 치며 두 병사를 칭찬했다.
"잘했다!"
"군인 아저씨들이 잘하네요."
차상철 상사도 마찬가지였다.
"잘했어. 3등이면 충분히 잘한 거야."
하지만 개인적으로는 만족하지 못한 병사들.

"죄송합니다. 1등 꼭 하고 싶었는데…."
"1등이 전부냐? 3등도 충분히 잘한 거야."
"그래도…."
"내가 항상 말했지? 방송인 이경구씨가 꼬꼬면 대박 칠 때, 그게 1등이었어?"
"아닙니다. 2등 했었습니다."
"그런데 1등을 제치고, 대박 쳐서 인스턴트 라면으로도 출시되고, 광고도 찍고 그랬잖아. 세상엔 1등이 전부는 아니야."
"항상 좋은 말씀 감사합니다."
차상철의 말에 아쉬운 감정을 지우는 두 병사. 김종태와 윤호영. 그들은 3위라는 성적을 뒤로하고, 주변 정리를 시작했다.

아직 발표하지 않은 1, 2위.
심사위원 앞 테이블 왼쪽에 남은 요리는 7개, 그중 1, 2위가 있다.
성재는 심사위원들을 바라보았다.
'과연 누가 발표할까? 정말 실장님 말씀대로 군인한테는 1등은 안 주는 거야? 그럼 정말 실망할 것 같은데….'
요리대회에서 특별참가한 군인과 일반인 팀에게는 1등을 주지 않는다는 차상철 상사의 말을 담담한 표정으로 받아들인 성재는 심사위원의 발표를 차분히 기다렸다.

[자! 이제 대망의 1위 발표인데요. 1위 발표는 오늘 이 요리대회 자리를 마련해주신 강원랜드 수석주방장, 김만복 심사위원님께서 심사평을 말씀해주시겠습니다.]
자그마한 키, 주름 짙은 인상, 강원랜드 카지노의 위상을 책임지는 든든한 지원자.
김만복 셰프가 모두의 앞에 섰다.

[일단 1위 후보에 대해 말씀드리겠습니다. 이제 눈치 채신 분들도 있는 것 같은데요. 왼쪽에 놓은 음식들이 저희 심사위원들이 뽑은 요리들이었습니다. 특히 이번 대회는 뛰어난 참가자들이 많아 심사과정에서 저희끼리 많은 의견 충돌이 있었습니다. 그럼에도 1위는 만장일치로 결정되었습니다만, 엄중한 심사과정이 있었다는 것을 설명해 드리기 위해, 1위 후보 요리 두 개를 우선 발표해드리겠습니다.]

그는 이미 3, 4, 5위로 발표한 3개의 접시를 뺀 나머지 7개 접시에서 2개를 꺼냈다.
그러자 여기저기서 환호성이 흘러나왔다.
"와! 캐슈넛! 캐슈넛새우!"
"오오오! 문어등갈비찜이다! 저거 진짜 맛있는데!"
삼척 주민들이라면, 한 번쯤은 먹어봤을 문어등갈비찜.
시중 판매가격만 무려 7만 원에 육박하는 고급 요리.
문어 한 마리에 10만 원을 호가하다 보니, 비쌀 수밖에 없는 식재료.
문어의 짭짤하고 쫄깃한 맛과 육질이 살아있는 등갈비의 달콤한 소스, 큼직한 표고버섯과 당근, 양파, 새송이버섯 등으로 육지, 바다, 초원의 맛이 동시에 담겨있는 요리를 본 참가자들은 당연히 그 요리에 좀 더 높은 점수를 줄 수밖에 없었다.
"상대가 안 좋았네. 문어등갈비찜을 어떻게 이겨."
"그래도 군인들이 높은 성적을 내는 게 신기하긴 하네요. 최소 2등은 한 거잖아요. 괜히 진 것 같은 기분은 뭐죠?"
"우리는 실제 팔고 있는 메뉴를 가져온 거고, 군인 장병들은 요리대회에 우승할 만한 요리를 준비해온 거잖아요. 거기서 갈린 차이죠. 우리가 졌다는 기분은 안 드는데요?"
"맞아요. 군인 장병들이 잘한 거죠. 솔직히 한방오리백숙이 1등할 수도 있다고 생각했는데… 캐슈넛이 2등인 건 의외네요."

그리고 이어지는 총평.
[캐슈넛새우볶음, 참 영리한 메뉴라고 생각했습니다. 저희 강원랜드 카지노에는 내국인들도 많이 오시지만, 외국인분들도 많이 오시는 편이거든요. 그래서 항상 고민했어요. 내국인과 외국인의 입맛에 모두 맞출 수 있는 메뉴가 뭐가 있을까 하고요. 그런데 그런 메뉴를 제출한 분은 유일하게도 23사단 60연대 1대대 간부식당팀에서 나온 두 장병의 요리였어요. 대중적인 식재료를 사용한 게 매우 좋았고요. 캐슈넛 재료 하나만으로 바삭함, 촉촉함, 고소함 3개를 동시에 구현했다는 게 놀라웠어요. 새우는 일부러 부드럽게 튀겼어요. 그래서 저희 심사위원들이 가장 먼저 1위 후보에 올려놓은 게 바로 캐슈넛새우볶음이었습니다.]
그러자 삼척에서 나온 참가자들은 고개를 끄덕였다.
"맛있긴 한가 보네, 보이는 게 다가 아닌가 봐."

"그러게요. 캐슈넛새우볶음이라, 한번 먹어보고 싶은데요?"
"끝나고 가서 먹어봐요. 시식시간 주지 않을까요?"
"그렇겠죠?"

[다음으로 문어등갈비찜입니다. 예로부터 문어는 우리나라에서는 귀한 음식이었죠. 우리나라 규합총서(閨閤叢書)에 따르면, 문어는 돼지처럼 썰어 먹으면 그 맛이 깨끗하고 담담했다고 평가되었습니다. 그런 문어와 같이 내놓은 등갈비는 세계 어디서나 선호하는 메뉴임에 틀림없고요. 그래서일까요? 문어등갈비찜 만든 손정국씨한테 여쭤볼게요. 가게 하루 매출이 얼마나 되나요?]
심사위원의 질문에 미소를 짓는 손정국과 윤숙자.
"죄송합니다. 비밀입니다."

[오늘 하루 장사 접고 오셨다고 들었어요. 적어도 수백만 원은 손해 보고 오셨을 거란 이야기도 나왔고요. 그만큼 정말 대단한 요리였습니다.]
"감사합니다."
[다만 아쉬운 점은 동유럽이나 동아시아에서는 높게 평가되는 문어이지만 서유럽에선 거의 먹지 않는다는 건데요. 그 점이 평가에서 마이너스로 작용했습니다.]
"아….."

[자, 이제 1, 2위 음식에 대한 심사평을 모두 말씀드렸는데요. 순위 발표를 해야겠죠?]
김만복 심사위원의 말에 모두가 귀를 기울였다.
그러나 뜸을 들이는 심사위원.
[그럼 1위 발표는 오늘 행사 장소를 마련해주신 삼척시장님께서 발표해주시겠습니다!]
삼척시장. 도성태. 무소속, 정당이 없는 정치인.
그는 모두의 앞에서 결과를 발표했다.

[삼척시, 강원랜드 공동 주관 요리대회의 최종 1위는 바로! 캐슈넛새우볶음입니다!]
별 기대 없었던 성재와 효석은 누가 먼저랄 것도 없이 앞선 수상자와 마찬가지로 서로를 부둥켜 안았다.

그리곤 서효석 상병과 함께 나란히 서더니, 주변 사람들을 향해 인사했다.
앞서 3위였던 군인팀과는 다르게 절도 있는 동작.
쭉 편 허리, 전방 15도를 바라보는 시선. 양 눈썹 끝에 닿은 손날.
그리고 이어지는 경례구호!

"충성!"
경례에 주변에서 이어지는 박수!
짝짝짝짝!
"와아아아아, 축하드려요."
"축하드립니다."
"군인 장병들, 늠름하고 보기 좋네요."
[그럼 참가자분들은 전원 앞으로 나오세요. 기념 촬영 있겠습니다. 1등 하신 간부식당팀 두 분께서는 시장님과 강원랜드 사장님 양옆에 서 주시고요. 촬영기사님 기준으로 2등은 좌측에, 3등은 우측에 위치해주시면, 감사하겠습니다. 나머지 팀 여러분들은 순위 여하에 상관없이 편하신 자리에 서주시면 되겠습니다. 그럼 사진 촬영하겠습니다. 모두 정면을 바라봐주시고요. 해맑은 미소로! 김치!]

찰칵! 찰칵!
사진을 찍는 삼척MBC기자와 정훈공보장교.
남궁민 중위는 성재의 우승을 보며 미소를 지었다.
'역시 내가 제대로 본 거 맞네. 진심, 성재 네가 우승할 줄 알았다.'

행사가 끝나고, 성재와 효석이 차량에 올랐다.
준비해두었던 식기류를 전부 뒷좌석에 실은 그들은 인사담당관이 용무를 끝내고 복귀시켜주기만을 기다렸다. 두 병사가 기다리는 그녀는 자신의 상관 때문인지, 아직 차량에 탑승하지 못한 상태였다.
"충성! 연대장님! 고생하셨습니다."
"언제부터 알고 있었어? 나 온 거 비밀로 하려고 했는데…."

"오실 때부터 알고 있었습니다. 저 교회 성가대이지 않습니까? 윤아하고 권사님하고 요리대회 참석하는 거, 미리 알고 있었습니다."
"그래. 허 상사, 고생이 많아. 덕분에 우리 조리병들이 훌륭한 실력도 내고, 내가 다 기분이 좋네."
"다음번엔 윤아도, 권사님도 좋은 결과 있을 겁니다."
"후후, 그랬으면 좋겠는데… 요리학원 같이 다닌다길래, 서로 사이가 좋아졌나 싶었는데, 이번 건으로 또 틀어지진 않을까 싶네."
"잘 되실 겁니다. 연대장님도 이제 새 인생 사셔야죠."
권사와 연대장이 곧 서로 합칠 거라는 얘기가 종종 나오고 있었다. 그래서 자신의 상관에게 한 이야기.
배 대령은 그런 그녀의 말에 화들짝 놀라며, 굵은 목소리로 말했다.

"후후, 허 상사, 거기까지! 자네, 더 이상 나가면 상관에 대한 모독이야."
하지만 그녀는 자신이 넘지 말아야 할 경계선을 아주 잘 알았다. 상관과 부하 사이의 아슬아슬한 경계선을 넘었다가 교묘하게 발을 빼는 여군.
"알겠습니다. 오늘 일은 연대장님과 부하의 대화가 아니라, 집사님과 신도의 대화로 받아주셨으면 좋겠습니다."
연대장도 자신보다 나이가 17살이나 어린 그녀에게 결국 두 손, 두 발을 들고 말았다.
"후후. 참나, 얘가 못하는 말이 없네."
허란희 상사는 미소를 지은 채, 앞에 서 있는 교회 집사에게 경례를 했다.
"그럼 복귀하겠습니다. 충성!"
배원영 대령도 인자한 미소로 그녀의 경례에 화답했다.
"그래. 조심히 들어가. 오늘 정말 잘했어!"
교회 집사와 신도, 연대장과 부하. 두 개의 인연으로 이어진 그들.
그래서일까? 인사담당관은 민수용 차량인 카니발로 돌아가며, 자신의 바람을 속으로 생각했다.
'연대장님도 얼른 재혼하시고, 권사님이랑 가정 꾸리셨으면 좋겠다. 아직은 윤아가 받아들이지 못하려나….'

성재는 복귀 중 떠오른 시스템창 메시지를 확인해보았다.

> 사용자 강성재에 대한 연대장의 호감도가 200 올랐습니다
> 사용자 강성재에 대한 인사담당관의 호감도가 200 올랐습니다
> 사용자 강성재에 대한 서효석의 호감도가 300 올랐습니다
> 사용자 강성재에 대한 배윤아의 호감도가 150 올랐습니다
> 사용자 강성재에 대한 윤미옥의 호감도가 240 올랐습니다
> 사용자 강성재에 대한 조리실장(차상철)의 호감도가 400 올랐습니다
> 사용자 강성재에 대한 김종태의 호감도가 200 하락했습니다
> 사용자 강성재에 대한 윤호영의 호감도가 200 하락했습니다
> [업적] 참가인 100명 이하 요리대회 우승을 달성하였습니다
> 업적 달성으로 인해 경험치 10,000을 얻었습니다
> 레벨이 22로 상승했습니다
> 새로운 업적이 개방됩니다
> [업적] 참가인 10명 초과 100명 이하 요리대회 우승 1/10회, 보상 EXP 50,000

그리고 밑에 떠 있는 업적들.

> [업적] 참가인 101명 이상, 1,000명 이하 요리대회 우승 / 보상 EXP 100,000
> [업적] 참가인 1,001명 이상, 10,000명 이하 요리대회 우승 / 보상 EXP 500,000
> [업적] 참가인 10,001명 이상 요리대회 우승 / 보상 EXP 3,000,000
> 군내 인지도가 20 상승했습니다
> 대외 인지도가 49 상승했습니다
> 인지도가 높아질수록, 군대 내에서, 군대 외에서 사용자 강성재를 기억하는 사람이 많아집니다

성재는 하락한 호감도의 당사자가 누군지 개의치 않았다. 어차피 마주치지 않을 사람들. 그 사람이 삼척에서 음식점을 하는 사람이든, 대회 관계자든 그런 건 상관없었다. 어차피

오늘 이후로 마주치지 않을 사람들이라고 생각했기 때문이었다.
이제 그의 목표는 확고해졌다.

'경험치를 쌓아야 돼. 그래서 보다 높은 스킬을 찍어야만, 높은 요리를 배울 수 있어.'

편협한 시각일 수도 있다.
제아무리 등급 높은 요리라도 시간과 정성, 노력을 투자하면 언젠가는 만들 수 있다.
하지만 그의 요리실력의 80% 이상은 홀로그램과 레시피에서 나왔다. 그게 아니라면, 지금의 발전은 있을 수도 없었다.
성재의 수정된 목표는 다양하고 많은 요리를 직접 만들 수 있는 요리 전문가. 세계 최고의 셰프가 그 목표다.

언젠가는 자서전!
『취사병, 전설이 되다!』를 낼 수 있도록!

요리대회 1등을 하고 온 성재는 생활관에서 휴식을 취하고 있었다. 그런데 행정반에서 당직병을 서고 있던 조상준 병장이 성재를 불렀다.
"성재야. 여자한테 전화 왔다?"
"네? 여자 말씀이십니까?"
"응. 야, 너 빠졌지?"
"아닙니다."
"그런데 행정반으로 전화를 왜 하게 해?! 수신용 핸드폰 있잖아."
"죄송합니다. 정말 몰랐습니다. 누가 전화했는지도 사실 잘 모르겠습니다."
"일단 가서 받어. 받고 나서 이야기 좀 하자."
"알겠습니다."
'누굴까? 누가? 아는 여자가 별로 없는데? 누가 나한테 전화를 한 걸까?'
성재는 풀리지 않는 의문 속에 행정반에 가서 전화를 받았다.
"통신보안, 4중대 일병 강성재입니다."

행복하세요. 연대장님, 권사님

전화 속 당사자는 다름 아닌 윤아였다.

- 성재 오빠 맞죠?

"아… 네 맞습니다. 전화번호 어떻게 아셨습니까?"

- 군대잖아요. 교환대 통해서 연결했어요.

"아, 그렇구나. 윤아씨가 저한테는 무슨 일입니까?"

- 오늘 1위 한 거 축하해요. 인사드리려 했는데, 경황이 없어서 축하 인사를 못 했어요.

"아… 네."

성재는 고민했다. 연대장의 딸. 그녀의 호감도는 대략 800에서 900남짓. 더 이상 호감도가 오르면 곤란했기에 적당한 선을 그은 것이다.

그렇다고 전화를 당장 끊기도 곤란한 상황. 그래서 말했다.

"용무 끝났으면 전화 끊겠습니다."

이쯤 되면 알아들었으면 좋겠는데….

- 잠깐만요!

그게 쉽지는 않은 듯하다.

"무슨 하실 말씀이라도 있으신 겁니까?"

- 네. 성재 오빠, 부탁이 있어요.

"어떤 부탁입니까?"
- 저, 요리하는 것 좀 도와주세요.
"학원에서 배우고 계시지 않습니까?"
- 혼자서는 도저히 만들 수가 없어요. 화요일 날, 잠깐 우리 집에 올 수 있어요? 저, 집에 미리 가 있을게요.
"화요일부턴 훈련인데? 저 이번 주는 군단으로 잠시 파견 갑니다."
- 그럼 훈련 언제 끝나시는데요?
"금요일까지 군단에 있을 것 같습니다."
- 그럼 내일은 가능하죠?
"죄송하지만 그건 불가능할 것 같습니다. 담당간부님의 허락이 있어야 하는데, 이런 거로 허락해주시진 않을 겁니다. 미안합니다. 그럼 전화 끊겠습니다."
- 오빠! 잠깐만요! 오빠! 성재 오빠!
성재는 다소 매정하지만 끊어야 할 때를 잘 알았다.
그녀의 나이 18세. 나이 차이를 떠나, 지금은 공부해야 될 때.
연애는 그녀에게도, 성재에게도 아직은 이른 나이다.

다음 날. 간부식당.
"서효석 상병님! 내일 서효석 상병님도 군단 가시는 겁니까?"
"그래. 너도 가지?"
"네. 그렇습니다. 강희철 상병님도 같이 갑니다."
"그럼 민호 혼자 남나?"
"음… 그렇게 될 것 같습니다."
"그럼 간부님께 보고해야겠네. 내일부터는 병영식당에서 우리식당 지원해주는 거로."
"아무래도 그래야 될 것 같습니다. 그나저나 장정민 일병은 어떻게 된 겁니까? 소초로 아예 가 버린 겁니까?"
"아니, 사단 그린 캠프 입소시켰대. 연대장님께서 징계는 일단 정신과 진료받아보고 시킨다고 했고."
"아…."

장정민이 떠나고, 간부식당은 4명뿐. 물론 3명만 있어도 돌아가는 게 간부식당이지만, 최근 계속된 부대행사와 훈련 때문에 조금은 난삽해진 것도 사실.

"신병 빨리 들어왔으면 좋겠습니다."

"그러게 말이다."

시간이 흘러 같은 날 점심. 평균 3.5성짜리 메뉴를 입에 넣으며 즐거움을 토하는 연대장.

"다들 어제 우리 간부식당 병사들이 요리대회에서 1등 한 거 알지?!"

"그렇습니다."

"박수 한번 쳐주라!"

기계와 같은 간부들의 박수.

짝짝짝짝!

그에 보답이라도 하듯, 성재와 효석이 특별히 준비한 메뉴를 테이블에 올려놓았다.

"어제 우승한 요리, 캐슈넛새우볶음입니다. 간부님들, 드셔 보십시오."

그러자 연대장과 대대장, 참모들은 물론, 초급 간부들까지 자신의 식판 앞에 놓인 캐슈넛새우볶음에 집중했다.

recipe	서효석이 혼자 만든 캐슈넛새우볶음 ★★★★★	
	성재의 직업 보너스가 없어 어제보단 ☆등급이 떨어졌지만, 그럼에도 충분히 훌륭한 요리	

'서효석 상병님이 숨겨둔 레시피는 도대체 얼마나 될까? 난자 완스? 깐풍기? 팔보채? 그런 건 과연 몇 성이 나올까?'

서효석 상병의 한계가 어디인지, 아직도 가늠이 되질 않는다.

연대장님과 참모들, 대대장들이 식사를 마치고 나간 후, 아직 간부식당에 남은 초급 간부들이 조리실을 기웃기웃거렸다.

"조리병! 더 없냐?"

"어떤 것 말씀이십니까?"

"새우! 새우!"

"죄송합니다. 오늘 분량 다 떨어졌습니다."

"아, 그러냐? 아, 이거 진짜 더 먹고 싶은데?"

"나중에 한 번 더 간부님께 건의해서 재료 확보되면 또 해드리겠습니다."
"그래. 알았다! 주말 메뉴로 콜?"
"건의해보겠습니다."

그날 15시. 간부식당 뒷정리까지 끝냈을 때, 간부 한 명이 식당에 들렀다.
"충성! 담당관님 오셨습니까?"
"응, 별일 없지?"
"네. 특이사항 없습니다."
"성재! 저녁때, 당번 아니지?"
"일병 강성재! 그렇습니다."
"잠깐 담당관하고 어디 좀 가자."
"어디로 가십니까?"
"가서 말해줄게."
그녀는 성재를 데리고 어디론가 향했다.
인사담당관과 성재는 익숙한 길을 걷고 있었다.
위병소 위쪽. 소나무, 바닥에 깔린 자갈, 언덕.
"여기 연대장님 관사 가는 길 아닙니까?"
"맞아."
"어떤 일인지…."
"도착하면 윤아가 설명해 줄 거야."
"알겠습니다."

배윤아? 윤아가 설명한다니? 어제 통화와 무슨 관련이 있는 걸까?
이게 인사담당관이 나설 일인가? 지금 일과시간이잖아. 내가 착각하는 거였나? 윤아가 날 좋아해서 전화하는 게 아니었나?
호감도 시스템. 확실히 문제가 많다. 수치로 표현되는 호감도와 실제 감정, 반응은 너무나 다르게 나타난다. 각 개인마다 반응이 달라서 가늠이 가지 않는다.
도대체 윤아는 무슨 일로 인사담당관까지 동원해서 나를 부르는 걸까?
고등학교 2학년에 재학 중인 여고생.

집 안에서 앞치마를 입고, 재료를 손질하던 그녀는 성재와 인사담당관의 등장에 환한 미소를 지으며 말했다.

"언니! 고마워요."

언니? 인사담당관에게 언니라고 부르는 윤아가 부자연스러운 건 왜일까?

내가 너무 군대에만 있었나? 아, 안 돼! 난 군인이다. 군인! 일개병사!

"아니야. 윤아야. 내가 이 정도는 당연히 해야지."

그녀는 인사담당관의 말을 듣곤, 시선을 성재에게 돌렸다.

성재는 담담한 표정으로 그녀를 바라보았다. 어제 했던 통화로, 서로가 어색한 상황.

"오빠, 미안해요. 이 방법밖에 없었어요."

"어떤 방법 말씀이십니까?"

"사실 제가 오늘 아빠하고 권사님께 직접 음식을 만들어드리고 싶었거든요. 그런데 옆에서 도와줄 사람이 필요했어요."

"아빠라면 연대장님이고…."

"맞아요. 두 분께 이제 저도 마음 열려고요. 그래서 오빠 도움이 필요하다고 생각했어요. 두 분께 정말 맛있는 음식을 드리고 싶으니까 이런 방법을 쓰면 안 되는 거 알 면서도, 정말 미안해요. 용서해 주실 거죠?"

그때, 인사담당관은 시계를 보며 윤아에게 말했다.

"윤아야. 나 16시부터 회의 있어. 내려가 봐야 돼."

"고마워요. 언니! 혹시 우리 아빠 언제 끝나고 올라와요?"

"아마 18시 되면 바로 올라오실 거야. 저녁 외부 약속도 없다고 들었거든."

"언니, 진심 고마워요."

"응, 집사님하고 권사님이 예쁜 사랑 할 수 있게 마음 열어줘서 고마워. 응원할게."

"네. 들어가세요."

"응! 아! 성재야! 잘 도와줘라? 알았지?!"

"알겠습니다."

지금 윤아의 호감도는 사랑의 감정이 아니었다. 어디까지나 요리 실력에 대한 동경심. 그래서 성재도 마음을 열었다. 어디까지나 이건 좋은 일이니까.

"어떤 음식을 준비하고 싶은 겁니까?"
"한 상 부러질 정도로 많은 음식을 만들고 싶어요."
"지금부터 빨리 움직여야겠습니다."
"네. 오빠!"
성재는 냉장고에 가득한 식재료를 보며 미소를 지었다.
"혹시 연대장님이 가장 좋아하시는 음식이 뭡니까?"
"아, 아빠는 참치김치찌개 좋아하셨어요."
"참치김치찌개… 밥상 메인메뉴로 좋은 것 같습니다. 그럼 윤미옥 권사님은 어떤 걸 좋아하십니까?"
"잘 모르겠지만, 파전 좋아하시는 것 같았어요."
"그럼 윤아씨가 제일 자신 있는 건 어떤 겁니까?"
"제가 자신 있는 것은…."

윤아와 성재는 3시간 동안 밥상을 차렸다.
상다리가 휘어질 만큼 가득한 밥상. 흰 쌀밥에 금방 구운 간고등어와 파전, 그리고 소불고기, 배추겉절이와 삶은 양배추, 시금치, 콩나물 무침에 참치김치찌개. 거기에… 윤아가 만든 전기밥솥으로 직접 만든 케이크와 이제 막 씻은 제철과일 딸기까지.
평균 3.6성짜리 요리들을 보며 성재는 미소를 지었다.
현재시각 18시 13분, 아슬아슬하게 시간을 맞춘 것이다. 이제 자신은 떠나야 할 때.
"권사님은 오신답니까?"
"네. 오빠, 곧 도착하신대요."
"그럼 전 나가보겠습니다."
"성재 오빠도 같이 식사해요. 3시간 동안 같이 만들었는데…."
"그건 아닌 것 같습니다. 윤아씨, 그럼 나중에…."

철컥.
그때, 관사의 문이 열리고, 윤 권사와 같이 들어오는 연대장.
성재는 연대장과 눈을 마주치자, 반사적으로 경례를 올렸다.

"충성! 사랑합니다!"
연대장도 집 안에 성재가 있을 줄은 상상도 못 했기에 그에게 물었고.
"어? 성재가 여긴 왜 있어?"
옆에 있던 윤아가 쪼르르 달려가 아빠의 팔짱을 끼며 말했다.
"내가 요리하는 거 옆에서 도와달라고 부탁했어요. 아빠, 권사님! 들어와서 식사해요."
"오늘 무슨 날이야? 내 생일도 아닌데, 갑자기 무슨 바람이야?"
연대장의 말에 윤미옥이 능청스럽게 말했다.
"후후, 집사님도 참, 무슨 날이어야만 이런 일이 있나요? 딸이 아빠한테 밥상 차려줄 수도 있는 거지. 참 이런 건 민감하다니까?"
"그런가?"
성재는 권사님과 연대장을 보며 입을 열었다.
"충성! 용무 마치고 내려가 보겠습니다."
"아니야. 성재야! 너도 같이 먹자. 이거 양이 너무 많아서, 셋이서 죽어도 못 먹는다. 지금 내려가면 밥도 못 먹잖아. 여기서 먹고 가."
성재는 대답을 하지 못했다. 그러자 옆에 있던 윤미옥 권사가 연대장의 말을 보탰다.
"그래요. 여기서 밥 먹고 내려가요. 아무래도 군대 밥보다는 집 밥이 낫죠. 더구나 성재씨가 옆에서 도와줬다고 하니까, 더욱 맛있을 테고요."
이렇게까지 말하면 거절할 수 없는 것도 사실.
성재는 체념한 채, 연대장과 윤미옥 권사를 향해 대답했다.
"알겠습니다. 맛있게 먹겠습니다."
맛있는 음식이 앞에 있어도 불안한 건 사실.
성재는 윤아가 언제 자신의 아빠와 새엄마에게 말할지 옆에서 지켜보았다.
그러며 문득 아버지가 떠오른다. 어떻게 보면 연대장과 아버지는 같은 한부모가장.
성재는 연대장과 윤아를 바라보며, 자신의 인생과 윤아의 인생을 겹쳐보고 말았다.
그때, 윤미옥이 연대장을 향해 말했다.
"와 정말 맛있다. 나물이 정말 신선하네요. 집사님, 드셔 보세요."
"후후, 맛있네. 권사님도 들어요."
"네. 먹고 있지요~ 윤아야. 너도 얼른 먹어."
윤미옥 권사는 자신이 가장 좋아하는 파전에, 연대장은 참치김치찌개에 손이 가고.

본인들이 좋아하는 음식 앞에서는 자연스럽게 얼굴에 환한 미소가 흘러나온다.

윤아는 그 타이밍을 놓치지 않고, 일어났다.
그리고 주방에서 자신이 직접 만든 케이크를 들고 왔다.
"성재 오빠! 불 좀 꺼주세요."
"네. 불 끄겠습니다."
성재는 윤아의 말에 거실 불을 끄고, 그녀는 라이터를 이용해 초 하나에 불을 붙이며, 촛불을 만들어냈다.
연대장은 딸의 행동에 이해가 안 가는지, 의아한 시선을 보냈다.
"윤아야, 이게 뭐야? 오늘 무슨 날인데?"
반면 윤미옥 권사는 여성으로서 윤아의 의도를 금세 알아차리고는 말문이 막혔다.
"오늘부터 저 때문에 서로 집사님, 권사님이라고 안 불렀으면 좋겠어요."
연대장은 그녀를 계속해서 응시하고, 윤미옥은 그런 연대장의 얼굴을 아련한 얼굴로 바라보았다. 윤아는 거기에서 멈추지 않았다.
"오늘부터 권사님을 엄마라고 부를게요. 그러니까 두 분 얼른 합치세요. 합치셔서 새로운 인생사세요. 더 이상 저 신경 쓰지 말고, 두 분이 행복하셨으면 좋겠어요."
배윤아의 말에 연대장은 할 말을 잃었다.
"윤아…야…, 너…."
그리고 그런 옆에서 흐느끼며 우는 윤미옥 권사.
"흑… 흐윽…. 집사님… 집사님…."

감동이란 건, 이럴 때를 말하는 게 아닐까?
성재는 연대장과 권사님, 그리고 윤아가 새로운 가정을 일구는 과정을 지켜보며 행복한 미소를 지었다. 그리곤 생각했다.
'아버지도 이제 돌아가신 어머니 가슴에 묻고, 새로운 가정을 이루시면 좋지 않을까?'
고생하시는 아버지와 할머니, 그리고 여동생.
자신의 모든 게 겹쳐지는 연대장의 가족.
그들의 행복을 기원하며, 성재 또한 감동의 눈물을 삼켰다.
'행복하세요. 연대장님, 권사님.'

야! 조용히 해라? 어?!

한 명의 간부와 3명의 병사가 연대장실에서 훈련 파견 신고를 하고 있다.
"신고합니다. 중사 윤동민!"
"상병 서효석!"
"상병 강희철!"
"일병 강성재!"
"이상 4명은 2018년 3월 20일부터 동년 동월 23일까지! 23사단 60연대에서 제 8군수지원단 8급양대로 파견을 명받았습니다. 이에 신고합니다."
신고가 끝나고…. 연대장은 윤동민 중사에게 물었다.
"전역 얼마나 남았지?"
"한 달 정도 남았습니다."
"가서 잘할 수 있겠나?"
짧은 대답. 함축된 많은 의미. 그것을 읽기엔 함께 보낸 시간이 너무 짧다.
"그렇습니다."
"그래. 그럼 잘 다녀와!"
"충성!"

급양담당관은 홀로 담배를 태우고, 서효석은 후임병들 앞에서 고민하다 입을 열었다.
"희철아!"
"상병 강희철?"
"네가 앞에 타라."
"저도 급양관님은 못 버팁니다."
"아니야. 버틸 수 있어. 조수석에 타."
"…알겠습니다."
급양담당관, 성질이 급하고, 짜증도 많이 부렸다. 하지만 그것보다 더 싫은 건, 그가 투머치토커이기 때문!
조수석에 탄 강희철은 급양담당관의 말을 받아주며, 짜증 섞인 표정을 지었다.
"아, 짜증나네. 나한테 파견 짬을 때려버리네. 전역 준비해야 되는데…."
"……."
"희철아! 이게 맞다고 생각하냐? 군 생활 계속할 사람을 보내야지."
이때 서효석의 결단이 빛을 발휘한다.
장난기 많은 강희철만이 급양담당관의 비위를 맞출 수 있다.
"헤헤, 급양관님? 전역 며칠 남으셨습니까?"
"이제 47일 남았다. 왜?"
"저는 167일 남았는데, 부럽습니다. 전역하시면 뭐하실 겁니까?"
"그냥 PC방 하나 차리려고."
"PC방 말입니까? 그거 돈 됩니까? 폐업하는 곳 많다던데…."
적당한 관심과 대화. 왕따 당하는 간부들은 그것만으로도 숨통이 트인다.
"그거야 다 대도시에서 PC방 하려니까 그런 거지. 난 인제로 갈 거야."
희철이가 워낙 잘 받아주기도 했고.
"강원도 인제 말씀이십니까?"
"그래."
"거긴 손님이 더 없을 것 같습니다."
"없긴 왜 없어. 깔린 게 군인인데, PC방 요금이 한 시간에 2,000원이라더라. PC방은 딱 2

개뿐이고, 사양도 후져서 요즘 PC방 1등하는 배틀그라운드도 잘 안 돌아간다."
이 정도까지 나가면, 더 이상 짜증은 부리지 않을 것이다. 다만 토크가 많아지겠지.
"음… 좋으신 생각 같습니다."
"거기 가면, 내가 군인외박 정액제 요금 만들어서 1박 2일에 50,000원으로 예약을 받을 거야. 평일에 사람이 안 와도, 주말에 100명 오면 한 달에 매출만 2천만 원이야."
"오, 2천만 원이면 엄청 버는 것이지 않습니까?"
"당연하지. 그래서 말인데…일단 해븐센스라는 PC방에 가맹점으로 들어가서 골드와 화이트로 디자인된 유리파티션 설계를 적용할 거고, 스낵바, 자선불충전기 등은 당연히 구비해놓고, 컴퓨터는 인텔 7세대 카비레이크에 아이 세븐 7700에 메인보드는 GIGABYTE GA-H110M-DS2V 듀러블에디션으로 갈 예정이고, 또 그래픽은 GTX 1060으로 싹 맞춰서…."

⋮

급양담당관은 삼척에서 강릉까지 가는 동안 단 한 번도 쉬지 않고 PC방 창업 이야기를 계속했다.
"그렇습니다."
"급양담당관님 대단하십니다."
"맞습니다."
"대단하십니다!"
그것을 맞장구 쳐주는 강희철.
투머치토커의 방패막이는 오늘도, 내일도, 모레도, 강희철 상병으로 확정되었다.

같은 시각.
- 급양대장님, 군단 전속부관입니다.
"네. 전속부관님, 군단에 별일은 없지요?"
- 네. 특별한 사항은 없고, 군단장님 지시사항 전달해드리려고 합니다.
"말씀하십시오."
- 일단 급식, 똑바로 하라고 하셨습니다.

"네?! 뭐라고요?"
- 그 말씀뿐이셨습니다. 8급양대 있지? 급식, 똑바로 하라고 해! 이 말 뿐이었습니다.
"아… 저번 동석 식사 후의 말씀 나오신 건가요?"
- 아닙니다. 제가 추측하기로는 8급양대가 군단장님께 신뢰를 잃으신 것 같습니다. 그것 때문에 23사단 60연대 병사들하고 간부를 그쪽으로 파견도 보내신 것 같습니다. 여기까지만 말씀드리겠습니다.
"전속부관! 똑바로 설명 좀 해줘요. 그게 뭐예요?"
- 여기까지 말씀드렸으면 알아서 잘하실 거라 생각합니다. 그럼 건승하십시오. 충성!
"전속부관! 전속부관! 야!"

강릉 8급양대, 급양대장에게 걸려온 부관의 전화가 끊기고, 같은 부대 주임원사가 걱정스러운 표정으로 급양대장에게 말을 걸었다.
"대장님, 누군데 그렇게 어렵게 전화를 받습니까?"
"아, 전속부관인데, 무슨 말인지를 모르겠어요. 골치 아파 죽겠네. 갑자기 조리병이 온다고도 하고. 내가 찍힌 건가?"
"조리병이요? 저희 부대에 조리병들 많아서 올 일이 없을 텐데…."
"그러니까 말이야. 주임원사는 뭐 들은 거 없어요? 군단장님이 직접 불렀다는데? 무슨 전속부관까지 전화하고 난리야. 급양담당관하고 무슨 조리병들 3명 같이 훈련시키라고 했다고 잘 챙겨주라던데…."
"군단장님이 직접 부르셨다면 예상 가는 게 하나 있긴 한데…."
"그게 뭐죠?"
"급양대장님께서는 올해 초에 여기로 부임하셔서 잘 모르겠지만, 작년에 키리졸브 훈련 간 미군한테 딱 하나 밀린 게 있었습니다."
"미군한테 밀려요? 훈련에서요?"
"네. 합동훈련 때는 서로 경쟁하는 전통이 있거든요."
"전통? 우리 부대도 그런 게 있나요? 그게 뭐죠?"
"훈련이 끝나면, 다 같이 훈련에 대한 강평을 하는 자리에서 국군은 미군식단으로 먹고, 미군은 저희 식단으로 바꿔 먹습니다. 그걸 저희가 준비하고요."
"아… 그런데 어떤 거로 당한 거죠?"

"시어도어 마크 소장이라고 미 2사단장 아시는지 모르겠습니다."

"아… 미 2사단장이잖아요. 잘 알죠. 주한미군 주둔지인 동두천 담당부대장이지 않습니까? 그게 어떤 상관이죠?"

"그놈한테 개망신을 당했습니다. 군단장님이 아주 처참하게 당하셨었죠."

"개망신? 어떻게요? 소장이 중장인 저희 군단장님한테 어떻게 개망신을 줍니까?"

"그 마크하고, 군단장님이 합동훈련 강평자리에서 병사들과 식사를 같이 했는데, 미군 녀석들이 갑자기 밥을 먹다 말고, 다 남기더랍니다."

"그게 설마… 우리 급식?"

"맞습니다. 미군들은 병사들이 자유롭지 않습니까? 사단장이 옆에 있다고 해서 쫄고 그런 거 없습니다. 싫으면 싫은 거고, 아니면 아닌 겁니다. 그래서 그런지 저희 급양대에서 먹은 음식을 남기고는 쪼로록 달려가 자기네 급식을 먹더랍니다. 그걸 보고 미 2사단장이 이렇게 말했다죠. 너희들 급식 개선 좀 해야겠다고. 저래서 되겠냐고!"

"그걸 그 자리에서 직접 말했어요? 너희들이라고?"

"물론 영어로 말했을 겁니다. 영어는 높임말이 거의 없잖습니까? 군단장님은 아마 그때의 치욕 때문인지 벼르고 있을 겁니다. 저희가 장비는 밀려도 체력이나 병사들의 패기, 조직력은 안 밀리지 않습니까? 그런데 엉뚱한 데서 밀려버리니, 군단장님도 자존심이 꽤나 상하셨을 겁니다."

"후우… 골치 아프네. 그럼 올해는 어떻게 하기로 했나요?"

"걱정 마십시오. 그건 제가 다 준비해두었습니다. 대장님은 걱정 안 하셔도 됩니다."

키리졸브 훈련 2일 차.

군단 지휘통제실은 고속상황보고체계 화상회의 시스템을 통해 긴박하게 돌아가는 현장을 파악하고 있었다.

"정보처 보병분석장교입니다. 현재는 훈련상황 진행 중입니다. 그럼 훈련상황에 따른 미군 첩보 획득사항 보고드리겠습니다."

"그래."

"군단장 관심사항 1번입니다. 적 7군단 103GP를 포함한 40여 개의 초소의 총구가 전부 열린 것을 확인하였으며, 주변으로 북한군의 활발한 움직임이 포착되었습니다."

"그래. 일단 그건 넘어가고, 다음!"
"다음으로 관심사항 2번입니다. 황강도 일대, 적 잠수함 3정이 03:13부로 미식별 된 상태이며, 현재까지 총 8시간 경과되었습니다. 8시간은 스크린 화면에 나타나는 바와 같이 NLL(북방한계선)까지 잠수정이 내려올 수 있는 시간입니다."
"잠깐! ASIC(정보종합실)에서 확인된 게 새벽 03:13이라고?"
"그렇습니다."
"8시간이나 지났으면 해군, 공군도 뭔가를 하고 있을 텐데, 작전! 종합한 거 있나?"
"그렇습니다. 바로 보고드리겠습니다."
"그래. 계속해봐."

작전처 작전과장은 군단장의 지시에 부하들이 만든 ATCIS(육군전술지휘체계)의 화면을 띄우며 보고를 시작했다.
"현재, 해군 1함대사에서는 포항급 초계함 1대와 참수리급 고속정 3대가 NLL 인근 20km 지점에서 대기하며 감시를 강화하는 중입니다. 또한 인근에 위치한 112R/D와 113R/D도 중첩감시하며, 상황을 지켜보고 있습니다."
"공군의 움직임은 아직 없나?"
"아직까지 공군 움직임은 없습니다. 아무래도 강원도 지역보단 넓은 개활지와 도로가 구축되어 있는 경기도 지역이 적의 주 공격방향이 될 것이기에, 감시 자산 대부분이 그쪽으로 펼쳐져 있는 상태입니다."
"그래. 오케이!"

．

．

．

15분 후 작전, 정보 보고상황이 끝나고 드디어 군수처장의 보고 차례.
"군수 보고드리겠습니다."
"군수 넌 보고 안 해도 돼."
"알겠습니다."
"아참, 너희 군수과장 뭐하나?"
"씨샵(CSSOC) 운영하고 있습니다."

"시간 되면 걔, 거기서 놀지 말고, 급양대나 좀 다녀오라고 해라. 무슨 말인지 알지?"
"알겠습니다. 만전을 기하겠습니다."

군단장과 정보처, 작전처, 그리고 각 직할부대 지휘관들이 주가 되어 작전을 하는 사이, 군수처, 작전처 내 동원과 인사처의 실무자들은 별도의 사무실에서 CSSOC(전투근무지원 작전본부)가 운영하고 있다.
CCC(지휘통제본부)와는 달리, 전투근무지원(작전지속지원) CSSOC의 지휘단장은 바로 군수참모처 군수과장인 중령 최관태. CCC를 중장(★★★)인 군단장이 직접 통제하는 데 반해, 씨삽(CSSOC)을 중령이 통제하는 것은 그만큼 중요도가 떨어진다는 뜻.
군수처, 군수과장. 중령직위, 군단의 실무자는 대부분 소령. 중간 관리자 직급인 중령은 대부분 진급이 힘들다. 핵심 역할을 맡는 자리가 아니기 때문이다.
그는 하품을 하며, 옆에 있는 부관부 기록담당관에게 물었다.
"하아… 지루하다. 근무표 어떻게 짰냐?"
"네. 오늘 오전 10시까지는 동원과장님이 통제단장하시고, 10시부터 22시까지는 인사처 인사과장이 맡기로 했습니다."
"그럼 매일 12시간 교대 근무야?"
"그렇습니다. 오늘 22시부터 내일 10시까지 A조 근무입니다."
"알았다. 근데 진짜 지루하다. 무슨 훈련 상황이 이렇게 진척이 없어?"
"전면전 상황 지속할 때까지는 현 상황을 유지할 것 같습니다. 그리고 군수과장님?"
"응. 왜?"
"군수처장님께서 쉴 때, 숙소 가서 자지 말고, 8급양대 좀 다녀오라고 지시하셨습니다. 군단장님 관심사항이랍니다."
"뭐?! 그럼 나보고 언제 자라는 거야?"
"그건 직접 여쭤보셔야 될 것 같습니다."
"하아… 말년에 겁나 꼬였네."
군수과장은 의자를 젖힌 채, 자신의 손가락에서 볼펜을 빙글빙글 돌리며, 처장님의 말씀을 다시 한번 상기했다.

'군단장님은 왜 이렇게 먹을 거에 관심이 많은 거야?'

급양담당관과 병사들은 위병소 입구에서 안내를 받았다.
"연병장 끝, 붉은 지붕 건물로 가서 짐을 푸시면 됩니다."
"끝이니?"
"그렇습니다. 간부님만 차량 주차하고, 주임원사실로 오라고 하셨습니다."
"알았다."
그에 따라 꼬린내가 독하게 나는 (구)막사 평상에 도착한 병사들.
성재는 처음 보는 처참한 (구)막사를 보며 혀를 내둘렀다.
삼각형으로 된 지붕, 빨간 벽돌로 치장한 1층 건물. 문은 철문도 아니고, 쓰러져가는 삐거덕거리는 나무로 되어 있다. 그 안으로 들어가자 숨겨졌던 건물 내부의 모습이 보이기 시작했다. 기다란 복도 양옆으로 나무로 된 평상. 곰팡이 냄새가 줄줄 나는 썩고, 습기 찬 노란색 장판. 그 옆에 덩그러니 쌓여있는 물품들.
성재가 고개를 저으며 선임병들에게 말했다.

"이거 창고로 쓰던 막사인 것 같습니다. 이런 데서 어떻게 자는지…."
"왜? 못 잘 것 같아? 너는 이런 데 안 자봤지?"
"자보긴 했습니다. 신교대도 이런 식으로 되어 있지 않습니까? 옆에서 동기가 코 골면 방독면 씌우고, 다 하지 않습니까? 그래도 이렇게 더럽지는 않았었는데…."
"아, 나도 이런 막사 본 적 있다. 유격훈련 때도 이런 막사에서 자잖아."
강희철의 말에 성재가 혀를 차며 말했다.
"평상 이거, 원래 나무로 만들어진 겁니까? 1990년대나 2000년대 군대 제대하신 분들은 도대체 군 생활을 어떻게 하셨나 모르겠습니다."
"그러게… 이건 좀 심하긴 했네."
그때, 저 멀리 침낭 안에서 갑자기 누군가가 소리쳤다.
"야! 조용히 해라? 어?!"

침낭 옆, 방탄헬멧과 요대. 덩그러니 놓여있는 K-5권총.
과연 그의 계급은?

호국미식회 (1)

계급장 중령.
성재와 희철, 효석은 갑자기 쥐죽은 듯 조용해졌다.
침낭에 몸을 넣고 있는 중령의 모습. 실제로는 처음 본 병사들.
별것 없어 보이는 국방색 침낭이 오늘따라 왜 이렇게 무서운 건지.
서효석이 후임들을 향해 검지손가락을 입술에 올린 채, 작은 목소리로 말했다.

"소리 안 나게 조용히 정리하자."
그러자 강희철도 강성재도 둘 다 선임병의 의도를 알아차리고 작게 대답했다.
"알겠습니다."
약 120개의 정사각형 나무로 된 관물대.
그 밑에는 국방색 군용 3단으로 접어진 매트릭스가 바닥에 깔려있다.
매트릭스 위에는 얼룩무늬 포단, 그 위 국방색 모포.
수백 개의 녹색 세라믹 원통을 흰색 망사와 회색 천으로 대충 둘러 만든 군용 베개.
"저기 관물대 안에는 속옷이랑 세면백, 그리고 전투백 같은 거 놓고, 관물대 위에다가 방탄하고, 장구류 놓는 거다."
"네."

서효석은 가장 선임답게 모두를 잘 통제했다. 군 생활 대부분을 해안 경계부대에서 보냈던 성재와 희철은 신형 막사에서만 살아봤기에, 모든 게 어색했다.
관물대 정리가 끝났다. 그럼에도 급양담당관이 돌아올 생각을 하지 않는다.
"드르르르렁! 드르르르렁!
중령으로 추정되는 간부가 완전히 잠에 취했다. 모두 쥐죽은 듯 아무 소리도 내지 못했다.
"서효석 상병님, 아까 화장실 다녀오시지 않았습니까?"
"어. 바로 뒤야."
"아, 알겠습니다. 지금 다녀오겠습니다."
그때, 성재 또한 손을 들며 서효석 상병에게 보고했다.
"저도 같이 다녀오겠습니다."
"어. 갔다 와."

(구)막사 뒤 (구)화장실.
흰색 페인트가 칠해진 벽돌 건물. 심지어 문은 물론 창문조차 없다.
"으아아아, 대박! 더러워!"
"으으으으, 진짜 더럽습니다."
성재와 희철은 전투화가 더러워질까 봐 걱정되었지만, 그렇다고 노상방뇨를 할 순 없기에 (구)화장실로 들어갔다.
길게 이어진 철제형 소변기. 암모니아 냄새가 가득한 사상 최악의 시설. 막사 내에 설치된 세라믹 소변기와 이곳을 비교하면 가히 천당과 지옥. 그것뿐만이 아니었다.
"으아아아아악!"
족히 날개가 15cm를 넘는 나방들과 성인여자 손바닥 크기만 한 거미들이 화장실 여기저기에 진을 치고 있다.
"ㅇㅇㅇㅇㅇㅇㅇ."
소름끼치는 공간에서 배변을 마친 성재와 희철이 화장실을 빠져나오자, 밖에서 그 장면을 지켜보고 있던 서효석이 혼자만의 미소를 짓는다.
'어휴, 쫌찌들.'
조금 전까지 호들갑을 떨었던 강희철. 배변 욕구가 해소되자, 이어지는 흡연욕구.
"서효석 상병님, 여기서 담배 태워도 됩니까?"

그러자 서효석이 고개를 저으며 강희철을 나무랐다.
"지금 훈련 기간인 거 몰라?"
"죄송합니다. 참겠습니다."
"이따가 간부님께 허락 맡고 피워."
"알겠습니다."
강희철은 고개를 숙였다.
'4일동안 어떻게 참냐?'

대부분의 훈련기간, 군인들은 담배를 피울 수 없다. 야간에 피우는 담뱃불 빛은 약 8km 밖에서도 식별할 수 있어, 전술적 행위(등화관제)에 위반되기 때문이었다.
그뿐만이 아니었다. 대부분 산악지형, 개활지 등에서 훈련하는 군인들의 특성상 담뱃불은 화재의 가장 큰 원인이 된다.
생각해보니 이해가 되지 않는다.
'내가 훈련소 5주간 도대체 어떻게 참았지?'
말이 안 되긴 한데, 시키면 다 되는 게 군대다. 그래도 참는 것과 생각나는 것은 다르다.
'아, 아까 휴게소에서 한 대라도 더 피울걸….'
그때 서효석 상병이 성재와 희철에게 말했다.
"생활관에 들어가서 대기하자."
"알겠습니다."

급양담당관은 급양대 주임원사와 면담을 끝내고 짜증 섞인 얼굴로 병사들에게 말했다.
"아, 금요일 저녁까지 있어야 되네."
간부의 말에 넉살 좋은 강희철이 달라붙어 마크했다.
"그렇습니까?"
"무슨 훈련 강평을 한다는데, 그때까지 작업이나 하고 있으란다."
"아… 그럼 급양관님하고 저희, 금요일 밤늦게 복귀하는 거 아닙니까?"
"그럴 수도 있고, 토요일 복귀할 수도 있고."
그의 말에 강희철이 오버액션을 히며 말했다.

"으아아아, 급양담당관님, 저 토요일날 중대 동기들이랑 외박입니다."
"야! 난 토요일에 PC방 가맹점 사장님들이랑 회식하기로 했어. 가서 사업에 대해서도 들어야 된다고."
"아, 간부님하고 저 둘 다 꼬인 것 같습니다. 저 급양담당관님?"
"응. 뭐 하고 싶은 말 있어?"
"담배 안 태우십니까?"
강희철의 말에 씩 웃는 전역 얼마 안 남은 급양담당관.
"크크, 이 새끼 봐라. 그 얘기하고 싶었냐? 나가자!"
"흐흐, 급양담당관님 역시 최고십니다."
"그래! 담배 뭐로 챙겼냐?"
"팔리아입니다."
"오케이, 말보루 피우냐?"
"그건 독해서…."
"피워봐!"
"알겠습니다."
성재와 효석은 서로를 바라보며 안도의 한숨을 내쉬었다.
막사 끝. 아까는 코를 골더니, 지금은 새근새근 잠에 취한 중령 간부님.
생각해보니 급양담당관은 아직 중령의 존재를 모른다. 그런데 밖에 나간 급양담당관과 희철의 목소리가 막사 안쪽까지 들려온다.

- 아, X같네. 너도 다시 태어나면 절대 간부는 지원하지 마라. 중사 진짜 개털이다.
- 그래도 멋있지 않습니까? 중사면 사회적 대우도 많이 받고, 결혼 중매도 많이 들어온다고 들었는데….
- 개소리 마. 시대가 어느 시대인데, 넌 연봉 3천 받으면서 강원도에 사는 남자랑 결혼하겠냐? 그것도 개오지, 삼척인데?
- 음… 내려가실 수 있지 않습니까?
- 신청 존나 밀려서 못 내려가. 내가 더 복무해도 5년 뒤에 신청할 수 있더라. 그마저 원사 되면 다시 전방에 쳐 올라와야 돼.
- 그래도 집은 주지 않습니까?

- 주는 거 아니고 임대야. 요즘 좋은 회사는 관사도 다 주잖아.
- 그런 것 같긴 합니다.
- 하아, 빨리 끝내고 싶다.
- 앞으로 40여 일 밖에 안 남았습니다. 파이팅 하십쇼!
막사 밖에서 그들의 목소리는 끝나질 않는다.
역시 투머치토커. 이번엔 게임이야기를 꺼낸다.
- 너 젤다의 모험 해봤냐?
- 아직 못해봤습니다.
- 존나 재밌다. 이번주는 외박 가니까 안 되겠고, 다음에 형 집에 잠깐 놀러 와.
- 아… 집이 어디십니까?
- 어디긴 어디야. BEQ지. 간부식당 바로 뒤 건물.
- 아… 알겠습니다. 한번 들르겠습니다.
- 크크크크!
- 그래서 말인데….

결국, 시끄러운 대화 소리에 깨어난 중령.
그는 상체를 일으키고 잠에 덜 깬 얼굴로 주변을 두리번거렸다. 어디서 나는 소리인지 파악하기 위한 그의 움직임. 밖에서 나는 소리이기에 구석에 조용히 웅크리고 있는 병사에게는 잘못이 없다.
그래도 지시는 할 수 있었다. 그는 중령이니까.
"야! 저 새끼들 잡아와! 거기 병사! 밖에 떠드는 새끼 여기로 잡아와!"
중령의 지시에는 따라야 한다.
서효석이 결국 급양담당관을 데려오고, 중령은 전투복에 박힌 병과마크를 본 후, 사선으로 시선을 흘기며 그에게 말했다.
"너, 나 누군지 알지?"
"군단 군수처 군수과장이십니다."
"잘~ 해라!"
"네. 죄송합니다."
한마디면 끝. 중사와 중령의 차이.

중령은 결국 잠이 깼는지, 침낭에서 나와 두리번거렸다. 그리고 서효석에게 말했다.
"병사야! 슬리퍼 좀 빌려주라."
"상병 서효석! 알겠습니다."
슬리퍼를 빌리고, 군복 입은 상태로 어슬렁어슬렁 바깥으로 걸어 나간다. 그리고 급양담당관을 향해 입을 열었다.
"담배 태우냐?"
"네."
"가자!"

간부 둘은 담배를 태우며 친해졌다.
나이는 30대 초반과 50대 초반으로 각자 달랐지만, 전역이 얼마 남지 않은 상황에, 군대에서는 자기계발 시간은 주지 않고, 계속 훈련 같은 곳만 보내며 굴리는 상황이 똑같았던 것.
"군수과장님은 전역 후에 어떤 일 하십니까?"
"나? 직장 예비군 지휘관 갈 생각인데?"
"직장 예비군이 뭡니까? 처음 듣습니다."
"대학교나 관공서에서 예비군 관리하는 거지. 지금 그거 준비한다. 윤 중사, 너는?"
"저는 PC방 차릴 생각입니다."
"그래? 어디서?"
"인제로 갈 생각입니다."
"강원도? 결혼은? 안 해?"
"일단 돈은 모아둬야 될 것 같습니다."
"얼마나 모았는데?"
"이제 한 장 좀 넘게 모았습니다."
"10년 동안?"
"정확히는 8년 4개월입니다."
"잘 모았네. 몇 살이지?"
"31살입니다."
"음… 그래. 그럼 하루라도 빨리 나가는 게 나아."

"그렇습니다."
"그나저나, 너희는 여기 도대체 왜 온 거냐?"
서로의 안부를 묻고, 이제 목적을 묻는다.
"제가 알기로는 군단장님이 직접 보낸 거로는 아는데, 자세한 건 모르겠습니다."
"군단장님이 직접?"
군수과장은 급양담당관의 말에 회심의 미소를 지었다. 그러나 그가 왜 미소를 짓는지 알리 없는 윤동민 중사. 그는 군단 군수과장의 말의 의도를 모른 채 대답했다.
"네. 맞습니다. 그런데 여기 급양대 주임원사가 이상한 이야기를 했습니다."
"뭐라는데?"
"4일동안 여기서 청소나 하고, 작업이나 하랍니다. 너희가 나설 필요 없다고, 이게 도대체 무슨 말인지 모르겠습니다."
"크크, 망할 영감탱이!"
"네?"
"아니야. 춥다. 들어가자."
"알겠습니다."

군대 내 사조직 '호국미식회'.
그곳의 총무는 바로 군수과장 자신. 군단장님은 항상 각 부대를 순회할 때마다 각 지역의 맛집을 탐방하셨다. 그 안내 역할을 하는 게 호국미식회 회원들의 임무.
작년 미2사단장에게 한번 호되게 당한 후, 8급양대 주임원사가 '호국미식회'의 정회원으로 가입을 신청했다. 그리고 군단장님이 강릉, 양양, 속초 지역에서 따로 '호국미식회' 모임이 있을 때마다 단 한 번도 빠지지 않고 나온 그가 이를 간 것이다.
'에이, 노인네 진짜! 뭐 잘 보일 거 있다고? 더 이상 진급도 못 할 거면서, 이 양반, 혹시! 군단 주임원사 자리라도 노리는 거 아니야?!'
최관태 중령은 비로소 미소를 지었다.
'아, 상황이 재밌게 돌아가잖아. 군단장님은 23사단에서 병사를 파견시켰고, 급양대 주임원사는 그걸 무시한 채, 독자적으로 행동한다? 잠깐만! 그럼 이상한데? 군단장님의 의도를 알면서도 무시하는 거잖아. 군단장님께서는 여기 병사들이 음식을 잘해서 보냈을 텐데? 그걸 쌩까고, 독자적으로 음식을 만들어서 잘 보일 생각이다, 이건가? 상식적으로 믿

가 안 맞아. 뭐지? 뭘까? 내가 모르는 게 뭐지?'

군수과장은 핸드폰을 들어, 자신의 동기에게 전화를 걸었다.
- 통신보안, 2경비단장 김철우 대령입니다.
"야! 철우야! 나야. 관태! 잘 지내냐?"
- 어. 관태? 최관태? 뭐야? 너 아직 직보반 안 갔냐?
"안 갔어. 이 자식아! 대령 진급했다고 아주 개무시를 하네?"
- 무시는 무슨 무시를 해. 왜?! 뭔데? 너 항상 나한테 물어볼 거 있어서 전화하잖아.
"크크, 병신새끼, 야! 총장님, 이번주 8군단 오시냐? 시간 계획 좀 확인해줘라."
- 아, 잠깐만! 확인해볼게.
"어. 시간계획 사진으로 찍어서 보내줘라. 카톡도 괜찮고!"
- 카톡은 안 돼 인마, 요즘 육본은 보안감사가 아주 철저하다. 얼마 전에 카톡에 비밀내용 포함돼서 중령급 실무자 모가지 날아갔잖아.
"알았어. 인마! 대충 확인해서 혹시 8군단 지역에 총장님이나 장관님, 아니면 그 이상급 오시나 확인 좀 해줘."
- 어. 알았어.

> 미 합참의장, 동북 DMZ접경지역 방문 후, 합동훈련 강평 순시예정. 내일 입국 후, 토요일 출국 예정.

군수과장은 그제야 군단장이 왜 자신을 이곳에 보냈는지 확신했다.
슬리퍼를 벗고, 전투화로 갈아 신은 중령.
그는 30년 군 생활답게 중후한 목소리로 윤동민 중사를 불렀다.
"담당관!"
"네. 과장님!"
"애들 요리 잘하지?"
"그렇습니다. 잘합니다!"
"그럼 식당으로 가보자!"
"알겠습니다."

호국미식회 (2)

군수과장은 나가면서 병사들에게 말했다.

"병사야. 급양담당관하고 잠깐 주변 순찰 다녀올 테니까, 여기 막사 싹 청소해. 알았지?"

"상병 서효석! 알겠습니다."

"그래. 3명이면 할 수 있지?"

"그렇습니다."

성재는 그동안 군수과장이란 사람에 대해 궁금해졌다. 담당관과 대화를 나누는 동안, 무언가 행동이 변했다는 느낌이 들었다. 그 미묘한 변화를 알아챈 성재는 자신의 능력을 발휘하여 상대방의 정보를 알아냈다.

눈을 세 번 깜박이면 '요리사의 눈'이 발동되고.

그 눈으로 사람을 쳐다보면, 미식등급이 나온다.

성재는 자신의 능력을 쓴 후, 어안이 벙벙해져 버리고 말았다.

???
현재 요리사의 눈(Rank : C)으로는 상대방의 미식등급을 알아낼 수 없습니다

'이런 경우가 없었는데? 뭐지? 도대체 무슨 상황이 일어난 거야?'

성재는 시선을 급양담당관에게 돌렸다. 그러자 그의 등급이 성재의 시야에 포착된다.

윤동민 중사의 미식등급은 ★★★.

그는 생각했다. 적어도 최관태 중령의 미식등급은 5성을 넘는다고.

자신이 이제까지 확인할 수 있었던 미식등급의 최고 등급은 별 다섯 개까지였다.

군단장과 자신.

그것보다 높은 사람.

'저 간부님은 도대체 미식등급이 얼마나 높은 거야?'

풀리지 않는 의문. 아직은 모든 게 명확하지 않다.

그리고 아까까진 모든 게 귀찮은 듯 잠만 자고 있던 중령의 행동이 변했다.

분명 무슨 일이 벌어질 게 틀림없다.

성재는 시스템창을 확인해봤지만, 아직 별다른 반응은 없었다. 그때, 선임병의 목소리.

"성재야!"

"일병 강성재!"

"희철이랑 걸레 빨아와. 난 쓸고 있을 테니까."

"알겠습니다."

군수과장과 급양담당관은 취사장에 도착했다. 그의 얼굴에 살짝 감도는 미소.

'내 예상대로네. 망할 노인네.'

그의 시선에 잡힌 취사장에 있는 11명의 조리병들. 그들은 긴장감이 감도는 취사장 안에서 무언가를 열심히 만들고 있다. 그때, 멀리서 병사들을 감독하고 있던 8급양대의 주임원사가 최관태 중령을 보고는 눈웃음을 지으며 인사했다.

"아니, 좀 더 쉬시지. 여기가 뭐라고 나오셨습니까?"

"아, 그래도 군단장님이 보내는데, 순찰은 해야지요. 뭐하고 있어요?"

"그냥 음식 좀 확인 하고 있었습니다."

"그래요? 그런데 다 똑같은 반찬을 만드네요? 잡채 경연대회 하나요?"

"에이, 피차 다 알면서 짓궂으십니다. 미국에서 오신 마크 소장, 당황하게 해드려야죠. 저희 병사들 경연시켜서 가장 맛있게 하는 놈으로, 경연에 내보낼 겁니다."

"그래요? 음… 글쎄."
"네?"
"아, 아니에요. 백 원사는 하던 거 하세요. 전 순찰만 하다 갈 테니까."
중령은 주임원사를 뒤로하고, 병사들이 만드는 음식들을 살펴본다. 그리고 생각했다.
'당신 혀로는 백날 먹어봐야 모를 텐데. 군단장님이 겉으론 말은 안했지만, 실질적으론 나한테 맡긴 거 같은데, 그냥 위임하지? 내가 적격인데? 그걸 또 가로채려 드네. 이 사람이 말이야. 아~ 진짜!'
그러나 정식 명령은 떨어지지 않은 상황. 군단장이 작전 중에 군수과장에게 먹을 거 확인하라고 예하부대에 보내는 건 말이 안 되지 않은가?
'그래서 처장님은 작전은 작전대로 하고, 쉬는 시간에 가보라고 했을 테고.'
'거기까지 알면서도 이렇게 하겠다?'
그렇다고 여기 이 자리에서 백 원사를 망신 줄 수는 없었다.
엄연히 여긴 그가 주인인 부대. 자기는 잠깐 점검 겸 쉬러 온 손님.
그래서일까? 최관태 중령은 오늘 처음 만난 윤동민 중사를 끌고 다니며 말을 걸었다.
"윤 중사!"
"네. 넌 요리 얼마나 배웠냐? 자격증은 뭐 있어?"
"죄송합니다. 없습니다."
"그래? 야! 이거 큰일이구만!"

최관태 중령, 그는 사실 3종 자격증을 다 가지고 있었다. 일식, 한식, 양식.
그래서일까? 요리에 대한 조예가 깊다.
그것뿐만이 아니다.
"병사야. 이거 잠깐 봐도 되니?"
"네. 드셔 보십시오."
"아니야. 먹고 싶어서 그런 건 아니고."
젓가락으로 병사가 만든 잡채를 들어 올려본다.
'역시, 덜 익었네. 버섯을 너무 늦게 넣었어. 처음 조리할 때부터 빨리빨리 넣었어야 하는데….'
그리고는 한숨을 내쉬고는 다음 병사가 만든 잡채를 바라보았다.

'어휴, 저건 양념장이 아주 간장 범벅이네! 만능 간장은 저렇게 만드는 게 아닌데!'
그리고 그다음 병사가 만든 잡채는….
'와! 기본도 모르네. 당면이 왜 이렇게 길어? 손님들이 다 끊어먹게 할 작정인가? 적당하게 잘라야지.'
'음, 저건 안 봐도 달어. 설탕 엄청 넣었네. 양념이 아주 찐득찐득.'
'먹을 만한 건 하나뿐인가? 11명 중 하나라… 그것도 내 마음에는 썩 들진 않는데….'

그때, 백명환 원사가 병사들을 통제했다.
"자, 만든 거 다 앞으로 가져와!"
"알겠습니다."
그러더니 외관과 색깔, 재료를 보며, 일차적으로 음식들을 걸러낸다.
그러자 취사병들이 아쉬운 소리로 주임원사에게 말했다.
"주임원사님, 제가 한 거 맛있습니다."
"주임원사님? 제가 한 것도 정말 맛있습니다. 일단 드셔 보십시오."
하지만 백명환 원사는 고개를 저으며 말한다.
"너희들 한 거 맛있는 건 다 알아. 하지만 주임원사는 보기만 해도 뭐가 제대로 했고, 뭐가 제대로 잘못됐는지 알아. 내가 군생활만 29년이야. 내 밑에 취사병만 몇 명이 전역했는지 아냐? 이 자식들아?"
"……."
주임원사가 저렇게까지 말하니, 아무리 인사성 밝고, 붙임성 좋은 취사병들도 더 이상 말을 붙이진 못한다.
최관태 중령은 백명환 원사의 행동을 보며 혀를 찼다.
'아이쿠, 저 사람. 완전 실수하네. 제일 잘한 음식을 빼버리면 어떻게 하냐.'

백 원사는 그 중 하나를 고르며 병사들을 향해 말했다.
"이거 만든 놈! 손들어!"
백 원사의 거친 말투에도 한 병사는 세상을 다 가진 듯 미소를 지으며, 자신의 관등성명을 크게 내질렀다.
"일병 최강철!"

"어! 너! 잡채 당첨!"

"감사합니다! 감사합니다!"

"내일은 뼈해장국이다. 쟤 빼고, 나머지는 같은 시간에 나와서 준비해. 이거, 대장님 포상 휴가증 달렸다! 알았어?"

"알겠습니다. 열심히 하겠습니다!"

최관태는 백 원사가 고른 잡채를 보며 미소를 지었다. 그러자 당사자가 앞으로 나오면서 입을 열었다.

"어떠십니까? 저도 이제 음식 좀 볼 줄 알지 않습니까?"

"음… 그렇죠? 주임원사가 고른 잡채, 먹어봐도 되겠습니까?"

"네. 그럼요. 드셔 보십시오. 아마 만족 하실 겁니다."

주임원사의 말에, 드디어 시식에 들어가는 최관태. 젓가락으로 한 입을 먹더니, 더 이상 말을 하지 않고. 그걸 보며 백 원사가 넌지시 입을 열었다.

"맘에 안 드십니까?"

"글쎄요. 아직 제가 뭐라 말할 단계는 아닌 것 같네요."

"아, 진짜, 군수과장님! 이렇게 말씀하실 줄 알았습니다. 저희 미식회 모임 하는데, 저 좀 밀어주십시오! 저희 부대 병사가 딱 나와서 미군 놈들 입맛 싹 잡아버리면 되지 않습니까? 매번 칭찬을 안 하셔."

"음… 일단은 뭐, 나쁘진 않습니다?"

"에이, 또 그러신다. 군수과장님, 일단 저 믿고 지켜봐 주십쇼. 여기 와서 훈수 두시면 안 됩니다. 네? 네?! 알죠? 과장님!"

"일단은요. 네. 알았어요. 주임원사! 주임원사는 주임원사대로 준비해봐요."

"아~ 진짜, 끝까지 그러시네. 저도 좀 군단장님께 잘 좀 보입시다. 네? 군수과장님만 군단장님 사랑 독차지 하지 말고요. 네? 저 그럼 이만 가봅니다."

주임원사는 웃는 얼굴은 했지만 뒤돌아 서자 마자 인상을 쓰며 떠났다. 백 원사의 마지막 표정을 본 군수과장은 허탈한 얼굴로 급양담당관에게 말했다.

"윤 중사!"

"네."

"너, 이거 먹어보고, 내가 아까 눈길 준 잡채 있지?"

"음… 어떤 건지…."

"저기 심사대 못 올라간 4번째 거. 그거 가져와서 먹어봐."
"알겠습니다."
윤동민 중사는 중령의 말에 작은 그릇에 두 개의 잡채를 덜어 순서대로 먹어보았다.
그런데… 그리 큰 차이는 느껴지지 않는다.
뭐가 문제라는 걸까?
"알겠어?"
"미묘하게 차이 나긴 하는데 뭐 때문인지 잘 모르겠습니다."
"모르면 어떻게 하냐? 간장 차이 못 느껴? 너네 군단장님이 인정해서 온 걸 거 아니야?"
"죄송합니다. 제가 잘하는 게 아니라, 병사들이 스스로 잘해서 인정받은 겁니다."
"그래?! 에이! 내가 헛다리 짚었네. 그럼 그 병사들 데리고 와서, 바로 잡채 만들고 있어. 아까 그 주임원사처럼 병사들 다 따로 만들어야 된다. 의논하게 하지 말고! 나는 잠깐 여기 대장 좀 만나고 있을 테니까! 통제해. 알았어?"
"알겠습니다. 그런데 군수과장님?"
"응. 왜?"
"저희 훈련 파견 왔는데, 이상하게 훈련을 안 합니다."
"야이! 멍청한 놈아! 예하부대는 CPX야!"
"음… 저 CPX가 뭡니까?"
"지휘소 훈련! 그냥 병력 안 움직이고 간부들만 하는 거잖아. 부사관이라도 그런 건 알아야지! 중사가 전술 용어를 모르면 어떻게 해! 너네 연대 군수과장 뒤지면 누가 대리 임무 하냐?"
"군수담당관이 합니다."
"에이! 군수담당관도 죽으면!"
"병기탄약관이 합니다."
"야! 말장난하지 말고, 개도 죽으면 너잖아."
"그렇습니다."
"잘해? 어?"
"죄송합니다. 잘하겠습니다."

최관태 중령이 급양대장을 만나러 떠나고, 윤동민 중사는 머리를 긁적였다.

'아, 전역 47일 남았는데, 이게 뭐하는 거야. 그나저나 맛이 어떻게 다르다는 거야? 미치겠네. 뭐, 병사들한테 물어보면 알겠지.'
그래서 불려 온 병사들.
서효석과 강성재, 강희철.
"잡채, 여기 있는 재료 써서, 제일 맛있게 만들어봐! 무조건 맛있게 알았어?"
"알겠습니다."
"최소한 저기 왼쪽에 놓여있는 것보단 맛있게 해야 된다. 알았지?"
"알겠습니다."
"아! 그리고 아까 그 군수과장님이 간장 말씀 하시더라. 간장이 뭔 차이 있냐? 브랜드마다 뭐가 달라?"
그제야, 서효석이 미소를 지었다.
"간장은 진간장, 양조간장, 국간장이 있는데, 요리마다 쓰는 게 좀 다릅니다."
"그래? 아무튼, 잡채 만드는데 그거 고려해서 잘 만들어봐. 알았지?"
"알겠습니다."
"아! 서로 지금부터 의논도 안 돼. 각자가 알아서 만드는 거야. 알겠니?"
"알겠습니다."
"그래! 시작해!"

서효석, 강희철, 강성재는 취사장 1종 창고 앞에 들어갔다. 거기 담당하는 취사병은 이미 모든 상황을 전해 듣고, 창고 문을 열어주었다.
그러자 놀랄만한 상황이 펼쳐졌다.
수많은 조미료와 식재료가 무한정 펼쳐져 있다. 급양대, 그야말로 식재료의 천국.
창고 안에서 검수를 하고 있던 병사는 성재 일행을 보며 입을 열었다.
"가져가는 거, 여기 기입하고 사인 해주시면 저희가 알아서 처리하겠습니다."
급양대 선임병이 후임병의 말에 의문을 품었다.
"야! 뭐야? 뭘 가져가?"
"아, 이거 생산감독과장님이 가져가라고 말씀하셨습니다. 대장님께서 허락하셨답니다."
"그래?! 아! 제가 오해했습니다. 아저씨들, 필요한 재료 있으면 고르세요!"

너무 많이 알아도 실수하는 법

성재와 효석, 희철은 각자 창고에서 당면 재료를 챙겨왔다.
그런데 챙겨온 주재료가 서로 달랐다. 성재와 희철은 소고기, 표고버섯, 미나리, 당면이 주재료인 반면, 효석은 표고버섯 대신 목이버섯과 돼지고기를 주재료로 삼았다.
다시 취사장에 돌아온 셋은 각자 요리에 집중하기 시작했다.
급양담당관은 셋의 요리를 유심히 지켜보았다.
'서효석, 쟤가 중화요리 전문점에서 일했던 애였지?'
후임병일 때는 실력을 드러내지 않고 묵묵히 설거지나 뒷정리만 하던 녀석. 그래서일까? 급양담당관은 아는 게 별로 없었다. 아는 거라곤 최근 연대장님께 인정받고 있다는 사실과 얼마 전 작은 요리대회에서 우승했다는 사실. 그 두 가지가 자신이 알고 있는 정보.
그다음은 강희철.
'저녀석은 그래도 내가 데리고 있어봐서 잘 알지. 열심히는 하는데, 과연?'
강성재는 워낙 유명해서 모르는 사람이 없다.
'쟤는 진짜배기지. 도대체 표창이 몇 개야?!'

본격적인 요리 스타일이 다른 세 사람.
채소부터 다듬는 희철과 다르게, 서효석과 강성재는 주재료를 먼저 물에 불린다.

강성재는 당면을, 서효석은 목이버섯을.
그때 군수과장이 용무를 마치고 취사장으로 돌아왔다. 급양담당관이 경례를 실시했다.
"충성! 다녀오셨습니까?"
"그래. 시작했나?"
"그렇습니다."
"음… 두 명은 일단 잘하네?"
"네?"
"세 명 중 두 명은 앞서나가고 있다고."
"아…."
급양담당관은 요리순서에서부터 순위를 매기는 군수과장이 신기했다. 최관태 중령은 이미 강희철을 보며 고개를 절레절레 젓고 있었다.
'당면부터 물에 불렸어야지. 그래야 시간을 절약할 거 아니야?'
그리고 시야에 보이는 서효석.
'목이버섯을 쓴다고? 시간 좀 걸릴 텐데…? 하긴 쫄깃쫄깃한 식감이 대단하긴 하지.'
목이버섯은 원래 30분 이상 물에 불려야 한다. 말려서 보존하기 때문이다
나머지 부분은 크게 차이 나는 부분이 없었다. 최관태 중령은 당면을 불리며, 간장을 사용하는 부분에 중점을 두고 병사들을 체크했다. 그리곤 확실하게 말했다.
"쟨 아니야."
"네? 무슨 말씀이십니까?"
그의 말에 급양담당관이 눈을 크게 뜨며 되물었고, 군수과장은 그 병사의 얼굴을 보며 다시 한번 말했다.
"너랑 담배 피우던 병사, 걔는 요리 잘하는 애 아니라고."
"아… 맞습니다. 그 친구는 요리 잘 못 합니다. 정말 대단하십니다."
고수는 눈썰미 하나만으로, 상대의 실력을 가늠한다. 그래서일까? 그가 주던 시선은 세 명에서 둘로 바뀌었다.

서효석과 강성재. 그 둘은 선의의 경쟁을 하고 있었다. 최관태 중령이 또 말을 꺼냈다.
"둘이 의식하고 있네."
"잘 못 들었습니다?"

"서로 경쟁하고 있다고, 딱 봐도 그렇게 느껴지잖아."
최관태의 말에 급양관이 다시 병사들을 쳐다보았다.
강희철은 주변 선임과 후임의 요리과정을 힐끔힐끔 훔쳐보며, 자신의 요리를 하는 반면, 문제의 선임과 후임은 자신의 요리에만 집중하고 있다. 아예 서로 얼굴도 쳐다보지 않고, 자신이 해야 될 일만 알아서 척척.
그래서일까 의문이 생긴다.
"반대 아닙니까?"
"뭐가?"
"희철이가 의식하고, 나머진 의식을 안 하고 있는 것 같은데."
"야! 딱 봐도 그게 아니잖아. 잘 봐. 힐끔힐끔 보는 재는 몰라서 보는 게 티가 막 나잖아. 그런데 저 옆에는 시간이 아까워서, 자기 요리를 하면서도 다른 사람 걸 신경 쓸 틈이 없는 거야. 내가 뭘 해야 될까? 다음은 무엇을 해야 할까? 자신의 기억을 되짚는 거지. 알겠어?"
"알겠습니다."

대답은 했지만 영문을 모르는 급양담당관. 그러나 병사들은 요리를 계속하고 있다.
서효석의 손길이 빨라지기 시작했다. 영리하게도 채소를 종류별로 따로 볶는 병사.
최관태는 직감했다.
'저래서 군단장님이 직접 불렀구나. 저래서! 저래서!'
채소를 한 번에 볶는 방법도 있지만, 이렇게 하면서 최적의 식감을 맞추는 건 어렵다.
그런데 이걸 따로 볶게 되면 각 채소에 맞는 최적의 식감을 구현할 수 있다.
반면 성재는 좀 달랐다. 팬 하나에 한 번에 볶는 걸 선택한 녀석.
'저렇게 하면 힘들지. 5초 이내로 다 계산해 움직이면서 최적의 시간을 찾아내야 되는데, 진짜 대단한 일류 요리사가 아니면 힘들어.'
미식가가 되기 위해서 획득한 조리사 자격증. 음식에 대한 호감을 넘어선 동경심.
비록 직업으로 이어지진 않았지만, 남들이 인정할만큼 전문 지식을 보유한 최관태.
'호국미식회'의 총무로서 활동한 지가 어언 4년, 현재 군단장님이 23사단장이었을 때부터 시작된 모임의 초창기 결성 멤버.
그의 매 같은 눈은 아직도 서효석과 강성재에게 애정을 담고 있다.
하지만 이미 서효석에게 기울어버린 감정.

성재는 과연 요리 중에 그것을 만회할 수 있을까?
서효석은 물에 불려두었던 당면을 곧장 삶기 시작했다.
그러자 성재도 당면을 삶는다.
서효석이 삶은 당면을 다시 찬물에 헹군다.
반면 성재는 그 뜨거운 당면을 바로 채소와 함께 볶아준다.

최관태의 눈이 서효석에게 집중됐다.
"왜 그러십니까?"
윤 중사가 물었다. 그러자 최관태는 미소를 지었다.
"결정 났어."
"네?"
"쟤가 이겼어."
"누구 말씀이십니까?"
"쟤! 상병! 쟤가 이겼다고."
성재의 팬 위에서 채소와 당면이 한데 어우러져 움직이고 있고, 서효석은 시간이 걸리지만, 채소를 하나하나 따로 볶으며 최고의 맛을 내기 위해 노력하고 있다.
"저, 왜 이겼는지 여쭤 봐도 되겠습니까?"
"당면은 말이야, 뜨거우면 간을 맞출 수가 없어. 식혀서 간을 봐야 되거든."
"아…."
"그런데 저 일병 쟤는 이제까지 간을 하나도 안 봤어. 그냥 무언가에 홀려서 그냥 마음 가는 대로, 행동 가는 대로 요리를 하고 있는 거야. 그럴싸 해보여서 내가 처음엔 좀 속았는데, 좀만 보면 실력은 다 드러나게 되지."
"아… 무슨 말씀이신지 알 것 같습니다."
"뭔데?"
"서효석 상병은 기본기가 탄탄하고, 하나하나 확인하면서 한다면, 강성재 일병은 최고 빠른 길로 가려는 데 중점을 맞추다 보니, 기본을 잃고 있다는 말씀이신가요?"
"음, 100점에 80점 준다. 그 정도면 거의 맞다고 봐야지?"
"감사합니다."
그리고 간장의 활용 차이.

"쟤가 그래도 간장은 잘 만들었네."
"간장 말씀이십니까?"
"그래. 국간장 사용했고, 설탕 대신 물엿하고, 올리고당으로 건강도 잡았네. 그래도 그뿐이야. 저렇게 빨리 만든다는 게 말이 안 되거든."
최관태의 시야에 잡혔듯, 성재의 요리가 가장 먼저 완성되었다.
이제 완성된 요리가 결과를 말해준다.
성재는 완벽하게 임무수행을 하고 돌아가는 홀로그램을 향해 속으로 말했다.
'고맙다. 친구야?'
그러자 녀석이 주머니에서 머리띠 하나를 꺼내, 성재 앞에 쫙하고 펼쳐보였다.

〈You're welcome!〉

그리고는 미묘한 웃음을 지으며 사라지는 녀석.
성재는 만들어진 잡채의 등급을 보며 미소를 짓고는 최관태 중령에게 들고 갔다.
그러자 최관태 중령이 다시 한번 성재에게 되물었다.
"다 된 거야?"
"네. 확실합니다. 잘 됐습니다."
"아, 야! 병사야. 넌 요리할 때, 간 안 봐?"
"일병 강성재! 간은 잘 안 봅니다."
"그래? 자신감이 대단하네. 일단 내려놔."
"알겠습니다."
여기서 확실해졌다. 승리는 서효석이라고. 그리고 10분 후, 강희철과 서효석도 거의 비슷한 시간에 요리를 완성했다. 그걸 본 최관태 중령은 병사들을 향해 입을 열었다.
"다 됐으면 이리 가져와!"
그러다가 잠시, 다시 말을 바꿨다.
"거기, 담배 피우던 병사!"
"상병 강희철?"
"넌, 안 가져와도 돼!"
"앗… 알겠습니다."

강희철은 자신이 만든 잡채가 자신 없다는 것을 스스로 잘 알고 있었다. 그래서일까? 금방 최관태 중령의 말에 꽁지를 내렸다. 휴가가 걸려있는 것도 아니었고, 자신이 성재와 서효석보다 맛있는 잡채를 만들 리 없다는 것도 알고 있었다.

성재는 자신이 만든 잡채와 선임들이 만든 잡채를 비교해보았다.

recipe	강성재가 완벽한 조리시간을 맞춰 만든 소고기표고버섯잡채 ★★★★☆ ✕
	홀로그램의 도움을 받아 조리시간을 완벽하게 맞춘 소고기표고버섯잡채
	직접 제조한 만능간장과 숨을 적당히 살린 채소, 소고기 설도 부위와 표고버섯, 당면의 조화를 완벽하게 살렸다
	간부식당 조리병 직업 보너스에 의해 ☆만큼 등급이 향상되었다

recipe	서효석이 정성을 들여 만든 돼지고기목이버섯잡채 ★★★★ ✕
	각 재료를 따로 볶아, 채소별 필요한 식감을 맞췄고, 채썬 돼지고기, 목이버섯을 활용하여 잡채에서 만들 수 있는 다양한 식감을 구현하였다
	특히 잡채는 물에 헹궈, 다시 기름에 볶아내어 시간이 지나도 불지 않고 맛이 장시간 유지되는 게 특징

recipe	강희철이 만든 소고기표고버섯잡채 ★★☆ ✕
	채소 숨이 다 죽어버렸고, 소고기 또한 너무 익어버렸다. 당면은 최적 조리시간보다 오래 삶아 살짝 불어버렸다. 당면이 물을 너무 많이 먹어 15분 후부터 등급이 하락할 예정

'다행이다. 내가 등급이 제일 높아.'

성재는 일단 안심했다. 그때, 가장 고참인 간부가 시야에 잡혔다. 매의 눈으로 쳐다보는 최중령은 젓가락을 이용해 가장 먼저 서효석의 잡채를 들어 올렸다. 그리고는 물었다.

"기름에 볶았네? 왜?"

"당면이 기름 코팅을 해두면, 면이 부는 것을 방지할 수 있습니다. 찬물에 헹군 후에 다시 채소와 볶은 것도 그 이유입니다."

"그래. 먹어보고 판단할게."

"알겠습니다."

서효석의 잡채를 시식한 최관태 중령의 얼굴에는 곧바로 미소가 걸렸다.

'역시 내 눈은 정확해. 아까 백 원사가 선택한 병사 11명보다 얘가 훨씬 요리 잘해. 역시 군단장님, 예리하시네. 이제 어디 가서 미식가라고 하셔도 되겠다.'
그리곤 멀찌감치 떨어진 희철의 요리를 바라보곤 다시 고개를 저었다.
'쟤는 취사병치고는 평균. 아니, 그 이상인가? 아니지. 내 기준이 너무 높은 거겠지?'

이제 성재의 요리를 맛볼 차례. 최 중령은 생각했다. 이미 결과는 나와 있다고.
자신의 옆에서 같이 맛보며 평가하는 윤 중사. 녀석도 서효석의 잡채를 먹어보며 감탄하고 있었다.
"진짜 맛있습니다. 이것도 맛있습니다."
"그렇지? 이게 더 맛있지?"
그런데 반전이 있었다. 요리도 잘 모르는 친구가 갑자기 자신이 선택한 잡채가 아닌, 다른 쪽이 맛있다고 주장한다.
"아, 그런데 전 여기 있는 성재가 만든 잡채가 더 맛있는 것 같습니다."
"뭐?"
"음… 뭔지 잘 모르겠는데, 이게 더 맛있습니다. 그냥 확실히는 모르겠는데, 이게 더 맛있게 느껴집니다."
윤동민 중사의 말에 고개를 갸웃거리는 최관태.
'그럴 리가 없는데, 조금 전 저 녀석은 채소도 따로 볶았고, 간도 다 보면서 조리했고, 면도 다 코팅할 정도로 세심한 녀석인데, 그것보다 맛있다고?'
혀는 거짓말을 하지 않는다. 개인차는 있지만 대부분의 사람들은 비슷하게 느낀다.
맛있는 음식은 어딜 가나 소문이 나기 마련. 최관태는 일단 의문을 풀기 위해, 일병 녀석이 만든 표고버섯 잡채를 입안에 넣었다.

우물우물. 하나하나 맛의 차이를 느껴보는 그의 미각이 총동원되고.
'뭐야? 진짜야? 이게 말이 돼?'
깜짝 놀라 병사를 쳐다보는 최관태.
그는 어안이 벙벙한 채로 입안에 들어온 요리를 분석하며, 다시 한번 확신했다.
'내가 틀렸어? 내가?!' '호국미식회' 최고의 미식가인 내가 틀려?!'

나도 알아낼 방법 있어

최관태는 놀라움을 감추지 못하고 있었다.

두서 없이 조리하면서 이렇게 훌륭한 맛을 낸다는 것은 쉽지 않기 때문이었다. 당면을 물에 불리고, 채소를 데치고, 고기를 익히는 과정 모든 게 정확히 맞아야만 이런 맛을 낼 수 있었다. 요리학원을 다녀보면 다 안다.

'처음에는 중불로 당근이나 감자같이 조직이 단단한 것부터 데쳐주시고요. 5분 정도 익었다 싶으면 양파, 대파 순으로 적절히 넣어주세요. 조직이 연한 걸 가장 나중에 넣으셔야 되고, 숨이 너무 죽지 않게 하려면 따로 볶아주셔야 되요.'

'누구나 따라 하실 수 있어요. 한 번에 넣으셔야 시간 내에 합격하실 수 있습니다.'

그게 쉬우면 다 합격하게? 실제로 조리시험장에서 실기 합격률은 40% 미만.

물론 여기까진 연습으로 누구나 할 수 있다. 문제는 양념장부터다.

녀석은 계량 없이 그냥 감으로 때려잡았다. 오늘 할 요리가 잡채인 줄 알고 있었음에도, 하기 어려운 그 소스를 계량하지 않고 순식간에 배합했다.

최관태는 여기서 서효석의 승리를 직감했었다.

'간장 소스를 저렇게 대충대충 만들면 어떻게 해. 저건 잡채만 만드는 한정식 전문점은 되어야 저렇게 나온다.'

그런데! 그렇게 생각했는데, 녀석이 만든 소고기표고버섯잡채의 맛이 더 끝내줬다.

그건 오로지 감만으로 간장으로 만든 만능소스의 비율을 눈대중으로 때려잡고, 잡채의 양을 보고, 소스의 양도 때려 맞춘 것이다.

그뿐만이 아니다. 재료선택도 탁월했다.

item	식감이 기가 막힌 표고버섯
	지방함량이 100g당 0.5g으로 매우 적고, 항암효과와 혈관청소는 물론, 항염증 효과도 있어 더욱 사랑받는 버섯 버섯 농사 중 열에 다섯 가구는 표고버섯을 기를 정도로 생산도 소비도 많은 식재료

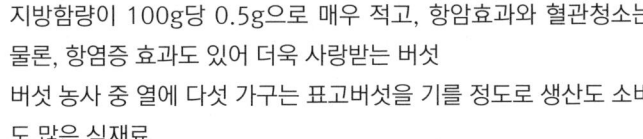

여기서. 가장 중요한 것은 이 모든 재료를 계량하고, 그것을 전부 다 따로 볶는 복잡한 과정을 거친 선임병의 잡채보다 녀석의 잡채가 더 맛있다는 게 충격.

물론 선임병은 소고기 대신 돼지고기를 썼고, 표고버섯 대신 목이버섯을 사용했다. 그러나 목이버섯도 일반 버섯에서는 낼 수 없는 쫄깃쫄깃한 식감을 가지고 있다. 잡채에 표고버섯과 목이버섯 중 무엇을 넣을래 하면, 절반은 목이버섯을 고를 것이다. 목이버섯은 일반인에게 이름만 잘 알려지지 않았을 뿐, 평소 즐겨 먹는 버섯이다. 탕수육에도 들어가 있고, 짬뽕에도 들어가 있고, 심지어 울면에도 들어가 있다. 그만큼 식감 측면에서는 표고버섯에 절대 뒤지지 않는 위치.

그렇다고 돼지고기 문제일까?

그건 또 아니다. 돼지고기 또한 식감에서는 소고기에 전혀 뒤지지 않기 때문이다.

그 미묘한 차이. 왜 정성이 덜 들어갔다고 느껴지는 요리가 더 맛있을까?

최관태는 여전히 그 정답을 찾아내지 못하고 있었다.

'온도 때문? 식어서 더 맛있다? 아니야. 잡채는…. 따뜻할 때가 더 맛있어. 적어도 내가 느낄 땐 그래! 그렇다면 선임병 잡채가 더 맛있어야지.'

성재는 부담스럽게 쳐다보는 중령의 모습에 일단 표정을 감추었다. 그러나 속으로는 그의 감정을 이해하고 있었다. 그가 너무 많은 음식을 접해봤고 지식도 많아서 생기는 일. 더구나 성재의 발밑에서는 쉴 새 없이 푸르스름한 오오라가 돌아가고 있었다. 군단 군수과장, 직속상관은 아니지만, 상관은 맞다. 그래서 그도 현재 호칭 〈신뢰받는 부하〉 오오라의 영향을 받고 있다. 그는 성재의 요리를 5성급, 아니면 그 이상으로 받아들이고 있을 터. 최관태 중령은 결국 성재에게 항복하고 말았다.

자존심? 그딴 것 보다는 궁금증을 해결하는 게 더 중요했다. 미식가로서 성공하려면.

"병사야. 너 어떻게 한 거야?"

그러나 성재는 알려줄 생각이 전혀 없었다. 시스템이라고 말할 수 있는 것도 아니었고. 그렇다고 다른 사람처럼 대충 얼버무려 끝날 것 같지도 않다. 그가 미각적으로나, 요리지식이 뛰어나다는 걸 이미 알게 되어버렸으니까.

'거짓말을 하면 금방 들키겠지. 사실이나 경험에 기반을 두는 게 나아.'

그래서일까, 성재는 태연한 듯 다시 간부님한테 되물었다.

"어떤 것 말씀하십니까?"

"잡채!"

"평소 만드는 대로 만들어 봤습니다."

그러자 군수과장의 표정이 일그러진다. 그리고 다시 감정을 실어 되묻는다.

"병사야. 원론적인 말 말고, 어떻게 한 거냐고 내가 묻잖아. 너도 그 정도 요리 실력이면 알 거 아니야. 내가 묻는 게 뭔지, 내가 알고 싶은 게 뭔지."

"잘 모르겠습니다."

"그 재료 가지고, 그 요리법 가지고 이 맛을 낼 수가 없어. 내가 늦게 와서 못 본 게 있는 거야? 채소를 데칠 때, 다른 육수를 썼다든지, 아니면 새로운 비법 같은 게 있는 거냐고."

"죄송합니다. 무슨 말씀이신지 정말 모르겠습니다."

"야! 병사야. 나! 이래 봬도 나 양양에서 별명이 맛집 감별기야. 이게 무슨 말인지 알아? 미식가라고!"

"정말 특별한 건 없는데, 예상 가는 건 하나 있습니다."

"그래? 말 해봐! 뭐야?"

"요리는 감정이나 그날 날씨, 개인의 체형, 건강 등에 영향을 받는다고 알고 있습니다. 제가 볼 땐 그냥 평범한 요리인데, 간부님께서 오늘 기분이 좋으시다거나, 건강이 좋으셔서 제 음식이 더 맛있었다는 게 아닐까 하고 생각하고 있습니다."

성재의 말에 갑자기 화가 난 군수과장이 눈을 부릅떴다.
"아, 진짜, 야! 병사야. 너 이름 뭐냐?"
"일병 강성재?"
이름을 알자마자, 태세를 전환하여 바로 거래를 시도했다.
"그래. 성재야. 이 군수과장이 계급은 중령이어도, 동기들은 대령이거든. 무슨 말이냐면, 너희 연대장보다 내가 3년이나 더 고참이야. 그게 무슨 말인지 알지? 포상 휴가 원하면 챙겨 줄게! 비법 숨기지 말고, 허심탄회하게 털어 놓고, 서로 광명 찾자! 응?"
군수과장은 특유의 미소를 지으며, 성재에게 부담스러운 시선으로 말했다.
하지만 성재는 그 대답을 할 수 없었다. 실제로 특별한 재료를 넣은 게 없기 때문이었다.
"여기 보시는 재료가 다입니다. 다른 거 추가해서 넣은 건 없습니다."
"정말이야? 진짜야?!"
"그렇습니다."
"아, 야! 윤 중사! 너희는 간부들이 물어보면 병사들이 사실대로 대답 안 해?"
"아… 저번에 군단장님도 같은 질문 하셨습니다."
"뭐?"
"그런데 그때도 군단장님께 저희 서효석 상병한테 레시피 물어보셨었는데, 그걸 가르쳐 드리진 않았습니다. 이건 저 병사들의 고유 밥줄이나 다름없다고 말씀드렸습니다."
"에이! 진짜 귀찮게 하네. 아! 잠 다 깼다. 진짜, 거기 성재라고 했지? 네가 만든 잡채, 여기 군단 군수과장이 가져간다. 알았지?"
"일병 강성재! 알겠습니다."
"내가 넣은 재료 꼭 밝혀내고 만다. 진짜!"
군수과장이 성재가 만든 잡채를 락앤락 통에 덜었다. 그리고는 비닐봉지에 넣었다.
성재는 불안함에 다시 한번 간부를 불렀다.
"저, 간부님!"
"뭐야? 얘기할 거야? 할 거면 포상 휴가 만들어주고."
"저… 진짜 특별히 넣은 것 없습니다."
"됐다. 됐어. 너 끝까지 얘기 안 할 거잖아. 됐어! 나도 알아낼 방법 있어."
미식가로서 자존심이 구겨진 최관태.
미묘한 맛의 차이를 알기 위해 다시 한번 맛을 보는데, 도저히 알아낼 길이 없다.

미묘한 차이. 미묘한 기분 차이를 무언가가 만들고 있는데, 도저히 찾을 수 없는 것.
'진짜 기분 탓인가?'
그도 계획이 있었다. 휴대폰으로 '호국미식회' 밴드에 접속했다. 그리곤 공지를 띄웠다.
[오늘 양양지역 번개 모임 한 번 하겠습니다. 훈련 아닌 간부님들은 식사 한번 합시다. 훈련기간이라 음주는 불가입니다.]

그래서 모인 자리.
"회원님들! 다들 나오셨습니까?"
"충성! 과장님, 사령부 오늘 훈련이지 않습니까?"
"아, 맞네. 과장님 훈련이시네. 훈련 중에 갑자기 무슨 바람이 들어서 부르셨습니까?"
"일단 우리 회원님들! 자리에 앉으시고, 오늘 메뉴! 한정식 A코스로 시키겠습니다."
군수과장은 양양에 근무하고 있는 회원들을 음식점에 불러놓고, 자신의 가방에서 아까 성재가 만들어놓았던 소고기표고버섯잡채를 꺼내 들었다. 락앤락 모양만 보일 뿐, 검은 봉지로 가려져 있어 내부는 보이지 않는다.
"어? 뭐지? 과장님이 뭐 들고 오셨다!"
"뭡니까? 귀한 겁니까? 고래 고기 아니야?"
"야! 이 사람아, 고래고기가 뭐가 귀해? 송로버섯 아닌가?"
회원들의 호들갑에 최관태는 자신보다 어린 장교, 부사관 후임들에게 입을 열었다.
"자자자, 조용히들 하시고, 이거 일단 먹어봐."
봉지를 개봉해서 음식을 보여준다. 그러자 반응이 썩 좋질 않다.
"에이, 잡채지 않습니까? 한정식집에서도 기본 반찬으로 나오는데, 왜 싸오셨습니까?"
"전, 과장님이 부르셨길래, 저번처럼 삼합이라도 싸온 줄 알았습니다."
"야! 너희들, 일단 먹어 봐! 먹어보고 말해!"
군수과장의 행동에 잡채를 먹어본 회원들.
의구심 많은 회원들이지만, 언제나 믿음을 준 최관태 중령의 말이었기에 일단 잡채를 입에 넣었고, 넣는 순간 얼굴에 미소가 걸렸다.
"자! 내가 왜 가져왔는지 알겠지?!"
"오! 누가 만든 겁니까? 대박입니다. 입이 다물어지질 않고 있습니다."

"진짜 맛있습니다. 잡채가 맛있는 건 알고 있었는데, 이건 진짜입니다."
그때, 한 회원이 미리 깔려있는 한정식집의 잡채와 비교해서 먹어보더니, 성재가 만들었던 잡채에 엄지손가락을 치켜들며 손을 들어준다.
"오! 잡채! 대박! 과장님! 혹시 직접 만드셨습니까?"
"내가 미쳤어? 이걸 직접 만들게? 보물을 구해왔지."
"보물? 누구입니까? 과장님 마누라는 아닐 테고, 어디 다른 여자 생겼습니까?"
"야! 과장님이 다른 여자한테 쓸 돈이 어딨냐? 먹는 데도 쓸 돈이 없는데…."
"크크, 그건 그래. 하하하, 과장님! 저희 후배들이 농담하는 겁니다."
최관태는 후배 장교와 부사관들이 뭐라고 하는 건 전혀 상관없었다.
"솔직하게 말할게. 이거 군단장님이 뽑아온 병사가 만든 잡채야. 이 잡채, 내가 아는 재료는 다 불러볼 테니까, 미묘한 맛의 차이를 느끼고, 내가 부른 재료 말고 그 다른 재료가 무엇인지 맞춰봐. 내가 그 병사한테 다시 캐물어서 그게 맞으면 다음 모임은 혼자 쏠게!"
"오! 정말이십니까? 저희 미식회 회원들을 뭐로 보고, 만남만 벌써 몇 년인데, 재료 맞추기야 딱 보고, 한 번만 먹어보면 뭐 들어간 건지는 다 알지 말입니다."
"그럼 재료 불러본다. 여기 들어간 재료가 당면, 간장, 물엿, 올리고당……(중략), 이걸로 끝이야. 추가로 뭐 들어갔을 거 같아?"
"어? 내가 생각한 건 다 나왔는데? 뭐지?!"
"저도 그렇습니다. 제가 생각한 거 다 들어가 있습니다. 올리고당 생각했는데, 딱 들어가 있네."
"꿀! 꿀 아닙니까?"
"에이, 꿀은 아니다! 다른 거?"
"땅콩버터?"
"그것도 아닌데?"
모두가 정답 없는 정답을 찾는 가운데, '호국미식회'의 번개는 성과 없이 끝이 났다.

다음날 아침 10시.
잠도 제대로 못 자고 12시간 밤새 시샅을 지킨 군수과장은 허무한 표정을 지었다.
'아무리 생각해도 꿀은 아니야. 땅콩버터도 아니고, 도대체 뭐야? 뭐냐!'

미식가로서 이렇게 괴로웠던 적이 없었다. 토론을 하면 재료의 비율까진 몰라도, 대충 어떤 식재료를 썼는지는 맞힐 수 있었다. 그런데 그게 안 되니 골치 아픈 것이다.

"과장님, 많이 피곤해보이십니다."

"나 왜 피곤한지 아까 얘기했잖아. 그나저나 교대 왜 이렇게 안 오냐?"

"곧 올 겁니다. 그나저나 과장님, 오늘도 급양대 가서 주무십니까?"

"그래야겠지?"

"그럼 좋은 방법이 떠올랐습니다."

"뭐? 무슨 좋은 방법?"

"거기 식검대 있지 않습니까? 수의장교들. 걔네한테 성분 분석 의뢰 하셔보십쇼. 그럼 뭔가 나오지 않겠습니까?"

"아! 그런 방법이 있었구나. 그렇게 물어보면 되네!"

"아마 걔네 매일매일 검사하고 그럴 겁니다."

"그래. 오케이! 좋아! 아! 덕분에 잠이 팍 깨네! 잠이 팍 깨!"

"다행입니다. 과장님!"

그때, TD에 전화가 울렸다.

"통신보안, 군수과장 중령 최관태입니다."

- 어! 군단장인데!

"충성! 작전간 이상 없습니다."

- 가 봤냐?

"네. 현장 확인해봤습니다."

- 어때? 내가 보낸 애들이 제일 잘하지?

"그렇습니다! 맞습니다!"

- 단단히 준비해라. 너한테는 그게 가장 큰 임무야. 군수과장! 알았어?

"네. 완전작전 실시하겠습니다."

전화가 끊겼다. 군단장의 의도를 확실하게 알아차린 군수과장의 얼굴에는 미소가 실렸다. 막중한 임무를 받은 것이다.

미군들을 만났습니다

식자재검사장교. 여군, 중위. 병과는 수의.
그녀는 중령의 방문에 당황하고 있었다.
"죄송합니다. 다시 한번 말씀해주시겠습니까?"
"성분 분석 검사 좀 해달라고! 말이 어렵냐?"
신진희 중위, 그녀는 50대의 최관태 중령 앞에서도 전혀 밀리지 않았다. 부당한 지시나 명령에는 응하지 않는 게 바로 군인. 그녀의 똑 부러진 목소리가 최관태 중령의 귓가를 정확히 때렸다.
"의뢰서를 작성해주셔야 합니다. 의뢰서는 일반분석부터 미생물분석, 유기분석, 물성분석, 영양성분 분석, 기타 농약, 착색료, 유통기한, 향기물질 분석 등이 있습니다. 어떤 거로 분석하십니까?"
"음, 재료 같은 건 몰라? 이건데 말이야."
최관태 중령이 통 안에 든 잡채를 꺼냈다. 신진희 중위는 난감한 표정을 지었다.
"외부에서 가져온 음식은 분석할 수 없습니다."
"여기서 만든 건데? 급양대 취사장에서 만든 건데?"
"그럼 거기 부대장 서명이 필요합니다."
그래서일까?

"야! 나 8군단 군수처 군수과장이야. 내가 책임져. 그냥 해."
"네. 누구신지는 알고 있습니다. 하지만 전 군사령부 1군수지원사령부 소속입니다. 저희 쪽에 공식의뢰 문서를 보내주시거나, 지휘계통에 의한 정당한 명령이 있어야만 검사가 가능합니다. 협조를 공문으로 정식으로 요청하시면 처리해드리겠습니다."
"에이! 진짜! 그냥 안 되냐?"
"안됩니다."
"됐다. 됐어!"
그녀의 일관된 대답에 결국 몸을 돌려 나가던 최관태. 이대로는 나가기는 짜증 났는지, 문 앞에서 다시 고개를 돌렸다.
"그나저나 신 중위!"
"중위 신진희?"
"자네 군 생활 몇 년이나 했어?!"
"작년에 임관했습니다."
"군 생활, 그렇게 하면 오래 못 가. 알았어?"
"……."
최관태 중령은 결국 포기했다.
정공법으로 갔다가는 증거가 남는다. 그건 자신은 물론, 군단장님께도 피해가 갈 수 있다는 것.
최관태는 식검대를 나가며, 속으로 외쳤다,
'이래서 여자들은 군대 오면 안 돼! 말이 통해야지. 이 미친!'

최관태는 두 번째 방법을 선택했다. 요리하는 과정을 옆에서 처음부터 지켜보는 것.
어제는 못 봤지만, 오늘은 자신이 옆에서 직접 눈 뜨고 지켜보기로 결심했다.
그가 부탁해서 성재가 다시 만든 잡채는 정말로 특별한 재료가 들어가지 않았다.
'진작에 이렇게 해볼걸. 바보같이…'
"진짜였냐? 거짓말 아니었냐?"
"그렇습니다. 저는 거짓말 못 합니다."
"그래?"

얼떨떨한 표정. 그리고 또다시 드는 감정. 이것만 잘하는 거 아니야?
그래서 필요했다. 검증과정.
"너랑 너!"
"상병 서효석!"
"일병 강성재!"
"너희 다른 요리도 자신 있냐?"
성재는 군수과장의 말에 자신감을 표현했고.
"네. 자신 있습니다."
서효석은 담담한 얼굴로 대답했다.
"잘하는 편이라고 간부님들한테 많이 들었습니다."
그렇다면, 자신의 생각이 맞는지, 비교 대상이 필요할 터. 군수과장은 다시 그런 행동을 도와줄 대상을 물색했다.
급양대장실. 9년 후배 장교. 그를 도와줄 사람은 바로 8급양대의 대장. 중령 고양원.
"양원아! 어떻게 할 수 있겠나?"
"주임원사한테 맡긴다고 했는데, 아쉬운 소리 하기가 좀… 그렇습니다."
"얌마! 고 중령, 아니! 육사 55기! 너 내가 몇 기인지 알지?"
"육사 46기이십니다."
"군 생활은 그렇게 하면 안 돼. 이제 중령인데, 그렇게 대범하지 못하고, 지휘관이 주임원사한테 계속 끌려다니면 되겠어?"
"설득해 보겠습니다."
"그래. 우리 후배! 믿는다. 네가 허락한 거야! 내가 시킨 거 아니고! 알지?"
"알겠습니다. 제가 지시한 겁니다."
최관태가 나가고, 그보다 9년 후배인 고양원 중령은 혀를 차며 말했다.
'아, 꼰대 새끼, 저러니까 대령 못 달지. 우리 출신 중 60%가 대령 다는데, 그걸 못 다냐! 저러니까, 저러니까!'

육사, 사고만 안 치면 중령 진급 100%.
타 출신이 아무리 날고 기어봐야 30%도 중령을 못다는 사실을 아는 민간인은 과연 얼마나 있을까?

많은 출신들 중에서도 진급 특혜를 받는 육사가 중령으로 제대하는 것은 불명예나 다름 없다. 그건 그만큼 선배장교인 최관태의 평소 업무태도가 불성실했다는 뜻.

그럼에도 그의 지시에 협조해야만 하는 이유가 있다.

병참 병과의 장교는 5년만 군 생활해도, 전국에 있는 같은 병과 간부의 이름은 다 알게 된다. 그만큼 좁은 바닥. 안 좋은 소문이 나는 순간 진급은 끝장난다.

그래서일까?

어제까지 청소만 하던 성재와 효석, 희철의 일과가 달라졌다.

어제는 분명 11명이었는데, 오늘은 13명이 되었다. 어제 합격한 인원이 빠지고, 3명이 추가된 것.

급양대의 주임원사인 백 원사는 혀를 차며, 최관태 중령에게 말을 꺼냈다.

"아, 이렇게 치고 들어오실 줄은 몰랐습니다. 저희 대장님을 이용하시다니요. 너무 하십니다."

"그래요. 백 원사가 처음부터 협조했으면, 이런 방법은 안 썼지."

"일단 알겠습니다. 대장님 명령도 있으니, 적극 협조하겠습니다. 대신 이것만 약속해주십시오."

"뭐요?"

"이번 거, 준비할 때, 제가 다 준비한 걸로 보고해주십시오. 저 이번에 사령관님께 잘 보여야 군사령부 주임원사 갈 수 있습니다. 잘 말씀해주십시오."

"내가 무슨 힘이 있다고? 그거야 30년간 군 생활 열심히 했으면 위에서 알아서 불러주는 거지. 누가 말하고 말고가 아니잖아요."

"에이, 왜 그러십니까? 다 인맥 따라가는 게 그런 자리인데… 제가 군사령부 올라가면 잘 봐 드리겠습니다."

"잘 봐줄 게 뭐가 있어요? 저는 주임원사한테 잘 보일 거 없어요."

"에이, 동해대학교 예비군지휘관 지원하신다는 소문이 파다하던데요, 뭘! 거기 직장예비군 지휘관이잖아요. 그거 군사령관님이 임명하는 자리로 알고 있는데?"

"…허허, 이 사람이 진짜! 고단수네? 군사령관님하고 친해요?"

"아닙니다."

"그런데 갑자기 군사령관님 이야기가 왜 나오죠? 미군 참모총장 오는 거 아닌가? 그럼 총장님도 오실 텐데?"

"엇, 제가 아는 소식통으로는 군사령관님 오신다는 건 들었는데, 총장님도 오십니까?"
"그래요? 내가 아는 정보로는 그렇게 알고 있는데? 백 원사! 몰랐어?"
"전 거기까진 모르고 있었습니다. 저는 군사령관님 오는 것만 알고 있었습니다."
"그래요? 그럼 두 분 다 오시는 거 아닌가?"
"그럴 수도 있겠습니다."
최 중령과 서로 정보를 교환하는 백 원사.
"아이, 진짜! 이 사람 까탈스럽네. 오케이! 내가 이번 건 밀어드립니다. 대신 사람 뽑는 건, 백 원사가 내 말 듣는 겁니다. 그래야 나도 적극적으로 협조하지?"
"알겠습니다."

그래서 실시된 뼈해장국 만들기 경연대회.
성재는 미소를 지었다. 취사장에서 자주 만드는 음식. 군대 레시피 (Rank : C)에 있었던 그 레시피. 숙련도를 100% 달성하고, 발전에 발전을 거듭해 이제는 더욱더 익숙한 그 음식.
"자! 그럼 지금부터 75분 준다. 조리 시작해!"
"알겠습니다."
가장 먼저 할 일은 각자에게 불출된 휴대용 가스레인지에다가 불을 올리는 것.
물부터 끓여야 요리가 빠르다.
이 단순한 것에서부터 이미 갈리기 시작했다.
성재는 물을 끓이는 동안, 돼지 등뼈를 씻었다. 핏물을 흐르는 물에 씻어주고, 다시 자리로 돌아오자, 올려놓은 물이 보글보글 끓기 시작했다.
집게를 이용해서 물이 튀지 않게 조심조심 넣어주는 성재의 손동작. 그러자 물의 온도가 등뼈 때문에 내려갔는지, 부글부글거리던 공기 방울이 잠시 가라앉는다.
잠시 후, 등뼈에서 회색 빛깔의 불순물이 올라오기 시작했다. 불순물은 대개 등뼈를 자르는 과정에서 나오는 뼛가루나 기름 덩어리들. 그런 것들을 국자로 하나하나 퍼가며, 조금 더 끓였다.
'원래 첫 번째 육수는 버려야 돼. 이건 못 써.'
다시 건져낸 돼지 등뼈를 씻는 성재. 국물에 올라온 불순물이 고기에도 많이 붙어있다. 불순물을 처음과 같이 다시 한번 제거해주면 드디어 본격적인 조리단계.

다행히 압력밥솥은 인당 1개씩 받았다. 알고 보니 각 부대 간부식당에서 가져온 것들.
성재는 등뼈와 부재료를 넣으며 주변을 둘러보았다. 안타깝게도 강희철 또한 멤버에 포함되어 있었다.
"……."
하지만 이건 엄연한 경쟁. 그래서일까? 분위기는 매우 엄숙하다.
"자자자! 못할 것 같으면 바로 포기해. 이상한 음식 만들지 말고! 거기 김환성!"
"일병 김환성?!"
"너! 보니까 할 줄 모르네."
"아닙니다. 잠시 생각이 안 난 것뿐입니다. 할 수 있습니다!"
"재료만 낭비하는 것 같은데, 그냥 포기하지?"
"아닙니다. 할 수 있습니다."

그들과 달리 성재는 치고 나가고 있었다.
이번에도 역시나 홀로그램의 도움이 주요했다. 조리과정에서 등뼈를 끓이는 시간이 길다 보니, 홀로그램 녀석은 여유 시간을 통해 장난도 치고 있다.
조리대 앞에서 요리하는 것을 멈추고 국군도수체조를 하는가 하면, 다른 사람 요리하는 것을 유심히 지켜보며 틀린 것을 손가락으로 지적도 해준다.
성재는 녀석을 보며 생각했다.
'어휴, 이제 오지랖도 떠네.'
생각을 읽은 것일까? 녀석은 갑자기 깡충깡충 뛰어와 요리에 매진했다.
감자, 우거지, 거기에 매운 고춧가루와 소금, 마늘로 만든 양념을 집어넣고, 깻잎과 들깨가루를 푼다.
그러자 반응하는 시스템창.

조리 완료까지 10, 9, 8…

> **recipe** 강성재가 만든 얼큰한 국물이 일품인 뼈해장국 ★★★★
>
> 불순물을 1차 제거한 후, 다시 끓인 뼈해장국
> 돼지등뼈를 주재료로 하여, 들깨가루와 고춧가루, 마늘, 소금, 후추로 맛을 낸 음식
> 얼큰하고, 깔끔한 맛으로 국물요리에서 많이 선호하는 메뉴

여기서 멈출 수는 없다. 보통 군대에서는 뼈해장국만 만든다. 하지만 성재는 하나를 더 준비했다.

그건 바로 소스.

고춧가루와 맛술, 다진마늘, 된장을 섞어 만드는 양념장.

역시나 오늘도 가장 빨리 만든 건 성재였다. 평가도 마찬가지였다.

성재는 요리를 보며 실망을 감추지 못했다.

'나보다 실력 높은 사람이 없어? 경연대회라며… 잘하는 사람이 모였던 게 아닌 거야.'

그러고 보니 부대마크가 전부 똑같다.

'전부 다 같은 소속이라는 건가?'

최관태 중령은 이번에도 성재가 1등인 것을 바로 확인했다.

"백 원사, 어때요? 국물 죽이죠?"

"진짜 이제는 인정해야겠네요. 군단장님이 왜 뽑으신 줄 이제 알 것 같습니다."

"에이, 원래부터 알고 있었잖아요. 그래서 요리하지 말라고 (구)막사에 편성시켜놓은 거고요."

"……."

"일단 쟤는 뽑고, 바로 다음 요리 준비할 인원 뽑죠?"

"알겠습니다."

"아, 그리고 백 원사!"

"네. 말씀하십시오."

"메뉴는 미군이 호감 가는 메뉴로 바꿔야 될 필요가 있지 않을까 싶은데?"

"역시 그렇습니까?"

이틀이 지났다. 결국, 미군에게 요리대접을 하는 세 명의 조리병이 결정되었다. 성재와 효석, 그리고 첫날 뽑힌 최강철 일병.

"다 준비됐지?"

"그렇습니다!"

그들은 영동지역, 합동군사훈련 마지막 날, 강평이 진행되는 고성 죽왕면 야촌리 사격장에 모였다. 차량에서 내리고, 3일 동안 준비한 요리를 만들기 위한 식재료를 3명의 조리병과 간부가 확인한다.

그때 들리는 소리.

"Forward, march!"

"One! Two! Three! Four!"

"Column right, march!"

"One! Two! Three! Four!"

성재는 최근 부쩍 친해진 급양담당관에게 물었다.

"급양담당관님? 저 병사들 미군 맞습니까?"

"맞아. 나도 군 생활 하면서 처음 본다. 그것보다 차량 준비는 완벽하지?"

"그렇습니다. 신형 장비라 걱정했는데, 취사장하고 가동방법이 똑같아서 다행입니다."

"미군들한테 지면 안 된다. 오늘 300명분이니까, 실수 없이 잘해야 돼."

"알겠습니다!"

성재와 효석, 그리고 8급양대 출신 최강철 일병, 세 명은 자신의 실력을 발휘하기 위해, 기동형 취사차량을 가동하기 시작했다.

그리고 성재의 눈앞에 펼쳐진 시스템창.

> 위수지역을 이탈하였습니다. 직업 보너스가 발동하지 않습니다

그들이 말합니다. Oh~My God!

고성 죽왕면 야촌리 사격장에 모인 사람들.

미군 참모총장, 미 2사단장, 육군 참모총장, 공군참모총장을 비서, 1군사령관, 8군단장, 8부군단장, 22, 23사단장, 18전투비행단장에 1함대사령관까지 장군만 무려 10명.

그들은 사격장 관람장인 414고지 맨 앞줄에 앉아 전방을 바라보고 있다.

그들 뒤에 앉아있는 한미연합군들.

그리고 그 장군들 앞에서 열심히 밥을 하고 있는 성재와 효석, 그리고 최강철 일병.

모두 이곳에 모인 이유는 무엇일까?

그건 바로 통합화력격멸 훈련을 확인하기 위해서이다.

방송 앰프로 남군 정훈장교의 목소리가 주변에 들려오고.

통역장교가 곧바로 한국군 정훈장교의 목소리를 통역한다.

[적의 공격을 막아내는 것은 물론, 도발을 응징하기 위한 한미연합훈련의 마지막 단계, 2018년 통합화력격멸훈련을 진행하겠습니다.

해당 훈련은 실시간 파노라마식 훈련으로 진행이 되며, 전방에 보이는 야촌리 사격장에서 진행 됩니다.]

성재는 방송에 심취되어 전방을 바라보았다.
'와 진짜 파노라마식 진행이구나.'
넓은 개활지 끝에 이어진 능사면.
거기에는 Target의 약자인 T 라고 적힌 큼지막한 글씨가 여러 개 나열되어 있고, 그 뒤로 벌거숭이가 된 흙더미 8부 능선도 눈에 보였다.
'뭐하는 거지?'
성재는 전방에 집중하고 있었다.
[표적 지역 기동로가 보이고 있습니다.]

팡! 팡! 팡!
앞에 난 도로 옆에서 폭탄이 터지고, 그것에 놀란 성재가 서효석 상병에게 물었다.
"저게 뭡니까? 사고 난 거 아닙니까?"
"아닐 걸, 나도 처음 봐서 사실 잘 몰라."
"아….”
다행히 크게 동요하는 사람은 없었다. 신기한 듯, 전방을 바라볼 뿐.
기다려보니, 사고는 아니고, 훈련이 진행되고 있는 것으로 보였다.
정훈 장교는 계속해서 진행했다.
[북한의 불법 남침이 포착되었고, 적의 수많은 포탄이 우리 지역에 낙하 중입니다.]

그걸 바로 동시통역하는 통역장교.
그 말이 끝남과 동시에 터지는 포탄.
그러자 전방 300m지점에 큰 폭음과 함께 연기가 피어올랐다.
그리고 방송앰프를 통해 전해지는 현장의 무전음.

[우리 지역에 적 포탄이 낙하 되었다. 전 포병대대는 대응작전을 실시하라.]
후방에 대기하고 있던 커다란 탱크 형태의 자주포가 발사를 시작했다.
멀리 떨어져 있는데도 발사음만으로 귀가 따가울 지경.
그럼에도 정훈장교는 동요하지 않고 설명을 이어갔다.
[K-9 자주포가 적을 집중 공략하고 있습니다.]

자주포의 포격이 끝나자마자 발사되는 수십 발의 미사일.
[이어 우리군의 다련장 로켓이 적의 포병부대를 격멸시키고 있습니다.]
일직선으로 나가는 다련장의 미사일에 산에서 큰 폭음과 함께, 흙먼지가 주변 500m 일대를 날리고 있다. 그때, 커다란 스크린에 현재 적 부대 상공의 모습이 화면으로 펼쳐지고, 정훈장교가 그 장면을 설명한다.
[아군 UAV가 적진 상공에서 전장의 모습을 담고 있습니다.]

그다음 아군의 새매 정찰기가 진입했다.
[새매 정찰기는 플레어 섬광탄을 발사하여, 적의 미사일로부터 아군을 보호하며, 광학영상과 전천후 영상으로 아군에게 핵심 정보를 전달하는 역할을 합니다. 그런 정보를 취합하여 전장부대의 지휘관은 보다 정확한 명령을 내릴 수 있게 됩니다.]

그리고 이어지는 하늘에서의 커다란 굉음과 나타난 전투기.
[F-15K 전투기가 편제기동해 적의 종심지를 파괴하고, 국산 FA-50 전투기가 적 미사일 기지를 무력화시키고 있습니다.
미군의 A-10 공격기가 적 대전차를 무력화시키고, AH-64E 아파치 헬기는 적 기관총 부대를 몰살하고 있습니다.]

F-15K에 FA-50, 미군의 A-10 공격기와 아파치 헬기까지.
상황은 중반으로 이어졌다.
[현재 적 지휘기능을 무력화시킨 헬기가 종심기동을 마치고, 아군 후방지역으로 돌아오는 중입니다. 드디어 지휘관의 명령이 떨어졌습니다. 전투 기동이 진행되고 있습니다.]

적 부대를 제거했으면 기동해야 할 시간.
공세적인 기동작전을 펼치는 한미연합군. 육군 포병부대가 공격개시를 위한 적색 신호탄을 뿜어대고, 공격 기동로상 고지를 확보하기 위해 뒤에서 엄호사격한다.
그러자 후방에 있던 한국의 코브라 헬기와 미국의 아파치 헬기가 동시에 등장했다.
펑! 펑! 팡! 팡!
[다련장 로켓이 적의 마지막 남은 포병부대를 무력화시켰습니다.]

그리고 상공. 보통의 비행기보다 큰 수송기 CN-235.
그 안에서 수십 개의 검은 점이 바닥으로 떨어진다.
검은 점에서 동시에 펼쳐지는 낙하산.

[안되면 되게 하라는 정신으로 무장한 특전사 요원 22명이 수송기에서 내려, 적진 후방 퇴로 차단 작전을 하고 있습니다. 특전 용사들에게 힘찬 격려의 박수 부탁드립니다.]

모든 통합화력격멸 훈련이 끝나고.
"어떻게 보셨습니까? 이게 대한민국이 굳건하다는 증거입니다."
육군 참모총장의 말에 미군 합참의장이 미소를 지었다. 미군통역장교가 말했다.
"대한민국의 높은 기술 발전과 최첨단 고도의 기술이 집약된 훈련장의 모습에 감탄을 느끼는 중입니다."
"과찬이십니다. 저희도 어제 미 2사단에서 실시한 슈팅하우스 훈련에서 미군의 실전적 훈련을 보고 저희도 깨달은 게 많습니다."
여기까진 분명 좋았다. 그런데 슈팅하우스라는 말에 살짝 기분이 나빠진 미군 합참의장이 육군 참모총장을 살짝 노려보며 말했다. 말을 전하던 통역장교는 어느새 땀을 뻘뻘 흘리기 시작했고.
"후후후, 농담도 잘하십니다. 707 특수임무부대원들이 슈팅하우스 훈련에서 저희 대원을 이겼다고 비꼬시는 겁니까?"
"그럴 리가요. 미군은 현재 최강의 군사력을 보유한 국가입니다. 저희가 미군을 무시할 리가 없지요."
육군 참모총장의 말을 전해 들은 통역장교들은 다소 긴장했던 얼굴을 풀며, 각국 총장에게 전달했다. 하지만 권호익 대장은 육군에 대한 높은 자긍심을 가지고 있었다.

"다만, 아무리 생각해도 의지는 역시 한국인이 강하더군요. 이번에 고지 점령, 저격수 훈련도 솔직히 같은 장비만 썼다면 저희가 밀리지는 않았을 겁니다. 솔직히 미 합참의장님께서 델타포스 요원을 데리고 나오실 줄이야~ 정말 상상도 못 했습니다."
"권 대장님의 이야기만 들으면 마치 저희만 그런 줄 알겠습니다? 한국군은 매번 우리를 이기기 위해 707 특수임무부대를 내보내는데, 우리라고 안 내보낼 수가 있어야죠. 국가의 자존심이 달린 문제인데요. 작년에 워낙 그걸로 해외토픽이다 뭐다 하면서, 기사를 내보내셔서, 우리 펜타곤에서 얼마나 골치 아팠는지 당신들은 모를 겁니다. 어쨌든 올해 승리는 저희가 가져가도록 하죠."

"내년에는 절대지지 않을 겁니다."

"후후후, 그래요. 권 대장! 우리의 우방국인 한국의 육군을 대표하는 수장으로서 좀 더 분발해주세요."

성재는 이미 완성된 요리들을 보온에 놓고 세팅하고 있었다.

한미 양국 급식체험 행사.

각국의 취사병들이 상대 국가 장병들이 부담 없이 먹을 수 있게 만든 메뉴들. 미국에선 제임스 병장과 필립 상병, 존 일병이 자신들이 만든 요리를 내놓았다.

성재는 상대방의 메뉴를 보며 새로 뜬 시스템창에 고개를 끄덕였다.

'스킬 포인트 모아두길 잘했네.'

> ⚙ ✓ ✗
> 해당 레시피는 미국 요리 (Rank : E), 군대 요리 (Rank : D) 이상 투자하여야 배울 수 있는 레시피입니다

당연하겠지만, 미군 취사병들이 만든 요리를 배우려면 미국 요리와 군대 요리의 랭크가 필요하다. 군대 요리 레시피에는 이미 스킬 포인트를 썼으니, 스킬 포인트 1을 사용하여 미국 요리를 새로 배운 성재.

시스템창에 미군 3명이 준비한 요리가 표시되었다.

파인애플과 포도, 사과 오렌지가 기본으로 깔려있고.

생선과 피클. 칠면조 고기, 스파게티, 옥수수콘 샐러드, 거기에 피자에 수프에 마운틴듀와 게토레이 음료수까지. 없는 게 없다.

기동차량에서 무슨 저렇게 음식이 많이 나오나 했더니, 푸드트럭 수준으로 준비했다.

화려하기 짝이 없는 미군부대의 야전급식, 역시 선진국답다.

딱 보기에도 승부가 한쪽으로 몰렸다.

그걸 본 최관태 중령은 뒤에서 고개를 저으며 백 원사에게 말했다.
"와 이건 아주 작정하고 준비했잖아?"
백 원사 또한 미군이 준비한 음식을 보며 혀를 차고 말았다.
"작년에 비해 더 철저하게 준비한 것 같습니다. 이건 취사병이 준비한 게 아니라, 이미 조리된 음식을 가져와서 데운 것 같습니다. 완전 반칙입니다."
"반칙이 어딨어요? 전투에서는 이기는 사람이 장땡이지. 마크 소장이 이번에 머리 좀 썼네. 무조건 이기려고 한 거야. 아예 우리 기를 죽이려고 작정을 했어."
"그런 것 같네요."

한국군 장병들은 미군이 준비한 식단에 입을 다물지 못하고 식판에 음식을 담았다.
식판 하나에 사과 하나가 무조건 담겨있고, 그 위에는 피자, 칠면조, 스파게티에 콘 샐러드까지. 뭐 하나 빠지는 음식이 없는 게 특징.
"우와 미군은 훈련 때 이렇게 밥 먹어? 진짜 대박이네."
"훈련은 아니고, 평상시 때는 이런 식으로 먹는다고 들은 것 같아. 뷔페로 먹는다는데? 먹을 만큼 덜어서 먹는 거래."
작년보다 더욱 풍성해진 음식을 보며 8군단장 또한 긴장했다.
미군 음식이 본인은 별로 선호하지 않는 패스트푸드와 콜레스테롤 음식 범벅이었지만, 국군 장병들의 시선들을 사로잡기에는 충분해 보였다. 그래서일까, 대부분의 국군 장병들은 미군 식단 체험행사에 만족하며 식사를 시작했다.

그리고 이제는 미군 차례.
미군들이 별 기대 없이 한국군의 취사기동차량으로 몰려들고, 성재는 환한 얼굴로 그들을 맞이했다.
"어서 오십시오, 미군 장병 여러분! 여러분이 선호하는 메뉴를 한 곳에 모았습니다!"
소불고기와 양념치킨, 새우볶음밥과 계란국, 거기에 전통 식혜 캔 음료까지.
나름 미군 선호도를 최대한 반영한 맞춤형 식단. 그래서일까? 사람들도 첫 수저를 뜰 때부터 일단 기대가 만발한 표정들이었다.
특히 앞에 있는 건장한 미군 장병들은 더욱더 그랬다. 키가 거의 190에 육박하고, 체형을 보니, 다들 레슬링 선수급으로 건장하다.

그들 중 리더로 보이는 사람이 키 작은 조리병에게 영어로 음식을 가리키며 말했다.
"What is this? Is it good?"
그들의 질문에 성재가 잘 모르는 영어를 억지로 짜내며 입을 열었다. 검정고시 때, 간신히 통과했던 그 영어 실력이었다.
"It's 소불고기, Very very good! Try it! Try it!"

첫 손님이 빠져나가고, 서효석이 그들을 가리키며 성재에게 말했다.
"쟤네 델타포스 애들이야."
"네?"
"델타포스라고! 미군 특수부대! USA 넘버원!"
오늘 행사가 끝나고, 표창을 수여 받았던 델타포스 요원들. 어떻게 보면 오늘 행사의 주인공. 그런 그들이 갑자기 성재일행이 만들었던 요리를 먹고는 미친 듯이 소리 질렀다.
"Wow! It's awesome!"
"That's Great!"
"Oh~ My God!"

140

오늘은 한 방 먹었군

델타포스 대원들, 그들은 미군들 사이에서도 가장 인기 있는 군인이었다.
신비한 이미지의 델타포스.
일반 병사들이 특전사를 보면 보통 이런 생각을 한다.
'대체 어떤 훈련을 받을까?'
'저 사람은 평소에 어떻게 살까?'
'진짜 멋있다. 잘 생겼네.'
'어우, 무섭네. 무서워!'
델타포스 대원들 역시 일반 미군들에게 그런 이미지였다.
훤칠한 키, 거대한 장골, 커다란 근육, 전투복에 주렁주렁 달린 최첨단 장비들.
하지만 여기서 중요한 점.
사실 그들은 영화처럼 위대하지도, 특별하지도 않다. 체력과 정신력이 고도로 훈련되었지만, 그들도 사실은 평범한 군인.
그래서일까? 델타포스 대원들의 대화는 생각보다 평이했다.

"다들 왜 우리를 저렇게 보냐?"
"토마스! 네가 맛있다고 소리 질러서 그렇잖아."

"맛있는 걸 맛있다고 하지. 그럼 뭐라고 말해?"
"그래. 토마스 잘못이 아니야. 메이슨! 이 음료수 뭐냐? 엄청 달달하면서 맛있다?"
"시케래. 식혜! 쌀로 만든 음료수."
"원래 라이스 동동 떠다녀서 호불호가 갈리는데, 일부러 제거했나 봐. 진짜 맛있다."
"아무튼, 괜찮네. 내 입맛엔 딱 맞아. 굉장히 전통적인 맛이야."
델타포스 요원의 호들갑스러운 말투 덕분일까?
미군의 줄이 더욱 길어진 것을 확인할 수 있었다.
"서효석 상병님, 줄 엄청 길어졌습니다."
"일단 저희 쪽이 미군 취사병들한테 밀리진 않는 것 같습니다."
"다행이네. 간부님이 어제 말씀하셨잖아. 작년에는 미군들한테 많이 꿀렸었다며…."
그러자 8급양대의 최강철 일병이 고개를 끄덕이며 대답했다.
"저도 그렇다고 들었습니다. 이 정도면 꽤 선방했을 겁니다."
모두가 안심하고 있을 그때, 미군부대 취사병들이 무언가를 준비했는지, 부단하게 움직이기 시작했다. 그리곤 갑자기 기합을 내질렀다.
"하압!"
그들이 한국군 앞에서 선보이는 퍼포먼스. 반죽을 이용해 피자 도우 돌리기.
제임스 병장이 피자용 반죽을 손으로 돌리며 공중으로 던지자, 옆에 있던 필립 상병이 피자 도우를 공중에서 받아낸다. 그가 넓게 펴진 반죽 위에 토핑을 하면, 막내인 존 일병이 취사용 기동차량에 준비된 오븐에 넣는 것으로 마무리.
그리고 서비스멘트!
"It's Pizza Time."

그들의 퍼포먼스에 박수가 이어지고, 모두의 시선이 미군 취사병들에게 향했다. 미 합참의장 또한 흥겨움에 어깨를 들썩이며, 한국의 육군 참모총장에게 말했다.
"놀라실 것 없습니다. 저희 취사병들은 기본적으로 이 정도는 다 합니다. 피자 만드는 것은 꽤나 숙련도를 요하지만 취사병들에겐 다들 기본이죠."
말도 안 되는 억지 주장. 조금이라도 한국군에게 밀리기 싫은 합참의장.
그래서일까? 참모총장도 가만히 있진 않았다.
"무슨 취사병들이 이런 걸 기본으로 한다고 한답니까? 그럼 전 세계 미군 취사병들은 전부 전역하면 피자가게 하겠습니다?"

"후후, 동아시아 변방 국가에서 이런 일이 믿기진 않겠지만, 우리 취사병들은 그만큼 역할을 잘 해내고 있어요. 취사병 중 막내인 존 일병은 복무기간이 만 2년도 채 안 된 녀석입니다. 군대에 와서 처음으로 요리를 배운 녀석이죠. 그럼에도 개인시간을 투자해 저만큼의 실력을 키웠어요. 자랑스러운 미군의 일상을 보신 소감이 어떻습니까?"

합참의장의 말에 육군 참모총장은 얼굴이 시뻘게졌다. 본래 군대의 지휘관들은 이런 상황에 많이 엮이게 된다. 국가의 이미지를 대표하는 그 둘의 치열한 눈치싸움.
그때, 8군단장이 총장의 옆에 서서 입을 열었다.
"총장님."
"뭔가?"
"저쪽을 보십시오. 우리도 보여줄 게 있나 봅니다."
성재와 효석은 분위기를 파악하고, 자신들의 주특기를 발휘하기 위해 몸을 풀었다.
옆에 있던 8급양대의 최강철 일병은 홀로 남아 배식을 하며, 그 둘에게 말했다.
"보여주시는 겁니까?"
그러자 서효석이 미소를 띤 채, 말했다.
"응. 그래야겠지?"
"화이팅입니다!"
하지만 서효석은 장군들이 너무 많아서 긴장했는지, 몸을 떨며 말했다.
"후우, 사람이 많네. 쪽팔려."
"어차피 다 군인들입니다. 쪽팔릴 게 뭐가 있습니까? 그리고 군단장님이 이쪽으로 눈길을 보내고 계십니다."

일치한 마음. 그것은 곧 행동으로 이어진다.
효석이 넓은 사각모양의 식탁 하나를 꺼내 들었다.
성재는 그 식탁 위에 어제 만든 반죽을 올렸다.
하루 동안 숙성되어 맨들맨들한 반죽표면.
'완벽하네.'
서임과 후임의 눈빛이 일치하고, 간부의 허락을 받고.

"급양담당관님, 시작해도 되겠습니까?"
"그래. 시작해!"
본격적인 행동에 들어간다.
"시작하겠습니다."

일치된 동작, 화려한 퍼포먼스.
수타면 뽑기는 절대 피자 도우 만들기에 비교할 게 아니다.
수십 배는 어려운 난이도. 쓸데없이 화려한 퍼포먼스가 아닌, 동작 하나하나가 전부 필요한 것들. 볼에 담긴 물을 반죽에 묻히고, 손이 마치 무술의 초식을 하듯, 절도있는 동작이 대중 앞에서 화려한 움직임을 보여준다. 미군이 보기엔 화려한 뮤지컬 공연의 한 장면. 두 명의 군인이 일치된 듯, 혼연일체가 되어 하나의 동작을 구현하고 있다.
위에서 아래, 아래에서 위, 왼쪽에서 오른쪽, 오른쪽에서 왼쪽.
반죽 위에 밀가루를 뿌리고, 물을 묻히고, 두 명이 똑같은 동작을 구사하고 있다.
피자 도우를 만들던 제임스, 존, 필립도 면을 뽑는 장면에 눈을 휘둥그레 떴다.
"와우, 쟤네 봐. 미쳤다."
"파스타면 만드는 건가?"
"아니야. 파스타면은 저렇게 안 만들어."
"누들! 코리안 누들 만드는 거야."
성재의 손에서 밀가루가 날리고, 휘젓는 동작과 함께 반죽이 두 갈래로 늘어난다. 원형으로 넓게 늘리는 도우와는 반대로 엿가락을 빼듯 길게 늘리는 방법으로 반죽을 성형하는 두 사람. 면발이 자꾸자꾸 길어지자, 식사를 하던 미군들이 환호성을 질러댔다.

그때, 성재가 영어로 된 노래를 불렀다.
이건 꿀타래를 만들 때, 서효석이 가르쳐주던 노래.
"원 플러스 원은?"
성재의 즉석 노래에 서효석이 대답하며 호응한다.
"투!"
그럼 다시 성재가 받아치고.
"투 플러스 투는?"

서효석이 그걸 또 되받는다.
"포!"
세 번째부터는 달랐다.
서효석과 성재가 동시에 관중들에게 물었다.
"포 플러스 포는?"
그러자 미군들 일부가 따라 한다.
"에이트!"
이제 여기까지 따라 불렀으면, 좀 더 큰 목소리가 흘러나올 터.
"에잇 플러스 에잇?"
"식스틴!"
"식스틴 플러스 식스틴?"
"써티 투!"

이제 성재와 효석이 노래를 부르지 않아도, 미군들이 알아서 열창을 해준다.
그야말로 완벽한 하모니.
고성시 야촌리 사격장에서 벌어진 소규모 게릴라 콘서트!
미군과 함께 노래하고, 즐기는 공연장.
한마음이 된 미군과 한국군의 급식체험은 점점 열기를 띄어가고!
한국의 참모총장은 아까와는 달리 미소를 띄운 채, 미 합참의장에게 말했다.
"자, 보시죠! 따뜻한 정과 흥겨움이 우리나라에겐 있습니다. 우리 취사병들은 어디서나 웃고 즐기며, 남들과 소통할 줄을 압니다. 2년 동안 피자 도우를 만드는 법을 배웠다고요? 군단장! 저 취사병들 군 생활 몇 년이나 됐지?"
"제가 알기로 저쪽에 있는 일병은 군 생활이 채 6개월도 안 된 거로 알고 있습니다."
"어때요? 미국의 합참의장님! 6개월이면 저 정도는 다 한다는데?"
미 합참의장은 자신이 골탕먹였던 방법으로 다시 되돌려받자 고개를 저으며 그쪽의 기동형 취사차량으로 향했다.
그리고는 계급장이 일병인 성재에게 직접 물었다. 영어로 물어보자 취사병인 일병은 대답하지 못했다. 옆의 통역장교가 통역을 해준다. 통역장교, 존슨 리. 한국계 미국인. 그의 입에서 나온 한국어가 가장 막내인 병사에게 정확히 들렸다.

"미 합참의장님이 당신에게 요리를 언제 시작했는지 묻습니다."
성재는 통역장교의 말에 미소를 지으며 합참의장을 보고 대답했다.
"5개월 됐습니다."
합참의장은 난감한 표정의 통역장교에게 나무랐다.
"뭐래?"
"이제 막 5개월 배웠다고 합니다."
"뭐야?! 말이 돼?! 평소에 훈련은 안 하냐고 물어봐."
"네. 다시 물어보겠습니다."
통역장교가 다시 한국말로 성재에게 물었다.
"취사병은 원래 훈련은 안 받느냐고 합참의장님이 물으셨습니다."
그러자 씩 웃는 성재.
"취사병도 훈련 받습니다. 해안경계작전도 수행했으며, 혹한기 훈련도 수료했습니다."
"그건 한국군에 있어서 일반적인 훈련입니까? 거기서 당신이 이룬 성과가 무엇입니까? 군 생활 간 당신이 이룬 업적에 대해 설명해주십시오."
"저는 혹한기 훈련 때, 취사병으로 임무수행하며, 대항군의 지도를 획득해서 부대를 승리로 이끌어 연대장님 표창을 받았으며, 식자재 납품검사에서 상한 물품을 찾아내 군단장님으로부터 표창을 받은 적이 있습니다. 그 외에도 군대에서 요리를 배워, 지역 요리대회에서 1등을 하기도 했습니다."
성재의 대답에 기가 막힌 합참의장의 얼굴. 통역장교는 당황하며, 합창의장이 물어본 대로 성재 옆에 있는 효석에게 말했다.
"옆에 장병이 요리대회에서 1등을 했다고 합니다. 그건 한국군에 있어서 굉장히 일반적인 이야기입니까? 당신도 요리대회에서 1등 한 경험이 있습니까?"
통역장교의 질문에 서효석 또한 미소를 지으며 대답했다.
"일반적이진 않지만 가능한 이야기입니다. 저도 요리대회에서 1등을 했습니다."

마치 짜놓은 각본 같은 대답.
그걸 들은 육군 참모총장을 비롯한 8군단장, 22, 23사단장의 얼굴에는 환한 미소가 걸리고, 미 2사단장과 미군 합참의장만이 당혹감을 감추지 못했다.
군단장은 호기를 놓치지 않았다. 자신이 믿는 장병들이 만든 음식이 앞에 놓여있다.

"한국군이 먹는 장병급식 메뉴를 체험해 보시는 건 어떠십니까?"
그의 말이 끝나자마자 줄을 서려는 장성들. 미 2사단장인 마크는 이런 불편한 상황을 끊고, 자신들이 주도하던 분위기를 되찾아 오기 위해 말을 꺼냈다.
"이런 부실한 메뉴를 먹고 과연 전투를 할 수 있을지 모르겠습니다. 한국군들도 이제는 글로벌한 시대에 맞추어, 급식 질 향상을 위해 노력해야 한다고 봅니다만…"
"마크! 말 잘했네. 우리 미국이 잘하는 게 바로 민간업체로부터 급식을 지원받는 거야. 그래서 좀 더 질 높고, 맛있는 음식으로 모두를 만족시킬 수 있지. 전투에 집중해야 될 군인들에게, 잘하지도 못하는 요리를 시켜봐야 얼마나 맛있을 것 같은가?"

합참의장의 말이 끝남과 동시에 뒤에서 한번 식판을 비운 미군 장병들이 일렬로 줄을 서기 시작했다. 그들은 뷔페 형식으로 배식하기 때문에 음식이 맛있다면 얼마든지 다시 배식대로 향해 밥을 분배받는다. 그들은 앞에 합참의장이 있더라도, 크게 개의치 않는다.
"합참의장님, 식사 안 하실 거면, 앞에 서도 되겠습니까?"
"코리안 푸드, 진짜 맛있습니다. 줄 서시는 게 아니면 저도 앞에 가서 서겠습니다."
그런 미군 장병들의 이야기를 한국 통역장교에게 전해 들은 육군 참모총장이 웃으며 미군 합참의장에게 말했다.
"안 드실 거면 합참의장님이 자리를 비켜주셔야 될 것 같은데요? 뒤에 줄이 많습니다. 하하, 맛없다면 미군들이 한 번 더 먹으려고 오진 않겠죠? 그에 비해 저희 한국군은 더 먹을 생각은 없는 것 같군요.
참모총장의 말대로 한국군은 미군의 배식대로 또다시 가서 먹진 않았다.
그 이유는 간단했다. 지독하게 짜고, 기름진 음식 때문에.
"으… 느끼해. 미치겠다."
"피자가 기름 덩어리에 너무 짜."
"음료수가 너무 달아서 그런지 머리가 어지럽다. 어지러워."
"한 끼까지만 딱 좋은 것 같습니다. 매일 먹으라고 하면 못 먹을 것 같습니다."
"미군들 정말 어떤 의미론 대단하다. 이걸 어떻게 매일 먹고 있나?"
"그러게 말입니다. 김치 없습니까? 김치 안 줍니까?!"

헬기장. 미 합참의장과 미2사단장이 육군 참모총장에게 말했다. 그걸 해석하는 통역장교.

"합참의장님께서는 한국의 요리는 높게 평가하지만 미국의 요리가 아직까지는 더 높은 수준이라고 말씀하십니다."

"후후, 그럼 왜 소불고기와 양념치킨을 하나도 남기지 않았냐고 물어보게."

"그건 한국군에 대한 예절을 지키기 위해서라고 답변하셨습니다. 우리 미국은 한국군과의 영원한 우방국을 지키고 싶어서라고 말씀하셨습니다."

"쪼잔하긴! 통역장교! 자네는 교포 2세지? 자네한테 묻지! 솔직히 어땠던 것 같나? 이건 합참의장에게 통역하지 말게나."

"총장님? 솔직히 말씀드려서 합참의장님이 타국에 와서 음식을 남기지 않고 드신 적은 이번이 처음입니다."

"클클, 그럴 줄 알았어. 망할 영감탱이! 끝까지 졌다고 말을 안 하네."

"네. 총장님! 오늘 즐거운 시간이었습니다. 통역장교이기 이전에 같은 한민족으로서, 대한민국의 안전과 국토방위를 위해서 고생해주신 거 항상 감사하게 생각하고 있습니다. 그럼 가보겠습니다."

"그러게. 리 중위! 다음엔 따로 시간 가졌으면 좋겠군."

"복귀 전에 시간 되면 한번 들리겠습니다."

헬기가 떠오르고, 합참의장은 미군 통역장교인 교포 2세, 존슨 리에게 되물었다.

"마지막에 저쪽 총장이 뭐라고 이야기한 거야?"

존슨 리, 그는 잠시 고민하다 미소를 띄운 채, 합참의장에게 말했다.

"한국은 영원한 전우인 미군과의 합동훈련을 자랑스럽게 생각하며, 앞으로도 서로 존중하며, 좋은 관계를 이어갔으면 좋다는 말을 했습니다."

"그래? 망할 놈들! 그러면서 이따위로 쪽을 주고 말이야. 2사단장!"

"네. 합참의장님!"

"다음번 UFG 훈련 때는 요리 제일 잘하는 놈으로 불러. 셰프 했던 놈들 물색해서, 그놈들로 싹 불러! 알았어?"

"알겠습니다."

"오늘은 한 방 먹었군."

"죄송합니다."

총장은 한 번 기억한 이름은 안 잊어버려

성재와 효석은 얼떨떨한 표정으로 군 간부들을 쳐다보았다.
앞에 있는 간부들.

★★★★ (육군 참모총장)

★★★★ (1야전군사령관)

★★★ (8군단장)

★★ (22사단장)

★★ (23사단장)

★ (8군단 부군단장)

해군과 공군의 지휘관은 이미 복귀했지만, 육군의 장성들은 아직 그대로.
성재의 앞에 있는 별의 개수만 무려 16개. 그들의 시선은 부담스럽게도 오늘의 주인공 성재와 효석에게 향해있다.
이때 참모총장에게 달려오는 부관, 육군 소령 최호철. 그는 총장님께 보고했다.
"헬기 출발준비 다 끝났습니다."
"시동 끄고 기다려!"

"알겠습니다."
최호철은 직속상관의 말에 곧바로 헬기방향으로 뛰어 조종사들에게 말했다.
"총장님께서 조금 더 계신다고 하십니다."
"네. 알겠습니다."

육군 참모총장.
그는 서효석에게 악수를 건넸다.
"상병 서효석!"
서효석이 힘찬 목소리로 총장과의 악수에 관등성명을 댔다.
이어지는 짧은 칭찬!
"잘했다!"
"감사합니다!"
곧바로 다른 사람에게 이어지는 악수.
그는 바로 성재.
"일병 강성재!"
자그마한 체구에서 나오는 우렁찬 목소리에 참모총장의 얼굴엔 또 미소가 걸린다.
"병사야!"
"일병 강성재?"
참모총장의 온화한 얼굴. 그의 시선은 사단장도 아니고, 군단장도 아니고, 바로 이 앞에 있는 조리복을 입고 있는 병사에게 향해 있다.

그의 볼에 걸린 보조개. 그리고 이어지는 총장의 질문.
"네가 얼마나 대단한 일을 한지 아니?"
그러자 녀석은 아무것도 모르겠다는 표정을 지어 보인다.
"잘 모르겠습니다."
그래서 총장의 시선에선 더욱 기특해보였는지 모른다.
뼛속부터 군인의 늠름한 자세가 돋보이는 병사.
외적군기는 물론 내적군기도 완벽하게 갖춘 사병.
미군 합참의장 앞에서도 전혀 고개를 숙이지 않고, 등을 편 채, 당당하게 마주하며 똑바로 대답한 그 병사가 있었기에, 오늘의 행사를 자랑스럽게 끝낼 수 있었다.
그래서 다시 한번 물었다.
"이름이 강성재? 성재 맞니?"
"일병! 강! 성! 재! 그렇습니다!"
아랫배에서 흘러나오는 힘찬 목소리.
다시 한번 그의 이름을 듣고, 자연스럽게 병사의 머리를 쓰다듬는 참모총장.
그의 돌발적인 행동에 뒤에 있던 장군들의 얼굴에 미묘한 표정이 드러났다.
그러나 그 표정은 곧 환한 미소로 바뀌었다. 총장의 칭찬 한마디 때문.
참모총장은 기특한 병사의 머리를 쓰다듬으며 입을 열었다.

"너의 행동으로 우리나라는 미국으로부터 자존심을 지켰어. 정말 잘했다."
성재는 총장이 무슨 말을 하는지 아직 이해할 순 없었다.
장군들의 사고방식이 무엇인지, 그들이 무엇을 원하는지, 아직 짧은 군생활의 성재로는 알 수 없었다.
다만 하나! 확실히 알고 있는 게 있었다.
자신이 해야 될 일을 했고, 그것으로 현재 본인 스스로가 앞에 있는 장군들로부터 인정받고 있다는 것.
그러나 이럴수록 더욱더 긴장해야 했다.
단 한 번의 실수도 하지 않고, 더욱더 군인다운 자세를 보여주어야 된다고 생각했다.
그래서 대답했다.
"아닙니다. 전 군인으로서 갖춰야 할 자세를 취한 것뿐입니다. 배운 대로 했을 뿐입니다. 칭찬받을 일은 아니라고 생각합니다."
일개 병사가 하는 말로부터 많은 생각이 오가는 장군들.
일병 계급과 대장이란 계급 차이.
어떻게 보면 최고 높은 직위와 최고 낮은 직위의 만남.
그 앞에서도 당당하게 외적 군기 자세를 취하며 대답하는 병사의 행동은 정말 군인의 표본을 보여줬다고 해도 무방했다.
모두가 감동했다.
이런 병사는 정말 어딜 가서도 찾아보기 힘들 거라고. 그래서 총장이 직접 나섰다.

"병사야! 휴가 얼마나 가고 싶어?"

성재는 고민했다. 여기서 어떤 대답을 하느냐에 따라 앞으로의 휴가가 달라진다고. 장군님들로부터 휴가를 받으면 휴가평등제와 상관없이 휴가를 나갈 수 있다. 하지만 그건 어디까지나 장성급 지휘관에게 받았을 경우만이다.

장성급 지휘관은 휴가를 잘 주지 않는다. 이런 기회도 잘 오지 않는다. 그런 걸 타파하고 싶었다. 열심히 노력한 만큼 나가고 싶었다.

그래서 총장님에게 휴가를 받으면 나갈 수 있다는 것을 알면서도 모르는 채 말했다.

"저는 포상 휴가를 더 이상 받지 못합니다."

"뭐? 포상 휴가를 왜 못 가?"

"휴가평등제 때문에 이제 더 이상 못 나갑니다."

"휴가평등제? 이게 뭐지?"

참모총장. 그는 작년에 교육사령관 직위에 있었다. 그래서 휴가평등제 관련 이슈를 잘 모르고 있었다. 병사들에게는 매우 중요하지만, 간부들에게는 영향을 주지 않는 제도.

총장의 말에 군단장이 나섰다.

"총장님, 휴가평등제는 병사 군 생활 간 포상 휴가를 18일로 제한하는 제도입니다. 육군 18일, 해군 19일, 공군 20일로 작년 4월부터 시행 중입니다."

"그걸 왜 하는 거야?"

"연예병사들이 특혜를 받는다는 의혹 때문에 전 국방부 장관님이 통제하셨습니다."

"전 국방부장관? 지금은 민간인이잖아."

"그렇습니다."

"아주 이상한 제도를 만들었네. 연예병사는 이미 끝난 제도 아닌가? 육군에는 연예병사 없는 거로 알고 있는데?"

"그렇습니다. 육군뿐 아니라 전군에서 연예병사 제도는 사라졌습니다. 이제 남은 보직은 경찰 홍보단밖에 없습니다."

"에이! 그럼 애는 내가 휴가 보내고 싶어도 못 보내는 거야?"

"아닙니다. 장관급 이상 지휘관이 승인하면 휴가를 보낼 수 있습니다."

"그랬구나. 그래서 성재가 그런 말을 했구나! 내가 소대장, 중대장 하던 때는 병사가 군 생활 잘하면 두 달도 나가고, 세 달도 나갔어. 23사단장! 자네는 병사들에게 최고의 복지가 뭐라고 생각하나?"
"휴가입니다."
"그런데 그 복지제도를 짤라? 제한해? 무슨 생각으로 이런 제도를 만들 수가 있지?"
"저도 그렇게 생각합니다. 악법은 사라져야 됩니다."
"좋아! 알았어. 이건 내가 없애보지. 그리고 군단장!"
"네. 총장님!"
"저기 서효석이랑 강성재, 이름 맞지?"
"그렇습니다."
"쟤네는 네가 책임지고 포상 휴가 줘! 23사단장!"
"네!"
"오늘 아주 잘했어! 저 병사 둘 덕에 우리가 전투에서 승리한 거야! 알았나?"
"알겠습니다! 총장님!"
참모총장은 자신의 시계를 바라보며 전속부관을 불렀다.
"이제 가야겠군."
"헬기 준비시키겠습니다."
그리고 이어지는 총장의 말.
그의 말은 정확히 성재를 향했다.
"강성재!"
"일병! 강!성!재!"
"네 이름 기억하마."
"감사합니다!"
"서효석?"
"상병! 서!효!석!"
"너도 잘했어. 네 이름도 마찬가지야. 이 총장은 한 번 기억한 이름은 안 잊어버려."
"감사합니다!"

총장이 헬기에 탑승하자, 각 군단장과 사단장, 부군단장은 흙먼지가 날리는 헬기장에서 참모총장을 향해 경례를 실시했다.
두두두두두두두두!

헬기의 굉음. 그리고 떠나버린 총장.

조금 전까지 총장에게 쏠렸던 무게가 이제는 가장 고참인 군단장에게 쏠린다.

그가 명령했다.

"22사단장!"

"네. 군단장님!"

"내가 평소의 말 했지? 작전도 중요한데, 요리 잘하는 병사도 중요하다고!"

"그렇습니다."

"23사단장 봐라! 폼 나잖냐! 이게 부하를 잘 키우면 이렇게 되는 거야. 알았냐?"

"알겠습니다."

"22사단장, 23사단장, 너희 잘 들어. 군대에서는 작전은 기본이고, 의전을 잘해야 돼! 23사단장은 내가 보기에 묵묵히 잘하는 것 같은데, 22사단장은 그런 면이 많이 부족해. 내가 무슨 말 하는지 잘 알지?"

"그렇습니다. 잘하겠습니다."

"잘하겠습니다. 군단장님!"

"그래. 가보마!"

MD 500, 헬기를 타고 떠나는 군단장. 성재와 효석이 얼마나 기특해보이는지….

그리고 그중 한 병사는 이미 한번 보았던 얼굴이다.

'성재라고 했지? 어디서 봤나 했더니, 상한 닭고기 발견한 그 병사였잖아?'

복귀하는 길. 성재는 미안한 표정으로 급양담당관에게 말했다.

"급양담당관님, 죄송합니다. 저희한테만 시선이 집중된 것 같아 아무도 담당관님이 고생하신 걸 모르시는 것 같습니다."

그러자 윤 중사는 아무렇지 않은 듯 고개를 저으며 말했다.

"뭘 죄송해. 너희가 잘해서 그런 건데, 어차피 난 전역자라 표창 이런 거 필요 없어."

하지만 속마음은 달랐다.

'나도 좀 챙겨주지. 군 생활 하면서 군단장 표창 한번 못 받아봤네. 젠장.'

그런데 갑자기 연대 인사과장으로부터 전화가 걸려왔다.

"연대 급양담당관입니다."

- 어! 나 인사과장인데?
"네. 충성!"
- 성재랑 효석이 인솔 간부 누구냐며, 육군본부에서 표창 준다고 연락 왔다?
"정말입니까? 육군본부 말씀이십니까?"
- 급양담당관! 총장님 표창받는 것 축하한다!
"감사합니다! 정말 감사합니다!"
- 이야, 운 좋네. 나도 군생활 15년 넘게 하면서 한 번도 못 받아본 건데?
"저도 좀 당황스럽습니다."
- 크크, 됐어. 네가 잘해서 그런 거지. 복귀할 때 조심히 들어오고!
"알겠습니다."
성재는 싱글벙글 웃는 급양담당관을 보며 그 이유를 물었다.
"담당관님, 왜 이렇게 표정이 좋으십니까?"
그러자 그가 대답을 못 하고, 싱글벙글 웃음만 짓는다.
"크크크크, 후후후후"
"네?"
그리고는 갑자기 소리를 지르는데!

"카아아아아! 오! 아싸! 참모총장 표창받는다!"
그의 말에 성재도, 효석도 박수를 치며 그를 응원했다.
"축하드립니다. 정말 축하드립니다."
"캬아! 다 성재 너랑 효석이 덕분이다. 와! 진짜 참모총장님 표창이라니! 총장님 표창이라니! 크아아아아아아!"
군 생활하면서 정말 기분 좋을 때가 있다.
그건 남들로부터 인정을 받았을 때.
급양담당관은 육군 참모총장님으로부터 표창을 받는 것을 확정 지으며, 군 생활의 마무리 이정표를 제대로 찍었다.
반면 아무것도 받지 못한 강희철은 급양담당관의 행복한 표정에 멋쩍게 웃었다.
'칫, 조금 전까진 전역자라 표창 필요 없다고 말씀하셨으면서….'

다음 주 화요일. 놀랄만한 소식이 들려왔다.
국방일보 1면!

〈국방부, 육군본부 건의 받아들여, 병 휴가 개선 지시 하달!〉

기존 휴가평등제로 알려졌던 병 포상 휴가 연 10일(군 전역시까지 육군 18일, 해군 19일, 공군 20일) 제한은 병 사기진작 및 복지를 위해 전면 폐지하고, 기존과 같이 부대장의 재량에 의해 시행하기로 하였다.

이번 지시로 인해, 최근 이슈가 된 연예병사, 고위급 공무원이나 장성급 장교의 자제에 대한 특혜 논란이 전 장병에게 포상 휴가 제한이라는 불이익을 미쳤다면서, 앞으로는 시스템적으로 과도한 특혜를 받지 못하도록 군 장병들 최초 자대 분류 시, 무조건 난수 분류 하여, 원하는 부대로의 보직을 원천 봉쇄한다는 지침이 내려졌다.

[자료 사진] 병 휴가 개선 지시 공문 게시판을 본 제 32사단 본부대 장병들이 개선된 휴가 지침을 보고 환호성을 지르고 있는 장면.

성재는 국방일보를 보며 미소를 띄웠다.
"서효석 상병님! 성공했습니다."
그러자 서효석도 만면에 웃음을 흘리며 말했다.
"너 진짜 대단하다. 강성재! 진짜 대단해!"
"크크, 저도 실제로 될 줄 몰랐습니다. 건의 한 번으로 전군이 바뀔지는 몰랐습니다."
"그건 그렇고, 연대장님 재혼하신다는 소식 들었냐?"
"재혼 말입니까?"
"응. 이번 주, 일요일에 외부 교회에서 간단히 하신대."
"외부 교회라면…삼척중앙교회입니까?"
"어. 잘 아네? 너 윤아씨한테 직접 들었어? 너한테 전해주라던데?"

"네?!"
청첩장.
그리고 조그마한 편지.

> To 효석 오빠, 성재 오빠, 민호 오빠.
> 안녕하세요. 오빠들, 잘 지내셨죠? 우리 아빠, 윤미옥 권사님하고 재혼해요. 같이 오셔서 축하해주셨으면 좋겠어요. 기독교 안 믿어도 결혼식이니까 오실 수 있으시죠? 그럼 그날 봐요.
>   - From 윤아 -

성재는 편지를 보고, 고개를 저으며 말했다.

"음, 결혼식 꼭 가야 합니까?"
"가야지! 당연한 거 아니야? 연대장님 결혼식에 당번병도 간다고 그랬고, 공관병도 간다고 그랬어. 이왕 가는 김에 셋이 같이 외박이나 신청해서 놀다가 다녀오자."
"알겠습니다. 그럼 이번 주, 성과제 외박 신청해보겠습니다. 그런데 이번 주 주말 밥은 누가 합니까?"
"음, 그건 희철이랑 신병이 해야겠지?"
"음… 신병이라, 불안한데 말입니다."
"괜찮아. 쟤는 잘 할 거야. 요리, 기본은 하더라."

조금은, 아니 많이 듬직해 보이는 신병.
키 171cm, 몸무게 105kg, 원래 하던 일은 파프리카TV BJ.
녀석이 남은 음식 중 돈가스를 집어먹는 것을 바라보는 성재.
BJ 먹짱으로 먹방을 1년 동안 찍었다던 녀석. 조금은 걱정스럽다.
'쟤는 다 좋은데, 식탐은 조절해야 될 것 같은데?'

불길한 결혼 (1)

BJ 먹짱.

이병 장준영. 포동포동한 볼살이 자칭 매력 포인트.

그래서일까? 녀석을 본 강희철의 얼굴엔 사악한 미소가 걸렸다.

"장준영!"

"이병 장준영?"

"BJ하면 얼마나 버냐?"

"전 스타BJ가 아니라서 수입은 그리 큰 편이 아니었습니다."

"그래? 그게 얼만데?"

"달풍선으로 한 달에 한 4만 개 정도 받은 것 같습니다."

"4만 개? 그렇게 말하면 아냐?"

강희철의 질문에 장준영이 대답했다.

"280만 원 정도 됩니다."

"뭐?! 월 280?! 280만 원을 벌었다고?"

"달풍선만 따지면 그렇고, 유튜브 광고 수익까지 합치면 월 400정도 번 것 같습니다."

"월 400? 월 400만 원을 번다고? 1인 방송으로?!"

요리사로서는 업계에서 10년은 일해야 받을 수 있는 한 달 수입. 그것도 매우 잘 나가는 요리사만이 저 정도 수입이 가능하다. 그런데 이 22살밖에 안 된 녀석의 수입이 그 정도란다. 잘 생기지도 않았고, 몸이 좋은 것도 아닌 그냥 통통한 돼지 체형인데, 그만큼 번다고 하니 놀랄 수밖에.
그런데 녀석은 더 충격적인 이야기를 한다.
"파프리카 TV에서 먹방으로 제일 잘 나가는 분은 유튜브 포함해서 연 3억도 법니다."
병사들의 월급 30만 원대랑 비교할 때, 도저히 상상이 가지 않는다.
강희철이 놀라 다시 한번 물었다.
"3? 3억? 3억이라고 했냐!?"
"그렇습니다. 물론 그렇게 되려면 엄청난 노력이 있어야 합니다. 일단 뭐든지 잘 먹는 대식가이어야 되고, 재치 있는 입담과 맛없어도 맛있게 먹어주는 표정 연기는 기본적으로 따라와야 합니다."
"키야, 미쳤네. 그럼 너! 여기서 시범 좀 보여줄 수 있어?"
녀석의 말에 강희철은 후임병에게 물었고, 그는 BJ출신 답게 자신있게 대답했다.
"알겠습니다. 바로 시작해 봐도 되겠습니까?"
"그래. 해봐!"
강희철이 분위기를 띄웠으니, 당연히 몰리는 병사들.
어떻게 보면 새로 온 이등병의 신고식. 간부식당에서 일하던 선임들도 달려온다.
뒤에서 팔짱을 낀 채, 벽에 기대 쳐다보는 서효석.
식탁 앞 의자에 앉은 채, 녀석을 의심스러운 눈빛으로 쳐다보는 강희철.
그 옆에 나란히 앉은 민호와 성재.
선임들이 모두 자리를 잡자, 장준영은 조리대 뒤에 앉더니, 방송을 그대로 재현했다.

"안녕하세요! 오늘도 제 방송에 찾아와주신 분들 정말 감사합니다!"
여기까지는 평범했다.
이때 장준영이 갑자기 조리대 앞에서 귀여운 표정을 짓더니, 반갑게 손을 흔들었다.
"성환이 반갑다. 유현이 들어왔구나. 방가방가, 알러뷰!"
강희철은 녀석의 애교에 화를 내며 물었다.
"그런 건 왜 하는 거야?"
"유현이하고 성환이가 제 매니저입니다. 매니저 관리하려면 이건 필수입니다."

"매니저?"

"그렇습니다. 저한테 달풍선 한 달에 천 개 이상 후원해주면 제가 매니저를 시켜주는데, 이 사람들이 댓글 관리도 하고, 블랙리스트도 관리해 줍니다."

"너한테 돈도 주고? 일도 대신 해준다? 이런 놈들이 있어?"

"저 이래 봬도 스타입니다. 인터넷 스타! 잘 나가는 연예인들은 기본적으로 다 스폰 받지 않습니까? 옷도 스폰 받고, 미용실도 공짜로 이용하고, 팬클럽도 따라다니고, 뭐 그런 개념이라고 보시면 됩니다."

"에이, 난 이해가 안 돼. 일단 그건 넘어가고! 다른 거 또 해봐!"

강희철의 말에 다시 진행을 시작하는 장준영.

"먹짱팬클럽 여러분도 반갑습니다. 처음 들어온 분들을 위해 제 소개를 간단히 해드릴게요. 저는 BJ 먹짱이고, 요리사 지망생이자, 프로 BJ 지망생입니다. 오늘 메뉴는 스팸을 이용한 요리 및 먹방인데요. 어? 방송 접속 400명 넘었다. 430명, 445명, 453명이 됐네요. 여러분! 알러뷰! 사랑하고! 밤 12시가 지났습니다. 지금 추천하기 초기화되었거든요. 형님들 추천 눌러주시면 방송광고 없이 제 방송 볼 수 있는 퀵뷰 넣어드릴게요. 추천 50까진 찍어줍시다. 형님들! 추천! 추천추천!"

이등병의 행동에 강희철은 기가 막힌 듯 입을 열었다.

"어이없네. 클클… 병신 같아."

"계속 진행하겠습니다."

"그래. 해봐!"

"여러분들! 오늘 재료는 뭐라고 했죠? 바로 스팸이죠? 오늘 스팸은요. 여러분이 매일 먹는 300g짜리, 아니죠~ 아니죠! 바로 식당에 바로 공급되는 1.8kg짜리 대형입니다. 양에 놀랐죠? 놀랐쥬?!"

여기서 한쪽 눈을 찡긋거리며, 애교를 발사하고!

"그런데 정말 놀라운 것은 가격! 무려 9,800원에 샀다는 거? 1.8kg짜리가 겨우 9,800원, 100g에 얼마라는 거야? 대박! 초대박!"

두 손으로 입을 쪽쪽 빨며, 놀랍다는 표정까지! 돼지가 애교를 부리니, 구역질이 나온다.

"야! 야! 됐어! 저질방송이잖아!"

"제 요리방송 파프리카 내에서도 Top 10 안에 듭니다."

"시청자 연령대가 어떻게 되는데?"

"10대가 70%고, 나머지 20대랑 30대 조금 있습니다."

"에이! 초딩들 버릇 나쁘게 만드는 놈이 여기 있었네! 후원자들도 10대 아니야?"

"맞습니다."

"걔네들은 어떻게 너한테 후원하냐?"

"문화상품권으로 달풍선 충전해서 넣어줍니다. 강희철 상병님은 아실지 모르겠지만, 요즘 초딩들 돈 많습니다."

"에라이! 나쁜 놈아! 초딩 돈 그렇게 뺏어서 벌면 좋냐?"

강희철의 말에 뒤에서 지켜보던 서효석은, 이등병의 표정이 심각해지자, 그를 만류했다.

"희철아, 그만 좀 갈궈. 이등병이잖아. 죽겠다."

그리고 가장 선임의 말에 동조하는 오민호 일병.

"강희철 상병님! 저도 서효석 상병님 말에 동의합니다."

모두가 웃고 떠드는 사이, 유일하게 진지한 눈빛으로 어딘가를 쳐다보는 성재.

그가 쳐다보는 것은 오랜만에 뜬 시스템창.

⚙ ✓ ✕

Keyword 달풍선에 대해 알게 되었습니다
Keyword 먹방에 대해 알게 되었습니다
Keyword 후원자에 대해 알게 되었습니다
새로운 직업(BJ)에 대해 알게 되었습니다
핵심 키워드 달풍선, 먹방, 후원자
새로운 직업(먹방 BJ) 발견 조건을 모두 충족했습니다

먹방 BJ / Extra Class
해당 직업은 추가 직업으로서, 튜토리얼 종료 후 획득할 수 있는 직업입니다. 먹방 BJ는 시청자의 배고픔을 대리만족시키는 데 그 목적이 있으며, 해당 직업은 인지도 획득에 추가 보너스를 얻습니다. 개인 노력 여하에 따라 많은 돈을 벌기도 합니다

진행조건 튜토리얼 종료(군대 전역)
달성조건 1 1인 방송 시작하기
달성조건 2 1인 방송으로 후원자 100명 달성

'신기하네. 이런 것도 직업이 될 수 있구나.'
그리고 그동안 변화된 레벨.

레벨이 24로 올랐습니다

그날 저녁. 권미옥 여사와 배원영 연대장은 웨딩드레스를 빌리러 홀을 찾았다.
"집사님, 정말 꿈만 같아요."
"일단 맘에 드는 거로 골라요. 가장 예쁜 거로 고릅시다."
여점원. 그녀는 권미옥 여사의 몸매를 살펴보다 말을 꺼냈다.
"언니! 웨딩드레스 어떤 스타일로 가실래요?"
"웨딩도 스타일이 있나요?"
"그럼요. 언니 처음이신가 보다! 설명해드릴게요. 왼쪽에 있는 건 A라인 드레스고요. 옆에는 칼럼시스 드레스인데 여기까지는 허리 사이즈 27보다 아래여야 예뻐요. 언니는 좀 더 풍성한 게 맞으실 거 같아 보이니까, 원형으로 넓게 퍼진 볼드레스나 주름 많이 넣은 공주 드레스가 괜찮을 것 같은데요. 이거 어때요? 요즘 잘 나가는 볼드레스에요."
점원이 살쪘다는 말을 돌려 말하자, 윤미옥의 얼굴이 빨개졌다.

"저기요."
"네. 언니!"
"이걸로 할게요. 칼럼·시스 드레스로 할래요!"
"이건 27사이즈까지 밖에…."
"저기요!"
"네?"
"한다니까요! 그걸로 한다고요!"
그녀의 다소 화난 어투에 점원은 얼굴에 웃음기를 싹 지운 채 웨딩드레스를 건네고, 난감한 표정을 짓는 배원영 대령. 그녀의 모든 점을 사랑하기로 마음먹은 그는 아무것도 못 본 척, 못 들은 척, 난감한 표정을 감추고, 윤미옥 권사를 토닥이며 말했다.

"미옥씨, 탈의실에서 갈아입고 와요. 우리 예쁜 미옥씨랑 얼른 웨딩촬영하게요."
"네. 금방 다녀올게요. 집사님."
"후후, 이제 집사라고 부르지 말라고 윤아가 말했잖아요."
"…갈아입고 올게요."
"네. 미옥씨, 다녀와요. 기대하고 있을게요."

인사담당관과 배윤아 또한 바쁜 하루였다.
"언니! 다른 데는 예약이 꽉 차서 여기밖에 없대요. 여기도 안 되면 어떻게 해요?"
"어떻게 하긴, 다른 지역이라도 알아봐야지."
"네. 제가 너무 걱정이 앞선 거죠?"
"그래. 차분하게 생각해."
인사담당관의 차에서 내리고, '오자매 출장뷔페'라는 상호명을 보고 가게에 들어가는 윤아와 허란희. 안에는 아주머니 3명이 밤늦게까지 반찬을 만들고 있다.
"저기요! 저기요!"
"아, 무슨 일로 오셨나요?"
"저희 아빠가 교회에서 결혼식 하는데, 출장 뷔페 신청하려고요."
"아, 딸이시구나. 윤미옥 권사하고 결혼하시는 배 집사님 딸? 맞지?!"
"맞아요. 저희 아빠를 아세요?"
"내가 윤 권사랑 같은 교회 다녀."
"아… 그러셨구나. 그럼 이번 주 결혼식에 출장뷔페를 부르려고 하는데 준비해주실 수 있으신가요?"
"후후, 그럼! 그럴 줄 알고 예약 다 빼놨지. 그런데 권사님하고 집사님이 안 오고, 왜 딸이 직접 와?"
"저희 아빠랑 새엄마 지금 웨딩드레스 고르고, 촬영한다고 시간이 없대요. 집도 새로 구한다고 하고, 가구도 보러 간다고 하고 난리가 아니에요."
"하긴, 윤 권사가 아무리 40대여도 첫 결혼인데 남자가 제대로 해줘야지. 아빠가 많이 신경 쓰나 보네?"
"네. 그러신 것 같아요. 가격은 얼마에요?"

"A, B, C로 있는데, 1인당 25,000원, 30,000원, 35,000원!"
"그럼 35,000원짜리로 100명 해주세요!"
"그래. 알았어. 선불 10% 결제해야 돼."
윤아는 아빠에게 건네받은 신용카드를 대신 내밀었다.
"네. 여기요."
그러자 출장뷔페 사장님은 현장에서 바로 10%를 긁고는 미소를 지었다.
"그래. 우리 따님, 걱정 없게 완벽하게 준비해갈게. 알았지?"
"네. 감사합니다."

같은 시간 오후 8시. 성재와 희철은 마지막 설거지를 하고 있었다.
"성재야. 접시 다 닦았어?"
"네. 마지막 하나 남았습니다. 강희철 상병님은 어느 정도 되어 가십니까?"
"음식물 쓰레기만 버리고 오면 돼. 갔다 올게."
"네. 알겠습니다."
성재는 하루하루가 즐거웠다. 매일 반복된 일상임에도 요리를 배워나가는 즐거움. 희망과 꿈이 있기에 매일매일이 즐거웠다. 더구나 이번 주 토요일 성과제 외박을 신청했는데, 중대장이 받아주었다. 그동안 군 생활을 착실히 해왔다며, 중대장이 다른 선임들보다도 1순위로 넣어준 것이다.
'나가서 뭐 먹지? 저번에 받은 호텔 식사 이용권이나 써볼까?'
그때, 손에서 미끄러지는 접시.
바닥에 떨어져 산산조각 나고, 그 소리를 들은 강희철이 놀라 조리실로 달려왔다.
"성재야! 뭐야? 너 다친데 없어?"
다행히 다친 곳은 없었다.
"네. 다친 곳은 없는 것 같습니다."
"그럼 됐어. 유리 조각 있으니까 뒤로 빠져! 장갑 낀 내가 치울게."
"죄송합니다."
놀란 얼굴, 당황한 표정, 갑자기 일어난 불길한 상황. 성재는 생각했다.
'외박 잘리는 건 아니겠지? 갑자기 왜 이렇게 불길해.'

불길한 결혼 (2)

성재와 민호, 그리고 서효석은 중대에서 외박 계획서를 가져와서 작성하고 있었다.
효석이 먼저 물었다.
"성재야! 영화 보러 갔다 올까? 스티븐 스틸버그 신작 나왔다는데!"
그러자 성재는 고개를 저으며 대답했다.
"삼척에 영화관 없지 않습니까?"
"동해나 강릉으로 가야지! 삼척에는 볼 것도 별로 없고…."
강릉이란 말에 성재는 디너 초대권이 생각났다.
"어? 강릉 괜찮은 것 같습니다. 저, 동원훈련 때 예비군 아저씨한테 받은 디너 초대권도 있습니다."
"오! 디너 초대권?"
"네. 그렇습니다. 무려 10만 원짜리입니다."
"대박! 그래도 그런 건 가족이 면회 오면 써. 그런 걸 왜 우리끼리 쓰냐? 남자끼리 호텔 가서 뭐하게?"
"…네. 그러고 보니, 그런 것 같기도 합니다."
"동해로 가자. 동해시 이마트 옆이 술집도 많고, 가격도 싸. 강릉은 놀긴 좋은데 비싸서 안 좋아. 삼척은 남자끼리 놀 곳이 없고."

"삼척에선 외박가면 보통 뭐하고 놉니까?"
"뭐하긴, 보통 게임방 가거나, 볼링장, 당구장 그리고 술 먹고 모텔에서 자는 게 끝이지. 삼척 가는 놈들은 다 게임하는 놈들만 가는 거고, 동해 가면 그래도 영화관도 있고, 쥬크처럼 술 먹는 노래방도 있고, 생각보단 괜찮아."
"강릉에선 뭐하고 놉니까?"
"거기는 여자 꼬시는 곳이다. 당연히 경포대 해수욕장 가야지. 강릉은 내가 병장 되면 가자. 6월에 가야 제대로 놀 수 있어."
"알겠습니다."
"그럼 다들 동해시로 가는 거로 계획서 써 놓고."
"알겠습니다."
성재는 외박 계획서를 작성했다.

〈외박(출)계획서〉
· 기간 : 2018년 3월 24일(토) ~ 25일(일) (1박 2일)
· 3. 24(토)
  119 운동 서약합니다. 저는 한 가지 술[1]로, 한 장소[1]에서 21시[오후 9시]까지만 먹고 숙소로 들어가겠습니다.
· 3. 25(일)

확인 : 대대 인사담당관 상사 허란희 (서명)
결재 : 1대대 4중대장 대위 조석호 (서명)

"서효석 상병님! 다 썼습니다."
"가져와! 똑같이 쓰게."
"알겠습니다."
서효석은 성재가 쓴 외박 계획서를 똑같이 베껴 썼다. 오민호도 베껴 쓰기는 마찬가지.
"점심 먹고 담당관님께 서명받고 제출하자."
"알겠습니다."

그날 점심을 먹는 간부들의 표정은 다들 싱글벙글.
"연대장님! 축하드립니다."
"연대장님, 새 출발 하신 것 정말 축하드립니다."
"진심으로 축하드립니다."

연대장은 재혼 사실을 알리지 않고 조용히 넘어가고 싶었지만, 상대방이 첫 결혼이었기에, 어쩔 수 없이 최소한의 규모는 맞춰야 했다. 그래서 휴가도 냈고, 비밀로 하려던 결혼도 결국 공개결혼으로 가닥을 잡았다.
워낙 여자 집안이 성대하게 하자는 통에, 어쩔 수 없었던 것.
요즘 작전이다, 부대 훈련이다, 해서 너무너무 바쁜 것도 사실. 결혼 생각 전에는 몰랐는데, 하다 보니 준비할 게 너무 많다. 다행히 교회에서 식을 하기로 했기에, 타인의 눈길은 크게 의식하지 않아도 되었다. 50이 다 되어가는 나이에 결혼식장에서 초혼도 아닌 재혼을 하는 게 연대장 입장에선 부담스러웠던 것. 그래서 부대 사람들도 초대하지 않았다.
"다들 결혼식 올 생각 말고, 현행 작전들에 집중해. 특히 3대대장!"
"네."
"너는 진짜 올 생각 하지 마라. 너희 부하들도 마찬가지야. 아무도 보내지 마!"
"알겠습니다. 완전작전 하겠습니다. 다시 한번 축하드립니다."
"후우, 원래 지휘관을 할 때는 결혼하는 게 아닌데, 이거 참… 부하들에게 미안하게 됐군."
"아닙니다. 연대장님! 그렇게 생각하시면 안 됩니다."
모두가 결혼을 축하하는 가운데, 연대장은 식사를 끝내고 자리에서 일찍 일어났다. 그리고 바로 자신의 지휘관실로 향했다. 전화통화를 하기 위해서였다.

"잘 되어가요?"
- 네. 친구들도 많이 와준다고 하네요. 요즘 매일매일 꿈을 꾸는 것 같아요. 전 평생 결혼 못 할 줄 알았거든요. 저한테 원영씨 같은 분을 만난 게 얼마나 행운인지 몰라요. 매일매일 행복해요.
"그런 말 하지 말아요. 미옥씨, 저 굉장히 부족하고, 몹쓸 남자예요. 가정보다도 군대를 우선시하는 거 알잖아요. 그런 말 하면 제가 자꾸 미안해져요. 군인이라서 가끔 미옥씨보다 국가를 우선히 경우도 있을 거예요. 가끔 집에 못 들어오는 날도 있을 거예요. 그래도 하나는 약속할게요."

- …….

"미옥씨가 저 선택한 거 후회 안 하게 해 줄게요. 평생 손에 물 안 묻히고 살게 해 줄게요. 내 딸보다 미옥씨를 더 사랑할게요. 내 몸, 내 마음 다 줄게요. 그러니까 우리 앞으로 행복하게 살아요."

- …….

"왜 그래요? 왜 말이 없어요?"

- 흑흑… 행복해서요. 정말 행복해서… 너무너무 행복해서 그래요.

"그래요. 이따 저녁때 퇴근하자마자 바로 미옥씨 집으로 갈게요. 그러니까 어디 다른데 도망가지 말고 조금만 기다려요.

- 네. 그럴게요.

"끊어요."

- 네. 들어가세요.

중년의 사랑. 새로운 시작. 배원영 대령은 고개를 들며, 자신의 딸을 떠올렸다.
'윤아야, 허락해줘서 정말 고맙다. 그런데 말이야. 내가 너를 두고 이래도 되나 싶다. 이 못난 아빠를 용서해라.'
그때, 연대장의 전화가 울리고.
"어! 우리 딸, 무슨 일이야?"
- 아빠… 흑… 아빠! 미안해! 아빠가… 아빠가….
갑자기 다짜고짜 우는 딸. 어른스러운 녀석이 아빠를 두고 울 리가 없는데…
'이제 와서 결혼하지 말라는 거 아니야? 아니겠지? 윤아야. 아빠 이제 결혼 못 무른다. 나 미옥씨한테 마음 다 열었다. 취소는 안 돼.'
당황한 아빠는 자신의 감정을 숨긴 채, 되물었다.
"왜? 뭐가 미안해?"
- 출장뷔페가 안 된대. 교회에서 결혼식 해서, 자체 식사가 안 되서 뷔페로 하기로 했잖아. 거기 아줌마들이 어제 강릉에 있는 돌잔치 갔다가 돌아오는 길에 교통사고 나셨대. 그래서 미안하다고, 미안하다고… 흑흑….
"다른 데 알아보자. 아직 하루 남았으니까, 시간은 괜찮을 거야."

- 다른데 다 알아봤어. 전부 알아봤어. 아빠… 어떻게 하지? 이거 어떻게 해? 내가 잘못 한 거지? 새엄마한테는 뭐라고 해? 엄청 기대하고 있을 텐데….
"일단, 새엄마한테는 비밀로 해. 결혼 앞둔 사람한테는 비밀로 해야 돼. 알았어?"
- 응.
"아빠가 다 해결할게. 아빠가 전부 해결할 테니까, 우리 윤아는 걱정하지 마. 뚝 그치고, 고등학교 2학년이 그렇게 울면 어떻게 해. 이제 곧 성인인데!"
연대장은 딸과의 전화가 끊기고, 인접 군 회관 시설에 연락을 돌렸다.
그러나….

- 죄송합니다. 예약은 2주 전에 하셔야 합니다.
- 죄송합니다. 이번 주는 62연대장님, 손주 돌잔치 예약되어 있습니다.
- 죄송합니다. 예약이 꽉 찼습니다.
- 죄송합니다. 다음달부터나 가능할 것 같습니다.
모두가 안 된다고… 당장 하루 뒤는 곤란하다는 답변.
"젠장할!"
그는 모든 방법을 동원해보았지만, 방법을 찾지 못했다. 하객들에게 식사를 제공하지 않는 것은 한국인의 정서상 맞지 않고, 요리는 준비해야겠고 말 그대로 답답한 형국.

그때, 노크를 하는 간부.
"누구야?"
"1대대 인사담당관입니다. 들어가도 좋습니까?"
"들어와."
허란희 상사. 그녀는 윤아한테 모든 것을 듣고, 연대장에게 보고했다. 연대장으로서가 아닌 친분 있는 집사와 신도 사이로.
"간부식당 조리병들 통해서 준비하겠습니다."
"안 돼. 월권이야."
"여자한테는 평생 한 번인 결혼식입니다. 권사님께 상처 주실 생각이십니까?"
"그래도 이건, 안될 말이잖아."
"자세히 설명을 하고, 허락을 구하면 되는 일입니다. 군대에서 안 되는 게 어디 있습니까?"

연대장님께선 집사로서 자리에 섰을 때 항상 이런 말씀을 하셨습니다. 가족에게 잘해라. 가족이 떠나면 평생 후회한다. 살아있을 때 잘해라. 그런 좋은 말씀 매일 해주시면서, 이제 새로 시작하는 권사님께 이렇게 하는 건 정말 아닌 것 같습니다."

"이건 리스크가 커. 병사한테 사적 용무를 시키는 거잖아. 허 상사, 안 되는 건 안 되는 거야. 그냥 뷔페 없이 가자. 축의금도 받지 않고, 뷔페도 없이 가는 거야. 순수하게 축하하는 자리만 만드는 거지. 그렇게 갈 거야. 알았어?"

"…알겠습니다. 그래도 다시 한번 생각해주셨으면 좋겠…."

"안 돼! 안 된다고 했잖아. 군 생활 끝장내려고 그래?!"

그런데… 그때, 누군가가 연대장실에 기웃거린다.
그리고는 노크를 한다. 점심시간이라 CP병이 없어서 노크를 할 수 있었던 것.

"누구지?"

"간부식당 조리병, 일병 강성재입니다. 들어가도 좋습니까?"

"성재? 잠깐 기다려봐!"

연대장은 성재가 온 것에 의아한 표정을 지으며, 인사담당관에게 고개를 돌리며 조그마한 목소리로 물었다.

"담당관? 병사들한테 말했어?"

"아닙니다. 아직 말 안 했습니다."

"그런데 성재가 왜 와?"

"잘 모르겠습니다."

"일단 알았어."

연대장은 상황파악을 하고, 다시 병사를 연대장실로 들어오라고 말한다.

"들어와!"

"충성! 일병 강성재! 연대장실에 용무 있어 찾아왔습니다."

숨을 헐떡이며 달려온 강성재. 조리복을 입은 상태.

"할 말이란 게 뭐야?"

"연대장님! 결혼 축하드립니다."

연대장은 성재의 말에 갑자기 큰 웃음을 지으며 대답했다.

"크크, 뭐야? 싱겁게! 그 말 하려고 온 거야? 그래. 고맙다."

그런데 성재는 다른 할 말이 있어 보였다. 예상대로 성재가 말한다.

"연대장님! 드릴 말씀은 따로 있습니다."

"말해. 인사담당관이 들으면 안 될 이야기야?"

"아닙니다. 들어도 됩니다. 말씀드리겠습니다."

"그래."

"출장뷔페 취소되었다고 들었습니다. 괜찮다면 저희 간부식당에서 준비하겠습니다."

"……누가 시켰니?"

"아무도 안 시켰습니다. 제 스스로 판단해서 드리는 말씀입니다."

인사담당관조차 성재의 말에 당황한 채, 성재가 어떻게 알아냈는지 파악하고자 했지만, 성재는 아무도 시킨 사람이 없다고 먼저 대답했다.

그래서 할 말이 없어진 담당관.

하지만 성재에겐 말 못 할 이유가 있었다. 성재의 시스템창이 반짝거리는 상황.

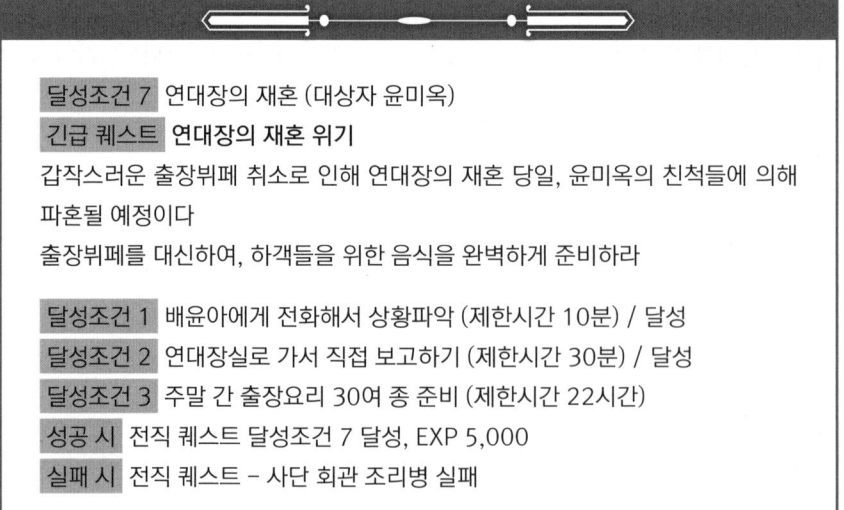

성재는 연대장을 똑바로 응시하며, 자신의 의지를 관철했다.

'이건 무조건 성공해야 돼! 성공하지 못하면 나한테 더 이상의 발전은 없어!'

상급 클래스인 사단 회관 조리병으로 전직하기 위해선, 근 미래에 연대장의 도움을 받아야 한다.

그래서 성재는 배원영 대령을 바라보며 다시 한번 말했다.
"연대장님! 저희가 하겠습니다! 할 수 있습니다. 시켜만 주시면 좋은 결과 보여드리겠습니다!"

행복한 결혼식(1)

성재가 돌아온 후, 효석이 물었다.

"말씀드렸어?"

"네. 허락 맡았습니다. 이해해주셔서 감사합니다. 서효석 상병님."

"아니야. 나도 허락한 거잖아. 그리고 사실 우리가 외박 가려던 게 다 윤아가 초대해서 겸사겸사 가려고 했던 거였는데, 어려우면 돕는 게 맞지."

"그렇게 생각해주셔서 감사합니다."

그때, 오민호도 말을 꺼냈다.

"너무 걱정하지 마. 성재야. 선임 분들도 다 같이 도와주신다고 했어."

"감사합니다. 정말 감사합니다."

"네가 왜 감사하냐? 연대장님이 우리한테 감사해야지! 외박은 다음 주에 갈까?"

서효석의 말에 모두가 고개를 끄덕였다. 이번 주 외박, 다음 주에 다 같이 나가자고.

그날 저녁. 배원영과 윤미옥은 그녀의 부모님과 마주하고 있었다.

그녀의 어머니는 안쓰러운 얼굴로 딸을 바라보았다.

"미옥아, 꼭 이런 결정을 해야 했어? 좀 더 신중할 수도 있었잖아! 갑자기 통보 형식으로 결혼을 결정하면 어떻게 해."

자신이 항상 믿고 따르던 아버지를 향해 고개를 돌렸다.

"아버지도 그렇게 생각하세요?"

"그래. 나도 어디까지나 생각은 네 엄마랑 같다. 귀한 자식이 애 딸린 남자랑 결혼하면 어느 부모가 좋아하겠니?"

그러자 배원영은 곤란한 얼굴로 고개를 숙였다.

"죄송합니다. 정말 죄송합니다."

"원영씨, 그게 왜 원영씨 잘못이에요? 엄마, 아버지! 제가 사랑하는 남자예요. 저를 많이 사랑해주는 남자고요. 이렇게 오기까지 정말 힘들었어요. 두 분은 축복만 해주셨으면 좋겠어요."

"솔직히 처음에는 의심했다. 네가 선을 넘어서 어쩔 수 없이 결혼하는 것은 아닌지, 아니면 협박을 당한 건 아닌가 생각도 들었고, 그렇지 않고서야…."

그녀의 어머니가 꺼낸 말에 배원영의 고개가 푹 수그려졌다.

"어머님, 충분히 그런 심정 이해합니다. 제가 죽일 놈입니다. 정말 죄송합니다."

사과하는 남자의 등을 때리며, 그런 말을 하지 말라는 여자.

"아버지! 그런 거 아니에요. 그럴 사람도 아니고요. 자주 보셔서 아시잖아요. 선한 사람이라는 거, 결코 나쁜 사람 아니라는 거, 결혼식 전날까지 왜 그러세요? 안 나오실 거에요? 안 오실 거에요?"

"그래. 이제는 이해해. 네 결정이니까, 다만 주변 사람들 말은 신경 쓰지 마. 네가 선택한 길 응원하마. 남들 시선, 말투 같은 거 신경 쓰지 말고, 네 인생 찾아. 알았지?"

"네. 그럴게요. 이해해주셔서 고마워요. 정말 고마워요."

"자네도! 우리 미옥이 눈에 눈물이 나면 땅 끝까지 쫓아갈 걸세! 행복하게 해주게."

"네. 감사합니다. 장인어른."

같은 시각. 성재와 효석, 민호, 희철, 준영 이 다섯 명은 분주히 움직였다.

식재료를 다듬는 작업. 그런데 처음 준비하는 통에 전쟁터나 다름없다.

"으아아아, 진짜 너무 많습니다."

"그러게, 메뉴가 너무 많아. 뷔페 하는 사람들 진짜 미친 것 같습니다. 강도가 장난이 아닙니다."
"일단 마른반찬부터 다 만들어. 이거 진짜 큰일 났다. 하루 만에 만들 양이 아니야."
양 자체보다 일단 메뉴가 많아서 문제.
"야! 케이크! 케이크는 어떻게 됐냐?!"
"아… 케이크는 따로 주문해야 합니다."
"성재야! 전화해! 담당관님께 전화해서! 결혼식용으로 큰 사이즈. 빅 사이즈."
"알겠습니다."
도저히 끝날 것 같지 않은 살인적인 음식량에 모두가 지쳐갔지만, 한마음, 한뜻으로 요리에 집중했다. 물론 농담도 했다.
"그래도 장정민 일병 없어서 다행이지 않습니까? 그 놈은 분명 찔렀을 겁니다."
"그러게, 그 자식 지금 뭐하고 있으려나?"

다음날, 삼척의 어느 작은 교회. 그곳의 교회 신도들과 그의 가족들이 모였다.
신부 화장을 하고, 인생의 가장 아름다운 날을 보내는 여성과 그런 여성의 밝은 얼굴을 향해 미소를 띠우는 남성.
"왜요? 긴장돼요?"
"네. 사실 많이 떨려요. 항상 꿈꿔왔던 순간이잖아요."
그리고 그녀의 웨딩드레스를 봐주는 고등학생.
"엄마, 오늘 정말 예쁘세요."
결혼식 당일, 엄마라는 말을 처음 듣고, 눈가에 고인 눈물. 그러자 배원영이 윤아를 향해 화를 내고.
"야! 너 일부러 그러지? 미옥씨 울릴 거야?"
"아니, 난 그게 아니라…."
"나가 있어!"
"치, 그런 거 아니래도."

윤아가 나가자, 코디해주는 여성를 향해 배원영이 말했다.
"다시 화장 좀 고쳐주세요. 오늘 가장 예쁜 주인공이 될 수 있게! 그리고 이제 눈물 보이지 말아요."

"행복해서 그래요."

"그럼 그거 고쳐요."

"네?"

"오늘부터 내가 매일매일 행복하게 만들어 줄 겁니다. 그럼 미옥씨, 매일 내 앞에서 울어야 되잖아요. 그러니까 그 행복하면 눈물 나는 그거부터 고쳐요."

결혼식은 소박했지만, 그 어느 때보다 경건했다. 축의금 대신 헌금으로 대신하는 교인들과 지인들.

그리고 주례는… 정복을 입은 군단장이 직접 하게 되었다. 그 뒤로 불교인 23사단장도 왔고 기독교인 62연대장과 포병연대장, 원불교인 61연대장도 자리에 참석했다.

군단장의 주례사가 시작되고.

"지금 이 자리에는 제가 정말 좋아하고 아끼는 후배 장교가 서 있습니다. 군인으로서 나라를 위해 반평생을 바친 녀석입니다. 그의 옆에는 그가 사랑하는 신부 윤미옥 양이 서 있습니다. 두 분에게 있어 오늘은 인생의 가장 아름다운 순간이 아닐까요? 신랑 배원영 군이 처음 주례를 맡아달라고 부탁했을 때, 전 이런 생각을 했습니다. 이 친구가 많은 고민을 했구나. 장군 진급을 위해 많이 무리했구나 싶었습니다. 다들 아실 리 모르겠는데, 군 간부가 결혼하면, 진급 시 기타점수에서 0.2점의 가산점이 주어집니다. 그런데 녀석의 인사기록을 확인해보니, 다음 진급심사를 위한 가점이 딱 0.1점이 부족하더군요. 전 그걸 보고 이렇게 생각했죠. 짜식! 0.2점 때문에 인생을 팔았구나!"

군단장의 농담에 연대장의 얼굴이 빨개지고, 하객들의 얼굴엔 웃음이 걸렸다.

"그런데 말입니다? 신부 윤미옥 양이 어떻게 보면 노린 걸 수도 있어 보입니다. 앞으로 한 계급만 더 진급하면 이 녀석이 장군이 되거든요! 그게 뭐냐? 장군의 아내가 된다, 이 말입니다. 장군이 된다는 거, 신분만 바뀌는 게 아닙니다. 군복도 바뀌고, 약 40여 가지 혜택이 바뀌게 됩니다. 정말 잘 선택하신 겁니다. 원영이 녀석! 사실 아직 40대이고, 팔팔합니다. 군인이면서 전투병과지 않습니까? 그래서 신부 대신 제가 몰래 확인해봤습니다. 군대는 1년에 한 번씩 체력검정을 하죠? 배원영 이 자식이 거의 30년 동안 체력 특급을 놓친 적이 없는 겁니다. 전투병과에 체력 특급! 이 정도면 뭐, 허니문은 말 안 해도 아시겠죠?"

입담이 좋은 군단장. 권위적인 것을 버리고, 재치와 유머로 이끄는 주례사.
"이제 딱 세 가지만 강조합니다. 첫째, 있는 그대로 사랑하십시오. 서로 가정을 이루는 게 늦은 만큼, 서로를 위한 시간이 남들보다 부족할 것입니다. 묻지도, 따지지도 말고, 있는 그대로 사랑하십시오."
"둘째, 역지사지입니다. 살다 보면 다투는 시간이 꼭 옵니다. 그때는 입장을 바꿔놓고 생각하셨으면 좋겠습니다. 생각 후 대화하십시오. 그래야 가정에 평화가 찾아옵니다."

아까와는 달리 진지한 주례에 모두가 경청하고.
"마지막 셋째! 아이를 가지십시오. 최대한 빨리 가져서 두 분을 꼭 닮은 아바타를 만드십시오. 그렇게만 된다면 가정의 모든 평화는 저절로 찾아올 것입니다. 그럼 허니문! 파이팅입니다!"

웃음으로 짧게 끝내는 주례사. 이제 신랑과 신부가 퇴장을 해야 하는데….
갑자기 군 간부들이 제식을 하며 들어온다.
군단장과 사단장, 인접 연대장들은 그것을 보며 씩 웃고, 처음 보는 광경에 교회 신도들은 신기한 듯 바라보았다.
"정지! 정지! 정지!"
군인들이 예도를 45도 낮추어 크로스 교차하여 그들의 퇴장을 막았다.
당직근무인 3중대장을 제외하고, 1중대장부터 8중대장까지 다 함께 온 자리.
"결혼식이 끝나기 전에, 3개의 시련의 문이 열렸습니다. 지시에 따라주십시오."
배원영은 깜짝 놀라 자신의 부하 중대장들에게 말했다.
"야야야, 이건 말 없었잖아. 그냥 보내줘!"
하지만 연대장의 말을 쌩 까는 중대장들. 오늘만큼은 연대장보다 높은 사람이 바로 예도를 하는 자신들이었다.

"이곳은 신체의 문(門)입니다. 신랑은 신부를 업고, 10회 앉았다 일어나며 '나는 정력이 좋다!'라고 외쳐주시면 됩니다. 그럼 지금부터 시작합니다!"
"아… 야! 무슨 망할! 야! 야? 정력 뭐? 못해! 안 해!"
"그럼 통과하실 수 없습니다."

"에이! 미옥씨, 일단 업혀요. 이놈들! 부대 가면 내가 가만두나 봐! 하면 되는 거지?"
중대장들은 서로 눈치를 보면서도 대답 없이 고개만 끄덕였다.
연대장은 60kg의 여성을 무릎 위에 올린 후, 앉았다 일어나며 소리를 질렀다.
"나는 정력이 좋다!"
"나는 정력이 좋다!"

그리고 두 번째 관문.
"이곳은 애정의 문(門)입니다."
"애정의 문은 또 뭐야? 뭘 이상한 걸 만들었어?!"
"애정의 문 앞에서는 신부가 신랑에게 뽀뽀해서 립스틱 자국으로 얼굴의 50% 이상을 채워야만 통과할 수 있습니다. 신부 시작하세요!"
배원영 대령은 자신의 신부인 윤미옥을 바라보았다.
그녀의 곤란한 표정. 연대장은 안절부절못한 채, 중대장에게 애원했다.
"살살 하자? 어?"
하지만 중대장들은 여전히 물러서지 않는다.
"여기 통과 못 하면 다시 체력의 문부터 시작해야 합니다. 돌아가시겠습니까?"
"이것들 진짜… 나한테만 하라고!"
그때, 윤미옥은 부끄러움을 이기고 배원영을 바라보았다.
"할게요. 할 거니까 가만히 있어요."
그리고 시작되는 뽀뽀. 신랑의 얼굴은 빨간 립스틱 자국으로 도배가 되고, 하객들은 처음 보는 신기한 결혼식에 환호성을 내지른다.
그리고 마지막 관문.

"이곳은 재력의 문(門)입니다."
"뭐? 재력?!"
그리고 7중대장이 어느새 연대장의 베레모를 뒷주머니에서 꺼내 들었다.
"내 베레모가 왜 나와? 설마…."
"예상하신 게 맞습니다. 본인의 베레모에 담을 수 있는 재력을 시험하는 단계입니다. 신랑은 지금 즉시 자신보다 계급이 같거나 높은 군인들에게 될 수 있는 만큼 많이 채워오기 바랍니다."
"뭘 채워와? 뭘!"
"말 안 해도 아실 거라 생각합니다. 대령 이상에게만 받아오셔야 합니다. 신랑 출발!"
배원영이 당황한 채, 자신의 인접 연대장들과 사단장과 군단장을 바라본다.
그러자 중대장들은 신랑에게 더욱 짓궂게 말했다.
"신랑! 출발합니다! 체력의 문부터 다시 시작하고 싶습니까?!"
"바로 출발합니다! 5, 4, 3, 2, 1!"
"에이! 에이!"

보통 이런 예도는 20~30대 초반 직업 군인들한테만 한다. 하지만 여기 중대장들은 연대장이라고 해도 얄짤 없었다.
배원영 대령은 군단장으로부터 20만 원, 사단장으로부터 15만 원, 62연대장, 포병연대장으로부터 각각 10만 원, 그리고 61연대장은 5,000원을 베레모에 집어넣었다.
총 55만 5천 원을 걷은 7중대장은 씩 웃으며 입을 열었다.
"모든 시련의 문(門)을 통과하셨습니다. 그럼 처음 자리로 돌아가 주십시오."
"처음은 왜?"
그때, 길을 막았던 중대장들이 이번에는 45도 높게 천장 방향으로 검을 들더니, 서로 크로스된 검을 일부러 부딪치며, 짤랑짤랑 소리를 내고 있다.
그리고 가장 선임인 4중대장. 대위 조석호.
예도대장을 맡은 그가 골인 지점에서 꽃을 검에 끼운 채, 다음과 같이 외쳤다.
"연대장님! 결혼을 진심으로 축하드립니다. 그럼 지금부터 퇴장하시기 바랍니다. 연대장님께 대하여 경례!"
예도가 전방 45도 위를 향해 높게 올라가고, 중대장 7명의 입에서 동시에 나오는 말.
"축혼(祝婚)!"
그때, 퇴장 BGM이 이어지고, 인공으로 만든 눈이 내리고, 주변에서 폭죽을 터트린다.
군인들과의 결혼식에서만 볼 수 있는 정식 예도.
특별한 경험을 가진 신랑과 신부의 얼굴엔 아까의 당황함은 온데간데없이 사라지고, 미소만이 걸렸다.
"사진 촬영 후에, 바로 식사가 준비되어 있습니다."

행복한 결혼식 (2)

다섯 명의 조리병.
그들은 자신들이 오전부터 만든 음식들을 세팅하며 미소를 지었다.
"정말 다 끝낼 줄은 몰랐습니다."
"신병이 음식에 재주가 있어서 다행이다."
"그렇습니다."
신병의 활약에 오민호는 자신의 요리 실력이 뒤떨어짐을 알고, 몸으로 하는 일을 했다. 음료수를 옮기고, 테이블을 세팅하는 등 힘쓰는 일.
"성재야. 내가 더 해야 될 거 없어?"
"어. 지금은 없어. 너, 준영이랑 같이 쉬고 있다가 테이블에서 빈자리 생기면 같이 뒷정리 좀 부탁할게."
"응."

그는 지난번, 꿀타래 사건과 혹한기 사건을 잊지 못하고 있었다.
'배원영, 이 자식 때문에 사단장님한테 2번이나 찍혔잖아.'
그래서 남들이 5만 원을 넣을 때, 자신은 돈 없는 척을 하며, 그의 베레모에 5,000원만 집어넣었다.
축의금이야 헌금함에 넣는 것이었기에 아예 한 푼도 넣지 않았고.
사실 그 2개뿐이라면 이해할 만했다. 그런데 그의 심기를 건드리는 게 또 하나 있었다. 그건 바로 보직 싸움.
연대장이 끝나면 곧바로 사단 참모장을 거쳐, 국방부 합동참모본부로 자리를 옮기려 했던 계획. 그런데 감히 1년 후배 놈이 그런 자신의 계획에 훼방을 놓고 있었다. 그래서 사단장이나 군단장과의 사석을 갖고 싶었고, 그 기회가 바로 오늘 자신의 앞에 찾아온 것이다.
군단장은 사단장과 23사단 예하 연대장들을 보며 입을 열었다.
"어떻게 할래? 그냥 돌아가긴 아쉽지?"
그러자 사단장이 군단장의 의도를 예상하고 입을 열었다.
기왕 밖에 나왔으니, 맛집에 가겠다는 의도.
"좋은 곳으로 모시겠습니다."
그건 바로 정답.
군단장이 미소를 띠운 채, 연대장들에게 물었다.
"어디로 갈까? 삼척, 동해?"
'오늘이 군단장님께 잘 보일 기회다.'
그래서일까, 자신 있게 대답했다.
"동해에 제가 잘 아는 집이 있습니다."
"그래?"
"네. 들깨손칼국수 하는 집인데, 입에 착착 감기는 게 정말 맛있습니다."
자신의 부대 앞에 있는 단골 가게. 부대원들도 인정하는 가게.
그런 자신의 말에 군단장의 표정이 썩 좋지 않다?
"야!"
"61연대장?"
"종가네 들깨손칼국수 말하는 거지? 너희 부대 앞에 있는 거."
"맞습니다."
"거길 왜 추천 하냐? MSG 가득한 거 티 팍팍 나더라."
그래서 곧바로 고개를 숙였다. 그리고 다음 기회를 노렸다.
"죄송합니다. 제가 착각했습니다. 들깨손칼국수 집 앞에 석갈비집 있습니다. 거기가 맛있습니다."
다시 잡은 찬스. 그리고 같은 반응.
"손정민석갈비 말하는 거지? 거기도 별로야. 사단장, 쟤는 왜 저러냐?"
"죄송합니다. 교육 잘 시키겠습니다. 61? 넌 말을 꺼내지 마."
"……."
대실패. 어설프게 상관 앞에서 말을 꺼내면 욕만 처먹는다.

그때, 군단장의 시야에 자신이 기억하는 병사의 얼굴이 보였다.
헬기를 타고 찾아갈 정도로 요리를 잘하는 녀석들.
'쟤는 효석이랑 성재잖아. 연대장 이 자식! 소박하게 한다더니, 엄청 신경 썼잖아?'
그들의 손맛을 제대로 알고 있는 군단장과 지난 한미합동훈련간 녀석들을 좋아하는 군단장을 눈여겨본 사단장.
"군단장님, 여기서 드시는 것도 좋을 것 같습니다. 연대장이 손님들을 위해 많이 준비한 것 같습니다."
"그럴까?"
군단장의 시선이 돌아가자 눈치 빠른 사단장이 입을 열었고, 갑작스러운 군단장의 태도 변화에 연대장들은 당황한 채, 분위기를 살폈다. 군단장을 발견한 성재와 효석. 그들은 힘찬 구호와 함께 경례를 외쳤다.
"충성! 사랑합니다. 군단장님!"
자신의 자식 같은 장병들의 사랑합니다! 고백에 순간 웃음이 나온 군단장.
"하하하, 맞다. 23사단은 구호가 사랑합니다였지?"
사단장은 군단장의 말에 미소를 띄운 채 군단장에게 대답했다.
"그렇습니다. 저는 매일매일 들어서 그런지 기분이 좋습니다."
"하긴 좋긴 하겠다. 그건 그렇고! 성재랑 효석이, 연대장 결혼식 축하해주러 왔구나. 일도 하고?"
군단장의 말에 성재는 자신의 상관을 쳐다보며 똑바로 대답했다.
"그렇습니다. 연대장님이 시킨 것이 아니라, 제가 스스로 돕고 싶어서 자원했습니다."
"아, 알아! 알아. 군단장한테는 그런 건 말 안 해도 돼. 혹시 성재가 만든 것 중에 나한테 추천하고 싶은 요리 있어?"

군단장이 일개 병사의 이름을 안다? 다른 연대장은 묘한 시선으로 성재와 효석이를 바라본다. 특히 61연대장은 더욱더 의아한 시선으로 쳐다보았다. 그리고 알아차렸다.

'꿀타래, 꿀타래 만든 놈들이잖아!'

> 사용자 강성재에 대한 61연대장의 호감도가 500 하락했습니다
> 61연대장의 호감도가 0 이하로 하락하여 적개심으로 변환되었습니다
> 사용자 강성재에 대한 61연대장의 적개심이 500 상승하였습니다

성재는 61연대장의 얼굴을 확인하곤 바로 고개를 돌렸다.

적개심 가진 사내와 가까이 있어서 좋을 리 없다. 군단장에게 답변하는 것이 할 일.

"제가 만든 요리는 궁중떡갈비하고 소갈비찜이 맛있습니다."

"그래? 후후후, 그럼 그거 먹어봐야지. 효석이는?"

"제가 만든 음식 중에는 과일탕수육이 가장 맛있을 것 같습니다."

"과일탕수육이라… 우리 효석이가 만들었으면 말 안 해도 맛있겠지?"

"감사합니다."

입맛이 까다롭기 그지없는 군단장의 칭찬을 받는 병사는 과연 누구일까? 연대장들의 시선도 그 둘에게 돌아갔다. 그러자 사단장이 둘을 칭찬했다.

"군단장님, 이 두 녀석이 만든 꿀타래 드셔 보셨습니까?"

"꿀타래? 인사동 꿀타래 말하는 거야?"

"네. 맞습니다. 이 두 녀석, 꿀타래도 잘 만듭니다."

꿀타래라는 말에 기대감이 물씬 달아오른 군단장.

그것을 보는 군단장.

연대장들은 국군 위문 열차에서 꿀타래를 만들어서 자신들에게 창피함을 준 병사라는 것을 알아차렸다. 그러나 그들은 61연대장과는 생각이 달랐다. 이미 지나간 일에 연연하지 않는 대령들.

그리고 확실히 맛있었던 길거리 음식.

> 사용자 강성재에 대한 62연대장의 호감도가 200 상승했습니다
> 사용자 강성재에 대한 포병연대장의 호감도가 200 상승했습니다

성재는 시스템창을 보며 생각했다.

'연대장 중에는 61연대장만 속물이네. 조심해야겠다.'

서효석은 자신의 대답을 마치고 군단장님께 경례를 실시했다.

"충성! 음식 준비하러 가보겠습니다."

그러자 군단장은 흐뭇한 미소를 지으며 말했다.

"그래. 효석아, 성재야. 다음에 또 보자."

성재는 효석과 함께 경례와 함께 다시 홀에 돌아왔다. 강희철이 성재에게 말했다.

"성재야. 네가 만든 갈비찜, 다 떨어졌어."

"50인분 더 해둔 거, 차 안에 있습니다. 그거 데우기만 하면 됩니다."

"그래? 가져올게."

"아, 강희철 상병님은 앉아계십시오. 준영아!"

"이병 김준영?"

"갈비찜 좀 가져와 줄래?"

"알겠습니다."

성재는 후임병을 보내고, 자신과 동료들이 함께 만든 음식을 바라보았다.

recipe

성재가 만든 소갈비찜 ★★★★☆
성재가 만든 궁중떡갈비 ★★★★☆
효석이 만든 과일탕수육 ★★★★☆
희철이 만든 닭꼬치 ★★★☆
성재가 만든 타코야끼 ★★★★
희철이 만든 채소볶음밥 ★★★
효석이 만든 육개장 ★★★☆
효석이 만든 훈제칠면조 ★★★★
준영이 만든 새송이버섯볶음 ★★★
준영이 만든 해파리냉채 ★★★
성재가 만든 해물부추전 ★★★☆
준영이 만든 도라지무침 ★★★☆
효석이 만든 버섯잡채 ★★★★
민호가 만든 호박죽 ★★

평균 3.8성짜리 뷔페. 밤을 새워가며 만든 노력의 결실. 그래서일까? 하객들의 반응은 생각보다 좋았다.

"어머나~ 떡갈비 진짜 맛있네요."

"그러게요. 과일탕수육도 정말 맛있어요. 파인애플하고 탕수육 소스 때문인가, 달콤하면서도 촉촉해요. 그리고 탕수육 겉면이 흰색이에요. 하나도 안 탔네요. 신기해요."

"이것도 드셔 보세요. 훈제칠면조 진짜 잘 익었네요. 소시지 맛이에요."

"뷔페라 그런가? 먹을 게 많네요. 호텔 주방에서 불렀나?"

"그건 아니고 군인 아저씨들이 준비한 것 같은데? 이번에 신랑 쪽에서 결혼식 다 준비했다면서요."

"아, 그래요? 군인들 바쁠 텐데, 권사님 정말 사랑하시나보다. 힘도 좋아 보이고."

"그런 건, 남들 없을 때 말해요. 사람들 다 보는데~"

"뭘 어때요? 누가 듣는다고. 후후후."

그리고 연대장 쪽 손님들 하객들도 분위기가 좋았다.

"메뉴는 적은데, 퀄리티가 좋다. 다 괜찮네."

군단장의 말에 모두가 고개를 끄덕였다. 사단장 또한 군단장에게 아부했다.

"그렇습니다. 어디 맛집보다 여기가 훨씬 나은 것 같습니다."

"그렇지? 너도 그렇게 생각하지? 저 두 놈이 진짜 요리 잘한다니까! 사단장! 너도 기억해 둬. 서효석! 강성재! 이 두 놈!"

"알겠습니다."

군단장은 접시에 담긴 음식들을 먹다가 살짝 고개를 저었다.

"왜 그러십니까?"

"아… 다 괜찮긴 한데, 호박죽은 좀 아니다."

군단장의 표정이 굳어지자, 사단장이 곧바로 자신이 떠온 호박죽을 넣으며 말했다.

"저도 먹어보겠습니다."

그리곤 곧바로 평가를 내리고.

"아… 너무 단 것 같습니다."

군단장은 고개를 끄덕이며 다른 녀석을 가리켰다.

"분명 호박죽은 저 병사가 만들었을 거야."

그가 가리킨 사람은 바로 강희철.

성재가 휴가 출발하고, 군단장이 잠시 부대방문 했던 날, 아침을 만든 사람이었다.

'쟤는 좀 에바지. 에바!'

저속한 표현은 속으로만 표현하는 군단장. 그는 호박죽만 저리 쏙 빼놓은 채, 뷔페의 음식을 즐겼다. 그리고 자신을 가리키는 손가락을 확인한 강희철.

"군단장님이 날 가리키신 것 같은데? 사부! 어떻게 생각해?"

성재는 강희철의 평균 3.2성 요리를 보며 미소를 지었다.

"요리 실력이 많이 늘어서 칭찬하고 있으신 것 아니겠습니까?"

"그래? 나 포상? 포상받는 것 같지?!"

"음… 그건 잘 모르겠습니다."

한 시간 후, 성재는 떠오른 시스템창을 확인했다.

전직 퀘스트 연대장의 재혼 위기 보상으로 경험치 5,000을 획득하였습니다
전직 퀘스트 사단 회관 조리병의 달성조건 6, 8, 9를 알게 되었습니다

그리고 갑자기 떠버린 퀘스트창.

전직 퀘스트 사단 회관 조리병 / Magic Class
달성조건 1 한식 조리 기능사 자격증 획득 (완료)
달성조건 2 연대장의 호감도 3,000이상 획득 (완료)
달성조건 3 배윤아의 호감도 1,000 이하 유지 (완료)
달성조건 4 윤미옥 권사의 조리실력 향상 (완료)
달성조건 5 사단회관(철벽회관) 방문 (달성)
달성조건 7 연대장의 재혼 (완료)
달성조건 6 조리병 집체교육 입소
달성조건 8 연대장이 참모장으로 보직 이동
달성조건 9 조리병 집체교육 1위
달성조건 10 아직 알려지지 않았습니다

'조리병 집체교육? 나?'

결혼식은 무사히 끝났다. 교회 앞.
그랜저 HG 차량을 타고 신혼여행을 떠나는 배원영 대령과 윤미옥.
그 뒤에선 윤아가 자신의 학교 친구들과 함께 손을 흔들고 있다.
"다녀올게."
"응. 아빠, 더 좋은데 갔으면 좋았을 텐데…."
"제주도도 충분히 좋은 곳이야."
성재는 연대장과 권사님이 떠나는 장면을 지켜보았다. 두 분의 알콩달콩한 데이트부터 결혼식까지 옆에서 지켜보았기에, 자신의 일인마냥 기쁜 마음. 어떻게 보면 군 생활의 은인. 연대장이 없었다면, 지금쯤 자신의 군 생활은 어떻게 되었을까?
성재는 고개를 저었다. 끔찍했던 첫 전입시기.
자신을 괴롭히던 중대장은 그걸 아는지 모르는지, 입이 귀에 걸린 채 인접 중대장과 예도 행사로 받은 돈을 세고 있었다.
그랜저 HG 차량이 떠나고, 고등학생 3명 중 하나가 성재에게 달려왔다.
"오빠! 성재 오빠!"
성재는 익숙한 여성의 목소리에 고개를 돌렸다.
"네?"
그때 또다시 떠오르는 시스템창.

> 사용자 강성재에 대한 배윤아의 호감도가 300 올랐습니다
> 배윤아의 호감도가 1,000 이상으로 상승하여 애정도로 변환되었습니다
> 현재 애정도 230
> 달성조건 3을 실패하여, 달성조건 10이 강제개방 되었습니다

조리병 교육대 (1)

> 달성조건 10 윤아가 기분 상하지 않게 고백 거절

윤아는 과연 무슨 말을 할까? 성재의 얼굴엔 식은땀이 흐르고 있었다.

애정도라니… 사랑을 말하는 건가? 고백을 거절하라고?

성재는 일단 윤아의 얼굴을 보며 말을 꺼냈다.

"어떤 것 때문에 그러십니까?"

"고마워서요. 오빠 덕분에 아빠 결혼식이 잘 끝날 수 있었어요."

"아… 아닙니다. 별거 아니었습니다. 연대장님은 저의 은인이시니까, 특별히 윤아씨를 위한 건 아니었습니다."

> 사용자 강성재에 대한 배윤아의 애정도가 165 상승했습니다

성재는 시스템창을 보며 인상을 썼다.

'그만 올라라. 배윤아. 정신 차려!'

그런데 시스템창이 미친 듯이 경고음을 울려댄다.

| 전직 퀘스트 | 배윤아의 고백 거절 |

배윤아의 호감도가 1,000 이상으로 향상되었다. 순수한 여고생의 마음에 상처 입히지 말고, 정중하게 거절하라. 피하는 것도 하나의 방법

성공 시 직업퀘스트 달성조건 10 완료
실패 시 직업퀘스트 실패, 연대장의 호감도 대폭 하락

그때, 옆에 있던 강희철이 씩 웃으며 윤아 앞에 나왔다.
"맛있으셨습니까? 음식 괜찮았죠?"
하지만 싸늘한 윤아의 대답.
"오빠는 비켜주실래요?"
"……."
강희철의 웃던 표정이 순식간에 사라지고, 옆에 있던 서효석이 피식거리며, 강희철을 끌어냈다.
"희철아! 까불지 말고 이리 와."
반면, 오민호는 신기한 듯, 서효석 상병에게 물었다.
"둘이 언제 저렇게 친해진 겁니까?"
"나도 몰라. 어쩐지 금요일에 갑자기 윤아한테 전화하더라. 오민호! 둘이 어디까지 간 거야? 너 동기잖아. 둘이 그런 이야기 없었어?"
"저도 금시초문입니다. 저 녀석 원래 요리만 하지 않습니까?"
"그렇지. 그랬지. 여자 이야기는 원체 하지도 않던 녀석이고, 쉬는 시간에도 혼자 요리책을 읽거나, 운동만 했잖아. 도대체 언제 저렇게까지 사이가 좋아진 거야? 요리대회에서 만나서 그런 건가?"
"요리대회에서 무슨 일 있었습니까?"
"생각해보니 특별한 일은 없었던 것 같은데?"
"……."

성재는 윤아의 말을 기다리고 있었다.
그녀가 무슨 말을 할지, 그리고 자신이 어떤 대답을 해야 할지 고민했다.

그리고 마침내, 그녀의 입에서 말이 떨어졌다.
"성재 오빠, 저 이제 이사 가요."
"알고 있습니다. 관사에서 연대장님하고 같이 나가신다고 들었습니다."
성재의 사무적인 말투에 살짝 삐진 얼굴.
"오빠하고는 마지막 보는 거라고요. 성재 오빠는 아무 감정 없어요?"
그녀는 직접적인 고백보다는 간접적으로 물어보았다. 성재는 이게 고백이라는 것을 알게 되었다. 그래서 더욱 조심스러웠다.
"어떤 감정 말씀이십니까?"
"이성을 좋아한다든가, 그런 거요. 아니면 여자친구가 있으신 건가요?"

점점 더 확신으로 다가온다. 시스템창은 역시 거짓말을 하지 않는다.
성재는 무뚝뚝한 말투로 사실을 말했다.
"저도 남자입니다. 당연히 이성을 좋아합니다. 여자친구는 없고요."
윤아도 이제 성재가 자신의 말이 무슨 말인지 알아들었다는 것을 알았다.
그런데 묵묵부답. 답답한 소리만 해대는 오빠의 대답이 마음에 들지 않는다.
"그럼 제가 싫은 건가요? 제가 오빠한테 실수한 거 있어요?"
"그런 거 없습니4다."
"오빠, 나 인기 많아요. 따라다니는 남자들도 많고요. 그래도 제 마음속에 남자는 한 명밖에 없어요."
여기까지 했으면 눈치 없는 남자라도 다 알아듣기 마련.
그녀의 고백을 뒤에서 지켜보는 학교 친구들은 두 손을 모으고 윤아를 응원했다.
하지만 그녀의 말에 성재는 고개를 저었다. 그리고 말했다.

"말 놓아도 될까?"
윤아가 고개를 끄덕였다. 그 후, 성재의 생각이 윤아에게 정확히 전달됐다.
"나는 윤아가 아직 사춘기라고 생각해. 사춘기는 질풍노도의 시기라고 하잖아. 감정이 하루에도 여러 번 오가는 그런 시기."
성재의 말에 윤아는 입술을 내밀었다. 불만 가득한 표정.
'아니에요. 아니란 말이에요!'

그녀는 그렇게 속으로 외치지만, 성재는 자신의 말을 계속 이어갔다.

"나한테는 꿈이 있어. 요리로 성공하는 거야. 윤아도 오빠랑 같은 꿈 아니야? 요리사로 성공하는 거."

"오빠… 요리 공부 하면서도 연애할 수 있잖아요."

윤아의 말에 성재는 다시 한번 고개를 저었다.

"윤아야. 사람은 꿈을 이루기 위해서는 포기할 줄도 알아야 돼. 만약에 오빠가 요리사로 성공하고, 그때도 윤아가 같은 마음이면 그때 다시 생각해보자. 응? 윤아는 아직 미성년자잖아."

성재의 말에 윤아가 고개를 저었다.

'오빠, 저도 내년이면 성인이에요.'

그래서일까, 성재는 그녀에게 여지를 주기로 했다.

"윤아야. 오빠는 있잖아. 요리 잘하는 여자가 좋아. 만약에 윤아가 열심히 요리 공부해서 오빠보다 요리 잘하면, 그때는 진지하게 생각해보자. 응? 일단은 윤아가 열심히 공부해서, 오빠처럼 요리대회 1등 하는 거야. 조그마한 대회부터 차근차근 단계를 밟아서 올라가는 거지. 무슨 말인지 알겠니?"

성재의 말에 윤아가 고개를 끄덕였다. 그리고 생각했다.

'나랑 똑같은 이유였어. 오빠는 나처럼 요리를 잘하는 사람이 이상형이었던 거야.'

"오늘 고백은 못 들은 거로 할게. 윤아야. 이제 돌아가자."

성재의 말에 납득이 된 듯, 고개를 끄덕이는 그녀. 하지만 할 말이 남았다.

"알았어요. 오빠, 그럼 하나만 부탁할게요."

"그래."

"오빠가 여자 안 만나는 이유도 알았고, 날 왜 안 좋아하는지도 알았어요."

"……."

"2년만 기다려줘요. 오빠 말처럼 내가 오빠보다 요리 더 잘할 날이 올 거예요. 그러니까 그동안은 절대 다른 여자 만나지 말아요. 알았죠?"

성재는 윤아의 말에 희미한 미소를 지었다.

'요즘 고등학생들은 진짜, 장난 아니구나.'

그는 고개는 끄덕였다. 허락의 의미가 담긴 제스처.

그의 행동에 윤아가 두 손을 공손히 모으더니, 고개를 숙여 성재에게 인사를 건넸다.

곧바로 부끄러운 듯 얼굴이 붉어진 채, 자신의 친구들이 있는 곳으로 달려가는 그녀. 호들갑 떠는 친구들이 윤아의 팔짱을 끼더니, 구석진 곳으로 데려가며 말했다.
"오빠가 뭐래?!"
"저 오빠야? 잘 생기긴 했당."

성재는 윤아가 떠나고, 차량에 올랐다. 강희철 상병과 오민호 일병이 짓궂게 물었다.
"고백했지?! 어디까지 갔냐?"
"손 만졌어? 뽀뽀, 키스?!"
"에이, 아닙니다. 그런 말씀 하지 마십시오."
"크크, 성재 삐졌다. 얘 표정 봐! 표정 봐!"
그러나 서효석만큼은 달랐다. 진심으로 걱정하는 표정.
"잘 해결한 거지?"
"네. 아무 일 없이 잘 해결되었습니다."
"그럼 됐어!"

전직 퀘스트 배윤아의 고백 거절 / 완료

배윤아의 호감도가 1,000 이상으로 향상되었다. 순수한 여고생의 마음에 상처 입히지 말고, 정중하게 거절하라. 피하는 것도 하나의 방법

직업퀘스트 달성조건 10을 완료하였습니다

이틀 뒤, 퀘스트의 달성조건 6을 예지한 듯, 공문 하나가 게시판에 걸렸다.

〈조리병 집체교육 입소 안내〉
제18-3기 조리병 집체교육을 육군 제 3군수지원사령부에서 조리병 집체교육을 실시합니다.
교육기간 : 3. 28(수) ~ 4. 6(금), 2주
교육목적 : 조리병 집체교육을 통한 조리주특기 능력 향상

교육대상 : 후반기 주특기 교육을 받지 않은 조리병 중 일병 이하 우수자원
　　교육장소 : 육군 제 3군수지원사령부 조리병 교육대 (삼마조리교육장)

인사담당관은 조리병 입소교육 공문을 보며 조리병들에게 입을 열었다.
"강성재! 오민호! 장준영!"
"일병 강성재?"
"일병 오민호?"
"이병 장준영?"
"셋 중 두 명까지 갈 수 있어. 누가 갈래?"
그러자 성재가 먼저 손을 들었다.
"일병 강성재! 꼭 가고 싶습니다."
"그래. 성재는 가고, 다음 한 명. 민호가 갈 거야? 진영이가 갈 거야?"
그때, 주저하는 오민호. 그는 할 말이 있어보였다.
"담당관님?"
"응?"
"전 다음 주에 현역부사관 필기시험 있습니다."
오민호의 말에 의아한 듯, 다시 묻는 허란희 상사.
"응? 오민호! 너 아직 부사관 포기 안 했니?"
"할 수 있습니다! 부사관 하고 싶습니다!"
"음… 시험 세 번째였나?"
"그렇습니다. 열 번도 도전하겠습니다."

그의 패기에 그저 웃기만 하는 허 상사. 그녀는 오민호에게 둔 후임병인 장준영에게 시선을 돌렸다.
"그럼 장준영?"
"이병 장준영?"
"그럼 네가 교육 간다!"
"알겠습니다."
인사담당관이 교육입소 인원을 조사하고 떠나자, 서효석이 성재를 향해 말했다.

"강성재?"

"일병 강성재?"

"야! 같이 외박 가기로 했잖아. 휴가 때문에 배신 한 거냐?"

"아… 까먹었습니다. 죄송합니다."

"이 자식이!!!!"

다시 이틀 뒤 수요일. 새벽부터 버스를 타고, 군사령부에. 군사령부에서 다시 3군수지원사령부를 향하는 버스로 갈아탄 병사들.

그런데 분위기가 심상치가 않다.

갑자기 소리를 지르는 완장 찬 병사. 완장에는 '조교'라는 글씨가 쓰여 있고.

녀석들이 성재와 준영이가 있는 방향을 향해 소리를 질렀다.

"교육생! 교육생! 다들 이쪽으로 옵니다! 줄 똑바로 섭니다!"

그런데 삐딱해 보이는 병사가 성재의 옆에 서 있다.

"말이 말 같지 않습니까?! 거기 2사단 교육생 이쪽으로 옵니다."

더구나 이미 담배를 물고 있는 병사.

"담배 좀 피우고 갑시다! 아! 빡빡하게 구네. 같은 병사끼리."

"뭐라고 했습니까?"

"빡빡하게 군다고!"

조교는 2사단 양영민 일병의 대답에 눈썹을 들어 올린 채, 말했다.

"2사단 양영민 교육생은 태도불량으로 입소불가처리 하겠습니다. 타고 온 차량 다시 탑승해서 부대로 복귀합니다."

그제야 깜짝 놀라는 병사.

"네? 아니, 뭐 했다고 바로 퇴소시켜요? 아저씨! 명령하지 마세요!"

"아저씨라고 했습니까?"

"그럼 아저씨를 아저씨라고 부르지. 뭐라고 부릅니까?"

해당 조교도 이건 어쩔 수 없는 듯, 고개를 저으며 선을 그었다.

"잠시 여기서 대기하십시오. 교관님 모셔오겠습니다."

그러나 양영민은 답답함을 토로했고.

"와 어이없네? 여기가 훈련소야? 무슨!"
곧이어 출동한 교관의 고성을 듣고 갑자기 말문이 막혔다.
"뭐야?! 야! 병사! 너 뭐야?"
그래도 여기서 밀리면 자신이 잘못한 게 된다. 그래서 우겼다.
"일병 양영민! 갑자기 저쪽 병사가 명령해서 명령하지 말라고 말했습니다."
"조교들은 너희들이 우리 부대에 들어온 시점부터 상관이다. 알았나? 그게 간부든 병사든! 조교의 지시에 따르는 게 교육생이야. 교육대에서는 그게 법이고 규율이다. 너 어디 소속이야? 2사단 어디야?!"
"…억울합니다."
"억울한 건, 너네 부대 가서 말해. 야! 인솔간부!"
"하사 윤영철?"
"쟤 태우고 다시 돌아가."
"…알겠습니다. 저 이 차량 군사령부까지만 가는데…."
"그럼 그쪽 2사단 인솔간부한테 군사령부로 태우러 오라고 하면 되잖아!"
"알겠습니다. 2사단! 개념! 야! 개념! 너 타!"
"…으… 잘못했습니다."
"잘못한 건 잘못 한 거고, 끝난 건 끝난 거야. 너같이 싹수없는 새끼 교육시켜줄 장소 아니니까, 너희 부대로 돌아가 새끼야! 알았어?!"
"……."
교관과 조교는 빠셌다. 이게 군대의 조리병 교육대.
그리고 옆에서 계속 진행되는 인도인접.
"자! 여기 분대장 조교가 통제합니다. 태도 불량은 보시는 바와 같이 바로 퇴소조치 될 수 있습니다. 여기 조교 통제에 따라 2주간 진행되는 조리병 집체교육을 원활히 따라주셔야만 부대에 돌아가서도 불이익을 당하지 않을 수 있습니다. 그럼 여기 앞줄에서 군번 확인하고 각자 번호표 받아가시면 되겠습니다."

부대 막사, 정말 최악 중에 최악이었다.
훤한 중앙 복도 사이를 가르는 침상형. 그리고 나무로 짠 관물대.

다행히 성재는 이미 구 막사에서 지내본 경험이 있기에 순식간에 정리를 끝냈다.

조교 한 명이 호명한다.

"17번 교육생?"

"일병 강성재!"

"여기 교육대에서는 관등성명 대신 번호로 대답합니다. 제가 17번 교육생! 하고 부르면 17번 교육생으로 대답하면 되겠습니다. 17번 교육생!"

"17번 교육생!"

"관물대 정리 우수로 상점 2점 부여합니다. 오늘 일과 끝나기 전까지 상점 제출하기 바랍니다."

"감사합니다!"

얼떨결에 받은 상점. 이게 다 8급양대 구형 막사에서 서효석 상병이 관물대를 정리하는 방법을 가르쳐준 덕분이었다.

"다른 교육생들은 17번 교육생이 관물대 정리를 잘했으니까, 그것을 보고 똑같이 정리해주면 되겠습니다. 시간은 10분 드리겠습니다. 10분 내로 관물대 정리하고, 전원 활동복으로 갈아입고 대기하겠습니다. 알겠습니까?"

"알겠습니다!"

"그럼 지금부터 관물대 정리하겠습니다. 그리고 17번 교육생!"

"17번 교육생!"

"생활태도가 좋은 것 같은데, 교육기간동안 중대장 교육생 할 생각 있습니까? 중대장 교육생을 하면 상점 15점이 추가 부여됩니다."

성재는 조교의 말에 잠시 고민하다가 조교에게 대답했다.

"17번 교육생! 중대장 교육생 하고 싶습니다."

"네. 그런 태도 좋습니다. 저희 조교는 17번 교육생처럼 적극적이고, 활발한 교육생을 좋아합니다. 여기 입소하신 모든 교육생들도 여기 17번 교육생처럼 적극적으로 행동하셨으면 좋겠습니다. 17번 교육생은 활동복으로 갈아입고 바로 저 따라옵니다."

"알겠습니다."

조리병 교육대 (2)

조교를 따라 이동한 곳은 교관실.
그곳에는 성재를 포함한 3명의 교육생을 바라보는 간부가 있다. 그는 김재규 상사.
"다들 중대장 교육생이 하고 싶다고?"
"네!"
"중대장 교육생은 제식하고 목소리가 좋아야 하는 거 알지?"
중대장 교육생.
그의 구령 소리에 따라 군대의 사기가 좌우되기 때문에 교관들은 일반적으로 목소리가 크고 제식을 잘하는 병사를 중대장 교육생으로 뽑는다.
"그럼 구령조정 3회를 실시한다. 17번 교육생! 너부터 구령조정 3회 실시!"
성재는 힘찬 목소리로 교관이 시키는 대로 구령조정을 실시했다.
"열~중 쉬어! 부~대 차렷! 뒤~로 돌아!"
성재의 목소리에는 거친 울림이 있었다.

예령은 길게, 동령은 짧게, 지휘요령을 정확히 알고 있는 병사.
거기에 꿀성대까지. 작은 체구라고는 믿기지 않을 만큼 풍부한 성량.
그래서일까? 교관의 두 눈이 동그랗게 커졌다.

'17번! 제법이잖아. 일단 이 녀석은 통과!'

바로 이어 옆에 있는 병사를 호명하는 교관.

"다음! 13번 교육생! 구령조정 3회 실시!"

교관의 명령에 있는 힘껏 구령조정을 실시해보지만, 그의 목소리는 계속 발음이 샌다.

"열중 셔! 부댓차렷? 뛰로 도라!"

교관은 다시 한번 기회를 주었다.

"13번 교육생!"

하지만 녀석은 실수가 아니라 원래 발음을 잘 못 하는 게 드러났다.

"13번 교유쌩!"

"13번 교유쌩!"

"넌 원래 자리로 돌아간다."

"알겠쓴니따."

교관은 마지막 남은 병사를 바라보았다.

성재와 달리 183cm의 큰 키.

그러나 문제는?

"23번 교육생?"

"23번 교육생!"

"몇 키로야?"

"107kg입니다."

"넌 미안하지만 지휘자는 안 되겠다. 제식 동작이 안 나와."

"알겠습니다."

그래서 중대장 교육생으로 뽑힌 성재.

교관이 성재를 중대장으로 선정하자, 분대장 조교는 교관을 보며 입을 열었다.

"신고식 준비시키겠습니다."

"그래."

"부~대 차렷!"

성재의 지휘에 칼 같은 제식을 실시하는 교육생들.

그리고 우렁찬 명령.

"교육대장님께 대하여 경례!"

"충성!"

교육생들이 다같이 경례하고, 성재도 뒤돌아서서 교육대장에게 경례한다.

"충성!"

그리고 이어지는 신고식.

"신고합니다. 일병 강성재 외 36명은 2018년 3월 28일부터 동년 4월 6일까지 제 18-3기 조리병 집체교육을 명받았습니다. 이에 신고합니다."

"교육대장님께 대하여 경례!"

"충성!"

이어지는 교육대장의 훈시.

"자, 자리에 편히 앉아요."

모두가 의자에 앉고, 교육대장은 교육장에서의 강조사항을 알려주었다.

"여기 들어온 병사 여러분은 모두 전, 평시에 아군의 급양작전을 책임질 의무가 있어요. 그러나 모두가 뛰어난 실력을 가지고 있진 않죠. 여기 계신 분 중에 조리학과 출신이나 호텔 또는 레스토랑, 음식점에서 일해 봤다, 손 들어봐요."

교육대장의 말에 36명의 교육생 중 겨우 5명만이 손을 들었다.

"입소할 때 작성한 신상명세서를 확인해보니까, 전공이 체육이었던 교육생도 있고, 컴퓨터, 토목, 영어과였던 교육생도 있었어요. 검정고시로 고등학교 학위를 딴 교육생도 있었고요. 하지만 모두 조리병으로서 군대에서 임무수행하고 있을 거예요."

"그에 따라 어려움도 많겠죠. 그걸 위해서 우리 조리병 교육대가 편성되어 있습니다. 1등에서 3등까지만 주는 포상 휴가 때문에 서로 경쟁하는 것 보다는 2주간의 교육과정 동안 여러분이 조리병으로서 습득해야 될 전투지식과 급양작전에 필요한 주특기를 숙달하는 과정이 되었으면 합니다. 그럼 모두 힘내주세요. 이상!"

훈시가 끝나고, 성재의 명령에 따라 다시 경례를 실시했다.

"이상 제18-3기 조리병 집체교육 입소식을 마치겠습니다. 교육대장님께 대한 경례!"

"충성!"

첫날은 생각보다 평이했다. 2주 교육과정간 지켜야 될 군대예절과 이용 가능한 시설 등에

대한 조교들의 설명이 이어졌다.
그런데 갑자기 조교가 이상한 소리를 했다.
"선행평가를 5분 뒤, 아까 신고했던 교육장에서 실시할 겁니다. 부대에서 각자 공부들 많이 해 왔습니까?"
조교의 말에 각 사단 병사들의 대답이 동시에 터져 나왔다.
"그렇습니다!"
성재와 준영은 마주보며 고개를 저었다. 자신들은 받은 게 없었다.
"17번 교육생, 선행학습 자료를 받은 적이 없습니다."
성재 뿐만이 아니라 다른 사단도 못 받은 병사가 절반은 되어 보였다.
"34번 교육생! 저희도 못 받았습니다."
"11번 교육생! 저희도 못 받았습니다."
그러자 조교는 당연한 거라며, 다시 한번 설명해주었다.
"선행평가는 저희가 제공한 자료를 평가하는 게 아니라, 부대에서 자체적으로 교육한 표준 교안 내용을 저희가 따로 문제로 만들어서 평가하는 겁니다. 만약 받은 게 없다면, 그건 부대에서 교육을 제대로 안 한 겁니다. 그럼 모두 교육장으로 이동합니다."

성재는 쓴웃음을 지었다.
부대에서 교육이라고? 사실 부대 내에선 조리병에게 따로 교육훈련을 하진 않았다. 기껏해야 취사용 트레일러를 가르쳐준 것. 그것도 간부가 아니라 서효석 상병에게 따로 배운 것이었다.
교육훈련의 의무가 있는 급양담당관은 단 한 번도 이것을 언급한 적이 없었다.
그래서일까, 장준영도, 성재도 긴장한 채 조교들이 통제하는 교육장으로 들어갔다.
"교육생 간 컨닝이 이루어지는 경우, 곧바로 부정행위로 간주하고 퇴소 조치 합니다. 여기 있는 조교들은 교육생들의 양심을 믿겠습니다. 좌, 우, 앞, 뒤 쳐다보는 일 없이 교관님이 나눠주신 시험지에만 시선을 고정하고 평가에 집중합니다. 그럼 맨 앞에 교육생들, 뒤로 시험지 돌립니다."

성재의 직속후임, 장준영 이병은 시험지를 보며 고개를 푹 숙였다.
'어려워. 사지선다형이래도 이걸 어떻게 풀어.'

반면 성재는 걱정했던 것과 달리 얼굴에 미소를 지었다.
'이거 나 이등병 때 소초에서 다 했던 거야. 창고 정리 체크리스트, 취사장 정리 체크리스트에서 다 했던 거.'
그것뿐만이 아니었다.
'한식 조리기능사 평가문제도 30%나 되잖아. 시험공부 열심히 한 보람이 있었어. 기본 상식 문제가 생각보다 많네.'
저녁 식사 후, 막사 앞 게시판에 붙은 시험 성적. 장준영은 성재를 보며 엄지손가락을 치켜들었다.
"강성재 일병님! 축하드립니다. 2등입니다."
성재는 후임병의 말에 미소를 지으며 대답했다.
"운이 좋았어."
그때, 성재의 말을 들은 선행평가 1등, 14번 교육생은 성재의 번호표와 사단 마크를 확인하더니 말을 걸었다.
"23사단 아저씨, 많이 준비했나 봐요?"
"그런 건 아닙니다. 정말 운이 좋았습니다."
"음… 같이 잘 해봐요. 저도 이번 교육대에서 1등 하고 싶어서 열심히 준비했거든요."
"네. 잘 부탁드려요."
성재는 14번 교육생의 말에 미소를 띄웠다.

그리고 다음날 아침. 본격적인 교육 평가가 진행되는데… 성재만이 유일하게 미소를 짓고 있다.
'어? 내가 아는 건데?'
그런 성재의 마음을 아는지, 모르는지 조교들은 교육생들에게 설명을 하고 있다.
"오늘은 취사용 트레일러 사용법에 대해 교육하겠습니다. 이번 교육 배점은 선행평가와 달리 100점이라는 높은 점수를 부여하고 있습니다. 다들 취사용 트레일러, 직접 사용해 본 교육생은 없죠?"
교육생들의 계급은 전부 일병 이하. 그것도 군 생활 6개월도 안 된 새파란 이등병과 일병. 그래서인지 실제로 취사용 트레일러를 만져본 병사는 성재 밖에 없었다.
"17번 교육생, 취사용 트레일러 조작해본 적 있습니다."

"그렇습니까? 그럼 실제 조교가 지시하는 대로 시범을 보여 봅니다. 조교의 지시를 완벽하게 수행하면 조교가 줄 수 있는 최고의 점수를 주겠습니다."

조교의 지시에 무동력 버너를 다루는 성재. 경유를 이용해 불을 지피는 그의 숙달된 동작에 조교가 고개를 끄덕였다.

"17번 교육생?"

"17번 교육생!"

"교육생은 취사용 트레일러를 정말 잘 다루는 것 같습니다. 훌륭합니다. 약속대로 조교가 줄 수 있는 최대 점수를 부여하겠습니다. 자리로 돌아가 주시기 바랍니다. 혹시 다른 교육생들 중에 나도 할 수 있겠다 하는 교육생 있습니까?"

다음 날.

"오늘은 기동형 취사차량 운영방법에 대해 교육할 예정입니다. 기동형 취사차량은 올해 처음 각 부대에 인가된 차량으로 한 차량당 800여 명의 병력에게 식사를 제공할 수 있습니다. 혹시 운용해본 병사 있습니까?"

성재는 주변을 둘러보다 역시 손을 들었다.

합동군사훈련 당시, 이 차량으로 요리를 했었기에, 어떻게 운용하는지 잘 알고 있었다.

"17번 교육생."

"17번 교육생은 취사용 트레일러도 만져보고, 기동형 취사차량도 만져봤습니까?"

"그렇습니다."

"어디 부대입니까? 23사단 보수대대에서 왔습니까?"

"아닙니다. 23사단 60연대 1대대 화기중대에서 왔습니다."

"화기중대? 박격포 쏘는 중대입니까?"

"그렇습니다."

"좋습니다. 화기중대에서 이런 장비가 있을 리가 없을 거란 생각이 들어, 일단은 잘 이해가 가지는 않지만, 시간 관계상 의문은 접어두고, 그냥 진행하도록 하겠습니다. 그럼 조교가 지시하는 것에 맞춰, 작동을 해봅니다. 우선 취반기부터 전원을 켜고, 동작 방법에 대해 설명해봅니다."

성재는 조교의 말에 희미한 미소를 지으며 대답했다.

"이 가스자동취반기는 다양한 밥짓기 기능을 제공하며, 상단 버튼을 누르는 것에 의해 일반, 잡곡, 죽, 이 3가지로 조리방법을 달리할 수 있습니다. 또한 24시간 예약기능이 가능하며, 뜸들이 시간 조정도 가능합니다. 조리시간으로는 50인분 조리 시에는 37분, 40인분 조리 시에는 35분, 30인분 조리 시에는 32분, 20인분 조리 시에는 30분 조리시간으로 조정하면 맛있는 밥을 지을 수 있습니다."

성재의 대답에 혀를 찼지만, 차마 표정으론 드러낼 수 없었던 조교. 그는 어제 점수를 후하게 준 17번 교육생에게 또 한 번 줄 수는 없었기에 가장 어려운 질문을 던졌다.

"혹시 제원도 알고 있습니까?"

하지만 마치 기다렸다는 듯 대답하는 성재.

"네. 알고 있습니다. R사 제품으로서 사이즈는 가로 700, 세로 777, 높이 1,337로 스테인리스로 만들어져 있으며, 중량은 150kg, 소비전력은 한 시간에 45W를 소모합니다. 전기는 220V를 사용하며, 연료로는 LPG, LNG 혼용 사용 가능합니다."

조교는 결국 성재의 대답에 승복하고, 평가표 중 17번에 동그라미를 치며, 그를 원래 자리로 돌려보냈다.

"……잘 알겠습니다. 17번 교육생은 들어갑니다. 자, 교육생들 잘 들어봅니다. 조교 앞에 있는 가스자동취반기는…."

그다음 주 월요일.

"오늘은 식재료 구별법에 대해 알아보겠습니다. 여기 식재료 40여 종 중에 상한 재료가 3가지 있습니다. 그 재료를 육안으로 구별해서 바로 답안지에 작성해주시면 됩니다. 시간은 10분 드리겠습니다."

성재는 바로 손을 들었다.

"17번 교육생, 뭡니까?"

"다 찾았습니다."

"40개 중에 상한 재료 3개 찾는 겁니다. 다 찾았습니까?"

"네. 다 찾았습니다."

"조교 앞으로 가져와 봅니다."

성재는 조교의 말에 자신이 적은 상한 식재료를 적어내었다.

"17번 교육생, 3개 적으라고 했습니다. 왜 4개 적었습니까?"
"감자 중에 가장 밑에 있는 것 중 하나가 싹이 나려 합니다. 녹색으로 변질되었습니다."
조교는 성재의 말에 감자가 든 박스를 헤쳐보았다. 그러자 성재의 말처럼 가장 밑에 20개의 감자 중 딱 하나만 싹이 보였다.
"17번 교육생!"
"17번 교육생?"
"잘 찾았습니다. 자리로 돌아가 봅니다."
그리고….
"교육생들! 다시 전파하겠습니다. 40개 식재료 중 상한 재료 4종류를 찾는 겁니다. 다시 정정합니다. 4종류를 찾아오기 바랍니다."

그리고 또 다음 날.
"오늘은 밀가루 반죽으로 칼국수 면을 뽑아보겠습니다. 밀가루는 밀가루 사이에 풀 역할을 하는 단백질인 글루텐에 의해 서로 엉키면서 반죽이 됩니다. 여기 글루텐 함량이 8~10% 정도 되는 중력분 밀가루가 있습니다. 이걸로 칼국수 면을 가장 완벽하게 뽑은 교육생에게 여기 있는 조교가 최고의 점수를 주겠습니다. 그럼 밀가루를 이용해 반죽을 만들어봅니다."
성재는 미소를 지었다.
'평소 하던 대로만 하면 성적이 잘 나오는 거였어. 내일이 최종 평가일이었나?'

To be continued...